일신서적출판사

삼국지 2

차례

순욱

사마의

조비

위(魏) 220~265

환관의 양자의 아들인 조조는 기반이 미약했으나 명신들의 도움으로 정권을 확고히 할 수 있었고 220년 11월, 그의 아들 조비가 문제로 즉위, 위를 성립시켰다. 문제 이래 왕권을 계승한 황제들을 보필했던 사마의가 조상과 외척을 제거하고 실권을 장악하였다. 265년, 사마의의 손자인 사마염이 진을 건국함으로서 위는 멸망했다.

조조

촉(蜀) 221~263

유비

장비·관우 등과 함께 오와 연합하여 적벽에서 조조를 이긴 후 221년 제위에 오른 유비는 관우를 죽이고 형주를 빼앗은 오에 보복코자 군사를 일으키나 패해, 장비마저 잃고 결국 223년 병사하였다. 유비의 천하통일의 뜻을 이어 위와 여러 차례 전쟁을 치른 제갈공명마저 234년 병사한 후 환관 황호의 전횡으로 국력이 급격히 약화된 촉은 263년, 사마소가 이끄는 위의 공격을 받아 멸망하였다.

관우

장비

제갈공명

오(吳) 222~280

손견, 손책의 뒤를 이은 손권은
정권을 잡은 후 208년, 적벽에서
조조를 대파해 형주의 중부를 차
지했고 여몽의 지략으로 관우를
죽여 남부마저 병합했다. 222년,
손권은 스스로 오왕이라 칭하고
229년, 마침내 황제에 즉위하였다.
손권이 죽은 뒤, 어린 손호가 진
에 항복함으로써 280년 멸망했다.

손권

노숙

육손

주유

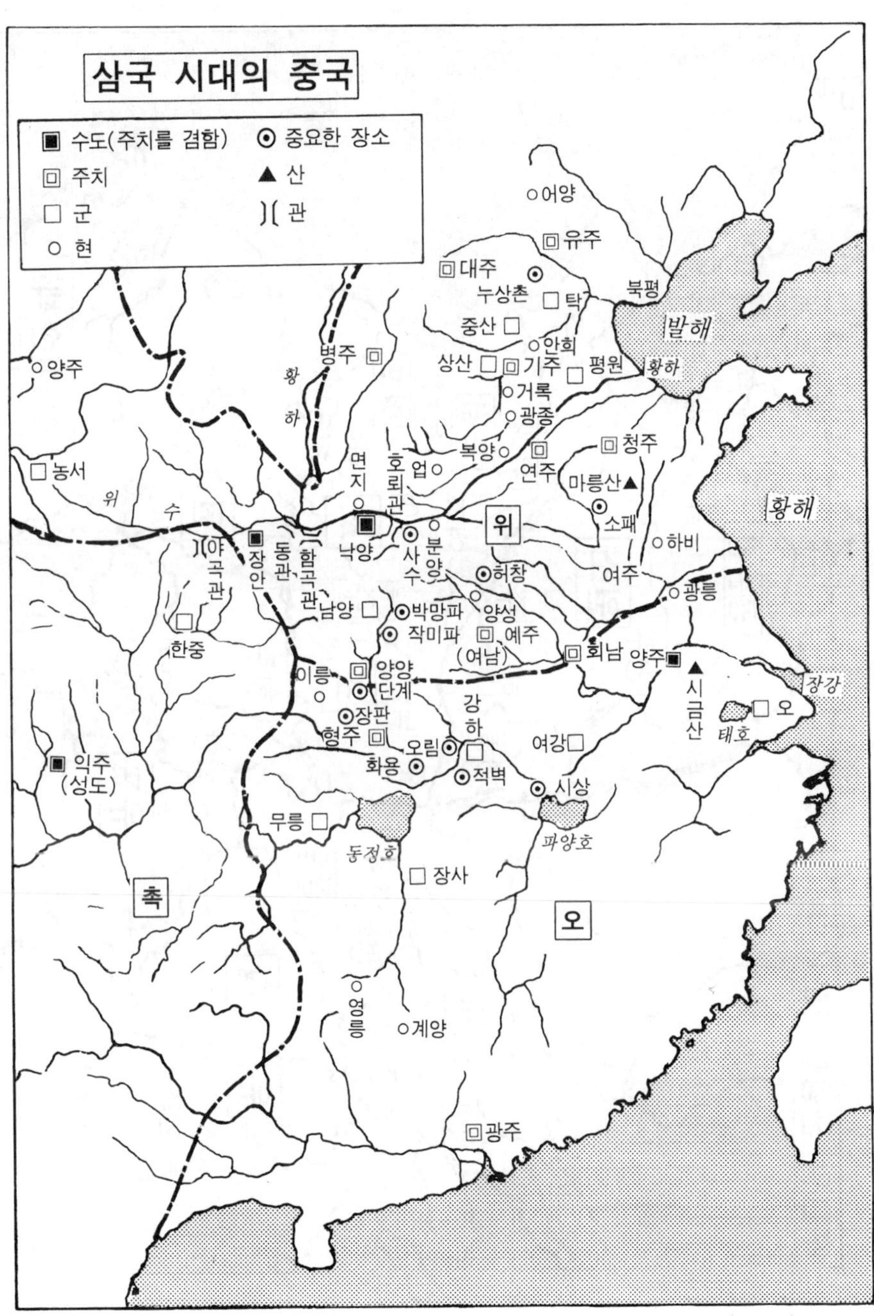

삼국 시대의 중국
■ 수도(주치를 겸함)
◉ 중요한 장소
▣ 주치
▲ 산
□ 군
)(관
○ 현
○어양
▣유주
▣대주
누상촌
◉ 탁
북평
중산 □
○안희
발해
상산 ▣기주 □평원
황하
○거록
○광종
복양○
▣청주
연주
마릉산 ▲
황해
면지
호로관
○업
위
소패
○하비
여주
낙양
◉분수
◉허창
○광릉
장안
함곡관
남양 □
◉박망파
○양성
동관
◉작미파
▣예주
야곡관
(여남)
회남 □양주 ■
한중
이릉
▣양양
강하
시금산 ▲
장강
◉단계
태호
□오
◉장판
형주▣
○오림
여강□
익주 ■
화용
◉적벽
◉시상
(성도)
무릉 □
동정호
파양호
촉
□장사
오
○영릉
○계양
▣광주

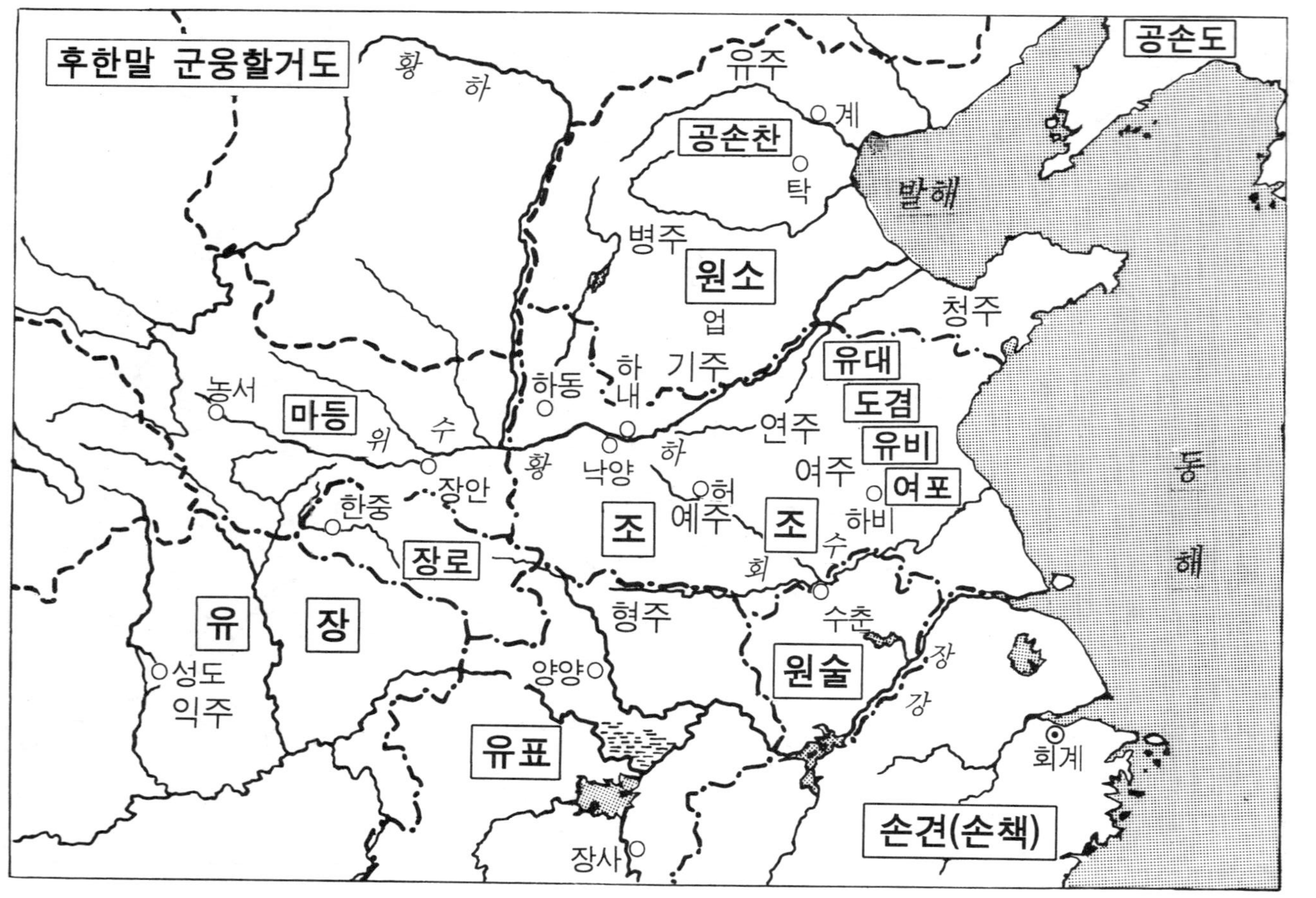

후한말 군웅할거도
공손도
공손찬
발해
유주
계
탁
병주
원소
업
기주
청주
하내
유대
도겸
유비
여포
농서
마등
황하
위 수
하동
낙양
하
연주
여주
하비
수
장안
한중
장로
황
예주
허
조
조
회
조
형주
수춘
원술
유
장
양양
장 강
성도
익주
유표
회계
장사
손견(손책)
동 해

제 15 회   강동을 평정한 손책

태사자감투소패왕　　손백부대전엄백호
太史慈酣鬪小霸王　　孫伯符大戰嚴白虎

태사자가 '소패왕' 손책과 겨루고
손책은 엄백호와 한판 싸움을 벌이다

여포의 변명

마침내 장비가 검으로 목을 찌르려 하는 순간 유비가 덤벼들어 끌어안고는 검을 빼앗아 던져버렸다.

"옛 선인이 말씀하시기를 '형제는 손발과 같고, 처자는 의복과 같다'고 하였다. 의복은 아무리 해어져도 꿰맬 수 있지만 떨어져 나간 손발은 다시 이어놓을 수 없지 않느냐? 우리가 복숭아 밭에서 의형제를 맹세할 때 같이 태어난 몸은 아니지만 죽을 때는 같이 죽겠다고 서약하였다. 성을 하나 잃고 가족을 잃었다 해서 어찌 굳게 맺은 의형제를 죽일 수 있단 말이냐? 더욱이 성은 본디 나의 것이 아니며 가족은 포로가 되긴 했지만 여포가 죽이지는 않을 테니 구해낼 가망성이 전혀 없는 것도 아닌데 한때의 실수로 목숨을 끊어서야 되겠느냐?”

유비는 말을 마치고 나서 한참 동안 눈시울을 붉혔다. 관우와 장비도 서로 끌어안고 눈물을 흘렸다.

한편, 원술은 여포가 야습에 성공하여 서주성을 얻었다는 소식을 접하자 급보를 띄워 여포에게 제의하였다. 양식 오만 석, 말 오백 필, 금은 일만 냥, 채색된 비단 일천 필을 진상할 테니 이 조건으로 유비의 후위를 위협해 달라는 것이었다. 여포는 이 제의에 혹하여 고순에게 오만 병력을 이끌고 유비의 배후를 습격케 하였다.

유비는 이 소식을 듣고 어쩔 수 없이 우이로부터 철수하여 동쪽을 향해 광릉(廣陵)에 머물기로 하였다. 결국 고순은 유비가 떠나가버린 뒤에 우이에 이르러 허탕을 치고 말았다. 그래도 고순은 기령을 만나 약속된 물품을 요구하니 기령이 답하였다.

“일단 철수하십시오. 제가 돌아가서 우리 주공과 협의하여 답신하도록 하겠습니다.”

고순이 돌아가서 이 사실을 여포에게 보고하자 여포가 원술의 의도를 미심쩍어하기 시작할 무렵에 원술의 서신이 왔다. 고순이 와주어 유비가 후퇴하긴 했지만 유비가 아직 살아 있으니 약속한 품목은 유비가 잡혔을 때 모두 바치겠다는 내용이었다. 이 내용을 읽고 여포는 노발대발하였다.

“원술, 이 사기꾼 같은 놈!”

여포는 한바탕 싸움을 벌이려 하였으나 진궁이 이를 제지하였다.

“고정하시지요. 싸움을 거는 것은 현명한 일이 아닙니다. 원술은 수춘에 머무르고 있는데다 병력도 대단하고 양식도 풍부합니다. 그러니 너무 쉽게 보았다가는 도리어 실패하고 맙니다. 차라리 이번에는 우리 쪽이 유비를 불러다가 소패에 주둔시켜 우리 군진의 우익으로 삼는 편이 나을 것입니다. 그러다가 유비 군단을 선봉으로 하여 원술을 먼저 친 후에 원소를 치십시오. 이 일이 성공하면 천하 무대에 진출하게 될 것입니다.”

이리하여 여포는 유비를 다시 부르는 서신을 보냈다. 그동안 유비는 광릉으로 가는 도중에 기습을 받아 군대의 태반을 잃었다. 그래서 하는 수 없이 되돌아오는 길이었는데 중도에서 여포의 사자와 만나게 된 것이었다.

유비는 매우 기뻐하였지만 관우와 장비가 반대하였다.

“여포 놈은 신의가 없어 신용할 수 없는 놈이니 그와 한편이 되는 것은 현명치 못한 처사입니다.”

그러나 유비는 끝까지 자기 생각을 굽히지 않았다.

“모처럼 호의를 베풀어 불러주었는데 그렇게 의심해서는 안 되네.”

그리하여 끝내 서주로 되돌아갔다.

여포는 유비의 의심을 사지 않기 위해 먼저 그의 가족을 돌려보내었다. 감(甘)씨·미(糜)씨의 두 부인이 유비에게 보고하기를, 여포 장군이 유비가 없는 동안 이 집을 잘 지켜주어 수상쩍은 사람의 출입을 막아주었고 또 시녀들에게도 많은 물건을 보내주어 전혀 불편을 모르고 지냈노라는 것이었다.

이에 유비가 관우·장비에게 부드럽게 타일렀다.

“보아라. 사람을 함부로 의심하면 안 되는 법이다. 내가 예견한 대로 우리에게도 무례하게 굴지 않을 것이다.”

이렇게 말하고 입성하여 여포에게 답례하기로 하였지만 장비는 여포를 원망하며 입성을 회피하고 유비의 두 부인과 더불어 먼저 소패성으로 갔다.

여포는 유비의 정중한 답례를 받고 변명을 늘어놓았다.

"이 사람이 성을 차지할 생각은 없었습니다만 아우님 되시는 장비께서 술이 지나쳐 살인을 범하고 일대를 소란에 빠뜨리게 될까 염려되어 다만 성의 안전을 위해 입성했을 뿐이었습니다."

유비가 그 말을 받았다.

"이 몸은 오래 전부터 여 장군에게 서주를 넘겨드릴 생각을 하고 있었소이다."

여포가 짐짓 양보하는 듯 말하였다.

"아니, 아니올시다. 유 장군께 다시 반환하여야지요."

그러나 두말 할 것도 없이 입으로만 늘어놓는 형식적인 말일 뿐이었다. 유비는 일언지하에 거절하고 서주를 떠나 소패에 주둔하였다. 관우·장비는 아무래도 마음이 편치 않아 걱정하고 있었으므로 유비가 다시 그들을 설득하였다.

"몸을 굽혀 자기 분수를 지키며 하늘의 때를 기다려야지 무리를 해서는 안 되는 법이네."

여포가 쌀이며 피륙 따위를 소패로 보내왔으므로 이래저래 화해가 성립되었다.

옥새를 얻은 원술

원술은 수춘에서 휘하 장졸들을 위해 큰 잔치를 베풀었다. 그때 손책이 여강(廬江)의 태수 육강(陸康)을 격파하고 돌아왔다는 보고가 들어왔다. 이에 원술이 손책을 불러들이자 손책은 연회장 입구에 엎드려 승전보를 전하였다. 원술은 그에게 몇 마디 칭찬의 말을 건네고는 술자리에 합석시켰다.

손책은 부친의 사후에 강남 땅으로 물러나 인재를 모으고 있었는데 얼마 뒤 도겸(陶謙)과 손책의 외숙인 단양(丹陽) 태수 오경(吳景)과 사이가 나빠졌다. 그래서 모친과 가족들을 곡아(曲阿) 땅으로 옮겨가 살도록 하고, 자신은 그 고장에 있는 원술의 군진을 찾아와 몸을 의탁하고 있었다.

원술은 손책을 지극히 사랑하여 늘 입버릇처럼 중얼거렸다.

"나에게 손책과 같은 자식이 있다면……."

그리고 그에게 회의교위(懷義校尉)라는 직책을 주어 경현(涇縣)에서 일어난 반란적의 거물급 조랑(祖郎)을 토벌케 하였더니 쾌승을 거두고 돌아왔다. 원술은 이처럼 재간이 뛰어난 손책을 육강 토벌에도 나서게 했는데 손책은 역시 기대에 부응해 또다시 이기고 돌아온 것이었다.

이날 밤 향연이 끝난 뒤 자기 진영으로 돌아간 손책은 마음이 몹시 울적하였다. 연회석상에서 극도로 거만을 떨었던 원술의 행동이 생각났기 때문이었다. 그는 달빛이 휘영청 밝은 마당을 이리저리 거닐며 깊은 상념에 젖어들었다.

'선친 손견은 모두가 입을 모아 칭송하는 위대한 영웅이었다. 그런데 그 아들인 나 손책은 남의 휘하 군영에서 고작 식객 신세에 머물러 있지 않은가!'

그런 생각에 잠기다가 손책은 그만 자기도 모르게 뜨거운 눈물을 흘리며 흐느껴 울었다. 그때 마침 누군가가 마당에 들어오더니 웃으면서 말했다.

"무엇을 그리 슬퍼하시오? 선친께서 살아계실 때는 이 사람에게 의견을 물어 의지하셨다오. 그러니 무엇이든 결단이 서지 않는 일이 있거든 이 사람에게 물어보시지요."

손책이 뒤돌아보니 그는 단양 땅 고장(故鄣) 출신 사람으로 주치(朱治)라는 인물이었는데, 자를 군리(君理)라 하였으며 전에는 손견의 막료로 있던 인물이었다.

손책이 눈물을 거두고 말했다.

"이 몸은 선친의 큰 뜻을 이어받지 못하고 있으므로 선친께 부끄럽고 통분스럽기 그지없습니다."

이에 주치가 제안하였다.

"그러시다면 원술 장군에게 강동 땅으로 외숙인 오경을 구하러 간다는 구실을 대고 군사를 빌려 크게 이름을 떨치시는 겁니다. 언제까지 이렇게 남의 밑에서 기를 펴지 못하고 있을 수는 없지 않습니까?"

그들이 이렇게 말을 주고 받는데 한 사나이가 숲 그늘에서 뛰어나와 호탕하게 웃으며 말하였다.

"엿들을 생각은 없었습니다만 귀가 있으니 다 들리는군요. 내 부하로 일백 명의 장정이 있으니 이 병력을 언제든지 빌려드리겠습니다."

그는 원술의 모사로 여범(呂範)이라는 사람이었다. 손책이 기뻐하며 여범과 같이 협의하니 여범이 말하였다.

"문제는 원 장군이 과연 군사를 빌려주겠는가 하는 점입니다."

이에 손책이 제안하였다.

전국(傳國)의 옥새를 선친께서 이 사람에게 남겨주셨소. 그것을 저당으로 잡혀 원 장군께 제공하면 어떨까요?"

여범이 무릎을 치며 쾌재를 불렀다.

"그것이라면 원 장군도 기꺼이 병력을 제공할 것이오."

이렇게 협의가 이루어졌다. 이튿날 손책은 원술 앞에 나가서 울며 고개를 조아렸다.

"선친의 원한도 아직 풀어드리지 못하고 있는데 지금 또 외숙이 되는 오경이 양주(揚州) 땅의 자사 유요(劉繇)의 위협을 받고 있습니다. 모친과 일족은 곡아에 있는데 언제 다시 어떤 봉변을 당할지 불안하여 가만히 있을 수가 없습니다. 아뢰옵기 황송하오나 이 기회에 군사 오륙천 명을 빌려가서 장강을 건너 모친을 만나 구출하고자 합니다. 장군께서 의심하지 않으시도록 하기 위해 선친이 남겨주신 옥새를 맡겨놓고 가려고 하니 공의 생각은 어떠하신지요?"

원술은 옥새를 가져오게 하여 그것을 손에 올려놓고 이리저리 살펴보더니 좋아서 어쩔 줄을 몰랐다.

"내가 구태여 이것을 갖고 싶어하는 것은 아니지만 기왕에 그런 뜻이라면 맡겨두고 가게나. 내가 삼천 병력에 말 오백 필을 마련해주지. 관직이 낮으면 권위도 부족하고 권력 행사에도 지장이 있는 법, 내 황제께 상주하여 절충교위(折衝校尉)로 승진시킬테니 날짜를 잡아서 떠나도록 하게."

이렇게 해서 손책은 병마를 빌려 주치(朱治), 여범(呂範)을 비롯하여 그 밖에 옛 부하 장군인 정보·황개·한당 등을 거느리고 진군하였다.

일행이 역양(歷陽)에 이르렀을 때 한 떼의 군사와 마주쳤다. 그런데 그 선두에 흡사 그림으로 그린 듯 빼어난 미남자가 말을 몰고 있다가 손책을 보더니 말에서 내려 인사를 하려 했다. 그는 여강 땅 서성(舒城) 출신으로 성은 주(周), 이름이 유(瑜), 자는 공근(公瑾)이라는 인물이었다. 옛날 손견이 동탁을 토벌하고 있을 때의 일로 주유가 서성으로 옮겨가 살 때 손책을 만나 친교를 맺었는데 나이가 동갑이라 끝내는 의형제를 맺게 되었다. 다만 손책이 두 달쯤 먼저 태어나서 주유가 그를 형으로 모시게 된 것이었다.

주유에게는 당숙이 있었는데 단양 태수인 주상(周尙)으로 당숙을 찾아가는 길에 손책과 만나게 된 것이었다. 손책이 매우 반가워하며 길을 떠나온 경위를 실토하였더니 주유가 답하였다.

"저도 같이 따라가지요."

이에 손책은 크게 만족하여 말했다.

"내가 자네의 도움을 받다니, 이런 길조가 어디 있겠나!"

그러면서 주유를 주치·여범에게 소개했다. 주유가 손책에게 넌지시 물었다.

"이미 거사를 하셨으니 말씀드리는 것입니다만 강동 땅의 두 장씨를 아시는지요?"

"두 장씨라니, 그들이 누군가?"

"한 명은 팽성(彭城) 땅의 장소(張昭)로, 자를 자포(子布)라고 합니다. 또 한 명은 광릉(廣陵) 땅의 장굉(張紘)으로, 자를 자강(子綱)이라 합니다. 모두가 천지를 손바닥에 올려놓고 놀듯한 인물들이온데, 난세를 피해 강동에 숨어 지내고 있지요. 그러니 반드시 그들을 찾아 합류시키십시오."

손책은 그들에게 선물과 함께 자신의 뜻을 전하였지만 둘 중 어느 누구에게서도 소식이 없었다. 결국 손책이 직접 그들의 은신처로 가서 그들과 이야기를 나누고 보니 과연 보기드문 인재였다. 손책이 열성으로 권하니 마침내 그들도 승낙하였다. 손책은 장소를 장사(長史)로 임명하여 무군 중랑장(撫軍中郎將)을 겸하게 하였고 장굉은 참모인 정의교위(正議校尉)에 봉한 다음 함께 유요의 토벌에 대해 협의하였다.

손책과 태사자의 결전

유요는 자를 정례(正禮)라 하는 동래(東萊) 땅 모평(牟平) 사람이었다. 그도 역시 한나라 황실의 핏줄을 이어받은 인물로 태위 유총의 조카요, 연주 땅의 자사인 유대(劉岱)의 아우였는데 양주의 자사로서 수춘에 있다가 원술에게 쫓겨 곡아로 옮겨와 살고 있었다.

유요는 손책이 출병한 소식을 듣고 긴급히 대책을 협의하였다. 이때 휘하의 장수 장영(張英)이 큰소리를 치며 나섰다.

"이 사람이 우저(牛渚)에 버티고 있으면 백만 대군도 얼씬하지 못할 것입니다."

그가 미처 말을 맺기도 전에 다른 장수가 나섰다.

"제가 전위의 맨 선두에 서겠습니다."

이렇게 말한 이는 동래 땅 황현의 태사자였는데 그는 일찍이 북해에서 공융을 구하고 유요의 초빙을 받아 그 막하에 몸을 맡기고 있었다. 유요가 태사자를 저지하며 말하였다.

"아닐세. 자네는 너무 나이가 젊어 대장으로서 통솔하기에는 미흡하니 아무 말 말고 나의 곁에 있어주게."

태사자는 시무룩한 표정이 되어 물러갔다.

장영은 병력을 우저로 내보내고 십만 병력이 먹을 만한 식량을 군수품 창고에 가득 채워 넣었다.

이윽고 손책이 나타나 대전을 벌이니 장영이 나가 맞섰다. 우저(牛渚)의 돌밭 위에서 일대 접전이 벌어졌다. 손책이 나서자 장영이 욕설을 퍼부었다. 이에 황개가 장영과 맞섰는데, 갑자기 장영의 부대가 크게 동요하였다. 진지의 뒤쪽에 불이 난 것이었다. 장영은 크게 놀라 서둘러 부대를 퇴각시켰다. 이에 손책이 이 기회를 놓칠세라 공격을 가해왔다. 그리하여 장영은 우저를 버리고 깊은 산 속으로 피신하였다.

장영의 진지 뒤에서 불을 지른 이는 손책 휘하의 두 장수로 하나는 구강(九江) 땅 수춘 출신의 장흠(蔣欽)이라는 사람이고 또 한 명은 같은 구강 땅 하채(下蔡) 사람인 주태(周泰)였다. 이 두 사나이는 난세에 태어나 양자강 연안을 놀이터로 삼는 불한당들을 모아다가 해적 아닌 수적(水賊)질을 하고 지낸 무리들이었다. 이번에 강동의 용장 손책이 사람을 모으고 있다는 소문을 듣자 크게 결심하여 삼백 명이나 되는 수하 졸개들을 거느리고 귀순해온 것이었다.

손책은 이 수적패들이 처음 거둔 승리에 크게 기뻐하며 장흠·주태를 거전교위(車前校尉)로 임명하였다. 손책은 우저의 군수품 창고에 들어 있던 양식과 무기를 압류하고 항복한 사천여 명의 장졸들을 데리고 신정(神亭)으로 전진하였다.

장영이 참패해서 돌아오자 유요가 격분하여 그를 참살하려 하였으나 모사 착융(笮融)과 설례(薛禮)가 중재에 나섰다. 결국 장영은 영릉(零陵)의 성으로 보내져 그곳을 방어하게 되었다.

유요는 신정 영남에 진을 쳤고 영북에는 손책이 포진했다.

어느 날 손책이 토착민 하나를 붙들고 물었다.

"이 근방에 한나라 광무제의 묘당(廟堂)이 있지 않았느냐?"

"있고 말고요. 저 고개 너머에 있습니다."

손책은 쾌재를 불렀다.

"광무제가 나를 부르신 꿈을 꾸었다네. 어서 가서 기원해봐야지."

그러나 장소가 이를 말렸다.

"그만 두시지요. 영남에는 유요가 진을 치고 있으니 필시 복병이 있을 것입니다."

그러나 손책은 막무가내였다.

"신인(神人)이 나를 부르시는데 무엇을 두려워하겠는가?"

그러면서 그는 갑옷 차림에 창을 들고 말에 올라 정보·황개·한당·장흠·주태 등 열세 기를 거느리고 진지를 떠나 묘당에 도착하여 향을 피우며 절하였다.

손책은 신전에 무릎을 꿇고 외쳤다.

"저 손책이 만약 강동에 공을 세워 선친의 뒤를 부흥시킬 수 있다면 이 묘당을 말끔히 수리하고 사시사철 제사를 중지하지 않게 하오리다."

기원을 마치고 묘당을 떠나오는 도중에 갑자기 손책이 제안하였다.

"기왕 여기까지 왔으니 영남 쪽 유요의 진지를 보고 가세."

일동이 위험하다고 제지하였으나 손책은 듣지 않았다. 결국 이들은 나란히 영남 쪽을 살펴보았는데 정찰하러 나왔던 적병이 이 사실을 유요에게 보고하자 유요가 말하였다.

"우리를 꾀어내려는 속임수이니 섣불리 걸려들지 않도록 하라."

그러나 태사자는 발을 동동 구르며 아뢰었다.

"손책을 지금 잡지 않으면 이런 기회는 다시 오지 않을 것입니다."

그러고는 유요의 지시와 상관없이 창을 들고 말에 올라타 뛰어나가며 외쳤다.

"용기 있는 놈은 누구든지 따라나서라!"

그러나 아무도 나서는 사람이 없었다. 다만 하급 졸병 하나가 소리쳤다.

"저 보시오! 태사자의 늠름한 모습을요! 나라도 따라가서 모셔야겠소."

그러고는 말을 타고 뒤쫓았다. 다른 사람들은 그의 모습을 보며 냉소할 뿐이었다.

손책이 한참 동안 영남 쪽을 내려다보다가 산등성이를 넘어 내려오는데 등뒤에서 누군가가 외쳐댔다.

"손책! 거기 서라!"

뒤돌아보니 말 두 필이 산등성이에서 뛰어내려오는 것이 보였다. 손책은 휘하의 열세 명의 부하와 함께 일렬로 선 다음 말 위에서 창을 들고 기다렸다.

"어느 놈이 손책이냐?"

태사자가 물으니 손책이 반문하였다.

"네 놈은 누구냐?"

"동래 출신 태사자라는 사람이다. 손책을 사로잡아가려고 왔다."

손책이 코웃음을 치며 답하였다.

"그 손책이 바로 나다. 네 놈들 두 명이 한꺼번에 덤벼봐라! 내가 꿈쩍이나 할 줄 아느냐?"

태사자도 이에 질세라 대들었다.

"네 놈들이나 어서 한꺼번에 덤벼봐라! 이쪽에서 콧방귀나 뀌어줄 테니."

그러고는 손책을 향해 정면으로 달려왔다. 이에 손책이 창을 들고 상대하여 접전이 쉰 차례나 계속 되었는데도 결판이 나지 않았다. 정보 등 맹장들이 지켜보며 혀를 내둘렀다.

태사자는 손책이 창을 다루면서도 전혀 흐트러지는 법이 없는 것을 보고 고의로 진 척하여 내빼면서 손책이 따라오도록 유도하였다. 태사자가 좀전에 내려왔던 길을 피하고 다른 길을 통해 산등성이를 도니 손책이 접근하며 크게 소리쳤다.

"네가 사내 놈이면 등을 보이지 말아라!"

태사자는 속으로 따져봤다.

'이놈에게는 따르는 놈이 열두 명 있다. 그러나 나에게는 단 한 명뿐이다. 지금 여기서 이놈을 덮친다면 다른 놈들이 뒤쫓아올 것이 뻔하다. 그러니 좀더 멀리까지 가서 손책을 고립시킨 다음 그때 잡아야겠다.'

이리하여 태사자는 싸우고 달아나고, 또 싸우다가 달아나며 뒷

걸음쳤다. 손책은 한사코 뒤쫓아와서, 어느덧 평평한 지면으로 내려서게 되었다.

그때 갑자기 태사자가 말머리를 돌려 공격해오니 이번에도 쉰 차례나 되는 접전이 벌어졌다. 손책이 창으로 찌르니 태사자가 몸을 옆으로 틀며 한 손으로 그 창을 받아 움직이지 못하게 하고 이번에는 자기 창으로 손책을 찌르려 하였다. 손책 역시 태사자의 창을 잡아 꼼짝 못 하게 만들었다.

결국 그들은 창의 양 끝을 하나씩 잡은 채로 밀고 당기고 하다가 같이 말에서 떨어지고 말았다. 이 바람에 말은 어디론가 달아나버렸다. 손책과 태사자는 창을 내던지고 이번에는 격투를 벌이기 시작했다. 옷이 다 찢어져 반벌거숭이가 될 때까지 싸움은 계속되었다.

한 순간 손책이 태사자가 등쪽에 꽂아놓은 단극(短戟)을 재빨리 빼어들었다. 그러자 태사자는 손책의 머리에서 투구를 벗겨냈다. 손책이 단극으로 태사자를 찌르려는 순간 태사자는 손책의 투구로 그것을 막았다.

이렇게 싸움이 이어지고 있는데 갑자기 등뒤에서 함성이 들리며 유요의 일천 병력이나 되는 응원군이 도착하였다. 손책은 크게 당황하여 어쩔 줄 모르고 있는데 정보 등 열두 기마가 달려왔다. 손책과 태사자는 겨루던 손을 놓았다. 태사자는 응원군의 말을 집어타고 다시 도전해왔다. 손책도 정보가 달아난 말을 끌어다 주었으므로 다시 그 위에 올라 응전하였다.

결국 유요의 일천 병력과 정보 등 열두 명의 군사 사이에 일대 혼전이 전개되었다. 밀고 밀리는 접전 가운데 어느덧 신전의 고개 밑까지 왔을 때 멀리서 주유 군이 달려왔다. 유요도 대군을 거느리고 고개를 넘어 내려갔다. 이때는 해가 질 무렵이었는데 갑자기 바람이 불어오더니 폭우가 빗발치면서 하늘도 캄캄해졌다. 일단 싸움은 중지되었고 서로 물러나는 수밖에 없었다.

이튿날은 손책이 먼저 유요의 진영으로 쳐들어갔다. 대전하기 전에 손책은 창 끝에 태사자의 단극을 내걸어 높이 쳐든 다음 군졸들에게 소리치게 하였다.

"태사자가 줄행랑의 명수가 아니었다면 지금쯤 이렇게 창에 찔려 죽고 말았을 게다."

태사자도 손책의 투구를 가리키며 군졸들로 하여금 소리치게 하였다.

"봐라! 이놈들아, 이게 손책의 그 잘난 머리통이다."

쌍방이 욕설을 주고 받으며 상대방의 기세를 누르려 했다. 이윽고 태사자가 진 밖으로 나왔다. 이를 보고 손책이 나서려 했으나 정보가 앞질러 나가며 외쳤다.

"네 놈 상대로는 내가 적임자지."

태사자가 눈을 부라리며 소리쳤다.

"거추장스럽게 네 놈 따위가 나서는 게냐? 어서 손책 놈을 내세워라."

정보가 노기 등등해서 태사자를 공격하였다. 서른 차례나 접전을 벌였는데도 승패가 나지 않았다. 그때 갑자기 싸움을 멈추라는 종소리가 울렸다. 유요의 명이었다. 태사자가 불평을 토로하며 투덜대었다.

"이제 한걸음이면 손책을 사로잡을 수 있는데 왜 종을 치는 겁니까? 이는 다된 밥에 재뿌리는 격입니다."

"주유가 곡아를 공략했다는 보고가 들어왔네. 여강 땅 송자(松慈)의 진무(陳武)도 주유를 도와 곡아를 치러 갔다 하네. 요컨대 우리는 이미 기지를 잃은 것이나 다름없으니 우물 쭈물하고 있을 수 없는 일 아닌가! 즉시 말릉(秣陵)으로 가서 설례와 착융의 도움을 받아야 하네.”

　이에 태사자는 유요와 더불어 철군하였다. 손책도 더 이상 추격하지 않고 일단 휴전에 들어가자 장소가 말하였다.

　“적은 곡아를 주유에게 빼앗겨서 전의를 잃었으니 추격전을 벌이기에는 오늘 밤이 딱 알맞지요.”

　이에 손책은 부대를 다섯으로 나누어 그날 밤 장거리 원정을 감행하였다. 결국 유요는 또다시 사분오열(四分五裂)의 참패를 맛보았다. 혼자 힘으로는 어찌 할 수가 없어 십수 기를 거느리고 경현으로 피신하였다.

　손책은 진무를 자기 휘하로 끌어들여 큰 도움을 받았다. 그는 키 일곱 자의 거구로 누런 얼굴에 붉은 눈동자를 가진 퍽이나 기괴한 생김새의 사나이였다. 손책은 이같은 진무를 경애하여 교위로 임명하고 첫 번째 임무로 설례를 치게 하였다. 진무가 십수 명의 군사를 이끌고 적진에 돌입하여 단숨에 쉰이 넘는 적군의 목을 베어 버리자 진무의 돌진에 겁이 난 설례는 성문을 굳게 잠그고 나오려 하지 않았다.

　한편 손책이 말릉성을 공격하고 있을 때 유요가 착융과 합작하여 우저를 탈환했다는 보고가 들어왔다. 이에 손책은 몹시 성이 나서 즉시 대군을 거느리고 우저로 향하였다.

　적진에서 유요·착융이 나오자 손책은 목청을 높여 외쳤다.

　“이놈들아 내가 왔다. 어서 나와 내 앞에 항복하여라.”

　그러자 유요의 등뒤에서 한 장수가 뛰어나왔다. 그는 유요 휘하의 간미(干糜)였는데 손책과 두서너 차례의 접전 끝에 생포되고 말자 유요의 장수 번능(樊能)이 이를 보고 창을 겨누며 뒤쫓았다. 마침내 그의 창 끝이 손책을 찌르려는 찰나 손책의 군진에서 그의 부하들이 소리쳤다.

“장군, 뒤를 조심하십시오.”

손책이 뒤를 돌아보니 바로 코앞에 번능이 서서 찌르려는 것이 아닌가! 이에 손책이 청천벽력 같은 소리를 질렀다.

“이놈!”

그 소리는 마치 천둥이 치는 것과 같았다. 번능은 그 위엄에 놀란 나머지 말 위에서 떨어져 두개골이 부서지고 말았다. 뿐만 아니라 손책이 자기 군진의 어귀에 이르러 생포해온 간미를 땅에 내던지니 간미는 이미 목이 졸린 채 시체가 되어 있었다.

그 후 손책은 ‘소패왕(小覇王)[항우장사(項羽壯士)]’이라 불리게 되었고, 유요의 군대는 대부분 손책 앞에 항복하였다. 손책은 이 싸움에서 만여 명의 목을 베었다.

한편 유요는 착융과 더불어 예장의 유표에게 의지하고자 도주했다.

손책은 회군하여 말릉으로 돌아온 후에도 공격을 멈추지 않고 직접 성의 주변에 나가서 성 안의 설례에게 투항하기를 권고하였다. 그러자 갑자기 성 안쪽으로부터 화살이 쏟아졌는데 그 중 하나가 손책의 왼쪽 다리에 맞아 손책은 말 위에서 떨어지고 말았다. 휘하 군병들이 달려들어 진지로 모셔가 화살을 뽑고 치료하였다.

손책은 자신의 부상을 교묘히 이용하기로 하고 자기가 화살에 맞아 낙사했다는 소문을 퍼뜨리게 했다. 전군이 장례 준비를 하는 체하면서 진지를 거두어 철수하는 것처럼 보이게 했다.

설례는 그 속임수에 속아넘어갔다. 그는 일각을 다투어 성 안의 병력을 총동원하여 대장인 장영, 진횡(陳橫)과 더불어 추격전을 벌였다.

그러자 순식간에 사방에서 복병이 달려 나오고 그 선두에서는 죽었다는 손책이 말을 몰며 크게 소리쳤다.

"나는 손책이다. 손책이 여기 있다!"

적군은 갑자기 나타난 손책을 보고 혼비백산하여 무기를 버리고 그 자리에 엎드렸다. 손책은 그들을 죽이지 말라고 명했다.

장영은 말머리를 돌리다가 진무(陳武)의 손에 무참히 살해되었다. 진횡도 장흠의 화살에 맞아 어이없는 최후를 마쳤으며 설례도 그 난리 속에서 목숨을 잃었다. 손책은 말릉성에 들어가 주민들을 선무하고 나서 태사자를 잡기 위해 경현(涇縣)으로 병마를 돌렸다.

손책과 약속을 지킨 태사자

그때 태사자는 새로 이천여 명의 젊은이들을 모아서 먼저 있던 부대와 합친 후 유요를 위한 복수전을 준비하고 있었다. 손책은 어떻게 하면 태사자를 생포할 수 있을까 고심하다가 주유에게 계책을 물었다.

주유가 말하였다.

"경현성을 세 방향에서 공격하되 동문 쪽은 비워놓고 공격하는 것이 좋겠습니다."

그러고는 성 밖 이십오 리 지점에 있는 세 갈래 길에 각각 군병을 숨겨놓았다. 태사자가 그곳까지 오면 군사들과 말이 모두 녹초가 되어 잡힐 수밖에 없도록 계산한 것이다.

한편 태사자가 모은 젊은이들은 민가의 농부와 초부 등으로 훈련을 제대로 받지 못한 사람들이었기 때문에 전투 경험이 전혀 없는 자들이었다. 그날 밤 손책은 진무에게 선두에 서서 성으로 기어올라가 불을 지르도록 명하였다.

태사자는 성 안에 불길이 오르자 동문을 향해 말을 달렸다. 그 뒤에서 손책이 추격하였다. 태사자는 필사적으로 말을 몰았다.

추격대는 삼십 리 지점까지 따라오다가 더 이상 쫓아오지 않았다.

태사자는 계속 전진하였으나 오십 리 지점에 이르러 한 발자국도 움직일 수 없을 만큼 지쳐버렸다. 그때 갈대 숲속에서 갑자기 함성이 들리는 것이었다. 태사자가 적의 계략을 눈치채고 다시 말을 몰아 달리려 하는데 적군이 쳐놓은 그물에 말의 발이 걸리면서 넘어지기 시작하였다.

태사자는 별수 없이 생포되어 손책 군의 본진으로 끌려갔다. 손책은 태사자를 험하게 다룬 군졸들을 꾸짖고 손수 자기 손으로 태사자를 묶은 밧줄을 풀어주었을 뿐만 아니라 자신이 입던 비단옷을 꺼내어 태사자에게 입혀주었다.

손책이 태사자를 타일렀다.

"자네가 용감한 장수임은 이미 잘 알고 있네. 오늘의 이 실패는 어리석은 유요가 자네를 제대로 기용하지 못했기 때문일세."

결국 태사자는 손책의 융숭한 대접에 감복하여 그에게 귀순하고 말았다. 손책은 그의 손을 잡고 껄껄 웃으며 물었다.

"지난날 신정(神亭)에서 격투를 벌일 때 자네가 만일 나를 잡았더라면 나를 죽였겠는가?"

태사자도 웃으며 응수했다.

"글쎄요. 뭐라고 대답해야 할지 모르겠습니다."

손책은 그의 말에 파안대소하며 즐거워하였다. 그를 막사로 데리고 가서 객좌에 앉힌 뒤 주찬을 내어 향연을 베풀었다. 이때 태사자가 청하였다.

"유요가 패전한 직후, 그의 장졸들은 산산이 흩어져 있습니다. 제가 가서 그들을 모아 데리고 오고자 하는데 허락하시겠습니까?"

손책은 반색하였다.

"그렇게 되면 오죽이나 좋겠소. 그럼 내일 한낮까지는 꼭 돌아오겠다고 약속해주게."

태사자는 손책과 굳게 약속한 다음 곧바로 떠났다. 손책의 휘하 장수들은 의구심을 갖고 말하였다.

"태사자는 다시 돌아오지 않을 것입니다."

그러나 손책은 일언지하에 이를 부정하였다.

"그 사람은 신의가 두터운 사람이오. 그러니 결코 약속을 어길 리가 없네."

그러나 일동은 태사자를 믿지 않았다.

이튿날 손책 군영의 영문 앞에는 장대 하나가 세워졌다. 해의 그림자를 관측하는 해시계였다. 그 그림자가 정확히 한낮을 가리켰을 때, 저 멀리서 일천 병력을 거느린 태사자의 모습이 나타났다. 손책은 빙그레 웃음을 지었고 장수들은 손책의 사람 보는 눈에 감탄하였다.

이리하여 손책은 병력이 수만으로 불어났고, 강동을 지지기반으로 하여 민중을 자애롭게 다스렸다. 그를 존경하여 모여드는 백성들도 많았으며 강동 사람들은 손책을 '손랑(孫郎)'이라 부르며 따랐다. 또한 처음에는 손랑의 군사가 온다는 소식을 들으면 으레 겁을 집어먹었는데, 손책은 진격한 곳 어디에서나 군사들에게 민중을 학대하고 재물을 약탈하는 짓을 엄히 금지하였으므로 손책의 군대는 어디에서나 사랑을 받았다. 술과 고기를 손수 대접하며 그들을 위로하는 사람도 많았다. 그러면 그때마다 손책은 민중들의 자발적인 성의 표시에 대해서도 금전을 치러 보답하곤 하였다.

이래저래 손책의 군사 주변은 항상 밝은 분위기가 되어 갔다. 유요의 부하였던 군졸이라 해도 손책 군에 들어가고 싶다고 하면 받아주었고 군에 들어오기를 원하지 않는 자에게는 노자를 주어 고향으로 돌아가게 하였다. 그리하여 강남 땅의 백성들이 일제히 손책을 칭송하게 되었고 그 병력도 하루가 다르게 눈부시게 늘어갔다.

손책은 모친과 외숙부 및 아우들을 곡아로 돌려보냈다. 아우인 손권(孫權)에게는 주태(周泰)를 딸려서 선성(宣城)으로 보내고 그 지역을 수비하게 하였다. 손책 자신은 오군을 치기 위해 군사를 남하시켰다.

그 무렵 오군(吳郡)에는 엄백호(嚴白虎)라는 사람이 있었는데 그는 스스로 '동오(東吳)의 덕왕(德王)'이라 일컬으며 오군을 근거로 오정(烏程)·가흥(嘉興)에도 병력을 주둔시켜 수비하고 있었다.

손책이 쳐들어온다는 소식을 접한 엄백호는 아우 엄여(嚴興)를 내보내어 풍교(楓橋)에서 싸우게 하였다. 엄여가 다리 위에서 말에 탄 채 멈춰 섰다.

손책이 나가려 하니 장굉이 말리며 말하였다.

"장군은 우리 군대에서 부채의 사북과 같은 존재이십니다. 그러니 저렇게 피라미 같은 놈을 상대하여 공연히 화를 입지 않도록 주의하십시오."

손책이 감사함을 표하며 답하였다.

"그대의 말씀은 천추에 변함없는 훌륭한 교훈이시오. 다만 이 몸이 나서려 한 것은 나 자신이 화살이 쏟아지는 전투의 현장에 서지 않으면 휘하 장졸들이 용감하게 적진으로 나가려 하지 않기 때문이었소."

이에 손책은 자신을 대신해서 한당을 내보냈다. 한당이 풍교 위에 이르러 주위를 살펴보니 이미 장흠·진무 등이 조각배를 타고 다리에 접근하여 그 일대 적을 패주시키고 있었다. 이에 한당이 곧바로 오군의 성문 가운데 하나인 창문(閶門)까지 달려가 육박전을 벌이니 적들은 성 안으로 들어가 숨어버렸다.

손책은 물가와 언덕 양면으로 진격하여 성을 포위하였다. 이렇게 포위한 지 사흘이 지났건만 성 안에서 나오는 적병은 단 한 명도 없었다. 손책은 부대를 이끌고 성 가까이까지 다가가 항복을 권유하였다.

그때 성문 위의 문루에 있던 적의 장수 하나가 왼손으로는 난간을 잡고 오른손으로 성문 아래를 가리키며 욕설을 퍼부었다. 말 위에서 지켜보던 태사자가 활에 화살을 메기며 측근에게 말하였다.

"저놈의 왼손을 쏘아 맞출 테다."

이렇게 말하고는 화살이 시위를 떠나는 소리가 들리는가 싶더니 그 화살이 성벽 위 적장의 왼손에 맞아 손이 난간에 못질한 듯 박혀버렸다. 이를 본 군사들은 성 안팎에서 일제히 박수를 쳐대며 환호하였고 적장은 부하들의 도움을 받으며 간신히 성벽 아래로 내려갔다.

엄백호는 이 모습을 지켜보다가 전율을 금치 못하였다.

"저렇게 뛰어난 활의 명수가 있었다니!"

이렇게 감탄한 그는 자신이 맞서기에는 엄청난 상대임을 인식하고 화평 공작을 궁리하였다. 이튿날 손책과의 협상을 위해 엄여를 성 밖으로 내보냈다.

손책은 엄여를 막사로 맞아들여 주연을 베풀고 난 후에 엄여에게 넌지시 물었다.

"자네 가형의 의향은 어떠하신가?"

"장군과 둘이서 강동 땅을 절반씩 나누어 차지하는 게 어떨까 하시던데요."

"뭐라고, 이 쥐새끼 같은 놈! 감히 네까짓 것들이 나와 어깨를 나란히 하겠다고?"

손책은 고함치며 엄여의 목을 베라고 명하자 엄여도 즉각 칼을 빼들고 일어섰다. 손책이 주저할 것 없이 칼을 빼 엄여를 향해 던졌다. 베어진 엄여의 목을 성 안으로 보냈더니 엄백호는 협상을 단념하고 성을 뒤로한 채 달아났다.

손책의 군사들은 계속 진격하였다. 황개가 가흥을 공략하고 태사자는 오정을 점거해가는 중에 몇몇 주가 더 평정되었다.

한편 엄백호는 여항(餘杭)을 향해 가는 도중 약탈과 폭행을 자행하여 그 고장의 능조(凌操)라는 이가 토민을 규합하여 기습을 가하였다. 엄백호는 하는 수 없이 회계(會稽)를 향해 달아났다.

손책이 엄백호를 향해 진격하는 중에 능조는 아들과 더불어 손책 일행을 맞이하였다. 손책은 그에게 종정교위(從征校尉)의 벼슬을 수여한 다음 함께 병력을 이끌고 강을 건넜다. 엄백호는 미리 비적(匪賊)들을 서진(西津)의 나루터에 배치해놓았는데 이들 또한 정보의 손에 토벌되어 회계로 달아났다.

회계의 태수 왕랑(王朗)이 엄백호를 원조하러 나서려는데 천부당만부당한 일이라며 다짜고짜 반대하는 이가 있었다.

"손책은 인의(仁義)의 군사인 반면에 엄백호는 불한당의 집결체입니다. 그러니 오히려 이 기회에 엄백호를 잡아서 손책에게 넘겨주는 것이 옳습니다!"

이렇게 말한 이는 회계 땅 여요(余姚) 출신의 우번(虞翻)으로 자를 중상(仲翔)이라 하였다. 현재 하잘것없는 벼슬아치로 있는 인물이었는데 왕랑의 귀에 그의 말이 먹혀들 리 없었다. 왕랑이 한마디로 우번을 꾸짖으니 우번은 깊은 한숨을 내쉬고 나가버렸다.

왕랑은 끝내 병마를 동원하여 엄백호와 연합하여 산음(山陰)의 들에 진을 치고 싸움을 개시하였다. 손책이 나서서 왕랑을 질타

하였다.

"우리는 인의를 대의명분으로 삼고 절강(浙江)의 치안을 위해 출병하였는데 너는 어찌 도적의 편을 들어 싸움을 거는 것이냐?"

왕랑이 지지 않고 악을 썼다.

"탐욕에 눈이 먼 어리석은 놈 같으니 오군을 차지하고도 모자라 우리 회계 땅을 침범할 작정이냐? 나의 출마는 엄백호의 한을 설욕하기 위해서이다."

손책은 이 말에 매우 화가 치밀었다. 태사자가 재빨리 달려나가니 왕랑과 태사자 사이에 불꽃 튀는 접전이 벌어졌다. 얼마 뒤 왕랑 휘하의 주흔(周昕)이 도우러 나오자 손책의 진영에서도 황개가 나가 주흔과 맞붙어 싸웠다.

양군 진지에서 공격의 북소리가 요란하게 울렸다. 밀고 당기는 접전으로 긴장이 고조되었다. 그때 갑자기 왕랑의 진지 후방에서 소란이 일어났다. 정체불명의 부대가 등뒤에서 덮친 것이었다. 왕랑은 흠칫 놀라서 말머리를 그쪽으로 돌려보니 주유와 정보가 후방 양쪽에서 치고 들어온 것이었다.

이렇게 앞뒤에서 협공을 가해오니 왕랑은 중과부적으로 엄백호·주흔과 함께 결사적으로 포위망을 뚫고 성 안으로 들어가버린 뒤 조교를 들어 올린 다음 성문을 굳게 잠궜다.

손책의 대군은 성 밑까지 밀어붙인 후 성의 네 문을 총공격하였다. 왕랑은 손책의 공격이 매우 빠르고 날카로운 것을 보고 다시 덤벼들려 했으나 엄백호가 이를 말렸다.

"적군은 저렇게 팽팽히 긴장해 있소. 그러니 절대로 지금 나서서는 안 됩니다. 이쪽에서 상대하지 않고 있으면 한 달이 지나기 전에 저들은 양식이 떨어져 퇴각하는 수밖에 없을 것입니다. 그때 이쪽에서 공격을 하면 우리에게 승산이 있을 것입니다."

이리하여 왕랑은 성 안에서 방어하기로 하였다. 손책은 날마다 공격을 했지만 성공하지 못했다. 그래서 일동과 협의하던 중 숙부 되는 손정(孫靜)이 제안하였다.

"왕랑은 성을 방패로 수세를 취하니 금세 성이 무너지지는 않을 것이네. 그런데 듣자하니 회계 땅의 물자는 그 대부분이 사독(査瀆)에 저장되어 있다는데 사독은 여기서 수십 리밖에 안 되는 거리에 있으니 먼저 사독을 장악하는 것이 상책이 아닐까 여겨지네. 이는 곧 '적의 방비 없는 곳을 치고[攻其不備], 적이 뜻하지 않는 곳을 치라[出其不意]'는 병법이지."

손책은 이 제안을 듣고 매우 만족하여 말하였다.

"숙부님, 그것 참 뛰어난 묘안입니다."

그리하여 즉시 네 성문 밖에 불을 피우고 깃대를 꽂아 거기에 병력이 주둔하고 있는 것처럼 보이게 하고 은밀히 철병시켜 남쪽으로 떠나도록 하고 있었다.

주유가 나서서 제안하였다.

"한꺼번에 철수하면 왕랑이 틀림없이 뒤쫓아올 테니 그때야말로 기병(奇兵)을 쓸 절호의 기회가 될 것입니다."

손책이 동의하였다.

"그 준비는 이미 되어 있네. 오늘 밤 안으로 성은 함락될 것이네."

손책은 병력을 계속 남쪽으로 이동시켰다. 왕랑은 손책 군이 이동한다는 보고를 받고 망루에 올라가 살펴보니 성 밖에서는 연기가 피어오르고 세워놓은 깃대도 정연하게 꽂혀 있는 것이 보였다.

"이게 무슨 일일까? "

그가 이렇게 의심쩍어할 때 주흔이 아뢰었다.

"손책은 달아나고 있습니다. 연기나 깃대는 모두 우리를 현혹시키기 위한 계교이지요. 속아서는 안 됩니다."

엄백호도 끼어들었다.

"어쩌면 적군이 사독으로 가고 있는지도 모르겠습니다. 제가 주 장군과 같이 가보지요."

왕랑도 동의하였다.

"사독은 우리의 식량 창고일세. 만약 적들이 그곳으로 간다면 그대로 내버려둘 수는 없지. 자네들이 먼저 떠나도록 하게. 나도 곧 뒤따라갈 테니."

엄백호와 주흔이 오천 병력을 이끌고 성을 나섰다. 저녁 나절이 지난 무렵, 성 밖 이십 리 지점에 이르자 근처 숲속 깊은 곳에서 북소리가 울리며 일시에 횃불이 타올랐다.

엄백호가 소리쳤다.

"아차, 속임수에 걸렸다!"

그리고 급히 말머리를 돌리려 했으나 어느 틈에 누군가가 그 앞을 가로막고 활활 타는 횃불 속에서 당당히 버티고 서 있는데 그는 바로 손책이었다. 주흔이 먼저 덤벼들었으나 손책의 창에 찔려 죽고 말았다. 이에 엄백호의 군졸들은 모두 투항하였다.

엄백호는 간신히 퇴로를 뚫어 목숨만이라도 부지하기 위해서 여항을 향해 미친 듯이 달렸다. 왕랑은 도중에서 엄백호·주흔의 패전 소식을 전해 듣고는 다시 성 안으로 돌아갈 용기를 잃었다. 그래서 그대로 부대를 이끌고 연해지로 달아나버렸다.

손책은 대군을 뒤로 돌렸다. 회계의 성을 점거하고 백성들을 선무하는데 이튿날 뜻밖의 인물이 손책을 찾아왔다. 그는 키가 여덟 자에 넓적한 사각형의 얼굴에다가 큼지막한 입을 가진 자였다.

손책이 이름을 물으니 성명은 동습(董襲)이며, 자를 원대(元代)라 하였으며 회계의 여요 사람으로 그 손에는 엄백호의 목이 들려 있었다. 손책은 그를 기특하게 여겨 별부사마(別部司馬)로 삼왔다.

이렇게 하여 동부 전선이 완전히 평정되었다. 손책은 숙부 손정을 회계성에 남기기로 하는 동시에 오군의 태수로는 주치를 임명하였다. 그러고는 더 이상 전쟁을 벌이지 않고 군을 철수하여 강동으로 물러갔다.

주태의 상처를 돌본 화타

강남 땅에 남겨진 손권은 주태와 더불어 선성(宣城)을 지키고 있었는데, 어느 날 근처에 있던 산적떼가 갑자기 들고 일어나 사방으로 기습해왔다. 시각이 한밤중이라 달리 싸워볼 수가 없는 와중에서 그래도 용케 주태가 손권을 구해내었다.

수십 명의 산적이 칼을 휘두르며 덤벼왔다. 주태는 알몸으로 십여 명의 산적을 해치웠다. 그러자 말을 탄 산적 하나가 창을 겨누고 덤벼들었다. 주태는 그 창 끝을 잡자마자 앞으로 잡아당겼다. 산적은 말에서 떨어지고 주태는 그 창을 휘둘러 산적들을 물리치고 손권을 구해냈다. 세력이 밀린 산적들은 모두 멀리 달아났다.

주태는 온몸에 심한 창상을 입었는데 그것에 염증이 생겨 목숨이 위태로운 상황에 놓이게 되었다. 그 소식을 전해 들은 손책은 매우 놀라 안절부절못하였다.

마침 그 자리에 동석하고 있던 동습이 입을 열었다.

"언젠가 제가 해적들과 싸워서 온몸을 다쳤을 때 회계의 군리(郡吏)로 계시던 우번이라는 분이 의사 한 분을 소개해주셨는데 덕분에 보름 만에 완치된 일이 있었습니다."

손책이 물었다.

"그분이 혹시 자를 중상(仲翔)이라고 하는 우번 어른 아니신가?"

"맞습니다. 바로 그 분이십니다."

"과연 놀라운 일이로군. 의당 내가 등용해야 할 인재로다!"

손책은 장소와 동습을 보내어 우번을 불러들였다. 손책은 그를 우대하여 공조(功曹)의 관직으로 임용하였다.

손책이 동습이 말한 자에 관해 물었더니 우번이 답하였다.

"화타(華佗)라는 이름에 자는 원화(元化)라고 하옵지요. 패국의 초군 사람이온데, 이 사람이야말로 현세의 신의(神醫)라고 할 만합니다. 제가 가서 꼭 모셔오겠습니다."

이윽고 화타라는 노옹이 불려왔다. 손책이 만나보니 아이 같은 얼굴에다가 학과 같은 머리를 하고 있는 것이 정녕코 이승의 사람이라고는 생각되지 않았다. 매우 특이한 생김새였다. 그를 빈객으로 모시며 주태의 상처를 진찰하게 하니 화타가 답하였다.

"이 정도의 상처쯤이야 문제없습니다."

이러면서 그에게 투약하였더니 한 달 만에 씻은 듯이 나았다. 손책은 화타에게 후사하였다.

손책은 그 뒤에도 계속 산적의 소탕에 힘써 강남 땅을 완전히 평정하였다. 그렇게 평정된 각 요소에는 휘하 장졸을 파견하여 수호케 하였다. 조정에도 자신의 업적을 상주하였으며 한편으로는 조조와 친교를 맺는 한편, 또 원술에게는 서신을 보내어 옥새의 반환을 요구하였다.

원술은 내심으로 장차 자신이 황제가 될 생각을 품고 있었으므로 손책에게 답신을 하긴 했으나 옥새를 반환하겠다고는 하지 않았다. 장사(長史)인 양 대장(楊大將)과 도독인 장훈·기령·교유를 비롯하여 상장인 뇌박(雷薄)·진란(陳蘭) 등 서른 명의 핵심간부들을 긴급 소집해놓고 원술이 말하였다.

"손책은 내가 군사를 빌려주었기에 그 일을 달성할 수 있었던 것이네. 그런데 이제 강동 땅이 손에 들어오자, 그 은혜는 까맣게 잊어버리고 옥새를 돌려달라고 요구하니 이렇게 제멋대로 구는 시건방진 놈을 내 어찌 그냥 두고 보겠는가?"

장사인 양 대장이 나섰다.

"손책은 장강의 요새를 믿고 있습니다. 그쪽은 지금 병력·양식 모두 충실하므로 건드리지 않는 것이 좋습니다. 먼저 유비를 치는 것이 방책이옵니다. 지난번 까닭 없이 싸움을 걸어온 데 대한 앙갚음이지요. 손책은 훗날을 기약해도 늦지 않습니다. 이제 저의 계략만 채용해주신다면 유비는 수월하게 잡힐 것입니다."

문제는 그 계략에 있을 터인데 과연 어떤 발상인가? 그야말로 강동 땅으로 가서 호표(虎豹)를 잡으려 하지 않고 서군 땅에 가서 교룡(蛟龍)을 상대하려 하는구나.

제 16 회   호걸들의 계략과 결전

여 봉 선 사 극 원 문　　조 맹 덕 패 사 육 수
呂奉先射戟轅門　　曹孟德敗師淯水

여포가 진문 밖의 극을 쏘아 맞히고
조조는 육수에서 참패하다

여포의 도움을 받은 유비

양 대장의 말은 유비를 공략할 계책이 있다는 자신감에서 나온 말이었다. 원술이 물었다.

"어떤 계략이냐?"

양 대장(楊大將)이 천천히 설명하였다.

"유비 군은 지금 소패(小沛)에 주둔하고 있습니다. 소패쯤이야 쉽게 빼앗을 수 있지만 여포가 거기 있으니 그가 서주 땅에 버티고 있는 한 문제는 해결되지 않을 것입니다. 더욱이 지난번에 이쪽에서 금은보화와 양식 그리고 말을 주겠다고 약속한 후 아직 아무런 조처도 취하지 않고 있으니 우리에게 앙심을 품고 있을 것이고, 그래서 여차하면 유비를 도울 테지요. 그러니 우리가 여기서 양식을 보내어 여포 놈의 환심을 삼으로써 우리를 적대시하지 못하게 만들어야 합니다. 그래서 감히 우리를 방해하지 못하게 해놓으면 유비는 우리 손에 잡히게 될 것이고 그런 뒤에 여포를 치면 서주 땅은 우리 것이 된다는 계략이지요."

원술은 이 전략에 동의하여 즉시 이십만 석의 양곡을 조달하여 한윤(韓胤)을 사자로 해서 서신과 함께 여포에게 보냈다. 여포는 매우 기뻐하여 한윤을 극진히 대접하였다.

한윤이 돌아와서 원술에게 복명하자 원술은 기령을 대장으로 하고 뇌박·진란을 부대장으로 하여 수만 병력을 소패로 보냈다. 유비는 원술의 부대가 쳐들어온다는 소식을 듣고 긴급회의를 열었다.

장비가 나가 싸우자고 호언하자 손건이 반대하며 말했다.

"아니되오! 지금 우리 소패는 군량미도 부족하고 군세도 허약하오. 이래가지고 어떻게 싸운단 말입니까? 차라리 황급히 여포 장군에게 원조를 청하는 것이 나을 것입니다."

장비가 발끈해서 소리쳤다.

"여포가 잘도 오겠소."

그러나 유비는 장비의 말을 가로막고 말하였다.

"손 장군의 생각에 따르기로 하겠소."

그러고 나서 즉시 여포에게 다음과 같은 내용의 편지를 썼다.

우리가 오늘날 소패에 머물러 있을 수 있음은 전적으로 여 장군의 두터우신 호의 덕분입니다. 그런데 지금 원술이 사사로운 원한을 품고 기령을 출병시켜 쳐들어오고 있습니다. 여 장군, 장

군의 원조를 간청합니다. 여 장군의 원조가 없다면 우리에게는
멸망이 있을 뿐입니다. 이에 얼마간의 병력을 동원해주시어 위
기를 모면할 수 있으면 매우 다행한 일이 되겠습니다.

여포는 이 서신의 내용을 듣고 진궁에게 말하였다.
"원술이 지난번에 양곡을 보낸 속셈은 내가 유비를 돕지 못하
게 하기 위해서였을 걸세. 그런데 이렇게 유비가 원조를 청해왔
단 말이야. 내 생각에는 유비가 소패에 주둔해 있다 해도 우리에
게 위험은 없네. 반면에 원술이 유비를 쓰러뜨리면 틀림없이 북
녘 태산의 여러 장수들과 협공해서 나를 치려 할 것이네. 그러면
두 다리 뻗고 잠잘 수도 없게 되지. 그러니 유비를 도와야 한다
는 결론이 나오는군."
이리하여 여포는 원군을 보내기로 결정하였다.

여포의 중재

기령은 대군을 이끌고 먼 길을 달려와서 패현(沛縣)의 동남쪽
에 진을 쳤다. 그리고 낮에는 산과 물에 반사할 만큼 현란하게
기치를 세우고, 밤에는 또 불을 피워 대낮처럼 밝게 만들어 밤새
껏 북을 쳐댔다.
유비 군에는 오천 병력밖에 없었고, 그들을 억지로 성 밖으로
내몰아 진을 치게 하였다. 때마침 들어온 보고는 여포가 패현의
서남쪽 십여 리 밖까지 출병하였다는 희소식이었다.
한편 기령은 여포의 출병이 유비를 돕기 위해서라는 것을 알
고는 여포에게 힐문하는 서신을 긴급히 송달하였다. 여포는 그
서신을 받고 싱긋 웃었다.
"이 여포에게 계획이 있단 말이다. 원술이고 유비고 간에 내가

쌍방에 원한을 살 필요는 없지.”

그러면서 기령과 유비의 각 군진으로 사자를 보내어 연회에 참석해 달라는 초대장을 전했다. 유비가 즉시 가려 하자 관우와 장비가 말렸다.

“가지 마십시오. 여포가 무슨 짓을 할지 알게 뭡니까?”

유비가 태연히 답하였다.

“내가 그 사람을 그렇게 섭섭하게 대하지는 않았네. 그러니 그 사람도 나를 해칠 생각은 없을 걸세.”

이렇게 말하고는 말을 타고 떠나려 하자 관우·장비가 수행하였다. 일행이 여포의 군진에 이르러 그를 만나니 여포가 반가운 기색으로 마중나와 말하였다.

“딱한 처지에 처했으니 도와드리겠소이다. 뒷날 뜻을 이루시더라도 부디 저를 잊지 말아주십시오.”

유비는 진정으로 고마움을 표시했다. 여포가 유비에게 앉기를 권하고 관우·장비가 칼자루를 쥔 채 그 뒤에 서 있었다. 그때 여포의 부하 하나가 들어와서 기령의 도착을 알렸다.

“아니, 기령이 오다니요?”

유비가 놀라서 자리를 피해 나가려고 했더니 여포가 붙잡으며 설명을 늘어놓았다.

“이 사람이 두 분의 타협을 위해 초청한 것입니다. 아무쪼록 그대로 앉아 계시기 바랍니다.”

유비는 여포의 꿍꿍이가 궁금하면서도 한편으로는 불안을 감출 수 없었다. 그때 기령이 말에서 내려 안으로 들어왔다. 기령은 막사 안에 앉아 있는 유비가 눈에 띄자 흠칫 놀라서 뒤돌아섰다. 그러자 여포가 그 앞을 가로막고 손을 뻗어 흡사 젖먹이를 낚아채듯이 막사 쪽으로 다시 데리고 왔다.

기령이 잔뜩 겁을 집어먹고 물었다.

"장군! 나를 죽이려 하시오?"

"아니오. 죽이려는 게 아닙니다."

"그러면 저 귀 큰 녀석을 죽이시려는 겁니까?"

"그것도 아니오."

"그러면 왜 나를 예까지 불러들이셨소?"

"유비는 나와는 형제나 다름없는 사이요. 그런데 그 형제가 그대 때문에 시달림을 당하고 있다고 해서 도우러 왔소이다."

"그러면 역시 나를 죽이실 작정이군요."

"그런 법이 어디 있소? 나는 본디 싸움을 싫어하는 성미요. 여기서 싸움을 그만두는 것이 보다 현명한 일 아니오? 그래서 오늘은 내가 두 분의 화해를 권할 작정이오."

기령이 어이없다는 표정으로 다시 물었다.

"어떤 방법으로 말입니까?"

여포가 타이르듯 말했다.

"하늘의 판결을 기다리는 것이지요."

그러고는 기령을 막사 안으로 데리고 들어와서 유비에게 소개하였다. 두 사람은 서로가 풀리지 않는 의혹을 가슴에 품고 긴장하고 있는 상태로 여포가 가운데 앉고 기령이 왼쪽에, 유비가 오른쪽에 앉았다. 그리고 술자리가 벌어졌다.

술잔이 몇 순배 돌았을 때 여포가 제안하였다.

"두 분 모두 이 사람의 얼굴을 봐서라도 싸움을 멈춰주시오."

유비가 아무 말도 하지 않고 있는데 기령이 입을 열었다.

"이 사람은 주공의 명을 받아 십만 병마를 거느리고 왔소이다. 그런 판에 어찌 싸움을 중재하려 하십니까?"

이 말에 장비가 칼을 빼들며 버럭 화를 냈다.

"뭐야. 이놈아! 우리는 너희보다 숫자야 적지만 네까짓 벌레 같은 놈을 겁낼 줄 아느냐? 백만의 황건적과 네 놈들 중에 어느 쪽이 더 센지 생각해보아라. 그래, 네 놈이 우리 형님을 쓰러뜨리 겠다는 거냐?"

관우가 당황해서 장비를 제지하였다.

"먼저 여 장군이 뭐라시는지 들어본 후에 진지로 돌아가서 싸우기로 결정해도 늦지 않네."

여포가 이 말에 당황한 듯 더듬거리며 말하였다.

"아니오. 이 사람은 싸움을 권하지는 않을 것이오. 화해를 원할 뿐입니다."

하지만 한쪽에서는 기령이 씨근거리고 또 한쪽에서는 장비가 팔짱을 걷어붙이고 으름장을 놓는 판국이었다. 그 모습을 지켜보고 있던 여포는 몹시 성이 나서 부하에게 명하였다.

"내 극을 다오."

그러고는 화극(畵戟)을 잡고 일어섰다. 기령과 유비가 흠칫 놀라는데 여포가 입을 열었다.

"이 사람은 싸움을 그만두라고 했으나 이제는 하늘의 뜻에 맡기는 수밖에 없을 것 같소."

이렇게 말하고는 부하에게 화극을 건네주며 군진의 원문(轅門) 밖 멀리 땅바닥에 꽂아놓게 하였다. 그러고는 기령과 유비에게 말하는 것이었다.

"문은 군진에서 백오십 걸음 밖에 있소. 이 사람이 활을 쏘아 그것이 극의 갈고리 옆 가지에 명중하면 정전하기로 하시오. 만일에 빗나가면 각자 진지로 돌아가서 멋대로 싸움을 벌이시오. 이 제안에 불복하는 자는 내가 쾌히 상대해주겠소."

기령이 속으로 생각하였다.

'백오십 걸음이라면 꽤 먼 거리니, 화살이 맞을 가능성은 일단 없다고 볼 수 있지. 에라, 까짓것! 승낙의 대답을 해놓았다가 화살이 빗나가면 그때 가서 싸우면 되겠군.'

기령은 속마음과는 달리 입으로는 무조건 승복한다고 대답하였다. 유비도 별다른 이의를 제기하지 않았다.

여포가 두 사람을 자리에 앉혔다. 각자가 술을 한 잔씩 들자 여포가 활과 화살을 집어들었다. 유비는 마음속으로 명중하기를 기원하며 응시하였다. 여포가 저고리의 소매를 걷어 올리고 화살을 시위에 메겼다. 다음 순간 그는 활이 부러질 듯 시위를 팽팽히 당겼다.

"이얏!"

그의 입에서 기합 소리가 터져 나왔다. 과연 활이 펼쳐졌을 때는 가을 하늘을 가르는 달과 같았고 화살이 날아갈 때에는 땅에 떨어지는 유성과도 같았다. 이렇게 날아간 한 대의 화살은 화극의 갈고리 옆 가지에 적중하였다.

숨을 죽이며 지켜보던 군진의 막사 안팎의 군졸들은 파도 소리 같은 박수를 보냈다.

여포는 파안대소하며 활을 던져버리고 기령과 유비의 손을 잡더니 당부의 말을 하였다.

"이것은 하늘의 뜻입니다. 그만 싸움을 멈추십시오."

그러고는 장졸들을 향하여 명하였다.

"술을 더 가져 오너라!"

유비는 내심 마음속으로 고마워하였다. 기령은 한참 동안 묵묵히 앉아 있다가 여포에게 말했다.

"말씀에는 따르오리다. 그러나 저는 이대로 돌아갈 수가 없습니다. 주공이 믿어줄 리가 없기 때문입니다."

여포가 흔쾌히 답하였다.

"그러면 이 사람이 편지를 써드리지요."

술잔이 몇 순배 돈 뒤 기령은 여포의 편지를 받아가지고 먼저 자리를 떴다. 여포가 유비에게 말하였다.

“제가 없었다면 큰일을 당할 뻔하셨군요.”

이렇게 생색을 냈으나 터무니 없는 말은 아니었다. 유비는 깊은 감사의 뜻을 표하고 관우·장비와 함께 철수하였으며 철병은 이튿날 이루어졌다.

기령의 계책

유비는 소패로 돌아가고 여포도 서주로 귀환하였는데 회남(淮南)으로 돌아간 기령은 원술에게 활과 극으로 여포가 벌였던 일에 대해 설명하면서 여포의 서신을 바쳤다. 이에 원술은 노발대발하였다.

“그렇게 많은 군량미를 보내주었는데 어린애 장난 같은 짓으로 유비를 비호하다니! 좋다. 내가 직접 대군을 거느리고 나가 유비를 친 후 아울러 여포 놈도 해치울 테다.”

이에 기령이 원술을 말렸다.

“섣부른 짓을 해서는 안 됩니다. 여포의 용력(勇力)에는 좀처럼 이길 수 없는데다가 특히, 서주 땅을 여포가 쥐고 있기 때문에 여포와 유비가 힘을 합치면 그야말로 만만치 않은 적수가 되고 맙니다. 듣자하니 여포와 엄씨 부인 사이에 나이가 찬 딸이 있다고 합니다. 주공께는 아드님이 계시지 않습니까? 그러니 여포를 상대로 혼담을 꺼내보시면 어떠실는지요. 여포가 그에 응할 경우에는 유비를 살려두지 않을 것입니다. 이것을 ‘소불간친지계(疏不間親之計:가깝지 않은 사람이 남의 가까운 사이를 방해하지 못하는 계책)’라고 하는 것입니다.”

원술은 기령의 말에 따르기로 하였다. 그날 즉시 한윤을 중매인으로 세우고 선물을 지참하게 하여 서주로 떠나보냈다.

한윤이 서주에서 여포를 만나 원술의 말을 전하였다.

"우리 주공이 여 장군께는 지극히 호의적이셔서 이 기회에 댁의 따님을 며느리로 들이시고자 합니다."

이 말을 들은 여포는 안으로 들어와서 정실 부인인 엄씨와 상의하였다.

여포에게는 두 아내와 첩이 하나 있었다. 처음 얻은 처는 정실 부인 엄씨였고 둘째가 초선(貂蟬)으로 이는 첩이었다. 그 밖에 소패에 머무를 때 조표의 딸을 얻어 둘째 아내로 삼았으나 일찍이 세상을 떠났고, 그 둘 사이에는 자식이 없었다. 초선 또한 아이를 갖지 않았다. 겨우 엄씨 부인만이 딸 하나를 낳았는데 이 아이는 여포에게 있어서 손 안의 구슬 같은 존재였다.

엄씨가 여포에게 말하였다.

"원술은 회남 땅에 오래 살아왔을 뿐만 아니라 대단한 위세를 떨치고 있다고 들었습니다. 마침내는 황제의 자리에 오르실 거라고 하던대요. 그렇다면 우리 딸애에게 후비(后妃)의 자격이 주어질지도 모르는 일 아닙니까? 그런데 저쪽 도련님은 형제가 어떻게 된다고 하나요?"

"혼자라 하더군."

"그렇다면 어서 승낙하십시오. 설사 황후가 못 되더라도 우리 서주만은 안전할 테니까요."

여포는 승낙하기로 결심하고 한윤을 정중히 접대하는 한편 혼담을 수락한다는 내용의 서신을 보냈다.

한윤이 돌아와서 원술에게 보고하니 원술은 즉시 약혼 선물을 서주로 보냈다. 여포는 선물을 받아 챙기고 매우 기뻐하였다.

그 이튿날이었다. 진궁이 한윤의 숙사로 찾아와 주위 사람을 물린 후 한윤에게 물었다.

"귀공의 주인에게 여 장군과의 혼담을 귀띔한 자가 누구요? 그건 유비의 목을 노리기 위한 계략이겠지요?"

한윤은 당황하였다.

"제발, 입 밖에 내지 마십시오."

한윤이 애걸하자 진궁이 말했다.

"나는 누설하지 않소. 하지만 우물쭈물하다가는 일이 어떻게 벌어질지 알 수 없구려."

"그렇다면 어떻게 해야 좋겠소?"

"내가 여 장군을 만나 권하겠소. 즉시 아씨를 보내드리는 편이 안전하지 않겠소?"

한윤은 이 말에 무조건 감사할 뿐이었다.

"그래 주신다면야 우리 주공께서도 크게 만족하실 겁니다."

진궁은 한윤과 작별하자 그 길로 여포를 찾아갔다.

"아씨의 혼담은 잘 하신 일이옵니다. 예식은 언제 거행하실 생각이십니까?"

"그거야 이제부터 의논해봐야지."

진궁은 말을 이었다.

"옛날에는 약혼한 뒤로 혼례식까지 일정한 기한이 정해져 있었습니다. 황제는 한 해요, 제후는 반년, 공경대부(公卿大夫)는 한 철, 서민은 한 달로 정해져 있습니다."

여포가 물었다.

"원술은 전국(傳國)의 옥새를 가지고 있으니 어차피 황제가 될 것일세. 그럼 황제의 규칙에 따를까?"

"안 됩니다."

"그럼 제후로?"

"그것도 안 됩니다."

"그러면 대부는 어떨까?"

"역시 안 되겠습니다."

여포는 그만 크게 웃어버렸다.

"설마 서민을 따르라는 말은 아니겠지?"

"그렇고 말고요."

"그럼, 대체 어쩌란 말인가?"

진궁이 말하였다.

"바야흐로 천하의 제후들이 싸움에 자웅을 겨루는 세상입니다. 만약 이 혼담이 알려지기라도 한다면 제후들이 시샘하지 않겠습니까? 그러다가 혼례식을 올리기까지 날짜가 너무 길면 막상 혼인식 때 복병들의 손에 의해 납치라도 되는 일이 발생할지도 모릅니다. 그러니 이 혼담을 거절하신다면 모를까 이미 승낙하신 이상 제후들에게 알려지기 전에 아가씨를 수춘으로 옮겨 혼인날까지 그곳 별장에서 지내도록 하십시오. 그러면 아무 탈이 없을 것입니다."

여포가 감탄한 듯 말하였다.

"자네 의견이 지당하네!"

그러고 나서 엄씨에게 이 일을 얘기하였다. 서둘러 신부용 의상도구를 장만하고 또 신부가 탈 수레와 그것을 끌 말도 마련하였다. 여포는 송헌(宋憲)·위속(魏續)을 한윤에게 딸려보내고 화려한 행렬과 함께 딸을 떠나보냈다.

이때 진등(陳登)의 부친 진규(陳珪)는 자신의 집에서 한가로운 은거 생활을 하고 있었는데 때아닌 풍악 소리가 들려와 측근에게 그 소리가 무엇이냐고 물었다. 머슴이 나가보고 돌아와 여포의 딸이 출가를 위해 길을 떠나는 것이라고 설명하였다. 그랬더니 진규가 크게 놀라며 말하였다.

"아뿔사! 이는 분명히 '소불간친지계'로구나. 유비가 위태롭다."

그러고는 늙은 몸을 이끌고 친히 여포를 만나러 갔다. 여포가 의아한 표정으로 물었다.

"웬일이신지요?"

"장군께서 머지않아 돌아가신다는 소식을 듣고 조문차 왔습니다."

여포가 놀라서 물었다.

"그게 무슨 말씀이시오?"

진규가 이에 답하였다.

"원술은 전에 선물을 보내 유비를 쓰러뜨리려 하였소. 그때 장군은 극을 활로 쏘아 용케 싸움을 피하신 줄로 아오. 그런데 이번에는 원술이 혼인을 청하였는데, 그의 본의는 아가씨를 볼모로 잡고 유비를 쳐서 소패를 차지하려는 데 있소. 소패가 그리되면 서주도 위험에 빠지고 맙니다. 쌀을 빌린다, 병력을 빌린다 할 텐데 일일이 그에 응했다가는 도저히 배겨내지 못할 것이고, 더구나 무고한 사람들의 원한을 사게 될 것인데 그렇다고 요구를 따르지 않으면 싸움이 일어날 것입니다. 들리는 소문에 의하면 원술은 황제가 될 계획을 세우고 있다는데 이것은 곧 반역이며 역신이 되니 따라서 장군도 역적의 친척이 되는 셈이지요."

여포는 이 말에 가슴이 섬뜩해졌다.

"진궁이 나를 골탕먹였구나."

여포는 즉각 장료에게 병력을 내주어 부랴부랴 추격케 하였다. 간신히 삼십 리 밖에서 따라잡아 딸을 되찾았다. 아울러 한윤도 잡아다가 감금하여 돌려보내지 않았다. 원술에게는 따로 사람을 보내어 딸의 결혼 준비가 미처 안 되었으니 준비되는 대로 보내겠다고 통고하였다.

진규는 이에 그치지 않고 한윤을 호송해서 허도의 조정에 고발하라고 여포에게 권하였다. 적어도 여포 자신은 원술의 야심과는 거리가 멀다는 것을 증명하기 위해 그렇게 하라는 것이었지만 여포는 거기까지는 결단이 서지 않았다.

그럴 때 제보가 들어왔다.

"유비가 소패에서 병력과 말을 구하고 있는데 무엇 때문인지는 아직 모르겠습니다."

여포는 태연하게 응수하였다.

"장수된 몸으로써 당연한 일이니라. 의심할 일이 아니지."

이렇게 대수롭지 않게 여기고 있을 때 송헌과 위속이 들어와 아뢰었다.

"우리 두 사람은 장군의 분부에 따라 말을 사러 산동 땅으로 가서 삼백여 필의 좋은 말을 손에 넣어 패현의 경계까지 이르렀습니다만, 거기서 강도를 만나 절반 가량을 빼앗기고 말았습니다. 그런데 사람들의 말에 따르면 유비의 아우라는 장비 놈이 산적으로 위장해서 그런 짓을 저질렀다고 하더군요."

여포는 이 말에 즉시 소패로 군사를 출동시켰다. 장비를 상대로 싸움을 벌이겠다는 심산이었다.

유비는 이 소식을 듣고 깜짝 놀라 병력을 성 밖에 배치하고 나서 출병한 여포에게 물었다.

"어인 일로 출병하시었소?"

그러자 여포가 욕설을 퍼부어댔다.

"뻔뻔스러운 놈! 진문에 극을 세우고 활을 쏘아 네 놈을 곤경에서 구해주었더니 은혜도 모르고 우리의 말을 탈취하다니!"

유비는 어안이 벙벙하여 말하였다.

"이 사람도 말이 모자라서 사방으로 사람을 보내어 말을 구하고는 있습니다만 장군의 말에 손댄 사실은 없소이다."

"장비 놈을 시켜서 백오십여 필을 빼앗아놓고도 시치미를 떼는 거냐?"

유비는 도무지 사태를 파악할 수가 없었다. 그때 장비가 뛰어나가 외쳤다.

"그래, 내가 네 놈의 말을 훔쳤다. 그래서 어쩌겠다는 수작이냐?"

여포도 지지 않고 응수하였다.

"짐승 같은 놈! 네 놈이 감히 어디라고 함부로 입을 놀리느냐?"

"흥, 네 놈은 말을 빼앗았다고 노발대발이지만 우리 형님의 서주를 공짜로 빼앗은 것에 대해서는 어떤 핑계를 댈 셈이냐?"

여포가 더 이상 참지 못하고 극을 빼들자 장비도 창으로 맞섰다. 그야말로 광적인 격투가 백여 차례에 걸쳐 이어졌지만 승패가 나지 않았다. 보다 못한 유비가 사태를 수습하기 위해 병력을 성 안으로 철수시킨 후에 유비는 장비를 불러놓고 꾸짖었다.

"자네가 쓸데없는 짓을 해서 이 지경이 되었네. 그래, 말은 지금 어디에 두었나?"

"여기저기 절에 맡겨두었지요."

유비는 여포에게 사자를 보내어 말을 돌려주는 조건으로 싸움을 그만두자고 제의하였다. 여포가 이 제안에 응하려 하였더니 진궁이 나서서 말렸다.

"지금 유비를 죽이지 않으면 훗날 반드시 화를 입게 됩니다. 그러니 화근을 여기서 잘라버리셔야 합니다."

여포는 진궁의 말에 따라 소패성에 맹공격을 가하였다. 유비는 미축·손건과 상의해보았다. 손건이 먼저 말하였다.

"조조는 여포를 미워하고 있습니다. 그러니 이곳을 포기하고 허도로 가서 조조에게 원병을 요청한 후에 여포를 격파해야 합니다."

유비가 물었다.

"그러면 누가 앞장서서 포위진을 돌파하겠는가?"

장비가 나섰다.

"까짓것, 내가 앞서 가지요."

유비는 장비를 전위로 세우고 관우는 후위에 배치하였다. 유비는 그 중간에 서서 늙은이와 어린이들을 인솔하였다.

그날 밤 유비 일행은 달빛을 받으며 성의 북문을 나섰다. 바로 송헌·위속과 맞부딪쳤으나 장비가 그들을 물리치고 포위망을 뚫었다. 뒤로 장료가 추격해왔으나 관우가 그를 막았다.

여포는 유비가 떠났다는 사실을 알고 더 이상 뒤쫓지는 않았다. 소패에 입성하여 백성들을 달래고 고순으로 하여금 치안을 맡게 하였다. 그리고 자신은 군사와 함께 서주로 돌아갔다.

조조의 도움을 청한 유비

유비는 허도에 도착하여 성 밖에 진을 친 후에 손건을 조조에게 보내어 여포에 쫓겨서 부득이 이곳으로 오게 된 경위를 전하였다.

"유공은 이 사람에게 있어 형제나 다름없는 분일세."

조조는 유비의 입성을 청했다. 유비는 관우·장비를 성 밖에 남기고 손건·미축과 같이 입성하였다. 조조는 그를 반기며 빈객으로 맞이했다.

유비가 그간의 자초지종을 설명하니 조조가 근엄한 표정으로 말하였다.

"여포는 '의'가 없는 녀석이오. 나는 유공과 함께 녀석을 주벌(誅伐)하고 싶소."

유비가 고마워하며 답례하였다. 조조는 연회에서 그를 접대하고 해가 진 뒤에 배웅해 보냈다. 순욱이 조조의 처소로 들어와 아뢰었다.

"유비는 보기 드문 영걸이옵니다. 그러니 지금 그를 처치하지 않으면 후환을 면치 못할 것입니다."

조조는 아무 대답도 하지 않았다. 순욱이 나가자 교대하듯 곽가(郭嘉)가 들어왔다. 이번에는 조조가 먼저 물었다.

"순욱은 유비를 죽이라고 하던데, 자네 생각은 어떠한가?"

"안 됩니다. 주공께서는 백성을 위해 포악한 무리들을 제거하고자 의병을 일으킨 몸이십니다. 주공께서 신의로써 준걸(俊傑)들을 초빙해도 와주는 사람이 없었는데 유비는 본래 영걸로 평가되어온 인물로 그런 인물이 궁지에 몰려서 공께 의지해온 것입니다. 그런 유비를 죽이는 것은 곧 인재를 죽이는 결과가 됩니다. 그리되면 천하의 지모지사(智謀之士)는 그런 말만 듣고 공께 다가오지 않을 것입니다. 그러면 도대체 누구와 천하를 평정하시렵니까? 한 사람이 눈에 거슬린다고 해서 그 한 사람을 매장하면 천하의 인망을 잃을 뿐이옵니다. 이것을 되돌릴 수는 없지요. 그러니 깊이 생각해주시기 바랍니다."

조조의 얼굴에 희색이 감돌며 말하였다.

"자네 마음이 바로 내 마음일세."

이튿날 황제에게 상주하여 유비를 예주(豫州)의 목으로 천거하였다. 이때 정욱이 간하였다.

"유비는 필경 남의 밑에 있을 인물이 아니옵니다. 지금 당장 손을 쓰시는 것이 좋을 듯합니다."

"아니지. 바로 지금이야말로 영걸을 사용할 시기라네. 한 사람을 죽임으로써 천하의 마음을 잃어서야 되겠는가? 곽가도 이 점에서 나와 같은 의견이네."

조조는 삼천 병력과 양식 일만 석을 유비에게 보내고 예주의 임지로 출발하게 하였다. 나아가서 소패로 보내 뿔뿔이 흩어진 옛 부하들을 모아 여포를 공격하게 할 작정이었다. 유비도 예주에 들어간 뒤 조조와 연락을 계속해서 취하였다.

조조가 여포를 토벌할 작정을 하고 있을 때 급보가 들어왔다.

장제가 관중을 나와 남양을 공격하다 빗나간 화살에 맞아 죽었다는 것이었다. 남은 군대를 장제의 조카 장수가 이어받아 가후를 모사(謀士)로 해서 유표와 손을 잡고 원성(宛城)에 주둔하여 허도의 황제를 빼돌리려고 새로운 전쟁을 계획 중이라는 것이었다.

조조는 토벌작전에 착수했다. 그러나 그 동안 여포가 허도를 기습할까 염려되어 순욱과 상의하니 순욱이 말하였다.

"그 점은 염려마십시오. 여포는 생각이 모자라는 놈이니 저에게 이익이 되면 덮어놓고 덤벼들 것이옵니다. 서주로 사자를 보내어 큰 감투를 씌워주며 은상(恩賞)을 베풀고 유비와 화해하게 하면 여포는 반드시 만족할 것입니다. 그는 앞일 따위를 생각할 위인이 아닙니다."

"그렇구나."

조조는 고개를 끄덕이고는 봉군도위(奉君都尉:근위대장)인 왕칙(王則)을 시켜서 새로운 임관의 조서 및 화해를 권고하는 서신을 갖고 서주로 떠나게 하였다. 동시에 조조 자신은 직접 장수를 정벌하기 위해 십오만 대군을 동원한 다음 이를 세 개 군단으로 편성하고 하후돈을 선봉으로 세우는 한편 육수(淯水)까지 나아가서 진을 쳤다.

적진에서 가후가 장수에게 건의하였다.

"어찌 저들에게 대항할 수 있겠습니까? 차라리 전군을 이끌고 항복하는 것이 나을 것입니다."

이에 장수는 가후를 사자로 보내 조조에게 항복을 청하였다. 조조는 가후의 청산유수와도 같은 언변에 감탄한 나머지 그를 자기 휘하의 모사로 맞아들이고 싶어졌다. 가후가 조조의 요청에 답하였다.

"이 몸이 예전에는 이각 밑에 있어 천하의 미움을 한몸에 받고 있었사오나 지금은 장수 밑에 있습니다. 그분은 제 의견을 잘 들어주시니 차마 그분을 등질 수는 없습니다."

이렇게 거절하고 돌아갔다.

이튿날에는 장수가 가후를 따라 조조를 만나보러 왔다. 조조는 그들을 정중하게 맞이하였다. 조조는 자기 병력의 일부를 원성에 넣고 나머지는 성 밖에 배치하였는데 진지의 말뚝을 십여 리 밖까지 연달아 박고 며칠 동안 그 안에서 움직이지 않았다. 장수는 날마다 조조를 연회에 초청하였다.

미색에 빠진 조조

그러던 어느 날 조조가 술에 취한 상태로 침실로 들어와서 측근의 신하에게 물었다.

"성 안에 기녀는 없느냐?"

조조의 조카인 조안민(曹安民)이 숙부의 환심을 사려고 은밀하게 귀엣말로 소곤거렸다.

"제가 간밤에 이 숙사 근처에서 아주 썩 잘생긴 아낙을 보았습니다. 저게 누구냐고 물었더니 장수의 숙부인 장제의 미망인이라고 하더군요."

조조가 조안민으로 하여금 갑옷 차림을 한 쉰 명의 병사를 데리고 가서 그 여인을 몰래 납치해오도록 하였다. 잠시 후 조안민이 그 여인을 데리고 왔는데 과연 절세가인이었다. 조조가 성을 물었다.

"장제의 아내였던 몸으로 성은 추씨(鄒氏)라 하옵니다."

"내가 누구인지 알겠소?"

"승상님을 어찌 모르겠습니까? 오늘 저녁에라도 뵈옵게 되어 다행이옵니다."

"이번에 장수의 항복을 받아준 것은 그대가 있었기 때문이오. 그렇지 않았던들, 일족이 모두 죽음을 면치 못했을 것이오."

"정말이지 생명의 은인이시옵니다."

조조는 기분이 좋아졌다.

"오늘은 그대를 만나게 되어 기쁘기 그지없소. 자, 오늘 밤 우리 같이 지냅시다. 그리고 나와 같이 도성으로 돌아가서 부귀영화를 누리며 살도록 하오."

추씨는 감사해하며 고개를 조아렸다.

잠자리에서 추씨가 말하였다.

"성 안에서 계속 지내면 망부의 조카가 의심할 것이고 또, 여러 사람의 구설수에 오르게 됩니다."

"그럼 내일 당장 성 밖의 내 진지로 옮겨갑시다."

조조는 다음날부터 성 밖에서 생활하였다. 전위를 본진의 막사 밖에서 경호케 하고 직접 호출한 사람이 아니면 드나들지 못하게 하였으므로 결국 연락이 불통된 상태가 되고 말았다. 조조는 낮과 밤을 가리지 않고 추씨에 탐닉하였다.

이 같은 사실이 마침내 장수의 집안 사람들에게 알려지게 되었다. 그는 노발대발하였다.

"사람을 우습게 알아도 유분수지. 그런 부도덕한 일을 저지르다니!"

그가 가후를 불러 의논하니 가후가 목소리를 낮추어 말하였다.

"이 일은 기밀을 요합니다. 내일 조조가 나와서 의사를 집행할 때까지 기다리십시오."

이튿날 조조가 의사장에 있을 때 장수가 들어와서 아뢰었다.

"이번에 항복한 군졸들이 자꾸 도망을 가니 그들을 본진 가까이에 옮겨놓을까 합니다."

조조는 이 청원을 허락하였다. 이에 장수는 자기 부대를 이동시켜서 네 개의 군진으로 나누어 음모를 진행시켰다. 문제는 전위의 용맹스런 기세에 겁이 나서 손을 쓸 수 없다는 데 있었다.

결국 부관인 호거아(胡車兒)와 의논해보았다. 호거아는 오백 근의 무게를 등에 짊어지고 하루에 칠백 리를 간다는 괴인이었다.

그가 장수에게 한 가지 계략을 제안하였다.

"전위가 무서운 것은 그의 두 철극 때문입니다. 그러니 내일 그를 불러서 취할 때까지 술을 마시게 한 후 돌려보내십시오. 저는 그가 돌아갈 때 그의 군졸로 섞여들어가 막사에서 미리 철극을 훔쳐내겠습니다. 그러면 전위 따윈 문제될 게 없지요."

장수는 매우 기뻐하였다. 먼저 활과 화살을 갖추어놓고 갑옷 차림의 군졸을 준비하여 아군의 각 진지에도 연락해놓았다. 이윽고 가후로 하여금 전위를 불러 진지에 초청해서 실컷 마시게 한 뒤 해질녘에 만취한 전위를 전송하였다. 호거아는 수행병 틈에 섞여 본진으로 숨어들었다.

조조는 그날 밤도 막사에서 추씨를 상대로 술을 마시고 있었다. 그런데 갑자기 밖에서 말 울음소리가 들려왔다. 호위병을 시켜 살펴보게 하니 장수 군이 야간 순찰 중에 내는 소리라 했으므로 조조는 더 이상 의심하지 않았다.

이윽고 한밤중에 큰 소동이 일어났다. 마초를 실은 수레에서 불이 났다는 것이다. 조조가 화를 내며 소리쳤다.

"그까짓 불난 것 가지고 웬 소란이냐!"

그러나 삽시간에 주위가 불바다로 바뀌었다. 조조도 크게 당황하여 전위를 불러대었다.

"전위! 전위야!"

그러나 전위는 만취한 상태로 막 잠이 든 직후라 깨어나지 못하다가 종소리·북소리와 아우성 소리로 간신히 일어나긴 했으나 옆에 있어야 할 철극이 보이지 않았다.

이때 적군은 진지 가까이까지 육박해 있었다. 전위는 곁에 있던 병졸의 허리춤에서 칼을 뽑아들었다. 문 밖에는 무수히 많은 기마대가 몰려들고 있었다. 그는 장창을 들고 적진 속으로 뛰어들어 미친 듯이 전진하며 스무 명이 넘는 적군의 목을 베어 버렸다.

전위의 기세에 당황한 기마대가 뒤로 물러나자 연이어 보병이 나타났다. 양쪽으로 늘어선 창이 갈대 잎과도 같았다. 전위는 거의 알몸이었다. 맹렬한 싸움으로 인해 온몸에 창상을 입었지만 싸움을 멈추지 않았다. 칼날이 부러지자 그는 칼을 버리고는 한 손에 적병을 붙들고 그 적병의 몸을 방패 삼아 여덟, 아홉 명의 적을 후려갈겼다.

이에 적병은 겁에 질려 더 이상 다가오지 못하고 멀리서 활을 쏘아댈 뿐이었다. 흡사 소나기와 같은 화살이었다. 그러고도 전위는 여전히 진지의 문을 적에게 넘기지 않았다. 그러나 순간 적군 병사 하나가 그의 등을 창으로 찔러버렸다. 전위는 피를 토하며 쓰러졌다. 적군은 전위가 쓰러진 뒤에도 겁을 먹고 한참 동안이나 진지의 정문으로 들어오지 못하였다.

한쪽에서 전위가 목숨을 바쳐 군진의 정문을 사수해준 덕분에 조조는 뒤쪽으로 말을 달려 달아날 수 있었다. 그 뒤를 단 한 사람, 조안민이 걸어서 따라갈 뿐이었다.

그때 조조의 오른쪽 팔꿈치에 화살 하나가 꽂히고 말도 몇 군데 화살이 꽂혔지만 다행히도 그 말은 유명한 대원(大宛:중앙아시아 페루가나 분지) 지방의 명마라서 아픔을 견디면서 달려주었다.

조조가 간신히 육수의 강변까지 이르렀을 때 적병이 바짝 뒤쫓아왔다. 조안민은 적병에게 마구 찔리고 베이고 해서 흡사 저민 고기와도 같은 죽음을 맞이하였다. 조조는 앞뒤 가리지 않고 말을 몰아 강물 속으로 뛰어들어 건너편 기슭으로 올라갔다.

그때 화살이 쏜살같이 날아오더니 말의 눈에 정통으로 꽂혔다. 조조의 말은 그 자리에서 고꾸라졌다. 때마침 조조를 구원하러 온 조조의 장남 조앙(曹昻)이 자신의 말을 부친에게 제공했다. 조조는 그 말을 타고 간신히 그곳을 빠져나갔지만 조앙은 미처 빗발치는 화살을 피하지 못해 그 자리에서 목숨을 잃었다.

침착한 우금

조조는 가까스로 위기를 모면했다. 도중에 부하들을 만나 패잔병을 규합한 후 돌아갔다.

그들 중 하후돈의 부대에 속한 청주 출신의 군병들이 혼란을 틈타 마을의 민가에 들어가서 약탈 행위를 범하였다. 평로교위(平虜校尉:여단장)인 우금이 이것을 보고 자기 부대에 명하여 청주 병들을 친 후 마을 사람들을 구출하였다.

청주 병들이 달아나서 조조 앞에 엎드려 무릎을 꿇고 통곡하였다.

"우금 장군이 아군을 배반하고 청주 병들을 마구 학살하고 있습니다."

청주 병들의 거짓 보고에 크게 놀란 조조는 하후돈·허저·이전·악진 등을 모아놓고 이들에게 우금을 치라고 명하였다.

우금은 조조의 진지에 도착한 후 조조 일동이 모두 모인 것을 보고 화살을 쏘아 거리를 측정하더니 새 진지의 네 귀퉁이에 표시를 하고 그곳에 외호를 파게 한 다음 부대 막사를 짓게 하였다. 조조 곁에 있던 사람이 다가와 그에게 물었다.

"청주 병졸들이 장군이 배신행위를 했다는 허위고발을 했습니다. 그러니 지금 당장이라도 승상의 문책이 있을지 모릅니다. 그런데 장군은 어찌하여 한 마디 변명도 없이 진지부터 구축하시는 겁니까?”

우금이 그에 답하였다.

“지금 적이 코앞까지 몰려와 언제 덮쳐들지 모르는 상황이오. 그러니 한시라도 빨리 이 정도나마 대비하고 있어야 하지 않겠소? 변명은 언제라도 할 수 있지만 적을 막아낼 준비는 시기가 있는 법이오.”

우금의 말은 적중하여 잠시 후 진지의 구축이 막 끝났을 무렵 장수의 두 부대가 공격해왔다. 우금이 남보다 앞서 나갔다. 장수는 당황하여 병력을 뒤로 물렸다. 조조를 따라 나와 있었던 장수들이 우금의 분전을 보고 각기 지원하기 위해 달려왔다. 이들이 힘을 합쳐 패주하는 장수의 군대를 백여 리나 추격하였다. 장수는 이 싸움에서 참담하게 패하였는데 결국 남은 병사를 이끌고 유표에게 의지하고자 떠나갔다.

조조가 군세를 정비하고 인원을 점검하고 있는데 우금이 들어와서 조조에게 진정하였다.

“청주 병들이 약탈행위를 하여 백성들을 불안에 떨게 하기에 소신이 미처 허락을 받을 겨를 없이 토벌하였나이다.”

“그러면 나의 승인도 받지 않고 진지를 먼저 구축한 것은 무슨 까닭이었는가?”

조조가 다그치자 우금은 자신의 생각을 정연하게 이야기했다. 조조는 껄껄 웃어 보이면서 답하였다.

“자네는 혼란의 북새통에서도 침착하게 소신대로 부대를 지휘하였네. 자네는 남의 비방에 구애받지도 않고 또 노고를 마다 않고 진지를 구축하여 불리해진 전세를 승리로 만들어놓았으니 선대의 어떤 명장도 자네를 앞지르지는 못할 것이야. ”

이렇게 말하며 황금으로 된 식기 한 벌을 상으로 주고 익수정후(益壽亭侯)에 봉하였다. 반면 하후돈은 휘하 병사들을 제대로 통솔하지 못하였다는 이유로 힐책을 받았다. 조조는 뒤이어서 장렬하게 전사한 전위를 위해 성대한 장례식을 치러주었고 서럽게 울면서 분향하였다.

그러고 나서 조조는 여러 장수들을 돌아보며 말하였다.

"내 이번 싸움에서 장남과 조카를 잃었네만 전위를 잃은 것만큼 슬프지는 않네."

이 말에 일동은 숙연해졌다. 이튿날 조조는 허도로 귀환할 것을 명했다.

진등의 속셈

한편, 서주에서는 예의 왕칙이 임관의 조서를 받들고 찾아갔더니 여포가 정중히 맞이하며 관사로 모셨다. 여포가 조서를 뜯어 읽어보니 여포를 평동장군(平東將軍)으로 봉하고 인수를 하사한다는 내용이었다. 왕칙은 조조가 보낸 서신도 건네준 다음 조 승상이 여포에 대해 큰 호의를 품고 있다면서 그를 선전하였다. 이 말에 여포가 크게 기뻐하였는데 바로 그때 원술의 사자가 뜻밖에 찾아와 다음과 같이 말을 전했다.

"우리 주공께서는 머지않아 황제가 되실 몸이오. 따라서 황태자를 세우시려 하니 혼인을 서둘러주시기 바라오."

여포가 이 말에 버럭 성을 내면서 소리쳤다.

"이놈, 반역자 주제에 무슨 헛소리냐?"

그러고서 사자의 목을 쳐버렸다. 그곳에 머물러 있던 한윤에게는 항쇄와 족쇄를 채우고 진등으로 하여금 조서에 대한 답례문을 지참케 하여 왕칙과 더불어 한윤을 허도로 호송하게 하였다. 그리고 조조의 서신에 대한 답신에는 자신이 현재 맡고 있는 서주 목의 벼슬을 정식으로 수여해 달라고 써서 보냈다.

조조는 여포가 원술과의 혼담을 파기했다는 소식을 듣고 빙그레 웃었다. 여포가 보낸 한윤은 시내 한복판에 마련된 형장에서 목이 베이고 말았다. 이를 본 여포의 모사인 진등이 조조에게 은밀히 충고하였다.

"여포는 승냥이 같은 자입니다. 그는 용기는 있어도 분별력이 없어 무슨 짓을 벌이든 간에 경솔하기 그지없는 자이니 부디 이 점을 잘 헤아리십시오."

조조가 동조하며 답하였다.

"여포가 만만치 않은 상대이며 또한 신용할 수도 없는 자라는 사실은 익히 들어 나도 잘 알고 있는 바이네. 귀공 부자 두 분은 그쪽의 자세한 내막을 알고 있을 테니, 부디 이 사람을 위해 도움을 주시게."

진등이 감격하여 고개를 조아리며 말하였다.

"이 몸, 조 승상을 위해 기꺼이 헌신하겠습니다."

조조는 매우 기뻐하면서 황제께, 진규에게는 태수 급의 봉록을 내리시고 진등은 광릉의 태수로 봉하도록 상주하였다.

진등이 돌아갈 때에는 친히 그의 손을 잡아주며 말하였다.

"서주에 관해서는 만사를 믿고 맡기겠소."

진등이 기쁨에 겨워 굳게 고개를 끄덕였다.

서주로 돌아가자 여포가 경과를 물었다.

"저의 부친이 조 승상으로부터 봉록을 받았사옵고 저 또한 태수로 임명되었습니다."

이 말에 여포는 격노하여 낯이 시뻘개졌다.

"네 이놈! 나를 위해서 서주 목을 받아오기는커녕 너희 부자만 재미를 보고 왔구나! '조조에게 협력하고 원술과는 손을 끊어라' 라고 나에게 진언한 자는 바로 네 놈의 아비였다. 그런데 내가 바라는 것은 무엇 하나 이루어지지 않고 네 놈들 부자만이 이득을 보다니. 이야말로 내 이름을 팔아 네 놈들의 영화를 돌보는 것이 아니고 무엇이냐? ”

그러고 나서 여포는 느닷없이 칼을 뽑아들었다. 순간 진등이 껄껄 웃으며 말하였다.

“장군! 어째서 그런 유치하기 짝이 없는 말을 늘어놓으시오?”

“뭐라고! 대체 뭐가 유치하다는 게냐?”

“저는 조조를 만나서 여 장군을 키우는 것은 호랑이를 키우는 일과 다름없다고 말했습니다. 고기를 배불리 주지 않으면 굶주린 호랑이는 사람을 물어뜯을 것이라고 말했더니 조조가 웃으면서 이러더군요. ‘그렇지 않네. 나는 매를 키우는 마음으로 여 장군을 대한다네. 여우나 너구리 따위가 설치는 상황에서는 아직 먹이에 싫증나게 해서는 안 되지. 굶주리게 해놓으면 그때 비로소 여우나 너구리를 먹이로 삼을 걸세. 그러나 일단 싫증이 나버리면 당장 날아서 달아나버리고 말지’ 그래서 제가 물었습니다. 도대체 그 여우와 너구리가 누구냐구요. 그랬더니 조조의 대답은 이랬습니다. ‘회남의 원술, 강동의 손책, 기주의 원소, 형양의 유표, 익주의 유장, 한중의 장로가 아니고 누구겠는가!’ 이러더군요.”

이 말에 여포는 칼을 거두고 웃으면서 말했다.

“조조 놈이 나를 잘 알고 있구나.”

여포와 진등이 얘기를 나누고 있는 동안 병졸 하나가 달려와 원술이 서주를 공격해온다는 소식을 전했다. 이에 여포는 크게 당황했다.

사이좋던 단짝 친구의 꿈은 깨어지고 혼담에서 파혼으로 파탄 끝에 다시 전쟁이 벌어지게 된 것이다.

제 17 회   원술과 영웅들의 대결

원 공 로 대 기 칠 군　　　조 맹 덕 회 합 삼 장
袁公路大起七軍　　　曹孟德會合三將

원술은 칠군으로 나눠 진군시키고
조조는 유비·관우·장비를 만나다

서주를 공략하기로 한 원술

마침내 원술은 황제의 지위에 오르기로 결심하였다. 그는 회남 땅을 차지하였는데 그곳은 토지가 광대하고 물자가 풍부한데다가 손책에게서 옥새까지 빼앗았으니 여러 가지로 유리하였다.

원술은 부하들을 모아놓고 말하였다.

"옛날에 한나라 고조 유방(劉邦)은 고작 사상(泗上)의 정장(亭長:역의 우두머리)이었으나 끝내 천하를 지배하여 지금까지 사백 년간 자손들이 한나라를 통치하고 있다. 그러나 이제 한나라의

기운이 다하여 나라 안이 온통 혼란에 빠져 있다. 우리 원씨 가
문은 증조로부터 나에 이르기까지 사대에 걸쳐 삼공(三公)의 지
위를 이어받아 오고 있으며 백성들의 인심도 우리에게 귀착하고
있는 것으로 알고 있다. 이에 내가 하늘의 뜻에 따르고 민심의
기대에 부응하여 황제의 지위에 오를까 하는데 그대들의 생각은
어떠한지 말해보시오."

주부(主簿) 염상(閻象)이 아뢰었다.

"글쎄 어떠하실지 모르겠습니다. 예전에 주나라의 후직(后稷)은
덕을 쌓았으므로 그 아들 손문왕(孫文王) 때에 이르러 천하의 삼
분의 이를 영유하였으나 그러고도 여전히 신하의 예로 은나라를
섬겼습니다. 그런데 주공께서는 가계가 훌륭하시더라도 아직 주
나라에는 미치지 못하옵고 또, 한나라 황실 역시 쇠퇴하였다고는
하더라도 은나라 주왕(紂王)의 폭정에 비해서는 아직 문제가 안
되는 줄로 아옵니다. 그러니 이 계획은 잠시 유보하시는 것이 좋
을 듯싶나이다."

이 말에 원술은 기분이 언짢아져서 노기를 띤 얼굴로 말하였
다.

"우리 원씨 일가는 진(陳)나라의 혈통을 이어받고 있고 저 위
대한 제순(帝舜:五帝의 한 사람)의 후예라네. 목화토금수(木火土金
水)의 오행(五行)의 상승 순서로 말하자면, 불에 속한 한나라 다
음에는 흙에 속하는 제순의 혈통이 왕위를 이어받게 되어 있네.
뿐만 아니라 요즘 들리는 말들 중에 '한나라 다음에 서는 것은
마땅히 당도고(當塗高)로다'라는 말이 들리네. 여기서 '도'자는 나
의 자인 공로(公路)의 노(路)와 같이 길이라는 뜻을 갖고 있으니
내가 한나라의 뒤를 이어 황제가 되는 것은 이 말과도 부합되는
일일세. 그리고 거기에 더하여 나의 수중에는 전국의 옥새도 있
으니 내가 만일 황제가 되지 않는다면 이는 하늘의 뜻을 어기는

결과가 될 것이다. 앞으로 쓸데없는 말을 함부로 늘어놓는 자는 사형에 처할 것이니 각오하도록 하라."

이리하여 원술은 연호를 중씨(仲氏)로 고치고 대(臺)와 성(省) 등의 관청을 지었으며 용과 봉황을 새긴 수레를 만들어 타고 다녔다. 또한 성곽의 남쪽 교외에 하늘을 모시고, 북쪽 교외에 땅을 모셨으며 풍방(馮方)의 딸을 황후로 삼고, 자기 아들을 황태자로 앉히는 등 여러 모로 황제 행세를 하고 다녔다. 또한 원술은 여포의 딸을 며느리로 맞이하여 황태자비로 삼고자 한윤을 중매인으로 보냈다. 그러나 여포가 그를 죄인으로 만들어 조조에게 보내 죽게 만들었다는 보고를 받고 화를 내며 장훈(張勳)을 대장군으로 임명하고 그 휘하에 이십만 대군을 동원하여 서주를 정벌케 하였다.

원술은 이십만 대군을 7개의 부대로(路·부대의 군단)로 재편성하였는데, 제1군단은 대장군 장훈이 맡아 중앙을 책임지게 하고, 제2군단은 상장(上將) 교유(橋蕤)가 맡아 왼쪽을 책임지고, 제3군단은 상장 진기(陳紀)가 맡아 오른쪽을 책임지고, 제4군단은 부장(副將) 뇌박이 맡아 왼쪽을, 제5군단은 부장 진란이 맡아 오른쪽을, 제6군단은 항복하여 귀순한 장수 한섬(韓暹)이 맡아 왼쪽을 책임지고, 제7군단은 역시 귀순한 장수 양봉(楊奉)으로 하여금 오른쪽을 책임지도록 배치시켰다. 이렇게 행군의 순서를 정하자 각 장수들은 각기 부하 장수들을 거느리고 서주로 출발하였다. 또한 원술은 연주 자사 김상(金尙)을 태위(太尉)로 천거하여 일곱 군단의 병참을 책임지우려 하였지만 김상이 이를 거절하자 그를 죽여버렸다. 그 밖에 원술은 기령을 유격군 사령관으로 명하고 원술 자신도 삼만 대군을 거느렸으며 이풍(李豊)과 양강(梁剛) 그리고 악취(樂就)를 전투 감독으로 명하여 일곱 군단의 장수들과 연락을 취하도록 하였다.

한편 여포가 염탐꾼을 보내어 알아보게 하니 장훈의 한 군단이 곧바로 큰길을 통해 서주로 향하고 있다고 알렸다. 게다가 교유는 소패(小沛)로, 진기는 기도(沂都)로, 뇌박은 낭야(瑯琊)로, 진란은 갈석(碣石)으로, 한섬은 하비(下邳)로, 양봉은 준산(浚山)으로 오는데 이들은 모두 하루에 오십 리 길을 걸어오면서 노상에서 닥치는 대로 노략질과 약탈을 자행하고 있다고 알려왔다.

어리석은 여포

여포는 즉시 참모들을 모아 회의를 열었는데 그 자리에는 진궁과 진규 부자도 참석하였다.

먼저 진궁이 입을 열었다.

"원술이 이곳으로 쳐들어오는 것은 모두 진규 부자가 씨를 뿌린 재난의 결과입니다. 이들은 조정에 아첨하여 녹을 먹고 벼슬을 받았으니 그 책임이 여포 장군께 전가된 것입니다. 그러니 이들 부자의 목을 쳐서 원술에게 보내면 그는 철수할 것입니다."

여포가 진궁의 말에 수긍하여 진규와 진등 부자를 잡아들였으나 진등은 여유롭게 웃으며 말하였다.

"왜 그리 겁쟁이 같은 잠꼬대를 하시오! 저 일곱 군단은 일곱 개의 썩은 짚더미에 불과하니 전혀 문제될 것이 없소."

여포가 이 말에 귀가 솔깃해져서 말하였다.

"그러면 저들을 쳐부술 방법이 있단 말이냐? 그렇게만 된다면 사형을 면하게 해주겠다."

"물론 쳐부술 수 있습니다. 제가 말씀 드리는 대로만 하신다면 서주는 상처 하나 입지 않을 것입니다."

"그럼, 어디 그 방책을 들어보자."

"원술의 군단은 수효는 많습니다만 오합지졸에 불과하여 그들

의 주종자(主從者)들은 평소 친근감이나 신뢰감도 없습니다. 반면
에 우리 쪽은 훈련이 잘 된 병술을 가진 병사들이 성을 굳건히
지키고 있습니다. 그리고 거기에다 기습적으로 군사들을 내보내
어 적군을 교란시킨다면 이기지 못할 리가 없습니다. 더욱이 거
기에 또 하나의 묘략을 쓰면 원술을 생포할 수도 있을 것입니다."
  "그 묘략이라는 것이 도대체 무엇이냐?"
  "예, 한섬과 양봉을 이용하는 것입니다. 본래 이들은 한나라의
신하들로 조조가 못마땅하여 달아났지만 어디 의지할 곳이 마땅
치 않아 원술의 진영에 잠시 몸을 의탁하고 있는 것입니다. 그러
니 원술도 이들을 대접해주지 않고 이들 또한 할 수 없이 원술
의 말에 따르고 있는 것입니다. 그러니 그들에게 몰래 편지를 보
내 우리와 내통케 하고 아울러 유비와 손을 잡으면 원술은 포로
나 다름없게 되는 것입니다."
  여포는 다짐을 받으려는 듯이 말했다.
  "그러면 네가 한섬과 양봉에게 밀서를 보내도록 하여라."
  진등은 기꺼이 그렇게 하겠다고 하였다.
  여포는 먼저 쳐들어오는 원술을 막기 위해 군사를 써야겠다는
내용의 글을 허도의 조정으로 보내고 예주의 유비에게도 편지를
보냈다. 진등은 이 밀서를 품에 넣고 대여섯 명의 부하를 거느리
고 하비로 가는 길목으로 나가 한섬이 도착하기를 기다렸다가
마침내 한섬이 그곳에 진을 치자 그를 몰래 만났다.
  한섬이 의아한 표정으로 진등에게 물었다.
  "그대는 여포 휘하의 사람인데 이곳에 어쩐 일로 오셨소?"
  진등이 미소를 지으며 말하였다.
  "나는 한나라 조정의 신하인데 왜 여포의 사람이라 하옵니까?
장군이야말로 훌륭한 한나라의 신하이면서 역적의 편에 서 계시
며, 모처럼 관중(關中)에서 황제를 수호한 큰 공적을 헛되이 하고

계시니 유감스럽기 그지없는 일입니다. 원술은 원래 의심이 많은 사람이라 장군도 머지않아 위험하게 될 것입니다. 그러니 일찌감치 마음을 돌리신다면 나중에 화를 면하게 될 것입니다."

한섬이 약점을 찔린 듯한 표정으로 말하였다.

"사실 한나라 조정으로 돌아가고 싶지만 어떤 방도가 서질 않아 고민하고 있소이다."

이에 진등이 여포의 밀서를 꺼내어 건네주었다. 한섬이 찬찬히 읽어보고 나서 말하였다.

"알겠소이다. 장군은 먼저 돌아가 계시오. 그러면 내가 양봉 장군과 같이 일을 도모하겠소. 내가 불로 신호를 할 테니 그때 그쪽에서도 공격을 해주시오."

진등은 단숨에 돌아가서 여포에게 경과를 보고하였다. 여포는 곧 군대를 다섯 군단으로 재편성하였다. 고순은 소패로 나가 교유를, 진궁은 기도로 나가서 진기를, 장료와 장패는 낭야로 나가서 뇌박을, 송헌과 위속은 갈석으로 나가서 진란을, 여포 자신은 큰길을 향하여 장훈을 상대하기로 정하였다. 각 군단에는 일만 병력을 주었고 나머지 군사들은 서주의 수호를 위해 남겨놓았다.

여포는 성 밖 삼십 리 지점에 진을 쳤다. 그때 장훈의 군단이 거기까지 도착하였으나 상대가 여포라는 소식을 듣고는 겁을 집어먹고 이십 리 정도 뒤로 후퇴하여 우군이 지원해주기를 기다렸다.

한밤중이 될 무렵에 한섬과 양봉이 장훈의 군단 안 여러 곳에 불을 지른 뒤에 여포의 군진으로 들어갔다. 그러자 장훈의 군단은 순식간에 엉망이 되어 버렸고 그때를 놓칠세라 여포가 군사를 이끌고 쳐들어갔다. 패주하는 장훈을 계속 추격하니 새벽녘에는 기령의 군단과 맞닥뜨리게 되었다.

원술의 패배

여포와 기령이 서로 기회를 보며 공격하려고 하는 순간에 한 섬과 양봉이 돌격해왔다. 그러자 기령이 당해내지 못하고 달아났고 여포가 그 뒤를 쫓았다. 그렇게 정신없이 뒤쫓아가는데 산 너머 저쪽에서 한 떼의 군사들이 나타났다. 그 선도기(先導旗)가 좌우로 갈라지더니 그 사이로 기병대가 나왔다. 그들은 용(龍)·봉(鳳)·일(日)·월(月) 무늬의 기를 들고 있었으며 또는 금빛 별무늬를 박은 기를 들고 있었고 황금 철퇴와 은도끼 모양의 의장기(儀仗旗)를 휘날리고 거기에 황색의 월(鉞:장군의 출정 때 위신을 세우기 위해 황제가 하사하는 큰 도끼)과 흰 모(旄:쇠꼬리를 단 기)가 펄럭이는 장엄한 행렬을 이루고 있었다. 그 뒤로는 황금빛의 엷은 비단에 금박 무늬를 새겨넣은 황제용 우산이 뒤따랐는데 그 우산 밑에 원술이 앉아 있었다. 그는 황금빛 갑옷을 입고 양쪽에 두 자루의 칼을 꽂고 있었다.

그가 여포를 보자 벌떡 일어나더니 크게 호령을 내렸다.

"네 이놈! 주인을 배반하는 무식한 종 같으니!"

여포가 그 정도의 소리에 꿈쩍할 리가 없었다. 그는 극(戟)을 잡고 곧바로 원술을 향하여 돌진하였다. 그러자 원술의 휘하 장수 가운데에서 이풍이 창을 겨누며 뛰어나왔다. 두세 차례 정도 붙어서 싸워보았으나 이풍은 손에 상처를 입고 창을 떨어뜨린 채 물러섰다. 여포가 즉시 휘하 군사들을 적진에 돌격시키니 원술의 군단은 혼비백산하여 달아나기 시작하였다. 여포는 달아나는 원술의 군단을 추격하면서 그들이 버리고 간 갑옷과 군마 등을 수없이 노획하였다. 원술은 황제 차림의 체면이고 무엇이고 없이 달아나기에 정신이 없었다. 얼마 달아나지 못하였는데 갑자

기 앞을 가로막으며 일단의 부대가 뛰어나왔다.

그 선두에 섰던 관우가 달려나오며 소리쳤다.

"이 역적 놈아! 목숨이 아까워 아직까지 살아 있느냐?"

원술은 혼비백산하여 도주하였다. 휘하의 군사들도 사방팔방으로 뿔뿔이 흩어졌으며 원술은 몇 안 남은 군사들과 회남 땅으로 간신히 도피하였다.

생각지도 않게 여포는 큰 승리를 거두었고 관우·양봉·한섬을 서주로 데리고 가서 큰 환영연을 베풀고 군사들에게도 상을 내렸다.

이튿날 관우가 돌아가자 여포는 한섬을 기도의 목으로, 양봉을 낭야의 목으로 각기 임명하고 이 두 사람을 그대로 서주에 머무르게 할 것인가에 대하여 측근들과 내밀히 협의하였다.

이때 진규가 반대 의견을 말하였다.

"그것은 안 됩니다. 그들을 산동 땅에서 지내게 한다면 한 해가 가기도 전에 산동 땅이 그들의 손아귀에 들게 될 것입니다."

그리하여 여포는 그들을 기도와 낭야에 보내어 그곳에서 조정의 은명(恩命)이 내리기를 기다리도록 하였다. 나중에 진등이 은밀히 그의 부친 진규에게 물었다.

"왜 한섬과 양봉을 서주에 남겨 여포를 타도할 목적으로 사용하지 않으셨습니까?"

"만의 하나라도 그들이 여포와 합세하였다가는 도리어 긁어 부스럼이 될 것이다."

진등은 부친의 안목에 감탄하였다.

한편 회남으로 쫓겨간 원술은 강동 땅의 손책에게 사자를 보내 설욕전을 위해 병력을 빌려 달라고 요청하였다. 그러나 손책은 화가 나서 소리쳤다.

“그놈은 내 소유의 옥새를 훔쳐가지고 스스로 황제라 칭하며 한나라를 배반한 고약한 놈이다. 내 그놈의 대역(大逆) 행위를 징벌하려고 하는 이때 도와달라는 청원을 보내다니 어림없는 소리다!”

손책은 일언지하에 거절하는 회신을 원술의 사자 편에 보내버렸다. 이 서신을 받아든 원술은 노발대발하였다.

“주둥이에 젖비린내도 아직 가시지 않은 애송이 녀석이 감히 큰소리를 치다니……. 좋다, 내가 네 놈부터 처치해줄 테다.”

그러나 장사(長史) 양대장(楊大將)이 필사적으로 말렸다.

손책은 그 나름대로 원술의 공격에 대비하여 장강 일대의 요소요소에 병력을 배치하며 만전을 기하였다. 그럴 즈음에 조조가 사자를 보내와서 손책을 회계(會稽)의 태수로 임명한다며 군사를 출병시켜 원술을 치라고 명하였다.

손책이 조조의 말대로 따를 생각으로 군대를 일으키려 하자 장소가 이를 제지하였다.

“비록 원술이 여포와의 싸움에서 패하였지만 아직까지 병력과 군량이 충분하오니 섣불리 건드릴 수 없습니다. 그러니 조조에게 편지를 띄워 먼저 조조로 하여금 남정(南征)을 위해 출병하도록 하고 우리가 응원하러 나서겠다고 하는 것이 어떻겠습니까? 이와 같은 합작 공격에는 원술도 대적할 수 없을 것이고 설혹 실패할지라도 조조의 구원을 기대할 수 있을 것입니다.”

손책은 장소의 의견에 따라 조조에게 서신을 띄웠다.

그 무렵 조조는 가까스로 허도로 돌아갔지만 자신을 위해 죽은 전위를 잊을 수가 없어서 사원을 지어 그를 위로해주었으며 그의 아들 전만(典滿)을 중랑으로 명하여 관저 가까운 곳에 머무르게 하였다. 이때 손책의 서신이 도착하였다. 조조가 그의 서신을 읽은 직후에 원술이 식량이 부족하여 진류 땅으로 약탈 행각을 벌이러 갔다는 보고가 들어왔다.

조조와 원술의 대결

조조는 그 허를 칠 작정을 하고 남정(南征)을 결의한 후에 조인(曹仁)으로 하여금 허도를 지키게 하고 그 밖의 장수들과 군사들에게 출정을 명하였다. 보병과 기병을 합쳐 십칠만 병력을 모으고 식량과 군수품 천여 대를 모은 한편, 손책·유비·여포에게 출병을 요구하는 글을 보냈다.

조조가 이끄는 남정의 대군이 예주의 경계까지 이르자 유비가 자기 군사를 이끌고 그를 맞이하며 사람의 머리 둘을 조조에게 바쳤다.

조조가 놀라서 물었다.

"이것은 누구의 머리요?"

"예, 한섬과 양봉의 머리입니다."

"어떻게 된 영문이오?"

"여포가 임시로 이들을 기도와 낭야에 보내놓았더니 이들은 약탈과 폭행만을 일삼아 백성들의 원망의 소리가 높아졌습니다. 그래서 제가 의논할 일이 있다며 이들을 불러다놓고 술자리를 마련한 후 그 자리에서 술잔을 던지는 것을 신호로 관우와 장비 두 아우들로 하여금 처치하도록 하였습니다. 이들의 부하들도 이미 항복하였습니다. 제가 제멋대로 한 짓을 사과드리겠습니다."

조조가 너그러이 대하며 말하였다.

"백성들을 위해서 그대가 해가 되는 자들을 처치해주었으니 오히려 큰 공이 될 것인데 죄라니요? 사과하실 것 없소이다."

이렇게 유비를 위로한 조조는 그와 더불어 서주의 경계까지 진군하였다. 그곳에도 이미 여포가 부하들을 거느리고 마중나와 있었다. 조조는 여포에게 관대한 말로 위무하며 좌장군에 임명하고 도성으로 돌아가는 대로 인수를 보내겠다고 약속하자 그는 기뻐서 어쩔 줄 몰라했다. 이리하여 조조는 여포의 군단을 좌익에, 유비의 군단을 우익에 배치하고 자신은 중군을 거느렸으며 하후돈과 우금을 선봉으로 배치시켰다.

한편 원술은 조조가 병력을 이끌고 쳐들어온다는 소식을 전해 듣고 대장 교유에게 오만 병력을 주어 선봉에 서게 하였다. 이렇게 해서 수춘의 경계에서 양군이 맞닥뜨렸다.

원술의 진지에서 교유가 달려나오니 하후돈이 이를 상대하려고 달려나갔다. 얼마 지나지 않아 교유가 쓰러지고 원술의 군단이 패배하여 성 안으로 돌아왔다. 그때 손책이 배를 이용하여 장강의 서쪽을 침공하였고 여포가 동쪽을, 유비·관우·장비가 남쪽을, 조조의 십칠만 대군이 북쪽을 공략하여 사면에서 성을 공격하고 있다는 보고가 들어왔다. 원술은 크게 당황하여 참모들을 모아놓고 협의하였다.

양 대장이 먼저 말문을 열었다.

"이곳 수춘은 해마다 물난리와 가뭄을 겪어 백성들이 어려움에 처해 밥을 굶는 사태가 끊이지 않고 있습니다. 이런 때 다시 전쟁을 시작해 군사들을 동원한다면 백성들의 원망을 크게 살 것입니다. 그러니 군단을 이곳에서 움직이게 하지 말고 적군의 식량이 떨어져 마음이 변하기를 기다리는 것이 상책이라 생각합니다. 폐하께서는 금군(禁軍)을 거느리고 회하(淮河)를 건너가십시오. 그러면 식량 걱정도 안 하게 될 것이고 또, 적의 예봉(銳鋒)을 피하실 수도 있을 것입니다."

원술은 그의 진언에 따라서 이풍·악취·양강·진기의 네 장수에게 십만 병력을 나누어주며 수춘을 굳게 지키도록 하고 나머지 장졸들을 데리고 창고 속의 금은보화를 모두 싣고 회하를 건너 몸을 피하였다.

한편 조조는 십칠만 대군이 먹는 식량을 당해낼 도리가 없어 걱정이 태산 같았다. 수춘은 가뭄이 들어 쌀을 구하기가 힘들었고, 그나마 모으려고 해도 때를 맞출 수가 없었다. 초조해진 조조는 속전속결로 결판을 내려 하였지만 적군은 성 안에 틀어박힌 채 꼼짝도 하지 않았다. 조조가 한 달 가량이나 포위하고 있으면서 대치하게 되자 식량 사정은 더욱 악화되어 갔다. 이에 급한 김에 손책에게서 십만 석을 빌렸지만 그것 가지고 그 대군을 먹이기에는 어림도 없었다.

군량의 공급을 담당하는 임준(任峻)에게는 왕후(王垕)라는 부하가 있었는데 그가 조조에게 호소하였다.

"식량이 턱없이 모자라는데 어찌합니까?"

조조가 응급책으로 말하였다.

"우선 임시로 작은 됫박으로 배급해보도록 하라."

"그랬다가는 군사들의 원망이 대단해질 텐데요."

"그때는 내게 맡겨라."

왕후는 조조의 명대로 작은 되로 군사들에게 배급을 하였다. 조조가 은밀히 군사들의 동태를 살펴보니 모두 불만이 대단하여 승상이 자기들을 기만했다는 소리까지 들렸다.

이에 조조는 남몰래 왕후를 불러들여 말했다.

"군사들의 불평을 진정시키기 위해서라도 너에게 빌려야 할 것이 있다. 싫다고는 않겠지?"

"그것이 무엇이옵니까?"

"네 목이다."

왕후는 기겁을 하며 물었다.

"제가 무슨 죄를 지었기에 참하시려 합니까?"

"물론, 네게는 죄가 없다. 하지만 네 목이 없으면 군사들이 반란을 일으킬 것이다. 그러니 네가 나를 위해 목을 내놓는다면 그들을 진정시킬 수 있을 것이다. 네가 죽은 뒤에 너의 처자는 훌륭히 돌봐줄 테니 걱정하지 말아라."

왕후가 변명의 말을 늘어놓으려 했지만 이미 대기한 도부수들이 그를 끌고나가 그의 목을 베어 버렸다. 그의 목은 장대에 높이 매달아 효시를 하였고 거기에 팻말을 달았다.

왕후가 군량을 배급하는데 작은 되를 써서 군량을 빼돌리는 행위를 범하였기에 군법에 따라 이와같이 처벌한다.

이로써 군사들의 불평은 일시에 가라앉았다. 이튿날 조조는 각 군영의 장령(將領)들에게 명하였다.

"사흘 이내에 성을 함락시키지 않으면 너희들을 모조리 처형하겠다."

이렇게 말한 조조도 친히 성 아래까지 나가 군사들로 하여금 흙과 돌을 날라오게 하여 참호를 메워버리는 작업을 지휘하였다. 이때 성 안에서 화살이 비오듯 날아왔다. 이에 두 비장(裨將)이 얼굴이 파랗게 질려서 돌아오자 조조가 직접 그들의 목을 베었다. 조조는 말에서 내려 친히 흙을 짊어지고 참호 메우는 일을 도왔다. 이를 본 군사들도 계급의 높낮이를 가리지 않고 필사적으로 작업을 하였다. 순식간에 군기가 확립되고 의기가 충천하니 성 안의 적병들이 당황해하는 기색을 보였다. 조조의 군사들이 앞 다투어 성벽을 기어올랐다. 이내 성 안으로 뛰어내려 안에서 빗장을 벗겨버리고 자물쇠를 부숴버렸다. 그러자 ·성 밖의 대군이 밀물처럼 쏟아져 들어왔다. 결국 이풍·진기·악취·양강이 모두 생포되어 조조의 명으로 참형에 처해졌다. 그리고 원술이 세운 대궐을 비롯하여 백성들에게 부당하게 약탈해온 여러 물품들을 모두 불태웠다.

이렇게 수춘의 성이 텅비게 되자 조조가 회하를 건너 계속 원술을 추격하려는 계획을 세우니 순욱이 그를 말렸다.

"이곳의 가뭄이 심해 더 이상 군량미를 댈 수가 없으니 더 진격하면 군대도 지치고 백성들의 원성도 커져 이로울 것이 없습니다. 그러니 일단 허도로 돌아가서 내년 봄에 보리가 익어 군량미가 확보될 때까지 기다린 뒤에 다시 시작하는 것이 좋을 듯합니다."

조조가 선뜻 결단을 내리지 못하고 망설이고 있는 때에 급보가 전해졌다.

"유표에게 항복했던 장수가 다시 남양 땅 강릉에서 군사를 일으켜 여러 성들을 공격하고 있지만 조홍 장군의 힘으로는 역부족이라 계속 패전만 되풀이하고 있다 하옵니다."

이에 조조는 급히 손책 앞으로 서신을 띄웠다.

장강의 이쪽 기슭에 진지를 쳐서 유표의 군사가 쉽게 움직이지 못하도록 하고 유표의 등뒤로 견제하도록 하시오.

조조는 장수를 치는 문제는 별도로 생각하고 우선 허도로 철수하기로 결정하였다. 떠나는 날 조조는 유비를 소패에 남게 하고 여포와는 형제처럼 지내 다시는 서로 침범하는 일이 없도록 권고하였다.

"공에게 소패에 남아 지켜 달라고 부탁하는 것은 함정을 파놓고 호랑이를 기다리자는 '굴갱대호지계(掘坑待虎之計)'를 활용하기 위해서요. 그러니 부디 실수가 없도록 진규 부자와 상의하도록 하시오. 물론 나는 외부에서 공을 도와드릴 작정이니 걱정마시오.”

조조는 유비에게 이렇게 당부하고는 허도로 떠났다.

조조가 허도에 도착하니 단외(段煨)가 이각을, 오습(伍習)이 곽사를 참수해 죽였다는 보고가 들어왔다. 또 단외는 이각의 일족 이백여 명을 산 채로 끌고 와 조조 앞에 바쳤다.

조조가 이들을 모두 나누어 각 성문마다 참살하여 효시하도록 명하자, 백성들은 모두 통쾌하게 여겼다.

황제는 이를 축하하고자 궁전 안에서 대대적인 연회를 베풀었는데 그 자리에서 단외를 탕구장군(盪寇將軍)으로, 오습을 진로장군(殄虜將軍)으로 임명하여 장안을 지키도록 하였다. 이에 두 사람은 황제의 은혜에 배수하고는 그곳으로 떠났다. 조조가 황제에게 장수가 반란을 일으켰으니 이를 토벌하겠다고 아뢰자 황제는 친히 난여를 타고 위장병을 거느린 채 조조의 출진을 배웅하였다. 때는 건안 3년 4월이었다.

조조의 용병술

조조는 순욱을 허도에 남겨 치안을 부탁하고 스스로 대군을 이끌고 출정하였다. 행군 도중 눈에 띈 것은 풍년이 든 보리밭이었다. 그러나 백성들은 조조의 군대가 온다는 말에 모두 달아나 버려 보리를 거두어들일 일손이 없었다. 조조는 원근 마을과 지역의 경계를 지키는 관리들에게 사람을 보내어 그들에게 명하였다.

우리는 황제의 조서를 받들어 역적을 토벌하러 가는 군사이니 만백성을 위해 폐해가 없도록 주의하라. 지금 보리가 익는 철에 부득이 출병하게 되었으니 어느 누구를 불문하고 보리를 밟아 손상시키는 일이 없도록 하라. 이를 어기는 자가 있으면 가차없이 목을 베어 죽이겠다. 이렇게 군법이 엄한 것은 백성들을 위함이니 그대들은 겁을 내지 말도록 하라.

백성들은 전대미문의 이 같은 처사에 대해 기쁨과 고마움을 표하며 흙먼지를 일으키고 지나가는 조조 군사들의 뒤를 향해 무릎을 꿇고 절을 하였다. 조조의 군사들은 보리밭을 지날 때면 으레 말에서 내려 손으로 보리를 젖히고 그것을 밟지 않도록 조심스럽게 발을 옮겼다.

그런데 공교롭게도 뜻밖의 사건이 일어났다. 조조의 말이 보리밭에서 갑자기 날아오른 비둘기에 놀라 보리밭에 뛰어들어 밟아버리고 말았다. 조조는 행군주부(行軍主簿)를 불러 자신이 군법을 어겼으니 그대로 벌하라고 하였다.

주부가 놀라 주저하였다.

"승상을 벌할 수는 없사옵니다."

"법을 만들고 또 내가 어겼으므로 내가 처벌받아야 하는데 어찌 그런 말을 하느냐? 그래서야 어찌 백성들을 다스리겠느냐?"

그러면서 조조는 칼을 뽑아 자기 목에 갖다대었다. 그러자 주위의 장수들이 기겁을 하며 달려와 이를 말렸다.

이에 곽가가 말하였다.

"옛 경전인 《춘추(春秋)》의 가르침에 의하면 '법은 지존(至尊)에 대해서는 적용되지 않는다'라고 하였습니다. 대군을 통솔하여야 하는 승상의 몸으로 스스로 목숨을 끊는다는 것은 천부당만부당한 일이옵니다."

조조는 생각에 잠기는 척하다가 말하였다.

"《춘추》에 그런 말이 적혀 있다면 죽음만은 피할 수 있겠구나."

이에 조조는 다시 칼을 들어 자기 머리카락을 베어 땅바닥에 그것을 내던지더니 말하였다.

"이는 베어야 할 내 목 대신이다."

전령은 군사들에게 그 머리카락을 회람시키며 포고하였다.

"승상이 보리를 밟아 참수의 죄를 저지르셨지만 지존하신 분이므로 이 머리카락으로 목에 갈음하셨노라."

군사들 일동은 긴장하며 감히 군령을 무시하는 자가 없게 되었다.

한편 조조의 출병 소식을 전해 들은 장수는 부리나케 유표에게 지원군을 요청하는 편지를 띄우는 한편 뇌서(雷敍)와 장선(張先) 두 장수를 거느리고 성 밖으로 나갔다. 이렇게 양쪽 군대가 대진하여 마주서자 장수가 조조에게 욕설을 퍼부었다.

"거짓 인의(仁義)로 행세하는 이놈 조조야! 너는 창피한 줄도 모르느냐? 그러고도 네가 인간이란 말이냐?"

화가 치밀어오른 조조가 허저를 내보내자 장수는 장선을 내보냈다. 세 차례 정도 접전하였으나 이내 장선이 허저에게 목이 달아나자 장수의 군대는 흐트러졌다. 장수는 이내 달아나기 시작하였고, 조조가 그 뒤를 쫓아 남양의 성 가까이까지 이르렀으나 장수는 이미 성 안으로 피신하여 꼼짝도 하지 않았다. 조조는 성을 포위하여 공격을 시도했지만 성 주위의 참호가 너무 넓고 그 안의 물도 깊어서 도무지 성벽까지 접근할 수가 없었다. 하는 수 없이 조조는 휘하의 군사들에게 명하여 흙으로 참호를 메우게 하고 흙을 담은 포대와 장작 또는 짚더미 등을 이용해 옆의 모서리에 쌓도록 하였다. 그리고 근처에 높다란 망루를 세워서 거기에 올라가 성 안을 살피게 하였다. 이렇게 지시한 후 조조는 말을 타고 성 둘레를 사흘 동안이나 둘러보고는 성의 서문 모퉁이에 장작을 쌓도록 명하고 그것을 발판으로 해서 성벽 위로 군사들을 올라가게 하였다.

성 안에 있던 가후(賈詡)가 이를 눈치채고 장수에게 속삭였다.

"조조의 속셈을 알았으니 우리도 꾀에는 꾀로 상대하는 수밖에 없습니다."

뛰는 자 위에 나는 자가 있으며 그 위에 또 속이는 자가 있다. 그리고 일부러 속는 척하며 속이는 속임수도 있는 법이다. 과연 가후는 어떤 계책을 쓰려는 것일까?

제 18 회 여포와 조조의 대전

가 문 화 료 적 결 승　　하 후 돈 발 시 담 정
賈文和料敵決勝　　夏侯惇拔矢啖睛

가후는 조조의 의표를 찔러 승리하고
하후돈은 화살을 빼고 눈알을 삼키다

조조의 허를 찌른 가후

　가후는 조조의 의중을 꿰뚫어보고 계략에는 계략으로 대항해
야 한다는 생각이 들어 장수에게 말하였다.
　"제가 성에 올라가 살펴보자니까 조조가 사흘 동안이나 계속해
서 성을 돌아보고 다니다가 동남쪽에 헌 벽돌과 새 벽돌이 섞여
있는 부분과 녹채(鹿砦:적의 침입을 막기 위해 세운 뾰족한 막대)가
썩어서 못 쓰게 된 부분을 허술하다고 생각하는 것 같습니다. 그
래서 그곳으로 공격할 생각을 가졌겠지만 그는 일부러 그쪽과는

정반대인 서북쪽 한 구석에다 장작을 쌓아서 우리를 속여 병력을 그곳으로 집합시킬 계략이지요. 그러고는 정작 그들은 야음을 틈타 동남쪽으로 쳐들어올 속셈이 분명합니다."

장수가 걱정스러운 목소리로 물었다.

"그러면 우리 쪽은 어떻게 해야 좋겠는가?"

"방법은 간단합니다. 내일 최고 수준의 정예 군사들을 뽑아 배불리 먹인 후 몸을 날렵하게 움직일 수 있도록 장비를 갖추게 한 후에 동남쪽 민가에 숨겨둡니다. 그리고 한편으로는 성 안의 백성들을 군사로 변장시켜 서북쪽으로 보내어 적군의 계략에 걸려든 척해 보이는 것입니다. 그래서 적군이 야음을 틈타 공격해 올 때 우리도 때를 보아서 호포를 신호로 복병들을 보내어 기습을 가한다면 조조를 생포할 수도 있을 것입니다."

장수는 가후의 계략에 감탄을 금할 수가 없었다.

얼마 뒤에 조조는 염탐꾼의 보고를 받았는데 그 보고에 의하면 장수가 성 안의 병력을 서북쪽으로 옮겨놓았으므로 동남쪽은 텅 비어 있다는 것이었다. 조조는 즉시 성벽을 기어오르는 데 쓰는 도구를 마련케 하고는 낮에는 서북쪽을 공격하는 체하다가 날이 어두워지면 동남쪽으로 병력을 이동시켜 녹채를 치워버리고 성을 헐라는 명령을 내렸다. 이에 조조의 군사들이 동남쪽으로 공격을 가했으나 장수의 군사들이 이렇다 할 반응을 보이지 않자 안심하고 공격을 개시했다. 그때 난데없이 호포가 울리더니 여기저기에서 복병들이 뛰어나왔다. 조조가 놀라 퇴각하려 하니 정예 복병들을 이끈 장수가 뒤따라오며 공격하였다. 조조는 가까스로 성을 빠져나와 수십 리 길을 날듯이 달아났고 장수는 새벽녘에야 추격군을 철수시켜 성으로 되돌렸다.

겨우 사태를 수습한 조조가 패잔병을 점검해보니 오만여 명의 군졸을 잃었고 막대한 군수품을 잃었다. 또한 여건(呂虔)과 우금(于禁)도 부상을 당하였다.

한편 가후는 조조가 패주한 것을 알고 서둘러 장수로 하여금 유표에게 달아나는 조조 군의 퇴로를 차단해 달라는 내용의 서신을 쓰게 하였다. 서신을 받은 유표가 장수의 요청대로 지원군을 보내려고 하는데 염탐꾼이 돌아와 긴급한 사정을 보고하였다.

"손책(孫策)이 지금 강 어귀에 병력을 배치시켜놓았습니다."

이에 괴량(蒯良)이 아뢰었다.

"손책이 강 어귀에 포진해 있는 것도 조조의 음모입니다. 지금 패주하는 조조를 해치우지 않으면 반드시 뒤탈이 생길 것입니다."

유표는 황조(黃祖)로 하여금 요소의 어귀를 굳게 지키도록 하고 자신은 직접 병력을 이끌고 안중현으로 가서 조조의 퇴로를 차단하였다. 또한 이 사실을 장수에게도 알리니 장수 역시 가후와 더불어 조조를 뒤쫓았다.

유표의 패전

이런 사정을 알 턱이 없는 조조의 군단은 천천히 퇴각하고 있었는데 양성을 지나 육수에 이르자, 갑자기 조조가 대성통곡을 하였다. 일동이 놀라서 우는 까닭을 물었더니 조조가 애달픈 소리로 말하였다.

"지난해에 여기서 전위를 잃은 일이 생각나서 그렇다."

그러고는 행군을 멈추게 하고 전위를 위해 위령제를 지내주었다. 조조가 손수 향을 피워주며 하염없이 눈물을 흘리자 그곳의 모든 장졸들도 감동하여 눈물을 흘렸다. 이렇게 전위의 위령제를 마치자 조조는 비로소 조안민(曹安民)과 맏아들 조앙(曹昂)을 비롯한 전몰 장졸들을 제사 지내주었다. 또한 화살에 맞아 죽은 대원마(大宛馬)를 위해서도 분향하는 것을 잊지 않았다.

　이튿날이 되자 순욱이 급사를 통해 유표가 장수를 돕기 위해 안중으로 출병하여 주공의 퇴로를 차단하려 하고 있다는 서신을 보내왔다. 이에 조조는 순욱에게 회신을 썼다.

　　내가 행군을 느긋하게 서행시키는 것은 도중에 역적군의 추격을 받을 위험이 있다는 사실을 몰라서 그러는 것이 아닐세. 나에게도 복안이 있으니 걱정하지 말게. 안중에 이르면 기필코 장수가 지게 될 테니 지켜만 보고 있도록 하게.

　그러고서 조조는 그대로 군단을 안중현의 경계까지 전진시켰다. 유표는 이미 요새를 차지하여 포진하고 있었고 뒤따라서 서둘러 온 장수는 부지런히 조조의 군사를 추적하고 있었다. 조조는 야음을 틈타 위험스러운 곳에다 땅을 파게 하고 복병을 숨겨놓았다. 먼동이 틀 무렵, 유표와 장수의 군사들이 한 곳에서 만나 살펴보니 조조 군의 병력이 얼마 안 되어 보였다. 혹시 조조가 빠져나갔을지도 모른다는 의심이 들어 단호하게 공격을 감행하였다. 이때 조조가 홀연히 기병을 써서 역습을 가하고 숨겨놓은 복병들을 이용해 어느 틈에 안중의 요충지를 돌파하여 건너편에 진을 치고 있었던 것이다. 유표와 장수의 군은 참담한 지경까지 대패하여 물러나왔다.

　유표가 투덜거리며 입을 열었다.

　"조조의 역습에 이렇게 어이없게 당하다니……."

　장수도 어이없었지만 침착하게 말했다.

　"지금은 할 수 없지요. 앞으로의 방도를 생각해보겠습니다."

이렇게 말한 후에 군사들을 안중에 집결시켰다.

한편, 순욱은 원소가 허도를 노리고 있다는 정보를 알아내고는 조조에게 급히 그 사실을 알렸다. 순욱의 소식을 접한 조조는 크게 놀라 귀환을 서둘렀고 염탐꾼은 그런 상황을 장수에게 밀고하였다.

조조가 허도로 돌아가려는 사실을 안 장수가 그의 뒤를 쫓아 추격히려 헀디니 가후가 이를 말렸다.

"진정하십시오. 지금 조조의 뒤를 쫓으면 반드시 실패하고 말 것입니다."

그러나 유표는 가후의 말을 듣지 않았다.

"이런 좋은 기회가 어디 또 있겠는가?"

그러고는 장수와 더불어 일만여 병력을 모아 조조의 뒤를 추격하였다. 십 리쯤 간 지점에서 조조 군의 후위를 따라잡을 수 있었다. 그러나 유표와 장수가 맞서기에는 조조 군사들은 엄청나게 강하였다. 결국 공격하기는커녕 호되게 공격당하여 물러서는 수밖에 없었다.

장수는 가후의 말을 듣지 않았음을 후회하며 겸허하게 말하였다.

"자네의 충고를 듣지 않아 이 꼴이 되었네그려."

그러자 가후가 뜻밖의 말을 하였다.

"너무 상심하지 마시고 지금 부대를 다시 정돈하여 출병하십시오. 그러면 이번에는 이길 것입니다."

장수와 유표가 의아해하며 물었다.

"방금 지고 돌아왔는데 어떻게 다시 공격해서 이긴단 말인가?"

"염려하지 마십시오. 이번에 이기지 못한다면 저의 목을 바치겠습니다."

장수는 가후의 단호한 말을 믿었지만 유표는 의구심이 들어 머뭇거렸다. 이에 장수가 홀로 군사를 이끌고 나가 싸우니 과연 가후의 말대로 조조 군이 크게 패하여 군마와 군수품들을 버리고 패주하였다. 가까스로 도망치는 조조 군을 장수가 추적해가는데 갑자기 산 너머에서 예기치 않은 한 부대가 나타났다. 이에 장수는 더 이상 추격을 하지 못하고 안중으로 돌아왔다.

예상 외로 승리를 한 장수는 가후에게 물었다.

"처음에 퇴각하는 조조 군을 추격하려 할 때는 우리가 패할 것이라고 말했고, 다음에 이겨서 사기가 오른 적군을 추격할 때는 우리가 반드시 이길 것이라고 말했소. 두 경우 모두 공의 말대로 되었는데 어찌하여 두 번이나 그대로 예상이 적중하였는지 말해주시오."

가후가 미소를 지은 후에 말하였다.

"그것은 조금도 이상한 일이 아닙니다. 사실 유 장군께서는 싸움을 잘 하시지만 조조의 적수가 되지 못하십니다. 조조는 설사 지더라도 반드시 후위에 정선된 정예 부대를 배치하여 추격전에 대비합니다. 그러니 아군의 부대가 적군을 추격하여 승리하기란 무척 어려운 일이지요. 그런데 이번에 조조가 갑자기 철수를 명한 일이 있었는데 이는 허도에 반드시 어떤 사태가 일어났다는 것을 말해주는 것으로 그들은 회군하기에 바빠 방비를 소홀히 하게 되지요. 그러니 비록 우리 쪽이 철저한 준비없이 추격하여도 어수선한 조조 군을 이길 수 있었던 것입니다."

유표와 장수는 가후의 지략에 감탄하지 않을 수 없었다. 가후는 유표에게는 형주로 돌아가도록 하고 장수에게는 양성을 지키며 양쪽이 서로 돕고 의지하는 관계를 유지해가도록 권고하였다. 이리하여 양군이 각기 자기 자리로 돌아갔다.

조조의 후위 부대를 도운 이통

조조는 퇴각을 서두르던 중에 후위 부대가 장수의 추격을 받고 있다는 보고를 듣고 그들을 구원하고자 부리나케 되돌아갔다. 그러나 장수 군단은 이미 퇴각한 뒤였으며 후위 부대의 군사가 조조에게 보고를 올렸다.

"저희가 장수 군에게 쫓겨 도망치고 있을 때 한 장수가 부대를 이끌고 나타나주지 않았더라면 우리 후위 부대는 아마 모두 포로가 되었을 것이옵니다."

조조가 그 군단의 장수가 누군지 나와보라고 명하자 창을 손에 든 장수 하나가 조조 앞에 나와 절을 하였다. 그는 진위중랑장(鎭威中郞將) 이통(李通)으로 자를 문달(文達)이라고 하는 강하(江夏) 땅 평춘(平春) 출신이었다. 조조가 어떻게 때를 맞추어 올 수 있었느냐고 묻자 이통이 말하였다.

"저는 여남을 지키고 있던 터에 이번 싸움의 소식을 풍문으로 듣고 원조해 드리고자 달려온 것입니다."

조조는 그를 기특히 여겨 건공후(建功侯)로 봉하여 여남의 서부 일대를 수비케 하며 원소와 장수를 경계하도록 하였다. 이통은 감격하여 그 자리를 떠났다.

조조와 원소의 차이점

한편 허도에 돌아온 조조는 황제에게 상주하여 그 공에 따라 손책을 토역장군(討逆將軍)으로 봉하고 오후(吳侯)라는 칭호를 수여하도록 조처하였다. 그리하여 손책이 있는 강동 땅으로 사신을 보내어 그 조서를 전달케 하고 아울러 유표의 공격에 대비하여 방비를 게을리하지 말라는 당부도 하였다.

조조가 관저로 돌아와 문무백관들에게 연회를 베푼 후에 순욱이 들어와 조조에게 물었다.

"안중으로 진격하실 때 어떻게 아군이 승리할 것이라고 예견하셨지요?"

조조가 빙그레 웃으며 말하였다.

"그때는 퇴로가 차단되어 앞으로 나갈 수밖에 없었다네. 그래서 아예 일부러 느릿하게 행군을 하여 적군을 끌어들인 뒤에 매복시킨 복병들을 이용해 기습을 취할 생각을 한 것이고, 그것이 적중하여 승리를 할 수 있었다네."

순욱이 조조의 지략에 감탄하고 있을 때 곽가가 들어왔다. 조조가 찾아온 이유를 묻자 곽가는 옷소매 속에서 한 통의 편지를 꺼내며 말하였다.

"원소가 이 서신을 주공께 드리라고 인편에 보내왔사온데, 내용인즉 공손찬을 칠 테니 병력과 군량미를 빌려달라는 요구입니다."

"원소가 허도를 노린다는 얘기를 듣고 내가 이곳 허도로 돌아왔는데 왜 딴소리를 하는 거지?"

조조가 원소의 편지를 받아 읽어보니 오만불손하기 그지없는 문장이었다. 기분이 상한 조조가 곽가에게 물었다.

"원소는 무례하기 짝이 없는 놈이다. 그를 당장 치고 싶은데 아직은 역부족이니 어찌해야 좋겠는가?"

"옛날 고조 유방과 초나라 항우 사이의 항쟁을 알고 계실 줄 믿사옵니다. 유방이 항우를 이길 수 있었음은, 유방은 지혜가 뛰어난 반면 항우는 제 힘만 믿고 있었기에 결국 사로잡히는 몸이 되어 유방이 한나라를 세우는 결과를 갖게 했습니다. 오늘날 원소에게는 십패(十敗)가 있고 장군께는 십승(十勝)이 있는데 그 이

유는 다음과 같습니다. 우선 원소는 형식을 까다롭게 따지고 믿으나 주공께서는 자연에 내맡기시니 이는 '도(道)에서의 이김'이고, 원소는 억지를 써서 움직이지만 주공께서는 순리에 따라 바르게 움직이시니 '의(義)에서의 이김'이 그것이옵니다. 또 환제와 영제 이후로 정치가 엉망이 되어 급기야 원소에 이르러서는 관주도하에 행정을 펼치지만 주공께서는 선인의 가르침을 이용해 다스리시니 이는 곧 '치(治)에서의 이김'이옵니다. 원소는 대범하고 관대해 보이는 것 같지만 겉보기일 뿐, 실은 일가친척에게만 국한되어 있는 반면 주공께서는 조그만 일에 구애받지 않으시고 더욱이 명민(明敏)하시어 사람을 그 재능에 따라 쓰시니 이는 곧 '도(道)에서의 이김'이오며, 원소는 이모저모로 지혜를 짜내지만 결단력이 없는 반면에 주공께서는 일단 결정된 일은 즉시 실행하시니 이는 곧 '모(謀)의 이김'이옵니다. 또 원소는 자기 이름을 앞세우는 일에 급급하지만 주공께서는 지성으로 사람을 대하는 일을 중히 여기시니 곧 '덕(德)'에서 앞서십니다. 그리고 원소는 가까운 사람만 소중히 여기고 먼 사람은 전혀 돌보지 않으려 하는데 주공께서는 골고루 구석구석까지 인물을 헤아려 기용하고 배려하시니 이는 곧 '인(仁)에서의 이김'에 앞섭니다. 또한 원소는 쉽게 남의 말에 현혹되지만 주공께서는 남을 헐뜯는 험담이나 거짓말에는 조금도 귀기울이지 않으시니 이는 '명(明)에서의 이김'이옵니다. 그리고 원소는 시(是)와 비(非)가 뒤섞여 분명하지 못하지만 주공께서는 법도를 기준으로 해서 엄중히 다스리시니 '문(文)에서의 이김'이옵니다. 끝으로 원소는 허세를 부리며 병법에 어두운 반면, 주공께서는 소수로 다수를 능히 제압하는 등의 병법에 능하시어 신(神)과 같은 위치에 있으니 이는 곧 '무(武)에서의 이김'에 앞서는 것입니다. 요컨대, 주공께서는 이와 같은 열 가지의 승리 요건을 갖추고 계시니 원소를 타도하는 데에 별다른 고생이나 고민 거리가 없을 것으로 생각되옵니다.”

조조는 자신을 추켜세우는 곽가의 말에 멋쩍어하면서 말하였다.

“설마 내가 그 정도는 안 될 텐데…….”

그러자 옆에서 듣고 있던 순욱이 말을 이었다.

“곽공의 ‘십승십패’ 말씀은 이 몸도 오래 전부터 공감하고 있던 것이었습니다. 원소는 대군을 거느리고 있으나 별로 쓸모가 없으니 그리 두려워할 일이 못 됩니다.”

곽가가 다시 말을 이었다.

“문제는 서주의 여포입니다. 지금 원소가 멀리 북녘의 공손찬과 경합하려 하는 때에 우리가 먼저 여포를 쳐서 동남쪽의 방해자를 제거하고 평정한 후에 원소를 치는 것이 옳을 줄 압니다. 만일 우리가 원소를 먼저 공격하면 여포는 반드시 허도로 들어오려 할 것이니 그렇게 되면 피해가 이만저만이 아닐 듯합니다.”

이에 조조는 먼저 여포를 토벌하는 방향으로 작전을 바꾸어 회의를 진행하였다. 순욱이 먼저 자기 의견을 말하였다.

“먼저 유비에게 서신을 보내 여포를 같이 토벌하려는지 의사를 물어보신 후에 행동으로 옮기심이 좋을 줄 압니다.”

조조는 유비에게 서신을 써서 보내는 한편, 원소의 사자에게도 정중히 대접하는 것을 잊지 않았다. 또 원소를 황제에게 추천해서 대장군 태위 겸 기(冀)·청(靑)·유(幽)·병(幷) 등 네 주의 도독으로 임명하였다. 그리고 원소의 밀서에 대한 답신에도 공손찬을 공격하면 원조를 아끼지 않겠다고 썼다. 조조의 답신을 받은 원소는 뛸듯이 기뻐하며 즉시 공손찬을 공격하라고 명하였다.

조조의 작전

한편 서주에 머물러 있는 여포의 측근에서는 진규와 진등 부자가 어느 연회에서나 손님들에게 여포를 칭송하는 말을 아끼지 않았다. 이들의 끝없이 추켜올리는 말을 못마땅히 여긴 진궁은 때를 보아 여포에게 살짝 충고하였다.

"진규·진등 부자의 사탕발림에 넘어가 방심하시 마십시오."

이에 여포는 도리어 진궁을 타일렀다.

"자네, 그게 무슨 말인가? 그들을 헐뜯는 말은 그만두게."

진궁은 밖으로 물러나와 혼자 중얼거렸다.

"이제 충언도 먹혀들지 않으니 위험한 건 내 목숨뿐이구나."

진궁은 여포를 버리고 어디 다른 곳으로 가서 의지하고 싶었지만 다른 사람들의 입에 오르내리는 것이 싫었기 때문에 선뜻 결심이 서지 않았다. 그래서 답답한 심정으로 불쾌한 나날을 보내고 있었다. 그러던 어느 날, 진궁은 답답한 마음을 달래려고 몇몇 부하를 거느리고 바람도 쐴 겸해서 소패까지 사냥을 나갔다가 역마(驛馬)를 타고 정신없이 달려가는 파발꾼을 보았다.

그는 마음에 무엇인가 짚이는 것이 있어 즉시 샛길로 앞질러 가서 파발꾼을 붙잡은 후에 물었다.

"너는 어디로 가는 길이냐?"

파발꾼은 여포 휘하의 장수에게 붙잡혔다는 생각에 겁이 나서 말도 제대로 하지 못하였다. 그래서 진궁이 그의 몸을 뒤졌더니 조조에게 보내는 유비의 밀서가 나왔다. 진궁이 이 파발꾼을 밀서와 함께 여포 앞으로 끌고 가자 그자는 울상이 되어 실토하고 말았다.

"조 승상께서 유비 장군에게 서신을 보내시고 답신을 받아오라고 명하심에 따라 지금 그 답신을 받아가지고 가는 길이옵니다. 그러나 소인은 그 답신의 내용은 전혀 알지 못합니다."

이렇게 변명하자 여포가 그 답신을 뜯어보니 다음과 같이 적혀 있었다.

여포를 치라는 승상의 말에 따라 준비를 하고 있기는 하지만 이 몸의 병력은 수가 충분치 못하고 장수도 많지 않아 경솔히 행동하지 않으려 합니다. 그러니 승상께서 대군을 보내주신다면 제가 즉시 자진하여 군을 정비하고 존명을 대기하겠습니다.

편지를 읽은 여포는 화가 머리끝까지 치밀어올랐다.

"조조, 이 역적 놈! 네 놈이 감히 이런 음모를 꾸미고 있다니!"

여포는 파발꾼의 목을 치고 진중과 장패를 보내어 태산의 산적들인 손관(孫觀) · 오돈(吳敦) · 윤례(尹禮) · 창희(昌豨) 등과 손을 잡고 이들에게 산동 · 연주 땅의 여러 군을 점거하도록 명하였다. 그 밖에도 고순과 장료를 소패로 보내어 유비를 치라고 명하고 송헌과 위속을 동녘으로 보내어 여(汝) · 영(潁)의 각지를 빼앗도록 명하는 한편 여포 자신도 주력 군단을 이끌고 이들의 활동을 엄호해주었다.

고순과 장료가 서주를 떠나 소패로 향할 때쯤에 누군가가 긴급히 이 사실을 유비에게 알렸다. 유비가 곧 작전회의를 소집하여 의논하니 손건이 말문을 열었다.

"우선 조조에게 이 위급함을 알려야 합니다."

"이렇게 급한 정국에 누가 가서 이 사정을 알린단 말이오?"

이 말에 말석에 앉아 있던 어떤 자가 뛰어나오며 말하였다.

"제가 가면 안 되겠습니까?"

이렇게 말한 자는 유비와 동향 사람으로 현재 유비의 막빈(幕

賓)으로 대우받고 있는 간옹(簡雍)이라는 자였는데 자를 헌화(憲和)라 하였다. 유비가 구원을 요청하는 서신을 쓰자 간옹이 그것을 가지고 곧바로 허도로 달려갔다. 그리고 유비는 성의 방위에 진력하였는데 그가 몸소 남문의 방비를 맡았으며 손건이 북문을, 관우가 서문을, 장비가 동문을 맡도록 지시하였다. 그리고 미축과 그 아우인 미방에게는 본진의 부대를 일임하였는데 미축의 누이동생이 유비의 둘째 부인이었으므로 이들 형제와 유비는 처남매부지간의 관계였다. 그래서 가족의 보호를 위해 본진을 이들 형제에게 맡긴 것이었다.

장료의 부끄러움

이윽고 고순이 군사를 이끌고 성 아래까지 쳐들어오자 유비가 높다란 망루에서 소리쳤다.

"나와 여포 장군 사이에는 아무런 원한도 없는데 이 무슨 해괴한 짓이냐?"

고순이 악을 쓰며 외쳤다.

"네 놈과 조조 사이에 내통한 사실이 들통났는데 무슨 변명이냐? 우물거리지 말고 어서 항복하여라."

그러고는 일시에 공격해왔지만 유비는 성문을 굳게 잠근 채 싸움에 응하지 않았다. 이튿날에는 장료가 서문으로 나타나 공격을 하려 하니 관우가 성벽 위에서 물었다.

"그대같이 뛰어난 인물이 어찌 여포 같은 역적을 위해 목숨을 내던지려 하는가?"

이 말에 장료는 고개를 떨구고 말을 못하였다. 이 모습을 본 관우는 그가 생각이 얕은 자가 아니고 충성과 의리가 있는 자임을 알게 되었다. 그래서 더 이상 치욕스러운 말도 하지 않고 성 밖으로 나가 싸우려 하지도 않았다. 마침내 장료가 군사를 이끌고 동문으로 가니 장비가 기다렸다는 듯이 뛰어나와 싸움도 제대로 하지 못하고 달아나는 장료를 뒤쫓았다. 이 소식을 들은 관우가 놀라서 달려가 간신히 장비를 말려 성 안으로 끌고 들어왔다.

"겁이 나서 달아나는 그놈을 왜 뒤쫓지 못하게 하시는 겁니까?"

장비가 불평을 끝없이 늘어놓자 관우가 차근하게 설명하였다.

"장료의 무예 기량은 아우 못지않게 뛰어나고 또 이야기를 나누어보면 서로 도리를 납득할 만한 인물이라는 것을 알 것일세. 내가 그의 아픈 곳을 지적하는 말을 하니 그가 부끄러워 싸움에 응하지 않고 달아난 것일세."

장비는 관우의 설명을 듣고 군사들에게 나가서 싸우지 말고 성만 방어하도록 일렀다.

한편 간옹이 허도로 가서 답신이 탄로난 일을 조조에게 알리자 조조는 군사들을 긴급히 불러 회의를 열었다.

"내가 여포를 치는 데 원소 따위가 이래라저래라 하고 간섭을 하는 일은 아무것도 아니지만 유표와 장수가 어떤 일을 세우고 있는지 알 수 없으니 신경이 쓰인다."

이에 순욱이 응대하였다.

"유표와 장수는 얼마 전에 크게 패했으므로 아직 재충전할 수는 없을 것입니다. 그러나 여포는 배짱이 두둑한 자여서 만일 원술과 제휴하여 회수와 사수(泗水) 유역을 침범하려고 한다면 손쓸 방법도 없이 곤궁에 빠질 것입니다."

곽가도 이 말에 동의하였다.

"여포는 아직 반란을 이루기에는 백성들이 많이 따르고 있지 않는 상황이니 지금 그를 토벌하는 것이 상책이라 생각하옵니다.”

이에 조조는 하후돈·하후연·여건·이전의 네 장수에게 오만 병력을 주어 선발대로 내보내고 자신도 직접 대군을 거느리고 뒤따랐다. 간옹도 조조를 수행해 따라 나섰다.

눈알을 삼킨 하후돈

조조의 군사가 출징했다는 소식을 선해 들은 고순이 재빨리 여포에게 이 사실을 알렸다. 이에 여포는 후성·학맹(郝萌)·조성(曹性) 등을 선두로 이백 기병을 출정시키고 아울러 고순을 소패성 밖 삼십 리 지점에 주둔시켜 조조 군에 대항해 싸우도록 하였다. 그리고 여포 자신도 위풍당당한 기세로 출정 준비를 갖추었다.

유비는 고순이 소패성에서 떠난 것을 보고받고, 조조 군이 도착할 것이라는 점을 짐작할 수 있었다. 이에 손건을 성에 남겨놓고 미축(糜竺)과 미방(糜芳)에게 가족의 안전을 부탁하고는 관우·장비와 더불어 병력을 성 밖으로 남김없이 이끌고 나와 진지를 구축하여 조조 군을 맞아 싸울 준비를 하였다.

하후돈이 나가 선봉에 선 고순을 상대로 대항하였다. 이들은 쉰 차례 가까이 접전을 벌이다가 마침내 고순이 당해내지 못하고 달아나자 하후돈이 기마로 그 뒤를 쫓았다. 고순은 이리저리 돌며 피해 달아났고 하후돈 역시 그를 놓치지 않으려고 필사적으로 뒤쫓았다. 진지에서 이들의 추격전을 살피고 있던 조성(曹性)이 은밀히 활의 시위를 당겨 하후돈을 겨냥하였다. 이윽고 화살이 소리없이 날아가 하후돈의 왼쪽 눈을 명중시켰다. 하후돈이 외마디 신음 소리를 내더니 재빨리 정신을 가다듬어 화살을 뽑아내니 눈알이 함께 빠져나왔다.

그는 피가 흘러내리는 자신의 눈알을 바라보더니 크게 소리쳤다.

"이것은 내 아버지의 정기요, 어머니의 피의 일부분이니 어찌 이를 버리겠는가!"

그러더니 눈알을 입으로 삼켜버렸다. 그러고는 조성을 향해 말을 치달려 그대로 조성의 얼굴에 창을 찌르니 그는 외마디 소리도 지르지 못하고 그대로 말에서 고꾸라져 죽고 말았다. 쌍방의 군진은 하후돈의 이런 행동을 지켜보고 할 말을 잃어 그저 넋을 놓고 바라볼 뿐이었다. 단숨에 조성을 죽인 하후돈이 진지로 돌아오는 것을 지켜보는 순간, 고순이 기습적으로 총공격을 명하였다. 이에 자만에 빠져 있던 조조의 군사는 제대로 진영을 갖추기도 전에 오합지졸이 되어 뿔뿔이 흩어져 달아나기에 바빴다.

하후연은 부상당한 형을 부축하여 피신하였고 여건과 이전은 가까스로 패잔병을 수습하여 제북(濟北)으로 도망쳐 진을 쳤다. 승세를 탄 고순이 되돌아와서 유비를 공격하려 하니 때마침 여포도 군대를 이끌고 진격해왔다. 여포는 군단을 셋으로 나누어 유비·관우·장비의 군진을 향해 공격을 감행하라는 명령을 내렸다. 맹장은 제 눈알을 먹고 잘 싸웠으나 부상당한 선봉은 오래 버티지 못하는 형세가 되었다.

과연 이 싸움은 어떤 결말에 도달할 것인가?

제 19 회 여포의 종말

하비성조조오병　　백문루여포운명
下邳城曹操鏖兵　　白門樓呂布殞命

하비성에서 조조가 적군을 참살하고
여포는 백문루에서 목숨을 잃다

쫓기는 삼형제

고순은 장료와 더불어 관우의 군진을 향해 공격하고, 여포는 친히 장비의 군진을 향해 공격을 하였다. 이에 대항해서 관우와 장비가 반격에 나서자 유비는 뒤에서 유격 작전을 결행하여 그들을 도왔다. 여포가 군단을 둘로 나누어 후위에서 그들을 공격하니 관우와 장비는 이길 수가 없었다. 수십 기를 거느리고 소패로 퇴각하는 유비의 뒤를 여포가 뒤쫓았다. 유비는 성 앞에 이르러 수비병에게 조교를 내리라고 일렀지만 이미 여포가 그 뒤에 바짝 따라와 있는 상태였다. 성 안에서는 활로 방어를 하려 하였지만 자칫 하다가 유비의 몸도 다칠 것 같아 제대로 공격을 할 수가 없었다.

유비를 뒤쫓아 성 안으로 들어온 여포의 군단은 문을 지키고 있던 군졸들을 단번에 물리쳐버렸다. 성 안으로의 진입에 성공한 여포가 휘하 장수들을 불러들이자 위기에 처한 유비는 가족들을 돌볼 겨를도 없이 곧바로 성을 가로질러 서문을 통해 성 밖으로 빠져나와 말을 달렸다.

여포가 더 이상 유비의 뒤를 쫓지 않고 유비의 집으로 돌아오니 미축이 나와서 말하였다.

"이 사람이 듣기에 대장부는 적장의 처자식은 건드리지 않는다고 하였소. 지금 여 장군이 상대해서 싸워야 할 인물은 조조올시다. 유비 공께서는 여 장군이 전에 원문에서 베푸신 은혜를 잊어버리고 장군을 등질 사람이 아니오. 지금 눈앞에 닥친 일이라 부득이 조조 앞에 고개를 숙이고 있는 것이니 이 사정을 헤아려 주시기 바라오."

이에 여포가 관대한 소리로 말하였다.

"유비와 나는 예전에 잘 지내던 사이인데 어찌 내가 그의 처자식들을 해치겠는가!"

이렇게 말한 여포는 미축으로 하여금 유비의 가족을 서주로 데려가도록 명하고 자신은 산동 땅 연주의 경계에 머무르기로 결심한 후 고순과 장료를 소패성에 머물게 하여 방비케 하였다.

이때 손건은 성 밖으로 피신한 뒤였으며 관우와 장비 또한 몇몇의 패잔병들과 함께 각기 산 속에 들어가 몸을 숨기고 있었다.

성 밖으로 간신히 빠져나간 유비가 홀로 말을 타고 들길을 가고 있으려니 누군가 뒤따라 와서 말머리를 나란히 하는 자가 있어 돌아보니 그는 손건이었다.

유비가 걱정스러운 목소리로 물었다.

"이제 어찌하면 좋겠는가?"

이에 손건이 대답하였다.

"일이 이렇게 된 이상 조조에게 의지하고 난 후에 뒷일을 생각하시는 것이 어떻겠습니까?"

이에 유비는 샛길을 통해 허도로 향하였다. 가는 도중에 허기가 져서 마을에 들어가 끼니를 청하니 사람들은 곧 예주목인 유비를 알아보고 기꺼이 음식을 제공하였다.

어느 날 한 집에 들러 하루 저녁 묵기를 청하니 젊은이가 안에서 나와 정중히 인사를 하였다. 유비가 그의 신상을 물으니 그는 사냥으로 먹고사는 유안(劉安)이라고 하였다. 유안은 자기 집에서 하루 묵기로 한 사람이 바로 예주목인 유비임을 알아보고 짐승 고기를 구해보았지만 여의치 않았다. 그래서 그는 하는 수 없이 아내를 죽여 그 살을 떼어내어 접대하였다.

유비가 물었다.

"이것이 무슨 고기요?"

이에 유안이 늑대 고기라고 답하였으므로 유비는 더 이상 의심하지 않고 배불리 먹고는 그날 밤을 거기서 보냈다. 이튿날 새벽에 길을 떠나기 위해 그 집 뒤뜰에 묶어놓은 말을 가지러 가보니 부엌에 한 여인의 시체가 있었는데 그 여자의 팔은 예리한 칼로 도려내어져 있었다. 유비는 간밤에 자신이 먹은 고기가 무엇인지를 알아차리고는 무어라 말할 수 없는 심정이 되어 하염없이 눈물을 흘리며 말에 올라탔다. 유안이 달려나와 미안한 표정으로 유비에게 말하였다.

"어른을 모시고 가고 싶사오나 늙으신 어머니가 계시기에 따라나서지 못함을 용서하십시오."

유비는 고마운 뜻을 표하고 아쉽게 길을 떠났다.

양성(梁城)에 다다르니 갑자기 시커먼 흙먼지를 일으키며 한 떼의 군단이 달려오는 것이 보였다. 그 군단이 조조 군이라고 알아본 유비는 손건을 데리고 사령부의 기가 보이는 곳으로 달려가 조조를 만났다. 그리고 소패성을 잃고 가족마저 여포의 수중에 내맡기게 된 경위를 하소연하였다. 조조도 동정의 눈물을 흘리며 유비를 위로하였다. 또한 유안의 이야기를 꺼내자 조조는 손건에게 금 일백 냥을 유안에게 전달하라고 명하였다.

조조 일행이 제북에 이르니 일찌감치 이곳으로 도피하여 진을 치고 있던 하후연이 반갑게 맞이하였다. 그의 형 하후돈이 눈을 다쳐 누워 있다고 보고하자 조조가 친히 그를 문병하고 나서 그를 허도로 데리고 가서 치료하도록 손을 썼다. 그리고 한편으로는 염탐꾼을 보내어 여포의 소재를 알아오도록 하였더니 그가 돌아와 보고하였다.

"여포는 지금 진궁·장패와 더불어 태산의 산적들과 결탁해서 연주(兗州)의 여러 군들을 치고 있습니다."

이에 조조는 조인(曹仁)에게 삼천 병력을 내주며 소패성을 공격하도록 명하였고 자신은 대군을 거느리고 유비와 더불어 여포를 상대하기로 하였다.

일행이 군진을 이끌고 산동 땅 소관(蕭關) 가까이까지 갔더니 태산의 산적 무리인 손관·오돈·윤례·창회 등이 삼만여 병력을 이끌고 나와 길을 가로막았다. 이에 조조가 허저를 내보냈더니 상대편에서는 네 산적이 한꺼번에 덤벼들었다. 그러나 그들은 허저의 호적수가 되지 못하고 모두 꽁무니를 빼고 달아나기에 바빴다. 조조가 그런 네 산적을 소관까지 추적하며 승전을 올리자 이 보고가 여포의 귀에까지 들어갔다.

진등 부자의 속셈

이때 여포는 서주로 돌아와 있었는데 소패가 위기에 빠져 있다는 소식에 그곳을 구하기 위해 진등과 더불어 출병하기로 하고, 서주는 진규에게 일임하였다. 진등이 여포를 따라 출병 준비를 하는 중에 진규가 아들 진등의 귀에 나직이 속삭였다.

"전에 조 승상께서 서주를 부탁한다고 너에게 당부한 일을 잊지 말아라. 이번에야말로 여포는 실패할 것이니 이 기회를 잘 살려 처신하도록 해라."

이에 진등이 답하였다.

"저에게도 생각이 있으니 걱정하지 마십시오. 다만 아버님께서는 여포가 패해서 돌아와도 미축과 함께 성의 수비를 굳건히 해서 절대로 그를 입성시키지 않도록 하십시오. 저도 빠져나갈 길을 마련해놓겠습니다."

"다만 이곳에는 여포의 가족들이 있고 심복들도 득실거리고 있으니 그것이 문제로다."

"저에게도 계략이 있으니 지켜만 보십시오."

그러고는 진등은 여포를 찾아가 아뢰었다.

"서주는 사면으로 적들에게 침범당하기 쉬운 지형에 위치해 있으니 조조 역시 서주를 공격해올 것입니다. 그러니 우리가 미리 돈과 식량을 하비로 옮겨놓으면 비록 서주성이 함락된다고 하더라도 크게 걱정하지 않아도 될 것입니다."

이 말에 여포가 쾌재를 부르며 대답하였다.

"옳거니. 그렇다면 내 식구들도 그곳에 머물도록 해야겠구나."

이렇게 해서 여포는 송헌과 위속으로 하여금 식구들과 돈 및 식량을 하비성으로 옮겨 보호하도록 명하고 자신은 진등을 데리고 소관을 방어하기 위해 길을 떠났다.

가는 도중에 진등이 여포에게 말하였다.

"제가 먼저 가서 조조 군의 동향을 살펴보고 올 테니 주공께서는 그 뒤에 오도록 하십시오."

이렇게 말한 진등은 한 걸음 먼저 소관으로 들어가 진궁을 만나서 거짓말을 늘어놓았다.

"주공께서는 지금 장군이 나가서 싸우지 않는다고 성이 나 계셔서 단박에라도 문책을 하러 오실 기세이십니다."

진궁이 이 말에 반박하였다.

"조조 군의 병력은 강대하니 조급히 행동해서는 안 되오. 차라리 이곳을 굳게 지키는 동시에 주공께서는 소패성을 확고히 지키는 것이 상책이라 생각하네."

진등은 하는 수 없이 진궁의 말에 동의하였다.

이윽고 해가 지자 진등은 관문 위 망루로 올라 주변을 살펴보았다. 과연 관문 아래에는 조조 군이 가득 모여 진지를 구축하고 있었다. 진등은 급히 관문 아래로 세 통의 편지를 화살에 묶어 쏘아보내었다.

이튿날 진등은 진궁과 헤어져 말을 달려 여포에게로 돌아와 아뢰었다.

"가서 알아보니 손관을 비롯한 산적 놈들이 소관을 적의 손에 넘기려고 합니다. 이에 저는 이 사실을 진궁 장군에게 알려주어 성을 굳게 지키라고 하였습니다. 그러니 주공께서는 오늘 저녁 어두워진 뒤에 도우러 가십시오."

여포는 진등을 매우 기특하게 여겨 칭찬하였다.

"이 요충지를 적의 손에 넘기지 않고 막은 것은 자네의 덕분일세."

여포는 불을 신호로 하여 성문을 열라는 계획을 진궁에게 알리고자 다시 진등을 소관으로 급히 보내었다.

그런데 막상 진궁을 만난 진등은 전혀 다른 소리를 하였다.

"조조의 군사가 샛길을 통해 이미 소관으로 들어가버려서 서주가 위험에 빠져 있으니 장군께서는 곧 서주로 오라는 명을 내리셨소."

이 말에 속은 진궁은 병력을 이끌고 관문을 떠났고, 이를 확인한 진등이 관문 위에서 불을 올렸다.

이에 밤길의 어둠을 뚫고 서둘러 달려오던 여포는 서주로 돌아가려는 진궁의 부대와 맞닥뜨려서 같은 패끼리 싸움을 벌이는 꼴이 되고 말았다.

한편 조조는 전날 밤에 보낸 편지에 따라 관문 위의 불을 보고는 일제히 총공격을 가하니 손관 등의 산적들이 모두 뿔뿔이 흩어져 도망치기에 바빴다.

새벽녘까지 정신없이 싸우던 여포는 겨우 자신이 속임수에 걸려들었다는 것을 알아차리고 즉각 싸움을 중단하고 진궁과 함께 부랴부랴 서주로 돌아갔다.

서주 성문 앞에 이른 여포가 문을 열라고 크게 외치자 무수히 많은 화살들이 쏟아져 내렸다.

그와 함께 미축이 망루에 올라서서 소리쳤다.

"네 놈은 우리 주공의 성을 가로챈 배은망덕한 놈이다. 이제 성은 원래의 주인에게 돌아왔으니 네 놈이 다시 이곳에 들어오지는 못할 것이다."

여포는 화가 머리끝까지 치밀어올라서 소리쳤다.

"진규는 어디 있느냐?"

"진규는 내가 이미 죽였다!"

미축이 이렇게 말하자 여포는 진궁을 돌아보며 물었다.

"진등은 어찌 되었느냐?"

진궁이 어이없는 표정으로 말하였다.

"아직 진등이란 놈을 믿으십니까?"

여포는 그래도 믿기지 않는 듯이 온 군진을 샅샅이 뒤지게 하였으나 그림자도 보이지 않았다.

이에 진궁이 여포에게 소패성으로 돌아갈 것을 권하여 그의 말에 따라 그곳으로 군진을 돌려 떠났다. 가는 도중에 한 떼의 부대와 마주쳤는데 그들은 고순과 장료였다.

여포가 웬일이냐고 묻자 그들은 도리어 의아해하며 말하였다.

"진등이 저희에게 와서 주공께서 포위되셨다고 하기에 만사를 제쳐두고 이렇게 부랴부랴 달려온 것입니다."

"이것 역시 진등의 농간입니다."

진궁의 말에 여포는 노호하여 소리쳤다.

"어디 보자. 진등 이놈! 내가 네 놈을 죽이지 않고 그냥 살려둘 줄 아느냐?"

여포는 이렇게 내뱉고는 그대로 소패성까지 단숨에 말을 몰아 달려갔다. 그런데 놀랍게도 성에는 이미 조조 군의 기치가 펄럭이고 있지 않은가! 조조가 조인에게 명하여 일찌감치 성을 함락시켜놓은 상태였던 것이다. 성 아래 도착한 여포는 성문 위를 향해 갖은 욕설로 진등을 매도하였다.

그러자 진등이 나타나 여포를 향해 대꾸하였다.

"나는 한나라의 신으로 너와 같은 역적을 섬길 마음은 애당초 없었다."

여포는 극도로 분개하여 일제히 성을 공격하도록 명하였는데 뒤에서 함성 소리와 함께 한 떼의 부대가 돌격해왔다. 선두에 선 장수를 보니 그는 숙적인 장비였다. 이에 고순을 내보내 맞서게 하였으나 당해내지 못하고 물러나자 여포가 직접 나섰다.

서로 만만치 않은 두 맹장의 싸움이 한참 동안이나 이어지고 있는 가운데 또다시 군진 밖에서 함성 소리가 울리면서 이쪽을 향해 다가오는 부대가 보였다. 그들은 다름 아닌 조조의 대군이었다. 여포는 형세가 너무 불리하다고 판단하여 동쪽으로 달아나기 시작하였다. 이에 놓칠세라 조조가 그의 뒤를 쫓았다. 여포는 달아나는 일에 지쳐서 녹초가 되었고 그의 말도 쓰러질 지경이 되었다. 그때 또 새로운 적군이 앞을 가로막았다.

그 선두에 선 장수가 말 위에서 청룡언월도를 비껴들고 천둥 소리와 같은 목소리로 외쳐대었다.

"여포야! 기다려라. 여기 관우가 와 계시다."

여포는 너무 당황하였다. 등뒤로는 장비가 육박해 오고 있지 않은가! 여포는 완전히 전의를 상실하고 진궁을 비롯한 몇몇 장수와 함께 죽을 힘을 다해 하비 쪽으로 혈로를 찾아 도망쳤다. 이때 다행히 후성(侯成)이 응원 부대를 이끌고 나와주어 간신히 목숨을 구할 수 있었다.

관우와 장비는 눈물로 재회를 하고는 각기 그간의 상황들을 이야기하였다.

"나는 해주의 연도에 있다가 자네 소문을 듣고 이곳으로 달려왔다네."

관우의 말에 장비가 말을 이었다.

"저는 그 동안 망탕산(芒碭山)에 숨어서 지내왔습니다. 아무튼 이렇게 형님을 만나뵙게 되어서 얼마나 기쁜지 모릅니다."

이들은 휘하 군사들을 이끌고 유비를 찾아가 엎드려 절하며 울었다. 유비 또한 기쁨의 눈물을 흘리며 그들을 맞이하여 주었다. 유비는 조조에게 두 아우를 소개하고 이어서 함께 서주로 입성하였다. 성 안으로 들어가자 미축이 반갑게 맞으며 식구들의 무사함을 알려주니 유비는 그 기쁨이 무엇에 비할 수 없을 정도로 컸다. 이때 진규와 진등 부자도 나와서 조조를 맞이하였다.

조조는 여러 장수들의 노고를 치하하고 성대한 연회를 베풀었다. 연회석에서는 조조가 가운데 자리에 앉고 진규가 오른쪽에, 유비가 왼쪽에 자리하였으며 그 밖의 장수들도 각기 정해진 자리에 차례로 앉았다. 이윽고 잔치가 끝나갈 무렵 조조는 진규에게 감사의 표시로 열 개 현의 녹을 타도록 하였으며 진등에게도 복파장군(伏波將軍)이라는 벼슬을 주었다.

하비성을 치러 간 조조

서주를 손에 넣은 조조는 마음속으로 매우 득의양양해져서 이번에는 하비성을 치려 하였다. 그러나 정욱이 이의를 제기하였다.

"여포에게는 현재 하비성밖에 남아 있지 않으므로 우리가 너무 서둘러 공격하면 그는 궁지에 몰려서 원술을 의지할 것이고 그렇게 되면 두 사람의 세력을 꺾는 일이 쉽지 않게 됩니다. 그러니 우선 하비에서 회남으로 가는 요충지에 적절한 장수를 배치하여 그들이 서로 연락을 취하지 못하도록 저지하시는 것이 먼저라고 생각합니다. 그리고 또한 산동 땅에도 장패나 손관 등 아직 투항하지 않은 산적의 무리가 있으니 그들에 대해서도 결코 방심해서는 안 될 줄로 아옵니다."

조조가 정욱의 말에 수긍하여 명하였다.

"그렇다면 산동은 내가 맡겠으니 회남으로 가는 길목은 유비 장군께서 맡아주시오."

유비가 쾌히 응낙하였다.

"분부대로 따르겠습니다."

이튿날 미축과 간옹 두 장수를 서주에 머무르게 하고 유비 자신은 손건·관우·장비와 더불어 회남의 요충지로 출병하였으며 조조는 하비를 공격하러 떠났다.

한편 여포는 하비성에 미리 갖다놓은 충분한 돈과 식량뿐만 아니라 사수(泗水)가 있는 지리적 이점으로 인해 완전히 방심하고 있었다.

그러나 진궁은 걱정스러운 듯이 여포에게 권하였다.

"조조는 서주를 점령한 지 얼마 되지 않았으므로 아직 진지의 울타리도 제대로 세우지 못한 상태일 것입니다. 그러니 지금 피곤한 조조 군을 친다면 이기지 못하리란 법도 없습니다."

그러나 여포는 진궁의 말을 듣지 않았다.

"나는 근래에 연전연패일세. 그러니 지금 함부로 군사들을 일으켜 출병한다는 것은 무리일세. 적군이 먼저 치러 오면 사수 강물에 모두 장사지낼 테니 그리 염려하지 말게."

이런 대화가 오고간 지 닷새 정도가 지나 조조 군은 하비성 아래에다 진지를 구축하여 진을 치게 되었다. 조조가 성 아래까지 가서 여포에게 이야기를 나누자고 회담을 제의하니 여포가 성벽 위 망루에 나타났다. 조조가 먼저 말문을 열었다.

"귀공과 원술 사이의 혼담 소식을 듣고 내가 한 마디 거들려고 이렇게 왔소이다. 원술은 반역자요, 국적이오. 그런데 장군은 동탁을 타도한 큰 공로가 있는데도 무엇이 아쉬워서 이제 와 원술에게 의지하려 하려 하시오? 실패한 뒤의 후회는 이미 때가 늦는 법이니 지금이라도 우리에게 투항하여 함께 황실을 보호하고 황제를 모신다면 장군은 제후가 될 수도 있지 않겠소?"

"잠시 생각해볼 여유를 주시오."

조조의 설득에 마음이 흔들린 여포가 휘하 장수들과 의논해보아야겠다고 생각하는 순간, 곁에 있던 진궁이 조조를 간적(奸賊)이라고 매도하면서 그를 향해 화살을 날렸다. 그 화살은 조조의 머리를 가리고 있던 비단 양산에 명중하였다.

조조는 진궁을 가리키며 소리쳤다.

"내 맹세코 네 놈을 살려두지 않겠다."

이에 조조는 모든 군사를 집결시켜 성을 공격하기 시작하였다. 진궁이 여포에게 간하였다.

"적군은 먼 길을 달려왔으므로 오래 버티지 못할 것입니다. 그러니 주공께서는 보병과 기병을 데리고 성 밖으로 나가 주둔하십시오. 저는 나머지 병력을 데리고 성 안에 남겠습니다. 조조가 주공을 공격하면 제가 나가서 그의 배후를 공격할 것이고 적이 성을 공격하면 주공께서 그의 배후를 공격해주십시오. 그러면 적군은 열흘이 지나기도 전에 식량이 떨어질 것이니 그때 쉽게 이길 수 있을 것입니다. 이 전법을 가리켜 병법에서는 공세를 분산시켜 상대를 공격하는 '의각지세(犄角之勢)'1)라고 합니다."

"그럴듯한 생각이네."

여포는 관저로 돌아와 출병할 채비를 하였다. 날씨가 추운 겨울이라 부하들에게 솜옷을 두둑히 입으라고 일렀다.

이 말을 듣게 된 부인 엄씨가 여포에게 다가와 물었다.

"장군께서는 어디로 나가 싸우시는 것입니까?"

여포가 진궁이 일러준 계략대로 실행할 것이라고 알려주자 부인은 수심에 찬 얼굴로 말하였다.

"장군께서 혼자 이 성 밖으로 나가시면 남아 있는 아이들과 저는 어떻게 하라고 그러시는지요. 만약 안 계시는 동안 적군이라도 쳐들어와 저에게 불상사라도 생기게 되면 대체 어떻게 하란 말씀이십니까?"

엄씨의 간곡한 부탁에 여포는 결단을 내리지 못한 채 삼일 동안 관저에 머물러 있었다. 이때 진궁이 급히 달려와 보고하였다.

"적이 성을 포위하였습니다. 어서 출병하지 않으면 후회만 있을 뿐이옵니다."

---

1)의각지세(犄角之勢):양쪽에서 잡아당겨 찢으려는 양면작전의 태세를 말함.

"나는 성 밖으로 나가서 싸우는 것보다는 안에서 싸우는 것이 더 낫겠다는 생각이 드는구나."

진궁이 다그치듯이 아뢰었다.

"적군은 식량이 부족해 허도로 급히 원조를 청했다고 합니다. 머지않아 군량이 도착할 것이니 장군께서 친히 군사들을 이끌고 나가 도중에서 군량을 빼앗아버리십시오."

여포 생각에도 묘안인 듯 여겨져 다시 안으로 들어가 엄씨에게 의논해보았더니 엄씨는 다시 수심에 찬 목소리로 말하였다.

"장군께서 성을 나가시게 되면 진궁이나 고순의 힘으로는 도저히 성을 지키지 못할 것입니다. 그때는 모든 것이 끝장입니다. 이 몸은 전에 장안에서 장군과 헤어진 일이 있었습니다만 그때는 방서가 숨겨주어서 다행히 다시 만날 수 있었습니다. 그런데 다시 또 헤어지다니요! 이번에 나가시거든 큰 뜻을 품은 장군께서는 부디 이 소첩의 생각 따위는 깨끗이 잊어버리소서."

이렇게 말한 엄씨는 끝내 통곡을 해대었다. 마음이 심란해진 여포는 이번에는 초선(貂蟬)을 만나 의논해보기로 하였다.

이에 초선 역시 여포의 출정을 막았다.

"제발 저를 위해서도 무리한 싸움은 말아주십시오."

"쓸데없는 근심 걱정은 잊어버리도록 해라. 내게 화극과 적토마(赤兔馬)가 있는 이상 어느 누구도 함부로 대할 수 없느리라."

눈물로 매달리며 출정을 말리는 초선을 뒤로 하고 방을 나온 여포는 진궁을 만나 이렇게 말하였다.

"적이 식량을 원조했다는 것은 사실이 아닐 것이다. 조조는 사기꾼 같은 놈이니 섣불리 그의 말을 믿었다가는 도리어 우리가 낭패를 당할 것이다."

더 이상 여포를 설득시키는 일이 힘들다는 것을 알게 된 진궁은 밖으로 나와 길게 탄식하였다.

"이제 이 몸 하나 죽는다 해도 장사 지낼 곳이 없겠구나."

원술에게 다시 청혼을 한 여포

여포는 종일토록 집안에 머무르면서 엄씨와 초선을 상대로 술을 마시며 괴로움을 달래고 있었다. 그때 모사인 허사(許汜)와 왕해(王楷)가 여포를 찾아와 아뢰었다.

"이제 원술은 회남 땅에서 막강한 세력을 갖추게 되었다고 합니다. 장군께서는 전에 그와 혼담을 추진하신 바 있었사오니 지금 다시 그에게 사돈을 맺자고 사람을 보내어 일을 성사시키십시오. 만약 원술이 승낙하고 원병도 보내주어 양쪽으로 협공한다면 조조를 쉽게 격파시킬 수 있을 것입니다."

여포는 그들의 말에 따라 즉시 원술에게 혼담을 제의하는 편지를 써서 두 사람 편에 보내도록 하였다.

이에 허사가 말하였다.

"조조 군이 성을 포위하고 있으니 아군들이 호위해서 적진을 돌파시켜주지 않으면 빠져나갈 수가 없습니다."

여포는 장료와 학맹에게 일천 병력을 주어 수행토록 명하였다. 그날 밤 야음을 틈타 장료가 앞장 서고 학맹이 후위를 맡아 허사와 왕해를 비호하며 성 밖으로 빠져나가는 데 성공하였다.

유비의 진지를 살며시 스쳐지나가서, 추격대가 따라 붙기 전에 요충지를 지났다. 학맹은 오백 병력을 이끌고 그대로 전진하여 허사와 왕해를 호송하였으며 장료는 나머지 병력을 데리고 돌아섰다. 돌아오는 도중에 관우를 만나 위기를 맞이했으나 고순이 성 밖으로 나와 원조해주어서 무사히 돌아올 수 있었다.

한편 허사와 왕해가 무사히 수춘에 도착하여 원술에게 여포의 편지를 건네주니 원술이 화를 내며 말하였다.

"전에는 내가 보낸 사자를 죽이고 혼담을 파기하더니 이제 와
서 다시 사돈을 맺자고 해? 괘씸하구나!"

허사가 침착하게 말하였다.

"그때는 조조의 간계에 걸렸기 때문에 오해가 생겨 일어난 일
이오니 부디 헤아려주십시오."

그렇지만 원술은 쉽게 화가 풀리지 않았다.

"너희 주인이 조조의 공격을 받지 않았다면 딸을 나에게 보낼
생각은 하지 않았을 것이다."

그러자 왕해가 나서서 거들었다.

"공께서 저희 여포 장군을 도와주지 않으시면 순망치한(脣亡齒
寒:입술이 없어지면 이가 시리다)으로 공을 위해서도 결코 이롭지
못할 줄로 아옵니다."

이에 원술이 단호하게 말하였다.

"여포의 말은 도무지 믿을 수가 없으니 정 나를 믿게 하려면
먼저 딸을 보내도록 하라. 그러면 그때 가서 원조군을 보내겠다
고 일러라."

허사와 왕해는 더 이상 아무 말도 못 하고 물러나와 학맹과
함께 하비로 향하였다. 그러다가 그들은 유비의 진지를 지나치게
되었다. 이에 허사가 제안하였다.

"낮에 이곳을 지나치는 것은 위험하니 밤중에 왕해와 함께 가
겠사옵니다. 학 장군께서는 우리의 후방을 방어해주십시오."

이렇게 합의를 한 후에 그날 밤, 허사와 왕해는 무사히 진지를
통과하였으나 학맹은 그만 장비의 눈에 띄어 제대로 싸워보지도
못하고 참담한 꼴이 되었다. 그의 오백 병력은 산산이 흩어지고
말았고, 자신은 장비의 손에 이끌려 유비 앞으로 끌려갔다. 유비
가 다시 그를 조조의 본진으로 끌고 가니 학맹은 여포가 원술과
다시 사돈을 맺으려 한다는 일을 모두 털어놓았다.

조조는 학맹의 자백을 받아낸 뒤에 진문 앞으로 끌고 가서 목을 베게 한 후 모든 진지에 방비를 철저히 하라고 엄명을 내렸다. 여포나 혹은 그의 부하들을 한 놈이라도 빠져나가게 한다면 그자를 군법으로 엄히 다스리겠다고 포고한 것이었다. 조조의 엄명에 모든 장졸 일동은 긴장하여 수비를 철통같이 하였다. 유비 또한 군진으로 돌아와 관우와 장비에게 일렀다.

"지금 우리가 있는 곳은 회남으로 가는 요충지 가운데 요충지일세. 그러니 각별히 신경써서 조조의 군령에 위배되는 일이 없도록 하여 주게."

그러자 장비가 투덜거렸다.

"모처럼 제가 적장을 잡았는데 포상은커녕 공연히 겁만 주다니 이게 될 말입니까?"

유비가 장비를 달래었다.

"그런 생각은 갖지 말게. 조조 장군은 대군을 통솔하는 지휘자일세. 그런 군령을 쓰지 않고서는 일괄적으로 지휘할 수 없으니 자네들은 군법을 어기지 않도록 몸가짐을 조심히 하면 될 걸세."

관우와 장비는 더 이상 항변하지 못하고 물러나왔다.

한편 허사와 왕해는 하비성으로 돌아와 여포에게 원술의 말을 전하였다. 달리 방법을 찾지 못한 여포는 암담한 심정으로 물었다.

"그렇다면 어떻게 딸을 데리고 가야 하지?"

"학맹이 붙잡힌 이 마당에 조조 놈은 틀림없이 사정을 파악하고 그에 대해 대비책을 강구해놓았을 것입니다. 그러니 장군께서 직접 따님을 호송하는 것이 가장 안전하고 확실한 방법이 될 것입니다."

"그럼, 오늘 당장 데리고 가겠다."

"오늘은 일진이 좋지 않은 암검살(暗劍殺)이 보입니다. 그러나 내일은 대길하니 술시(戌時)나 해시(亥時)에 떠나시면 괜찮을 것입니다."

여포는 장료와 고순에게 명하였다.

"내일 삼천 병력을 내줄 테니 내 딸을 잘 호송하도록 하라. 내가 친히 이백 리까지는 호송해줄 테니 뒤는 너희들이 모두 책임지고 일을 성사시키도록 하라."

다음날 밤 여포는 딸의 몸을 솜으로 감싸고 갑옷을 입힌 후에 등에 업고 극을 들고 적토마에 올라탔다. 성문이 열리자마자 치달려나가니 그 뒤를 장료와 고순이 뒤따랐다. 이윽고 그들이 유비의 진지 가까이에 이르니 갑자기 북소리가 요란하게 울리고 관우와 장비가 뛰어나왔다.

"여포 이놈, 기다리거라!"

이 소리에 여포는 싸울 생각도 하지 않고 미친 듯이 도망치기 시작하였다. 유비의 부대가 뒤쫓아가서 일대 혼전이 벌어졌다. 그러나 용맹스러운 장수 여포도 딸을 등에 업고 있었으므로 혹시 상처를 입지 않을까 하는 걱정에 겹겹의 포위망을 대범하게 뚫고 나갈 수가 없었다.

등뒤에서는 서황(徐晃)과 허저(許褚) 등이 소리를 지르며 쫓아왔다.

"여포, 저놈 잡아라!"

여포는 추격대의 맹렬한 기세에 질려 원술에게로 가는 것을 포기하고 끝내는 성으로 되돌아와버렸다. 이에 유비도 휴전을 제의하니 서황 등도 각기 제 군진으로 되돌아갔다. 끝내 통과하지 못했다는 사실에 울화가 치민 여포는 성으로 돌아온 후에 술로 밤낮을 보내며 혼자 절망감에 빠져 있었다.

위기에 빠진 여포

조조는 두 달이 지나도록 하비성을 함락시키지 못하여 답답해하고 있었다. 그러던 중에 누군가가 정보를 가지고 조조에게 달려왔다.

"하내(河內)의 태수 장양이 여포를 응원하려고 출병을 준비하던 중에 그의 부하인 양추(楊醜)가 그의 목을 베어 승상께 바치려고 하였습니다. 그런데 그때 장양의 심복 휴고(眭固)가 양추를 죽이고 장양의 부하를 거느리고서 견성(犬城)으로 달아났다고 합니다."

조조는 즉시 사람을 보내어 휴고의 목을 베어 버리게 한 후에 부하들을 모아놓고 회의를 열었다.

"장양이 자멸한 것은 우리에게 다행스런 일이나 북녘에는 원소가, 동녘에는 유표와 장수가 버티고 있고 하비성은 좀처럼 함락되지 않으니 내 생각에는 일단 싸움을 멈추고 허도로 돌아가 잠시 휴전을 하는 게 어떨까 하는데 자네들의 생각은 어떠한가?"

이에 순유가 급히 나서며 말렸다.

"그건 안 됩니다. 지금 여포는 계속 되는 패배로 크게 낙심하고 있습니다. 군대란 지휘 대장의 의지에 따라 세력의 변화가 있는 법이니 대장이 비틀거리면 장졸들 역시 투지가 약해지게 마련입니다. 진궁은 모략가임에는 분명하지만 추진력이 약하여 여포가 결단을 내리지 못하면 그도 더 이상 조언을 내세울 수 없지요. 지금 여포는 실의에 빠져 있고 진궁 또한 뾰족한 대책을 세우지 못하고 있으니 이때 그들을 공격한다면 쉽게 승리할 수 있을 것입니다."

이때 곽가가 제안을 하였다.

"제게 하비성을 단숨에 함락시킬 수 있는 묘안이 있습니다. 이는 이십만 대군에도 지지 않을 계략입니다."

순욱이 곽가의 의중을 알아채고 말하였다.

"기수(沂水)와 사수(泗水)의 둑을 허무는 것이 아니오?"

곽가가 웃으며 답하였다.

"바로 그것이오."

조조는 곽가의 제안을 받아들여 즉시 군졸들을 시켜 두 강의 강둑을 끊어버리게 하였다. 그리고 군사들을 높은 곳으로 이동시켜 하비성이 순식간에 물에 잠기는 것을 구경하였다. 하비성은 동문 한 곳만 가까스로 통행할 수 있을 뿐 온통 물바다를 이루었다.

그러나 여포는 그런 상황에도 아랑곳하지 않고 말했다.

"걱정할 것 없다. 내 적토마는 물 속을 지나는데도 평지를 가듯 하니 말이야."

그러고는 날마다 처첩들을 끼고 술독에 빠져 지냈다. 이렇듯 술과 계집에 빠져들어 정신을 차리지 못하는 여포의 꼴은 말이 아니었다.

그러던 어느 날 우연히 거울을 들여다본 여포는 깜짝 놀랐다.

"내 꼴이 이게 뭐란 말이냐! 오늘부터 성 내에 금주령(禁酒令)을 내려야겠다."

성 안에서 술을 마시는 자는 누구를 막론하고 사형에 처한다는 포고문을 내렸다. 한편 여포의 말을 사육하는 후성(侯成)에게는 열다섯 마리의 병마가 있었는데 마부가 그것을 훔쳐 유비에게 가져가려고 하였으나 이를 눈치챈 후성이 뒤쫓아가서 마부를 죽이고 병마를 다시 찾아왔다. 이에 장수들은 후성을 치하하였고, 감사의 표시를 하고 싶었던 후성은 대여섯 말의 술을 담가 일동과 같이 마시기 위해 미리 여포의 승인을 받고자 술 다섯 항아리를 정성껏 준비해 그의 앞으로 나가 아뢰었다.

"장군의 말을 잃어버릴 뻔하다가 다행히 찾아내고 그 도둑을 죽였으므로 여러 장수들이 치하해주었습니다. 이에 제가 전에 담아놓은 술로 대접하고자 하였으나 장군께서 내리신 금주령 때문에 고민하던 중 이렇게 첫 잔을 먼저 장군께 바치고자 가져왔나이다."

이 말에 여포는 불과 같이 화를 내며 소리쳤다.

"내가 금주령을 내린 이 마당에 술을 담그다니! 네 놈들이 나를 죽일 작정으로 이런 일을 저질렀구나."

여포가 후성을 베어 버리려고 하자 송헌(宋憲)과 위속(魏續)이 선처를 구하니 여포가 조금 누그러져서 말하였다.

"내 명을 어긴 놈이니 사형에 처하는 것이 당연하나 공들의 얼굴을 보아서 일백 대의 곤장으로 용서해주겠다."

그러나 일동이 거듭 간청을 하여 결국 쉰 대의 곤장을 때리는 것으로 그치게 되었다. 장수들은 이 일로 모두 언짢은 마음이 생겼으며 송헌과 위속은 후성을 문병하여 위로하였다.

후성이 한숨을 쉬며 말하였다.

"자네들이 없었더라면 나는 이미 저세상 사람이 되었을 걸세."

송헌이 먼저 불만을 터뜨렸다.

"여포의 안중에는 지금 처첩밖엔 없고 우리 보기를 풀이나 쓰레기 대하듯 하고 있다네."

위속도 이 말에 동의하였다.

"더욱이 하비성은 적군의 포위망 속에 물바다가 되어 있으니 우리의 목숨도 얼마 남지 않았소."

송헌이 다시 말하였다.

"여포는 의리도 없고 인의도 없는 인물이니 지금 그를 버리고 우리의 살 길을 찾아 도망치는 것이 어떻겠소?"

이에 위속이 반대 의사를 보였다.

"아니오. 그러는 것은 사나이로서 할 일이 못 되오. 차라리 여포를 생포하여 조조 앞에 무릎을 꿇게 하는 것이 나을 듯하오."

잠자코 있던 후성이 말문을 열었다.

"나는 말도둑을 잡고도 채찍질을 당하였네. 여포가 믿는 것은 적토마뿐이니 자네들이 성문을 열고 여포를 결박해 조조에게 바친다면 나는 적토마를 훔쳐내어 조조에게 바치겠네."

이리하여 세 사람의 합의가 이루어졌다. 그날 밤 후성이 마굿간으로 몰래 들어가 적토마를 훔쳐서 동문으로 향하였다. 위속이 문을 열어 적토마를 도망가게 하자 자신은 그 뒤를 쫓는 척하면서 달아나버렸다. 이렇게 후성은 조조에게 적토마를 헌정하였다. 후성은 또한 송헌과 위속이 곧 백기를 들어 성문을 열 것이라고 알렸다. 조조는 후성의 말을 듣고 자신의 서명이 든 고시문 수십 장을 화살촉에 묶어서 하비성 안으로 쏘아 올리게 하였는데 그 내용은 다음과 같았다.

대장군 조조가 황제의 조칙을 받들어 여포를 치려 한다. 이에 반항하는 자는 성을 함락하는 동시에 장수건 서민이건 간에 누구를 막론하고 일가와 일문을 멸족시킬 것이나 여포를 잡거나 그의 목을 바치는 자에게는 후한 상을 내리리라.

여포의 최후

이튿날이 되니 새벽부터 성 밖에서는 함성이 지축을 울렸다. 여포가 놀라서 극을 들고 성문을 점검하니 위속이 후성과 적토마를 놓쳤다는 보고를 받았다. 이에 화가 치민 여포가 위속의 목을 베려 하였다.

이때 성 아래에서는 조조 군이 성에 백기가 걸린 것을 발견하고 총력을 기울여 성을 공격하였다. 이에 여포는 위속을 문책하려던 것을 멈추고 직접 나서서 공격을 막아낼 수밖에 없다고 판단하였다.

새벽부터 시작된 접전은 한낮이 되어서 조조 군이 잠시 물러서는 것으로 정지되었다. 여포도 피곤을 풀고자 문루에 올라 잠깐 눈을 붙였다. 이때 송헌이 여포의 호위병을 몰래 죽이고 먼저 화극을 빼앗았다. 그러고 난 뒤에 위속과 함께 여포의 몸을 밧줄로 단단히 묶었다. 그때 잠에서 깨어난 여포가 놀라 호위병을 불렀으나 그들의 목숨은 이미 끊긴 뒤였다. 송헌과 위속이 성루에서 백기를 흔드니 조조 군이 일제히 성 아래로 밀려들었다.

위속이 성 아래를 향하여 소리쳤다.

"여포를 사로잡았다."

그러나 하후연은 그것을 믿지 못하여 머뭇거렸다. 이를 본 송헌이 여포의 화극을 던져 보이고 나서 성문을 활짝 열었다. 이에 조조 군이 일제히 성 안으로 밀려들어 왔고, 서문을 지키고 있던 고순과 장료는 물이 넘쳐 미처 피하지 못하여 포로가 되었으며 진궁 역시 남문에서 서황의 손에 생포되었다.

조조가 위세 등등하게 입성하였다. 군사들에게 명하여 성 안의 물을 빼도록 하고 방을 붙여 백성들을 안심시키고 선무하였다. 그리고 유비와 함께 백문루(白門樓)에 올라가 앉아 붙잡힌 포로들을 살펴보았다. 관우와 장비는 그들의 곁에 그림자처럼 서서 한시도 한눈을 팔지 않았다. 포로들 가운데 있던 여포는 그 위세당당하던 모습은 온데간데 없고 초라한 모습으로 묶여 있었다.

여포는 조조를 향해 소리쳤다.

"밧줄을 너무 단단히 묶어서 팔이 아프니 좀 느슨하게 해주도록 하라."

이 말에 조조가 핀잔을 주었다.

"범을 묶을 때는 당연히 그렇게 단단히 묶어야 하는 법이라네."

여포는 조조의 곁에 후성·위속·송헌이 서 있는 것을 발견하고는 고래고래 소리를 질렀다.

"내가 자네들에게는 신경을 서서 충분한 보답을 해주었는데 왜 나를 배반하였느냐?"

이 말에 송헌이 발끈해서 대꾸하였다.

"술과 계집에 빠져 우리의 조언을 듣지 않고도 보답 운운하다니 가소롭구나."

여포는 더 이상 대꾸를 하지 못하였다. 그때 고순이 끌려나오자 조조가 물었다.

"무슨 할 말이 없느냐?"

그러나 고순은 입을 굳게 다문 채 아무 말도 하지 않았다. 조조가 그의 태도에 성이 나서 당장 끌고 나가 목을 베라고 명하였다.

이어서 서황이 진궁을 끌고 나오자 조조가 그를 향해 빈정거렸다.

"진궁, 오래간만이구려."

그러나 진궁은 전혀 동요하지 않고 의연히 대꾸하였다.

"나는 그대의 마음씨가 올바르지 못하여 떠난 것뿐이오."

"그럼, 그렇게 떠난 놈이 어찌하여 여포는 섬겼느냐?"

"여포는 지혜는 없으나 그대처럼 거짓말을 태연히 하고 간사한 행동을 서슴지 않고 행동하는 자는 아니오."

"네가 스스로 지모(智謨)가 뛰어났다고 자만하더니, 지금의 네 꼴은 무엇이냐?"

진궁이 여포를 턱으로 가리키고 나서 대꾸하였다.

"저자가 내 말을 듣지 않은 것이 한스럽소. 내 계책에 따랐더라면 오늘의 이런 치욕은 없었을 것이오.”

“그래, 그럼 앞으로 어쩔 셈인가?”

진궁이 크게 외쳤다.

“오직 죽음이 있을 뿐이다!”

“그러면 자네의 노모와 처자식은 어찌하겠느냐?”

“무릇 효로써 천하를 다스리는 자는 함부로 남의 어버이를 해치지 않고, 인정(仁政)으로 천하를 다스리려고 하는 자는 남의 대(代)를 함부로 끊지 않는다고 하였다. 나의 노모와 처자식을 죽이고 살리는 것은 오직 너의 손에 달린 것이 아니냐? 수인(囚人)의 몸으로 그저 죽음만을 기다릴 뿐이다.”

조조는 진궁의 직언에 자기도 모르게 감동하여 그를 죽이는 것이 아깝다고 생각하였다. 그러나 진궁은 스스로 몸을 일으켜 세워 누상에서 당당히 걸어내려갔다. 누군가가 그를 멈추려 하였으나 진궁은 걸음을 멈추지 않았다. 조조가 몸을 일으켜 눈물을 흘리며 진궁을 배웅하였으나 진궁은 뒤도 돌아보지 않았다.

조조는 사자를 불러 명을 내렸다.

“진궁의 노모와 처자식을 허도로 보내서 편안히 지내도록 하라. 이를 어기는 자는 죽음을 면치 못하리라.”

진궁은 이 말을 듣고도 아무런 말도 하지 않고 목을 내밀어 죽음을 맞이하였다. 이 모습을 지켜본 사람들이 모두 눈물을 흘렸다. 조조는 그를 허도에 묻어 훌륭하게 장사 지내주었다.

한편, 조조가 누상에서 내려 진궁을 배웅하는 모습을 보고 여포가 유비에게 말하였다.

“그대는 이제 상좌에 앉아 있고 나는 계단 아래의 수인이 된 마당에 나를 위해 말 한 마디 해줄 수는 없겠소?”

유비가 고개를 끄덕였다. 조조가 다시 누상으로 올라오자 여포가 말문을 열었다.

"승상에 적대하는 자는 나 하나뿐이었는데 내가 이렇게 여기 항복해 있지 않소? 그러니 승상이 대장이 되고 내가 부장이 된다면 천하를 다스리는 일은 아주 쉬워질 것이오."

이 말에 조조가 유비에게 생각을 물었다.

"공께서는 정원과 동탁의 전례를 잊으셨습니까?"

유비의 대답에 여포가 욕설을 퍼부으며 유비를 노려보았다.

"너는 치사한 놈이구나."

조조는 당장 여포를 끌고 내려가 백문루 아래에서 목을 졸라 죽이라고 명하였다. 끌려내려가는 여포가 다시 유비를 향해 크게 소리쳤다.

"귀 큰 놈아! 너는 원문 아래에서 활을 쏘아 네 목숨을 구해주었던 은혜를 잊었단 말이냐?"

이때 누군가가 여포를 향해 크게 꾸짖었다.

"여포, 이놈아! 지금 네 모습이 꼴불견이구나. 사나이 대장부답게 의연하게 죽음을 맞이하여라."

이렇게 꾸짖은 자는 여포의 휘하 장수 장료였다. 결국 여포는 목이 베어졌고 곧바로 효시되었다.

한편 군사들에게 끌려온 장료를 본 조조가 시치미를 떼고 말하였다.

"너는 처음 보는 것 같구나."

이 말에 장료가 꾸짖듯이 말하였다.

"복양성(濮陽城)에서 만난 적이 있는데 잊어버렸느냐?"

조조가 웃으며 말하였다.

"용케 기억하고 있구나."

"그래 기억하고 있다. 분하고 원통할 뿐이다."

"무엇이 유감이냐?"

"그때 그 불더미 속에서 너를 화장시키지 못한 것이 유감이다."

조조가 버럭 성을 내었다.

"닥쳐라! 나를 모욕할 셈이냐?"

조조가 친히 목을 벨 생각으로 칼을 뽑아들었지만 장료는 조금도 동요하지 않고 고개를 앞으로 내밀었다. 그 순간 조조의 등 뒤에서 누군가가 달려들어 한 손으로 팔을 잡고, 또 한 사나이가 앞으로 나와 조조 앞에 무릎을 꿇고 말하였다.

"승상, 잠시만 참으십시오!"

자비를 구걸한 여포는 구제하려는 자가 없더니 험하게 욕설을 퍼붓는 장료를 구하려는 이 두 사나이는 대체 누구인가! 과연 장료의 목숨은 어찌될 것인지…….

제 20 회 황제의 밀조

조 아 만 허 전 타 위　　　동 국 구 내 각 수 조
曹阿瞞許田打圍　　董國舅內閣受詔

조조가 허전에서 황제에게 방자하게 굴고
국구 동승은 은밀히 조서를 받다

황숙이 된 유비

조조가 칼을 치켜들고 장료의 목을 치려 할 때 그의 팔을 잡은 이는 유비였고, 조조 앞에 나와 무릎을 꿇고 아뢴 이는 관우였다. 유비가 조조에게 아뢰었다.

"이렇게 절개가 곧고 진실한 인물을 죽여서는 안 됩니다."

이에 관우도 유비의 말을 도왔다.

"그의 충의는 이 몸이 잘 알고 있으니 부디 살려주시기 바랍니다."

그러자 조조는 한바탕 웃어제치더니 칼을 던져버리며 말하였다.

"내가 일부러 그렇게 행동한 것이네. 내가 장료의 충의를 어찌 모르겠는가?"

그러고는 장료의 밧줄을 친히 풀어주고 자기의 겉옷을 벗어 입히고는 자리에 앉히니 장료도 마음을 풀고 조조에게 감사하였다. 조조는 장료에게 중랑장이라는 지위를 주고 관내후(關內侯)로 봉했으며 장패를 설득시켜 투항하도록 하라는 명을 내렸다. 결국 장패도 여포의 죽음과 장료의 설득으로 부하들과 함께 투항해왔다. 조조가 장패에게 후한 상을 내리니 그가 손관·오돈·윤례 등도 설득하여 항복해오도록 하였으나 창희(昌豨)만은 투항하지 않았다. 조조는 장패를 기특히 여겨 낭야(琅琊)의 상(相:민정관)으로 임명하고 손관 등에게도 알맞은 벼슬을 주어서 청주와 서주 일대를 수비하도록 하였다. 그리고 여포의 처자식은 수레에 태워서 허도로 돌려보내었다. 그리고 조조는 휘하 장수와 군졸들에게 크게 상을 내리고 진지를 철수하여 개선의 길에 올랐다.

그들이 서주에 이르자 마을 백성들이 향을 피우고 길가에 늘어서서 반갑게 맞이하였다. 그들은 조조의 길을 막고 유비를 서주 목사로 그냥 있도록 하여 자신들을 다스릴 수 있게 해달라고 청원하였다.

그러나 조조는 그들을 타일렀다.

"유비는 큰 공을 세웠으니 우선 황제를 만나뵙고 알현하는 것이 급선무이다. 그러니 그 후에 서주에 돌아와도 늦지 않을 것이다."

이에 백성들이 고개를 숙여 감사를 표하니 조조는 거기장군(車騎將軍) 차주(車胄)를 우선 서주에 남겨 다스리도록 명하였다. 조조는 허도로 돌아와 출정한 장졸들에게 상을 주고 유비에게는 자기 관저인 승상부 근처에 저택을 장만해주었다.

이튿날 헌제가 신하들을 만나 조회하니 조조가 유비의 전공을 상주하였다. 유비는 화려한 예복을 갖추어 입고 붉은 칠을 한 계단 위에서 엎드려 절하였다.
헌제가 유비를 향해 물었다.
"경의 선조는 누구시오?"
유비가 정중히 아뢰었다.
"신은 중산정왕(中山靖王)의 직계 자손으로, 효경(孝景) 황제의 맏손이 되오며, 십칠 세손 유웅(劉雄)의 손자이자 유홍(劉弘)의 아들이옵니다."
이에 황제가 종정경(宗正卿:궁내대신)을 시켜 황실의 계보를 읽게 하니 효경 황제에게는 열네 명의 황자가 있었는데 그 중 일곱째 황자인 중산정왕 유승으로 시작한 기록이 있었다. 이로써 유비가 황제 자신의 숙부가 된다는 사실이 밝혀졌다. 이에 황제는 매우 기뻐하며 유비를 편전에 오르도록 하여 숙부와 조카 사이의 예를 갖춰 인사를 나누었다.
헌제는 유비를 보며 속으로 생각하였다.
'조조가 권세를 손에 쥐고 있어 국사는 무엇 하나 나의 뜻대로 되는 것이 없었는데 오늘 이같이 숙부가 되는 영웅을 맞이했으니 이제 짐에게 큰 도움이 될 것이다.'
이리하여 헌제는 유비를 좌장군(左將軍:사령관)으로 임명하고 의성정후(宜城亭侯)로 삼아 잔치를 베풀어 그를 환대하였다. 유비가 연회에서 물러나와 조정에서 나오니 사람들은 이후로 유비를 황제의 숙부님이라 하여 유 황숙(劉皇叔)으로 존칭하게 되었다.

사냥터로 간 조조와 황제

조조가 관저로 돌아오자 순욱 등의 모사들이 찾아와 아뢰었다.

"황제께 유비가 숙부뻘이 된다는 것은 승상께 좋은 일이 못 되는 줄로 아옵니다."

"아니다. 유비가 황숙이 되었다고는 하지만 도리어 내가 황제의 명을 받들어 조칙으로 명하는 일을 유비가 더더욱 따르지 않을 수 없게 될 것이다. 더욱이 내가 유비를 이곳 허도에 붙들어 놓은 것도 표면적으로는 황제의 곁에서 모시도록 하는 것 같지만 실은 내 손아귀에 그를 잡아두고자 하는 수법이니 조금도 두려워할 것이 없다. 나는 그보다도 태위인 양표(楊彪)가 더 신경이 쓰인다. 그는 원술의 친척이기 때문에 만약 그가 원술·원소와 손을 잡고 내통한다면 그것이야말로 골치를 앓게 될 것이다. 그러니 우선적으로 서둘러 해야 할 일은 그를 제거하는 일이다."

그리고 조조는 누군가를 부추겨서 양표가 원술과 내통하고 있다는 무고한 상소를 올리게 하여 양표를 옥에 가두게 하였으며 만총에게 명하여 문초하도록 하였다. 그때 마침 북해의 태수 공융이 허도에 와 있었는데 그가 조조를 만나 간하였다.

"양표는 사대째에 이르는 깨끗한 명문가의 사람인데 그런 그를 원술 일족과 연관지어 죄를 묻는 것은 온당한 일이 아닌 줄 압니다."

그러나 조조가 역정을 내며 말했다.

"이것은 조정의 뜻이오."

공융도 물러서지 않고 말하였다.

"예를 들어 주공께서 주나라 성왕(成王)의 뒷방패인데 성왕이 삼공(三公)의 지위에 있던 소공(召公)을 죽였다고 한다면 주공은 나는 모르는 일이라고 발뺌할 수 있었겠습니까?"

조조는 공융(孔融)의 논리정연한 반박에 대항할 수가 없었으므로 양표를 면직 처분하여 먼 곳으로 귀양 보냈다. 이때 이를 지켜본 의랑(議郞:고문관)인 조언(趙彦)이 조조가 황제의 승인도 받지 않고 제멋대로 대신들을 투옥하는 등의 횡포에 크게 분개하여 공개적으로 그를 규탄하였다. 그런데 조조가 조언을 붙잡아다가 감쪽같이 없애버리자 이후로부터 문무백관들은 모두 겁을 집어먹고 조조의 눈치만 살피게 되었다. 이럴 때 모사 정욱이 조조를 만나 간하였다.

"바야흐로 주공께서는 지금 욱일승천(旭日昇天:아침해가 떠오름)의 기세이시니 이 기회에 황제의 자리에 한번 올라보시는 것이 어떻겠습니까?"

조조는 정욱의 말에 귀가 솔깃했으나 침착하게 말하였다.

"아닐세. 좀더 기다리게. 황제에게는 아직 고굉지신(股肱之臣:임금이 가장 믿고 중히 여기는 신하)이 많이 있으니 경거망동해서는 안 되네. 내가 조만간 황제께 사냥하러 나가자고 청해서 신하들의 동태를 살펴보겠네."

이리하여 조조는 우수한 말과 매·사냥개, 그리고 활과 화살을 준비한 후에 심복 군사들에게 일러 성 밖에 대기시켜놓았다. 그리고 조조가 입궐하여 황제를 뵙고 사냥 가기를 청하였다.

그러자 헌제는 내키지 않는 듯이 말하였다.

"성 밖으로 나가 사냥을 하는 것은 온당치 못한 처사요."

이에 조조가 둘러댔다.

"고대의 제왕들은 춘수(春蒐:봄사냥)·하묘(夏苗:여름사냥)·추선(秋獮:가을사냥)·동수(冬狩:겨울사냥)라 하여 사계절이 바뀔 때마다 야외에 나가 천하에 '무(武)'를 떨쳐 보이셨습니다. 그러니 지금의 난세에야말로 사냥을 기화로 '무'를 떨쳐 보이실 때라고 여겨집니다."

　황제는 조조의 위세에 눌려 더 이상 반대할 수가 없었으므로 걸음이 느린 말을 타고 화려하게 장식된 활과 황금으로 상감된 화살을 챙겨 행렬을 이끌고 성 밖으로 나왔다. 유비도 관우·장비와 함께 수십 기를 데리고 행렬을 뒤따라 허도성을 나섰다. 조조 역시 발굽이 누렇고 전광석화처럼 재빠른 말을 타고 십만 군사를 동원하여 황제와 같이 허전(許田)의 사냥터로 갔다. 군사들은 이미 둘레가 이백 리나 되는 사냥터를 깨끗이 정리해놓았다. 조조가 황제와 불과 한두 자 정도의 거리만 떨어져서 말머리를 나란히 하고 걸어갔는데 그 뒤를 따르는 이들은 조조의 심복 장수들뿐이었고 조정의 문무백관들은 멀찍이 떨어져서 올 뿐 어느 누구도 접근하려 하지 않았다.

　헌제가 허전에 도착하니 길가에서 유비가 나와 마중하였다. 이에 헌제가 유비에게 말을 건넸다.

　"오늘은 먼저 황숙의 솜씨를 보고 싶소."

　유비가 헌제의 명대로 말에 올라타는 순간 풀숲에서 토끼 한 마리가 뛰어나오는 것이 보였다. 유비가 날렵하게 화살을 날려 토기를 명중시키니 헌제가 박수를 치며 좋아하였다. 일행이 언덕을 돌아가니 숲속에서 큼직한 사슴 한 마리가 뛰어나왔다. 이에 황제가 연속하여 세 발이나 쏘았으나 맞히지 못하자 조조에게 자신의 활과 화살을 건네주며 말하였다.

　"이번에는 경이 한번 맞춰보시오."

　조조가 이를 받아 화살을 메겨 시위를 당겨 날리니 사슴이 맥없이 푹하고 쓰러졌다. 사슴의 등에는 화살이 꽂혀 있었는데 이는 헌제의 화살이었으므로 주위 사람들은 황제가 쏜 것으로 생각하고 일제히 두 팔을 흔들어 찬사를 보냈다.

　"황제 폐하, 만세!"

그러자 조조가 말을 몰아 황제의 앞을 가로막더니 일동의 만세 소리를 한몸에 받았다. 이에 일동은 안색이 변하여 조조의 무례한 행동에 아연실색하였다. 유비의 뒤에 서 있던 관우가 조조의 방자한 행동을 보고 참지 못하고 와잠(臥蠶:누에가 기어가는 모양) 같은 눈썹을 치켜뜨고 단봉(丹鳳) 같은 눈을 부릅떴다. 그러더니 큰 칼을 움켜잡고 말에 박차를 가해 조조를 향해 돌진할 기세를 보였다.

이를 본 유비가 급히 눈짓과 손짓으로 관우를 저지하더니 조조에게 칭찬의 말을 건넸다.

"승상의 솜씨는 참으로 훌륭하십니다."

이 말에 조조가 너털웃음을 보이며 거만하게 답하였다.

"이는 황제가 축복을 받은 때문이오."

조조는 말머리를 돌려 황제에게 다가가 축사를 하였지만 활과 화살은 돌려주지 않고 시치미를 떼어 버렸다. 사냥이 끝나자 허전에서 연회를 벌인 뒤 황제를 모시고 허도로 돌아와 각기 물러났다.

관저로 돌아온 관우가 그제서야 유비에게 따지듯이 말하였다.

"조조의 그 오만불손한 태도가 무엇입니까? 제가 보다 못해 나라를 위해 죽여버리려고 했는데 왜 말리셨습니까?"

유비가 타일렀다.

"속담에 '쥐를 잡고 싶지만 독을 깰까봐 걱정'이라는 말이 있네. 그때 조조와 황제 사이는 겨우 한두 자뿐이었고 그 주위에는 조조의 심복들로 가득하였는데 만약 자네가 경솔한 짓을 했다면 도리어 황제께 해를 입히고 우리들은 죄를 뒤집어쓰는 수밖에 없었을 걸세."

"그렇다고 하더라도 조조를 그냥 내버려두었다가는 반드시 후환을 당하고 말 것입니다."

이에 유비가 관우를 타일렀다.

"그런 말은 함부로 입에 올리지 말고 비밀에 부쳐두도록 하게."

국구 동승의 충정

헌제는 궁정으로 돌아와 복 황후에게 울며 하소연하였다.

"짐이 즉위한 뒤로 내 앞에 나타나는 자들은 간웅(奸雄)뿐이구려. 처음에는 동탁에게 수모를 당하더니 그 후에 이각과 곽사로부터 말 못 할 수모를 당하였소. 일반인들은 모르는 고통스러움을 짐과 황후는 잘 참아내어 오늘에 이르렀소. 그러다가 조조를 얻었을 때는 이 사람이야말로 사직을 바로 행할 신이라고 믿고 기뻐하였는데 그것이 이렇게 크게 어긋날 줄은 몰랐소. 짐은 조조를 만날 때마다 가시방석에 앉아 있는 듯한 느낌이 든다오. 오늘만 해도 허전의 사냥터에서 그가 무례하게도 내 앞을 가로막고 나서서 문무백관들의 하례를 자기가 대신하여 받았소. 그는 머지않아 모반을 꾸밀 것이 분명한데 어찌해야 할지 방도를 찾지 못하겠으니 장차 우리 부부의 운명은 어찌될 것인지 앞이 캄캄하구려."

이에 복 황후가 의아스러운 듯이 물었다.

"공경들 모두가 한나라의 녹을 먹고 있는데 누구 한 명도 이 국난을 구제할 수 없단 말입니까?"

이런 대화가 오가는 중에 누군가가 안으로 들어오며 말하였다.

"황제 폐하와 황후 폐하는 염려하지 마시옵소서. 이 몸이 나라를 구제할 만한 믿을 수 있는 자를 추천하겠나이다."

이렇게 아뢴 이는 복 황후의 부친이 되는 복완(伏完)이었다. 이 말에 황제는 눈물을 억누르며 물었다.

"장인께서도 조조의 전횡(專橫:권력을 제멋대로 휘두름)을 눈치채셨소?"

"오늘 허전의 사냥터에서 있었던 일은 누구나가 알고 있는 일입니다. 지금 조정에 있는 자들은 모두 조조의 일족이거나 심복들뿐인데 이러한 가운데 황제의 일족이 아니면 어느 누가 감히 조조의 타도를 생각하겠습니까? 신은 늙고 권력이 없지만 국구(國舅:여기에서는 황제의 외숙)인 동승(董承)이야말로 황제 폐하께서 의지할 분이라고 생각합니다."

복완의 말에 황제는 이제야 깨달았다는 듯이 말하였다.

"국구 동승께서 여러 번의 국난에 도움을 주었던 것을 짐도 기억하고 있소. 빨리 사람을 보내어 의논하고 싶다고 전하시오."

"아니되옵니다. 폐하의 주위에는 조조의 심복들이 득실거리며 기회를 엿보고 있사오니 이 비밀이 누설되면 화가 미칠 것입니다."

"그러면 어쩌란 말씀이시오?"

"제게 한 가지 방법이 있습니다. 폐하께서는 의복을 한 벌 새로이 장만하시고 거기에 옥대를 함께 준비하여 국구에게 은밀히 하사하십시오. 그때 옥대 속에다 은밀히 조칙을 써 넣고 꿰매도록 하시고 집에 가서 배독하라고 살며시 귀띔해주시는 것입니다. 그러면 국구께서는 밤낮을 가리지 않고 계책을 세울 것이니 이 일은 완전히 비밀이 유지될 것이옵니다."

황제가 그렇게 하겠다고 고개를 끄덕이니 복완이 하직 인사를 하고 물러갔다. 황제는 즉시 조칙을 구상하고 손가락 끝을 깨물어서 흰 명주천에 친히 혈서를 썼다. 그리고 그 조칙을 복 황후에게 건네주자 복 황후가 옥대의 자줏빛 비단 안감에 손수 그것을 넣고 꿰매었다.

이튿날 황제는 새로 지은 금포(錦袍)와 옥대를 두르고 내관에게 동승을 입궐하도록 명하였다. 명을 받들고 입궐한 동승이 예를 갖추고 하례를 하니 황제가 말하였다.

"간밤에 짐이 황후와 이야기를 나누던 중에 지난번 장안을 탈출하던 그때 패릉과 황하에서 겪은 고통을 떠올리다가 새삼스럽게 국구께서 크게 공을 세웠던 일이 생각이 나서 이렇게 만나보고자 들어오라 하였소."

이렇게 말한 황제는 동승과 더불어 밖으로 나가 태묘(太廟)로 향하였다. 그리고 그곳에서 공신들의 위패를 모신 공신각(功臣閣)에서 분향을 한 뒤에 안에 모신 영정들의 화상(畫像)을 두루 돌아보았다.

중앙에 위치한 한나라 고조 유방의 영정 앞에 멈추어 선 황제가 동승에게 물었다.

"고조께서는 어디에서 계시다가 어떻게 한나라 왕조를 창건하셨소?"

동승이 의아하게 여기며 반문하였다.

"어찌하여 폐하께서는 그런 농담을 하시옵니까? 진정 폐하께서는 고조 황제께서 창업하신 일을 모르신단 말씀이옵니까? 고조께서는 애초에 사상(泗上)의 정장(亭長)으로 계셨사오나 석 자나 되는 검을 들고 뱀처럼 간사한 무리들의 목을 베시고 혁명을 일으키셨습니다. 그리고 사방으로 위업을 달성하셨는데, 삼 년 끝에 진나라를 치시고 오 년째에 초나라를 치시고 끝내 천하를 장악하시어 만세(萬世)의 기초를 다지셨나이다."

황제가 동승의 말에 귀를 기울이고 듣다가 탄식하였다.

"조상은 그렇게 훌륭하신 영웅이셨는데 그 자손인 짐은 이 무슨 나약한 꼴이란 말이오?"

이에 황제는 고조를 좌우에서 보필하듯 서 있는 공신들의 화상을 쳐다보며 말을 이었다.

"이 두 사람은 유후 장량(留侯張良)과 찬후 소하(酇侯蕭何)가 아니오?"

"그렇사옵니다. 고조 황제께서 개국하실 때 이 두 사람의 공로가 매우 컸다고 하옵니다."

이때 황제는 시신(侍臣)들이 멀리 떨어져 있음을 확인하고 동승의 귀에 나직하게 속삭였다.

"경도 이 두 사람처럼 짐의 곁에 서서 도와주시오."

"공이라곤 조금도 없는 이 몸이 어찌 감히 그 일을 감당하겠습니까?"

"짐은 경의 큰 공로를 잊지 않고 있는데 아직 아무런 보답을 하지 못하였소."

이에 황제는 자신이 입고 있는 금포(錦袍)와 옥대(玉帶)를 가리키며 다시 말을 이었다.

"경이 짐의 금포를 입고 옥대를 띠고 있으면 항시 짐의 좌우에서 보필하고 있다는 생각을 가질 수 있을 것이오."

동승이 황송해하며 어쩔 줄 몰라하자 황제는 금포와 옥대를 풀어 동승에게 하사하며 나직하게 속삭였다.

"집으로 돌아가 면밀히 살펴보고 짐이 부탁한 뜻에 부응하도록 하시오."

동승은 비로소 황제의 금포와 옥대를 걸치고 하직을 고하며 물러갔다.

황제의 혈서와 충신들

황제는 이 일을 비밀리에 감쪽같이 시행하였다고 생각했으나 이미 조조에게 보고가 들어가 있었다. 누군가가 조조에게 달려가 공신각에서 황제가 국구에게 무슨 밀담을 전하는 것 같다고 알렸던 것이다. 조조가 부리나케 입궐하여 보니 동승이 마침 공신각에서 물러나와 궁문을 뒤로 하려는 참이었다.

동승이 조조와 맞닥뜨리는 것을 피하고자 했으나 여의치 못하여 길가에서 그대로 걸음을 멈추고 예를 갖추어 인사를 하였더니 조조가 물었다.

"국구께서는 어인 일로 입궐하셨소이까?"

"황제의 부르심을 받고 입궐하였다가 황제의 금포와 옥대를 하사받고 물러나오는 길입니다."

"그것들을 하사하신 까닭은 어찌된 일이오?"

"제가 지난번에 장안에서 황제를 도운 일을 잊지 않고 계시다가 이를 하사하신다고 하셨습니다."

이에 조조가 서슴없이 말하였다.

"어디 그것을 좀 벗어보시오. 구경이나 좀 합시다."

동승은 아무래도 이것에 어떤 비밀이 숨겨져 있다고 생각되었으므로 두려워하여 망설였다. 그러자 조조가 종졸들을 꾸짖어 좌우에서 옥대를 벗기도록 명하였다.

이렇게 빼앗은 옥대를 살펴보고 난 후에 조조는 껄껄 웃으며 말하였다.

"참으로 훌륭한 옥대구려. 이왕지사 그 금포도 벗어보시오."

동승은 조바심이 나서 못 견딜 지경이었지만 그렇다고 안 벗을 수도 없어서 하는 수 없이 금포를 벗어주었더니 조조가 그것을 손에 들고 햇빛에 비추어 보는 둥하면서 면밀히 살펴보았다. 그러고 나서 도포를 자기 몸에 입어보고 옥대도 둘러보았다.

"어떠냐, 잘 어울리느냐?"

주위의 종졸들이 잘 어울린다고 아부하자 조조가 동승에게 물었다.

"어떻소? 국구께서는 이것을 이 사람에게 선사하지 않으시겠소?"

"폐하께서 직접 내리신 하사품이오니 그것은 안 될 말씀이십니다. 제가 따로 맞추어서 보내드리겠사오니 기다려주십시오."

"이 어의에 어떤 곡절이 있나보구려."

"천만의 말씀이십니다. 정히 그런 생각이 든다면 가져가시지요."

"아니오. 이것은 어디까지나 황제께서 국구께 드리는 선물이니 내가 가로챌 성질이 아니지요. 지금 그 말은 농담이었소."

그러면서 조조는 금포와 옥대를 벗어 동승에게 돌려주었고 이로써 동승은 가까스로 위기를 모면하고 궁을 빠져나올 수 있었다. 그날 밤 동승은 밤 늦도록 서재에 앉아 몇 번씩이나 금포와 옥대를 면밀히 살펴보았으나 별달리 눈에 띄는 것이 없었다.

"그렇지만 황제께서 잘 살피라고 말씀하셨으니 분명히 사연이 있기는 있을 것이다."

동승은 다시 옥대를 집어들어 살펴보았다. 영롱한 백옥에 용과 꽃이 섬세하게 조각되어 있었고, 뒤에는 자줏빛 비단을 댄 것으로 아무리 보아도 별다른 데라고는 눈에 띄지 않았다. 동승은 그것을 책상 위에 올려놓고 몇 번씩이나 살펴보기를 되풀이하였지만 시간만 흐를 뿐 도무지 발견할 수가 없었다. 그러다가 몹시 피곤해져서 그대로 책상에 엎드려 잠이 들었다. 그렇게 얼마쯤 지나서 동승은 양초의 불꽃 튀는 소리에 놀라 잠에서 깨어났다. 불꽃이 옥대 위에 떨어져 하마터면 태울 뻔하였다. 동승이 놀라 옥대를 집어들고 불꽃이 튄 부분을 살펴보다가 불탄 구멍 속으로 흰 명주천이 들어 있는 것을 보았다. 그리고 희미하게 혈서의 흔적이 보였다. 동승이 부리나케 옥대를 칼로 째어 흰 명주천을 꺼내보니 그것은 황제께서 친히 혈서로 쓴 조칙이었다.

인륜(人倫)은 부자지간(父子之間)을 앞세우고 존비(尊卑)는 군신지간(君臣之間)을 가장 중히 여긴다고 하던가! 그렇건만 근래

의 조조의 안중에는 군도 없고 부도 없이 제 마음대로 도당을
꾸며 나라의 법도를 어지럽히니 칙(勅)·상(賞)·봉(封)·벌(罰)
모두 짐의 뜻인 것이 없고 바야흐로 천하가 위태로움을 우려하
게 되도다. 경은 나라의 대신이요, 짐의 가까운 친척이니 고조
황제께서 창업하실 때의 간난신고(艱難辛苦)에 비추어, 충·의·
양전(兩全)의 열사를 모아 간당(奸党)을 토멸하여 한나라의 사직
을 안정되게 할지어다. 이는 곧 조종(祖宗)을 위해 크나큰 다행
이라. 이에 짐이 혈서로 쓴 조서를 경에게 보내노니 경은 심사
숙고하여 짐의 뜻을 헛되이 하지 말지어다.

건안 4년 봄 3월
이를 조(詔)하노라

　　황제의 조서를 다 읽고 난 동승은 울음이 솟구쳐 밤새 잠을
이룰 수가 없었다. 아침이 되어 서재로 가서 다시 조서를 되풀이
하여 읽어보았지만 어찌해야 좋을지 뾰족한 생각이 떠오르지 않
았다. 동승은 책상에 그것을 펼쳐놓은 채 한동안 갈피를 잡지 못
하고 이리저리 궁리하던 중에 그만 잠이 들어버렸다. 그때 마침
시랑(侍郎)인 왕자복(王子服)이 찾아왔는데 문지기는 평소 그가
주인과 막역한 사이임을 잘 알고 있었으므로 아무 말 하지 않고
그를 서재로 들여보내었다. 왕자복이 서재에 들어가보니 동승이
책상에 엎드려 잠이 들어 있었고 그의 소매 밑에 흰 명주천이
깔려 있는 것이 눈에 띄었다. 그가 얼핏 보니 그 명주천 겉에 '짐
(朕)'자가 보여 이를 수상쩍어하며 그것을 집어들어 읽어보았다.
　　그러고는 그것을 자기 옷소매 속에 집어넣고는 동승을 흔들어
깨우며 말하였다.
　　"국구께서 어찌 이른 아침부터 이리 깊은 잠을 주무시오?"
　　동승은 그 말에 깜짝 놀라 눈을 떠보고는 조서가 눈에 띄지

않자 소스라치게 놀라며 허둥지둥대었다.

"조조의 목숨을 노리다니! 내가 이를 고해바치겠소."

왕자복의 협박에 동승은 울상이 되어 말하였다.

"그대가 알리면 그야말로 한나라는 파멸이오."

이에 왕자복이 정색을 하며 말하였다.

"아, 내가 한 말은 농담이었소. 조상 대대로 한나라 조정의 녹을 먹어온 사람인데 어찌 한나라를 배반하겠소이까? 미약한 힘이나마 한 팔이 되어 우리의 국적(國賊)을 토멸하도록 합시다."

동승이 환한 표정이 되어 말하였다.

"공께서 그렇게 말씀해주시니 한나라 왕실을 위해서 얼마나 다행인지 모르겠소."

"그러면 각자가 일문일족을 모두 잊어버리고 한나라 국은에 보답하고자 서약하는 연판장(連判狀)을 작성하도록 합시다."

이에 동승의 기쁨은 이루 말할 수 없을 정도였다. 그가 한 폭의 흰 명주천을 꺼내놓고는 먼저 서명을 하고 손도장을 찍자 왕자복도 그렇게 하고 입을 열었다.

"나는 오자란(吳子蘭)이라는 장군을 친구로 삼고 있는데 이 사람도 꼭 동지로 넣고 싶소이다."

동승도 자기의 심중을 털어놓았다.

"대신 가운데에서 장수교위(長水校尉)인 충집(种輯)과 의랑(議郞)인 오석(吳碩)은 나의 충직한 심복들이니 이들 역시 틀림없이 동지가 되어 줄 것이오."

이렇게 의논을 하고 있는데 마침 하인이 충집과 오석의 내방을 알려왔다.

"하늘이 나를 돕는구나."

동승이 이렇게 기뻐하며 왕자복을 병풍 뒤로 숨게 하고 두 사람을 서재로 맞아들였다. 충집이 먼저 물었다.

"허전 사냥터에서의 만세 사건을 어떻게 생각하시오?"

동승이 시치미를 떼고 말하였다.

"이래저래 생각한들 무슨 뾰족한 수가 있소이까?"

이 말에 오석은 분통을 터뜨리며 말하였다.

"내 맹세코 조조를 찔러 죽여버릴 것이오. 그런데 애석하게도 어느 누구도 도와줄 이가 없구려."

충집이 말하였다.

"내가 돕겠소. 한나라를 위해서라면 이내 목숨 하나 아깝지 않소이다."

그때 왕자복이 병풍 뒤에서 뛰어나오며 소리쳤다.

"두 사람의 음모를 보고할 테니 국구께서도 증인이 되어주시오."

그러나 충집은 미동도 하지 않고 소리쳤다.

"충신은 죽음을 두려워하지 않는 법이라네. 설사 죽임을 당한다 할지라도 넋은 한나라의 것일 뿐, 너 같은 국적에게 팔 넋은 없다."

그러자 동승이 웃음을 지으며 말하였다.

"실은 그 문제로 자네들을 만나고 싶었던 참이었고, 왕 시랑 역시 미리 알고 의논하던 차에 자네들이 와서 시험해본 것이라네."

그러면서 동승이 두 사람에게 헌제가 보낸 밀조를 꺼내 보이자 이를 읽은 두 사람은 하염없이 눈물을 흘렸다. 동승이 연판장에 서명을 청하자 왕자복이 나서서 말하였다.

"내가 가서 오자란 장군을 데리고 올 테니 두 분과 함께 여기서 기다리도록 하게."

이렇게 말하고 나간 왕자복이 오래지 않아 오자란을 대동하고 돌아왔다. 일동이 모두 모여 서로 의사를 나누고 연판장에 서명을 한 후에 안사랑에서 술잔치를 벌였다. 이때 서량(西凉)의 태수 마등(馬騰)이 찾아왔다는 전갈이 오자 동승이 말하였다.

"지금 몸이 편치 않아서 만날 수 없으니 그냥 돌아가라고 일러라."

문지기가 동승의 말을 전하니 마등이 성을 내며 소리쳤다.

"그런 거짓말이 어디 있느냐! 내가 어제 동화문 밖에서 황제가 하사한 금포와 옥대를 가지고 간 너희 주인을 만났는데 지금 앓아 누워 있다니! 내가 볼일이 있어서 왔지 할 일 없이 놀러온 줄로 아느냐?"

문지기가 되돌아와서 마등의 말을 전하니 동승이 자리에서 일어나며 일동에게 말하였다.

"여러분, 잠시만 여기서 기다려주시오."

그러고는 밖으로 나가 마등을 만나 예를 갖추어 인사를 하니 마등이 먼저 입을 열었다.

"지금 황제를 알현하고 돌아가는 길에 할 말이 있어 들렀거늘 왜 날 만나지 않으려 하는 것이오?"

"제가 갑자기 병이 생겨 실례를 하였으니 너그럽게 용서해주시오."

"얼굴빛이 발그레한데 병이라니요? 괴상한 병도 다 있구려."

동승이 더 이상 말을 하지 못하자 마등은 분연히 일어서서 계단을 소리내어 내려가며 한탄의 말을 하였다.

"이놈 저놈은 많아도 나라를 구할 놈은 하나도 없구나."

마등의 이 소리가 동승의 마음을 사로잡았다.

"아니, 그것이 누구를 가리켜 하시는 말씀이오?"

"허전 사냥터에서 조조가 행한 오만불손한 짓을 생각하면 지금도 가슴이 메어지는 듯하오. 그런데 국구께서는 황제와 가장 가까운 혈족이면서도 술만 드시고 국적을 토벌할 생각은 조금도 없으시니 대체 어디 가서 어떤 인물을 구해야 한단 말이오?”

그래도 동승은 마등의 본심을 알 수가 없어서 일부러 말을 던져보았다.

“조 승상께서는 조정의 대들보 같은 존재인데 어찌 그런 분에 대해 폭언을 서슴지 않고 하시오?”

마등은 동승의 말에 분노를 참지 못한 듯이 크게 소리쳐 말하였다.

“그럼 국구께서는 조조가 선인이라고 생각하시는 거요?”

“쉿! 조용히 말씀하시오. 공의 음성이 너무 크오.”

“목숨을 아까워하는 자들과는 상종도 하지 않겠소.”

마등은 말을 마치자 그대로 가버리려 하였다. 그러자 비로소 동승이 그를 붙잡으며 말하였다.

“잠시만 기다리시오. 내가 보여드릴 것이 있소이다.”

그러고는 마등을 서재로 데리고 들어가 어리둥절해하는 마등에게 황제의 밀조(密詔)를 꺼내보였다. 그것을 읽고 난 마등은 머리카락이 하늘로 곤두서는 듯이 이를 갈며 입술을 깨물었다. 그러자 그의 입가에 피가 베어 나왔다.

“국구께서 거사를 일으키실 때 저는 서량의 군사들을 이끌고 당장 달려오겠소이다.”

동승이 마등을 일동에게 소개시키고, 연판장에 서명을 요청하니 마등은 서약의 표시로 술잔에 자기 피를 섞어 마시고 나서 말하였다.

“죽는 한이 있더라도 우리는 이 맹약을 지킵시다!”

그러고는 동석한 다섯 사람을 두루 쳐다보고 다시 말을 이었다.

“열 사람만 채워지면 대사를 이룰 수 있을 것이오.”

그러나 동승은 이 말에 이의를 제기하였다.

"충성된 자들만 모인다면 그리 많지 않아도 되오. 오히려 그 가운데 가짜가 섞여들면 우리가 파탄을 면치 못할 것이오."

마등은 방 안에 비치되어 있던 관원들의 명부를 들어 이리저리 들추어보더니 유씨 일문을 가리키며 말하였다.

"바로 이 사람인데 어찌 이 사람과 상의하지 않으셨소이까?"

동승을 포함한 일동은 그가 누구냐고 물었으나 마등은 즉시 일러주지 않았다.

황제의 밀조를 받고 국적을 치려는데 또 한 종친이 한나라 황실을 돕게 되었으니, 과연 마등이 추천한 인물은 누구인가!

제 21 회 위기를 모면한 유비

조조자주논영웅　　관공잠성참차주
曹操煮酒論英雄　　關公賺城斬車冑

조조는 유비를 불러 영웅을 논하고
관우는 성을 쳐서 차주의 목을 베다

연판장에 서약한 유비

동승 등이 다시 물었다.

"누구란 말입니까? 그 사람이?"

마등이 천천히 대답하였다.

"예주(豫州)의 목(牧)인 유비가 지금 이 고장에 와 있는데 왜 그를 부르지 않았소이까?"

그러자 동승이 반론을 제기하였다.

"그자는 황제의 당숙이 된다고는 하지만 지금 조조의 옷깃에 붙어 다니고 있으니 우리의 동지로 끌어들일 수는 없소이다.”

이에 마등이 침착하게 말을 하였다.

“사실 내가 전에 허전의 사냥터에서 유비의 행동을 분명히 목격하였소. 조조가 사슴을 맞추고 황제 대신 만세를 받았을 때 관우가 뛰어나가 조조를 베어 죽이려고 하자 유비가 눈짓으로 말리는 것을 보았소. 그렇게 한 것은 유비가 결코 조조의 목숨을 살리려고 비호한 것이 아니라 그 당시 조조의 주변에는 십만 군사와 심복들이 가득했으므로 맞상대를 했다가 도리어 황제께 해만 끼치게 될 것을 우려했기 때문이었소. 그러니 그 사람을 한번 만나 얘기해보면 아마 두말 없이 우리 일을 돕게 될 것이오.”

그래도 오석(吳碩)이 마음이 놓이지 않는지 말하였다.

“성급히 진행시킬 일이 아니니 충분한 협의를 하고 나서 결정하도록 합시다.”

이렇게 일동은 결론을 내리지 못하고 각기 집으로 돌아갔다.

이튿날 밤중이 되어 동승은 황제의 밀조를 가슴에 품고 유비를 방문하였다. 유비가 그를 반기며 조그만 별실로 그를 맞아들이니 그곳에는 관우와 장비가 그림자처럼 유비 곁에 서 있었다.

유비가 먼저 물었다.

“국구께서 이렇게 밤중에 저를 찾아오신 것을 보니 틀림없이 무슨 중대사를 논하러 오신 것이 분명한 듯합니다.”

“낮에 찾아오다가 혹시 조조의 눈에 띌까 이렇게 실례를 무릅쓰고 밤중에 찾아왔소이다.”

동승이 이렇게 답하자 유비는 술상을 차려 그를 대접하였다. 이윽고 술이 몇 순배 돌자 동승이 먼저 입을 열었다.

“지난번 허전의 사냥터에서 관우 장군이 조조를 치려 하였건만 유공께서는 고개를 저으시며 눈짓까지 하여 이를 말리셨는데 그것은 어인 까닭이었소이까?”

"아니, 그것을 어찌 아셨소이까?"

유비가 놀라서 되묻자 동승이 대답하였다.

"남들은 눈치채지 못하였지만 나만 알아보았소이다."

유비는 더 이상 숨길 수가 없어서 사실대로 말하였다.

"아우 관우는 조조의 주제 넘는 짓을 노여워한 것입니다."

이 말에 동승이 눈물을 흘리면서 말하였다.

"조정의 뭇 신하들에게 관우 장군과 같은 기백이 있었더라면 천하를 우려할 필요는 없으련만……."

유비는 혹시 동승이 조조가 보낸 앞잡이가 아닐까 하는 의구심이 들어 본심을 드러내지 않고 엉뚱하게 대꾸하였다.

"조 승상께서 조정을 잘 다스리고 있는데 천하에 염려할 일이 어디 있습니까?"

이 말에 동승의 낯빛이 바뀌며 말하였다.

"유공께서는 황숙의 몸이시기에 숨김없이 말씀을 드리려고 찾아왔는데 어찌 그리 뜻에도 없는 말씀을 하시는 것이오?"

이에 유비가 정중히 사과하였다.

"실례하였습니다. 실은 이 몸이 국구의 본심이 의심쩍어 그런 누를 끼쳤습니다."

이에 동승이 황제의 혈서를 꺼내 보이자 유비는 그것을 읽고 비분으로 오열을 터뜨렸다. 그리고 동승이 연판장을 펼쳐 보이자 거기에는 여섯 명의 서명과 손도장이 찍혀 있었다.

첫째, 거기장군 동승
둘째, 공부시랑 왕자복
셋째, 장수교위 충집
넷째, 의랑 오석
다섯째, 소신장군 오자란

여섯째, 서량 태수 마등

이를 본 유비가 입을 열었다.

"동공께서 황제의 밀조를 받으신 바에 이 몸은 견마지로(犬馬之勞:임금이나 나라에 정성껏 충성함)를 마다할 처지가 아니옵니다."

그러면서 서명의 요청에 응해, 즉석에서 '일곱째, 좌장군 유비'라고 적어 넣고 손도장을 찍었다. 이를 지켜본 동승이 말하였다.

"거사를 이루기 위해서는 열 명의 동지가 필요하니 앞으로 세 사람을 더 찾으면 될 것이오."

"이 기밀이 누설되지 않도록 부디 조심하시기 바랍니다."

유비가 신신당부하며 새벽녘까지 의견을 나누고 나서 동승이 돌아갔다.

유비와 조조의 대면

유비는 조조의 심복들이 눈치챌 것을 우려하여 자기 관저 뒷마당에 나가 조그만 밭을 만들어 스스로 물을 주고 채소를 가꾸는 등 도회(韜晦:일부러 자기의 재능이나 능력 따위를 감춤)의 계책을 폈다.

이에 관우와 장비가 영문을 모르고 달려와 말했다.

"아니, 천하의 근심을 잊고 농사꾼 노릇을 하고 있으니 이 웬 배짱이시오?"

그러나 유비는 두 아우에게 타이르듯이 말하였다.

"가만히 지켜만 보게나."

그 뒤로는 두 사람 모두 더 이상 묻지 않았다.

그러던 어느 날 관우와 장비가 집을 비운 채 유비가 뒷마당에서 채소에 물을 주고 있을 때였다. 조조의 심복인 허저와 장료가 종졸 수십 명을 거느리고 그곳으로 들이닥쳤다.

"승상께서 지금 부르시니 곧 와주십시오."

"무슨 급한 일이라도 생겼소?"

이에 허저가 퉁명스럽게 대꾸하였다.

"글쎄요, 우리가 알게 뭡니까? 그저 모셔오라고 명하시니 우리는 따를 수밖에요."

유비가 그들을 따라 승상부로 가서 조조를 만나니 조조가 한마디 내뱉었다.

"대단한 일을 하신다고 들었소이다."

조조의 이 한마디에 유비는 낯이 흙빛으로 변하였다. 조조가 유비의 손을 잡고 후원으로 데려가서 말하였다.

"요즘 밭일을 배우신다구요? 대단히 힘드실 텐데."

유비는 다행이라 생각하며 대꾸하였다.

"그저 소일거리로 하고 있을 뿐입니다."

"며칠 전에 파랗게 익은 매실이 눈에 띄기에 문득 지난해에 장수(張繡)를 토벌하러 갔을 때의 일이 생각났소. 행군 도중에 장졸들이 갈증을 느껴 어쩔 줄 몰라 난감했었소. 그때 한 가지 계책이 떠올랐는데 채찍을 휘둘러보이며 소리쳤소. '저기 매화나무 밭이 있다!'라고 말이오. 그러나 사실 그 근처에는 아무것도 없었소. 그러자 장졸들 모두가 순식간에 입 안이 시큼해지더니 침이 고여 목마름을 면할 수 있었소. 그런데 싱싱한 매실을 보게 되어 마침 담가놓은 술이 먹음직하게 익은 것이 생각나 공과 함께 저 정자에 앉아 술잔을 기울이고 싶어서 이렇게 오시라 한 것이오."

유비가 그제서야 완전히 마음을 놓고 정자 안으로 들어가보니 이미 주안상이 차려져 있었고 그릇에는 파란 매실이 수북하게 담겨 있었으며, 항아리에는 잘 익은 술도 가득 채워져 있었다. 이렇게 한참을 마주 앉아 술잔을 기울이며 술을 마시고 있는데 갑자기 하늘이 어두워지더니 한바탕 소나기가 퍼부을 듯하였다. 이에 하인이 멀리 하늘 높이 솟구쳐 오르는 돌개바람을 가리키며 말하였다.

"저것 보십시오. 용틀임입니다."

조조와 유비가 난간에 기대어 앉아 그것을 바라보다가 조조가 물었다.

"용의 변화를 아시는가?"

"자세히는 모릅니다."

"용은 자유자재로 커지기도 하고 작아지기도 하며 올라가기도 하고 숨기도 하오. 커졌을 때는 구름을 일으키고 안개를 내뿜을 만큼 위용을 자랑하지만 작아졌을 때는 겨자 씨 속에도 숨을 만하오. 올라가면 하늘 끝까지 오르고 잠기면 깊은 물 속으로 숨어 버리지요. 바야흐로 지금은 한창 봄철이라 여기서도 용의 변화를 볼 수 있구려. 용은 세상의 영웅에 견주어야 하는 법이니 용의 변화를 보고 사람의 뜻을 얻어 사해(四海)에 웅비해야 하는 것과 같소. 공께서는 오랫동안 여러 고장을 돌아보셨으니 당대의 영웅들을 잘 아실 것이라 믿소. 어디 그 영웅들의 이야기 좀 해보시오."

유비는 겸손하게 말하였다.

"아닙니다. 어찌 저 같은 자가 영웅을 알아보는 식견을 가졌겠습니까?"

그러나 조조는 성화를 하였다.

"너무 겸손한 말씀이오. 주저하지 말고 말해보시오."

"저는 승상 덕분에 이제 겨우 조정에 출사하고 있는 몸인데 어찌 영웅을 만나보기나 했겠습니까?"

"만나보지는 못했을지라도 이름 정도는 들어보셨을 테지요?"

"그러시다면 생각나는 사람들을 말해보겠습니다. 우선 회남(淮

南)의 원술(袁術)은 어떨는지요. 그는 병력도 든든하고 식량도 풍부하게 갖추고 있으니 영웅이라 하겠습니다.”

이 말에 조조는 껄껄 웃으며 말하였다.

“그자는 무덤 속의 고골(枯骨:살이 썩어 없어진 뼈)에 불과하오. 어차피 나에게 사로잡힐 몸이오.”

“그럼 하북 땅의 원소(袁紹)는 어떻습니까? 그는 사대째에 걸쳐서 재상을 배출한 명문 출신으로 따르는 문하생도 많이 있습니다. 그는 지금 기주 땅에 거하면서 당당하게 지내고 있고, 휘하에도 유능한 사람이 많이 있으니 가히 영웅이라 할 수 있지 않겠습니까?”

조조는 다시 파안대소하고는 말하였다.

“원소는 겉보기만 허울이 좋을 뿐 종이 호랑이에 불과하오. 모략은 있으나 결단력이 부족하고, 대사를 도모함에 있어서 목숨을 아끼고, 변변찮은 이익에 목숨을 버리는 자이니 어찌 그런 자를 영웅이라 할 수 있겠소?”

“한 사람 더 있습니다. 여덟 준걸 중의 한 명으로 꼽히며 현재 아홉 주(기·연·청·서주 등 중국의 북부와 중부 대부분)를 위압하고 있는 유표(劉表)야말로 진정한 영웅이라 할 것입니다.”

“아니오. 유표는 평범한 장수에 지나지 않는 허명(虛名)과 무실(無實)의 인물일 뿐이오.”

“그럼, 혈기왕성한 나이로 지금 강동 땅을 차지하고 있는 손책(孫策)은 어떻습니까?”

“그는 선친의 후광으로 빛나고 있을 뿐 결코 영웅까지는 못 되는 인물이오.”

“그렇다면 익주의 유장(劉璋)은 영웅이라 할 수 있지 않습니까?”

“그자도 한나라의 종실과 혈연관계에 있지만 집을 지키는 개와 같은 존재일 뿐이오.”

“그러면 장수(張繡)·장로(張魯)·한수(韓遂) 등은 어떻습니까?”

조조는 이 말에 박장대소하며 웃어대었다.

“그들은 모두 소인배라 논의될 것도 없는 자들이오.”

“이제 저는 더 이상 댈 만한 영웅을 생각해낼 수가 없습니다.”

조조가 장황하게 말을 늘어놓기 시작하였다.

“대체로 영웅이라 함은 가슴에는 웅지(雄志)를, 뱃속에는 지략(智略)을 품은 인물이어야 하고, ‘우주의 기(氣)’를 감싸안고 천지의 섭리를 삼키거나 뱉어야 하는 인물이어야 하오.”

유비가 의아한 듯이 물었다.

“그럴 만한 인물이 있습니까?”

조조는 유비와 자신을 가리키며 말하였다.

“천하의 영웅은 오직 그대와 나뿐이오.”

이 말에 지금까지 애써 딴전을 부리며 둘러대던 유비가 너무 놀라 들고 있던 수저를 떨어뜨렸다. 때마침 천둥 소리가 요란스럽게 울리더니 호우가 쏟아져내렸다.

유비는 천천히 수저를 주워들며 말하였다.

“천둥 소리가 어찌나 요란하던지 그 바람에 그만 수저를 떨어뜨렸습니다.”

조조가 껄껄대며 말하였다.

“아니, 대장부가 그까짓 천둥 소리를 두려워하시오?”

“옛날의 성인인 공자께서도 천둥과 감기에는 신경을 곤두세우셨다고 하는데 제가 어찌 두려워하지 않겠습니까?”

이렇게 하여 유비는 자기가 놀란 까닭을 천둥 소리 탓으로 감쪽같이 속여넘겼으므로 조조도 더 이상은 그를 의심하지 않았다.

빗줄기가 조금 가늘어졌을 때에, 별안간 후원으로 두 장수가 칼을 빼어든 채 정자로 뛰어들었는데 어느 누구도 그들을 말릴 수 없었다. 그들은 관우와 장비였는데 활쏘기 경기에 참석하러 성 밖에 나갔다가 돌아와 유비가 허저의 무리에게 끌려나갔다는 얘기를 듣고 분격하며 달려온 것이었다. 그들은 유비가 뒤뜰로 갔다는 종졸의 말을 듣고 불상사가 일어났을지도 모른다는 생각에 뛰어들었던 것이나 막상 들어와보니 두 사람이 화기애애한 모습으로 술잔을 기울이고 있는 것이 아닌가!

더욱이 두 사람이 칼을 빼고 서 있는 모습을 본 조조가 무엇하러 왔느냐고 물으니 마땅히 대답할 말이 없었다. 그러자 관우가 궁색한 변명을 하였다.

"승상께서 저의 형님을 모시고 술잔치를 벌이신다고 들었기에 여흥으로 검무(劍舞)라도 보여드릴까 해서 이렇게 찾아왔습니다."

이 말에 조조가 냉소하면서 말하였다.

"지금 이곳은 과거 초나라와 한나라가 회합을 한 홍문지회(鴻門之會)도 아니므로 패공(霸公)을 죽일 항장(項莊)도 필요없고 또 이를 저지할 항백(項伯)도 필요없는 것으로 아오."

유비도 멋쩍어하며 웃어보이자 조조가 부하에게 일렀다.

"이 두 분의 번쾌(樊噲:한고조가 홍문회에서 위기에 빠졌을 때 구해냈던 장군이며 정치가)에게 술상을 차려 드려라."

관우와 장비가 사례하며 술을 받아 마시고 얼마 뒤에 연회를 파하였다. 집으로 돌아오는 길에 관우가 유비에게 말하였다.

"얼마나 놀랐는지 아십니까?"

유비가 두 아우에게 승상부에 가서 조조와 나누었던 이야기를 모두 말해주었다. 그러나 관우와 장비는 유비가 놀라 수저를 떨어뜨린 뜻을 알 수가 없었으므로 다시 그 이유를 물어보았더니 유비가 차근차근 설명하였다.

"내가 채소밭이나 일구는 것은 나에게 큰 뜻이 없음을 조조에게 은연중에 보이기 위함이었네. 그런데 조조가 나를 영웅이라고 하기에 너무 당황하여 수저를 떨어뜨렸네만 그렇다고 의심받을 수만은 없어서 천둥 소리에 놀라 떨어뜨렸다고 핑계를 댄 것이라네."

관우와 장비는 비로소 납득이 간다는 듯이 고개를 끄덕였다.

조조에게서 벗어난 유비

이튿날에도 조조는 유비를 다시 초대하여 연회를 베풀며 술잔을 서로 주고받았다. 이때 원소의 동정을 살피러 갔던 만총이 돌아왔다는 보고를 받고는 만총을 불러 그 동안의 경위를 물어보니 만총이 아뢰었다.

"공손찬이 원소에게 당하였습니다."

조바심을 내며 듣고 있던 유비가 급히 말하였다.

"좀더 자세히 말하거라."

이에 만총이 차근차근히 설명하기 시작하였다.

"공손찬은 원소와의 싸움에 불리하다고 판단하고는 살고 있던 성 둘레에 새로이 성을 쌓게 하고 그 성의 꼭대기에 역경루(易京樓)라는 누각을 하나 지었는데 그 높이가 열 장(十丈:당시는 1척이 약 23m이고, 10척이 곧 1장이었으므로 약 23m)이나 되었습니다. 공손찬은 그곳에 삼십만 석의 군량미를 쌓아놓고 방비를 든든히 하도록 군사들에게 명하였다 합니다. 그때 휘하 군사 가운데 몇몇이 원소 군에게 포위되었으므로 그들은 구출해달라고 공손찬에게 요청하였으나 공손찬이 '한번 구해주기 시작하면 나중에 포위되는 군사들도 싸울 의사를 버리고 구출만을 기다릴 것이니 죽음에 맞서 싸우도록 하라'고 명하였습니다. 이에 원소 군의 공격을 받은 군병들 대부분이 항복하였으므로 고립되어 싸울 수밖에 없었습니다. 허도로 구원군을 요청하였지만 도중에 원소 군의 손에 잡혀버렸고, 장연(張燕)에게는 불을 신호로 해서 서로 연합하여 무찌르자고 설득하는 편지를 보냈으나 이 편지도 그만 원소 군의 손에 들어가버렸습니다. 그 결과 원소가 성 밖에서 불을 피우니 영문을 모르는 공손찬은 장연의 신호인 줄만 알고 성 밖으로 나갔지요. 그러자 사방에서 원소 군의 복병들이 덤벼들어 공손찬은 병력의 태반을 잃어버렸습니다. 그리하여 간신히 성 안으로 되돌아온 공손찬은 성문을 굳게 닫고 묘책을 생각하고 있었습니다. 그런데 그 동안에 원소가 지하로 파들어가 급기야는 역경루(易京樓) 바로 밑까지 들어와서 불을 질러버렸으므로 공손찬은 더 이상 도망칠 곳이 없어졌습니다. 이를 비관한 공손찬은 제 처자를 직접 죽이고 스스로 목을 매 자결하여 한 집안이 불 속에 화장된 꼴이 되어 버렸습니다. 그리하여 공손찬의 군사를 차지한 원소는 대단한 세력을 갖게 되었습니다. 그런데다가 그의 아우 원술은 회남 일대를 차지하여 황제 행세를 하고 다니다가 부하들과 백성들의 원망과 외면을 받고 하는 수 없이 그 '황제'의 자리를 형인 원소에게 양보하겠다고 제의했습니다. 그런데 원소가 한술 더 떠서 옥새까지 달라고 하자 원술은 자신이 직접 옥새를 전달하겠다고 하면서 회남을 버리고 하북으로 옮겨갈 작정을 하고 있다고 합니다. 만일 이 두 형제가 제휴한다면 사태가 매우 복잡하고 까다로워지게 되니 승상께서는 더 이상 주저하지 말고 일을 도모하셔야 하는 줄 아옵니다."

만총의 말이 끝나자 유비는 과거에 자신이 공손찬의 천거로 발탁되었던 일을 떠올리고 숙연한 마음이 되었다. 그리고 공손찬을 따라나섰던 조운의 안전이 걱정되었다. 유비는 속으로 결심을 굳혔다.

'이제 더 이상 우물쭈물 할 시간이 없으니 조조에게 붙어 있는

일을 중단해야겠다.'

그러고는 그 자리에서 조조에게 건의하였다.

"원술이 원소에게 의지하고자 회남을 떠나 하북으로 간다면 틀림없이 서주를 지나가게 될 것입니다. 그러니 저에게 군사를 빌려주시면 그들을 기필코 생포하여 데리고 오겠습니다."

조조는 유비의 제의를 기뻐하며 흔쾌히 허락하였다.

"내일, 황제께 아뢰고 즉시 군사를 데리고 떠나시오."

이튿날 유비가 황제께 상주하고 나니 조조가 오만 병력을 유비에게 내주며 아울러 주령(朱靈)과 노소(路昭)로 하여금 동행케 하였다. 유비가 황제와 작별하려 하니 황제는 눈물을 머금으며 배웅하였다.

그날 오후 유비는 자신이 기거하던 관저로 돌아와 서둘러 무기들을 꺼내고 말을 갖추고 나서 '장군'의 인장을 반환하고는 바삐 길을 떠났다. 동승이 십여 리 밖까지 따라와서 배웅을 해주자 유비가 그에게 신신당부를 하였다.

"국구께서는 꾹 참고 계십시오. 제가 기필코 이번에는 기대에 부응하겠습니다."

"부디 몸조심하시어 황제 폐하의 뜻에 보답해주십시오."

두 사람은 이렇게 아쉬운 작별을 하였다. 관우와 장비가 뒤따르며 유비에게 물었다.

"아니, 형님 왜 이렇게 서둘러 출정하시는 것입니까?"

"나는 그 동안 새장 속에 갇힌 새요, 그물에 잡혀 있던 물고기였었네. 그런데 그 물고기가 큰 강으로 나와 꼬리와 지느러미를 흔들며 자유롭게 헤엄을 치듯 모든 속박에서 벗어났으니 이제 황제의 뜻을 받들어 우리의 충성심을 발휘하면 되는 것 아니겠는가?"

유비는 이렇게 말한 후 관우와 장비로 하여금 주령과 노소의 군단을 빨리 이끌고 가도록 명하였다.

이 무렵 곽가(郭嘉)와 정욱(程昱)은 연공(年貢)의 징수를 위해 타지에 있다가 유비가 오만 군사를 이끌고 서주로 떠난 사실을 알고 부랴부랴 돌아와서 조조에게 따지듯 아뢰었다.

"승상께서는 어쩌자고 유비에게 군사를 내주어 보내셨습니까?"

그러나 조조가 태연하게 말하였다.

"원술을 저지하기 위해서라네."

정욱이 아뢰었다.

"유비가 예주의 목으로 있을 때 그를 처치해주십사 하고 건의하였으나 승상께서는 외면하셨습니다. 하온데 오늘에 이르러 그에게 군사를 딸려 내보내시니 이는 용과 호랑이가 자유를 되찾은 것이나 다름없게 되었습니다. 이제 앞으로 곤란한 일을 겪게 될 것입니다."

곽가도 정욱의 말을 도왔다.

"그를 죽일 것까지는 없다고 하더라도 이번 조처는 성급하셨습니다. 옛 말에도 '하루만 적을 방심해도 만세에 후환이 있느니라'고 하지 않았습니까?"

결국 조조도 이들의 말에 수긍하고 허저에게 오백 명의 군사를 주어 유비에게 회군하도록 명하였다.

유비가 바삐 길을 가고 있는데 뒤쪽에서 흙먼지가 일어나면서 한 떼의 군사들이 다가옴을 느꼈다. 이에 유비는 조조 군이 뒤따라온다고 관우와 장비에게 알리고는 급히 진영을 만들어 그 둘로 하여금 무기를 들고 양쪽에서 호위하도록 하였다. 이윽고 허저가 달려왔다.

진영에서 삼엄한 분위기를 느낀 허저가 말에서 내려 영내로 들어가 유비를 만나니 유비가 먼저 물었다.

"장군께서 무슨 일로 여기까지 오셨소?"

"승상의 분부이십니다. 특별히 의논하실 일이 있으니 어서 돌아오라는 분부를 내리셨소."

"그건 무슨 소리요? 《손자병법》에도 이르기를 '장수는 밖에 있을 때 임금의 명령도 받지 않을 수가 있다'고 하였는데 이 몸이 황제와 승상께 작별을 고하고 친히 명을 받아 나온 이상 따로 의논할 일은 없는 것으로 아오. 그러니 장군은 어서 돌아가 승상에게 내 말을 전하도록 하시오."

허저는 속으로 궁리를 하다가 입을 열었다.

"승상과 공께서는 각별한 사이였으니 이번에도 결코 억지로 모셔오라는 분부는 아니셨을 줄로 생각되오. 그러니 일단 돌아가서 다음 분부를 받아오겠소."

이렇게 말하고 돌아간 허저가 조조에게 보고하니 조조는 마음의 결정을 내릴 수가 없었다. 이를 지켜본 정욱과 곽가가 아뢰었다.

"그것 보십시오. 유비가 병력을 돌릴 까닭이 없습니다. 그는 이미 변심을 한 것입니다."

그래도 조조는 미심쩍어하며 말하였다.

"그래서 내가 주령과 노소를 딸려보낸 것 아닌가? 그렇게 쉽게 변심할 사람이 아니네. 더군다나 내가 보낸 것이니 이제와 후회한들 무엇하겠는가?"

그러면서 조조는 끝내 유비를 추적하지 않았다.

원술의 최후

한편 마등은 유비가 서주로 떠났다는 소식과 자신의 영토인 변강(邊疆)으로부터의 급박한 사정을 보고받고 양주의 서군으로 돌아가지 않으면 안 되었다. 이윽고 유비 일행이 서주에 도착하니 자사(刺史)인 차주(車胄)가 마중나와서 연회를 베풀었고, 손건과 미축도 나와서 맞이하였다. 유비는 오랫만에 자택으로 가서 남겨두고 갔던 가족들을 만나는 한편 염탐꾼을 보내어 원술의 동정을 살피라고 명하는 것도 잊지 않았다.

그가 곧 돌아와 보고하였다.

"원술의 행패가 극에 달하니 뇌박(雷薄)과 진란(陳蘭) 등이 결국 반란을 일으키고 숭산(嵩山)으로 숨어들어갔다고 합니다. 이에 원술은 위세가 시들해져서 자기의 제호(帝號)를 원소에게 넘겨줄 생각이라고 그에게 알렸다고 합니다. 이에 원소가 원술을 부르니 원술은 병사들은 물론이고 '황제' 행세에 소용되었던 물건 일체를 챙겨서 먼저 이곳 서주를 향해 떠났다고 합니다."

이에 유비는 관우와 장비 외에 주령·노소와 더불어 오만 병력을 내보내 원술과 싸우도록 하였다. 먼저 원술 군의 선봉인 기령(紀靈)과 맞부딪친 장비가 호령을 하며 덤벼들었다. 열여덟 차례나 맞서다가 장비가 큰소리로 외치며 기령을 찌르자 말에서 고꾸라져버렸다.

이번에는 이를 지켜본 원술이 직접 나서서 도전해왔다. 유비는 부대를 셋으로 나누어 왼쪽에 주령과 노소, 오른쪽에는 관우와 장비, 그리고 중앙에는 자신이 선두에 서서 지휘를 하였다.

유비가 진두에 나서서 원술에게 말을 건넸다.

"황제의 조서를 받들어 반역자 원술을 토벌하러 왔으니 너는 얌전히 포박에 응하여 자비를 구하는 것이 옳도다."

원술이 이에 반발하며 소리쳤다.

"가마니나 짜고 짚신을 삼던 놈 주제에 어디 감히 나에게 명하는 것이냐?"

이에 원술이 부대를 앞으로 돌진시키니 유비가 일단 뒤로 물러나서는 좌우로 하여금 싸우게 하였다.

원술의 군졸들 시체가 여기저기 나뒹굴었다. 풀과 흙도 모두 피로 얼룩이 졌으며 달아난 원술의 군졸들은 수도 없이 많았다. 또한 숭산에 숨어 있던 뇌박과 진란의 군사들이 이 기회를 틈타 나타나서는 돈과 식량을 빼앗아 달아났다. 별수 없이 원술은 수춘으로 돌아가려고 하였으나 도적떼의 습격을 받아 결국에는 강정(江亭)까지 와서 머물 수밖에 없었다. 휘하 군사들은 일천여 명밖에 남아 있지 않았는데 그들도 거의 노병 아니면 풋내기 졸병들뿐이었다. 때는 더위가 극성을 부리던 한여름이었는데 식량이 거의 바닥이 나서 보리 서른 섬 정도밖에 남아 있지 않았다. 원술은 그것을 삶아 군사들에게 나누어주었는데 뒤따르는 식솔들과 백성들 가운데에는 먹을 것이 없어 굶어죽는 자가 태반이었다. 원술은 원술대로 보리의 거칠고 조잡한 맛이 입에 맞지 않아 제대로 넘길 수가 없었다.

그래서 갈증을 해소하기 위해 꿀물을 구해오도록 명하였으나 명을 받은 조리사가 대답하였다.

"핏물이라면 있사오나, 꿀물이라니요? 어디서 지금 꿀물을 구한단 말입니까?"

이 말에 결국 울화가 치밀어오른 원술은 뭐라고 악을 쓰다가 그만 침상 밑으로 굴러 떨어져 한 말 가까이나 되는 피를 토하고 죽었다. 건안(建安) 4년 6월의 일이었다.

실패한 차주의 계략

원술이 피를 토하고 죽자 조카 원윤(袁胤)이 원술의 시체와 그 처자들을 여강(廬江)까지 데려갔는데 그곳에서 서구(徐璆)의 손에 의해 자신과 처자들까지 몰살당하였다. 원술의 일가를 죽인 서구는 이때 원술이 지니고 있던 옥새를 손에 넣어 허도로 달려가 조조에게 바쳤다. 옥새를 받은 조조는 뛸 듯이 기뻐하면서 서구를 고릉(高陵)의 태수로 임명하였다. 이렇게 해서 옥새는 조조의 손에 들어오게 되었다.

한편 유비는 원술의 죽음을 황제께 상주하고 조조에게도 통보한 후 주령과 노소를 허도로 돌려 보내었다. 그리고 유비는 서주에 군사들을 그대로 주둔시키고 성 밖으로 직접 나가서 떠돌아다니는 백성들을 다시 생업에 종사하도록 권고하여 성 안으로 들어오도록 하였다.

한편 허도로 돌아간 주령과 노소는 조조에게 유비가 서주에 군사들을 그대로 주둔시켰다는 사실을 보고하였다. 그러자 격노하여 당장에 두 장수의 목을 베어 버리겠다고 소리쳤으나 옆에서 순욱이 간신히 말렸다.

"이미 유비의 손에 군사력이 쥐어져 있는 이 마당에 저 두 사람을 죽인들 무슨 이익이 있겠습니까?"

조조는 순욱의 간언에 화를 가라앉혀 두 사람의 목숨을 살려 주었다. 다시 순욱이 아뢰었다.

"차주에게 서신을 보내어 유비를 타도하라고 명하시면 어떻겠습니까?"

조조는 순욱의 말에 따라 은밀히 사신을 보내어 차주의 의향을 물어보았다. 차주가 즉시 진등을 불러 이 일을 의논하니 진등이 명쾌하게 답하였다.

"그건 아주 쉬운 일입니다. 유비는 지금 백성들을 선무하기 위해 성 밖에 나가 있습니다. 그러니 장군께서는 성문의 옹성(甕城: 아군 인마의 출입이 적의 눈에 띄지 않도록 성문 앞에 쌓아놓은 둑) 근처에 복병들을 숨겨놓고 기다렸다가 그가 무심히 돌아오는 순간 단칼에 해치우면 됩니다. 그때 제가 성벽 위에서 활을 쏘게 하여 뒤따르는 부대가 성 안으로 들어오지 못하게 하면 쉽게 뜻을 이룰 수 있을 것입니다.”

차주는 진등의 의견에 따르기로 결심하였다. 그런데 진등은 이후에 집으로 돌아와 부친 신규에게 차주와의 대화를 보고하며 자문을 구하였다.

그러자 진규가 한마디로 잘라 말하였다.

“먼저 유비에게 알리도록 해라.”

이에 진등은 말을 달려 성 밖으로 나가 서주로 가는 도중에 관우와 장비를 만나게 되어 그간의 경위를 낱낱이 밝혔다. 관우와 장비는 유비보다 한 걸음 먼저 돌아오는 길이었으므로 장비는 진등의 말을 듣고 당장 차주의 목을 베어 오겠다고 흥분했지만 관우가 이를 만류하였다.

“이미 성문 근처에는 복병들이 숨어 있을 테니 섣불리 뛰어들었다가는 영락없이 당하고 말 거야. 그것보다 내게 좋은 생각이 있으니 아우는 침착하게 들어보게. 우리가 조조의 군사로 변장하여 성에 들어가 차주로 하여금 마중나오게 한 후에 처치해버리는 것이 어떻겠나?”

장비가 관우의 말에 따르기로 하고 군사들을 수배해보니 군사들 가운데 얼마쯤은 조조 군에 속해 있던 귀순병들이라 옷차림이 아직도 그대로였기 때문에 이들을 이용하기로 하였다.

한밤중이 되자 관우와 장비는 위장한 군사들을 데리고 성 아래로 가서 조 승상의 명으로 파견된 장문원(張文遠)의 부대임을 알리고 차주에게 급히 보고할 일이 있어서 왔다고 말하고는 수비병에게 성문을 열라고 소리쳤다. 수비병의 보고를 받은 차주는 진등을 불러 어찌할 것인지를 상의하였다.

“문을 열지 않으면 조조에게 의심을 받을 것이고 섣불리 문을 열었다가 혹시 속임을 당하게 되면 돌이킬 수 없는 일이 생길 것입니다.”

결국 차주는 한동안 고민하다가 성루에 올라가서 소리쳤다.

"밤중이라 너희들을 식별할 수 없으니 날이 샌 뒤에 다시 오도록 하라."

그랬더니 성벽 아래에서 다급히 소리를 쳤다.

"유비에게 들키면 큰일나니 어서 문을 열도록 하라."

이렇게 재촉을 해도 차주가 우물쭈물하자 성 아래에서 다시 소리쳤다.

"문을 빨리 열도록 하라!"

마침내 차주는 갑옷을 입고 말에 올라탄 후 일천 병력을 데리고 성문을 나서 조교를 건넜다. 그리고 그가 크게 외쳤다.

"장문원! 장문원은 어디 있느냐?"

이때 관솔불의 환한 불빛 속에 빛난 것은 관우의 얼굴이었다. 그는 큰 칼을 손에 들고 말을 달려 차주의 코앞으로 달려나와 크게 소리쳤다.

"네 이놈! 필부 주제에 어디 감히 우리 큰형님의 목숨을 노리느냐?"

차주는 심신이 오그라들 만큼 놀라 도저히 상대할 자가 아니라 생각하고 부랴부랴 조교를 건너 돌아오려고 하는데 진등이 성 안의 수비병들을 시켜 일제히 화살을 내리 쏘는 것이 아닌가!

차주는 이렇게 성 안으로 들어갈 수도 없게 되자 말을 달려 성 주위를 뱅글뱅글 돌기만 하였다. 이에 관우가 뒤쫓으며 청룡도를 휘두르니 차주는 단칼에 참살되어 말 위에서 떨어져버렸다.

관우는 차주의 목을 베어 손에 들고 성 위를 향해 소리쳤다.

"차주의 목이 이 손에 있다! 나머지 장졸들에게는 죄가 없으니 모두 항복하여라. 그러면 용서해주겠다."

이 말에 차주의 군사들은 모두 투항하였다.

이때 유비가 성 안으로 돌아왔으므로 관우가 차주의 목을 들

고 유비 앞으로 나가 그 동안의 경위를 보고하였더니 유비가 놀
라서 되물었다.

"만일 이 일을 조조가 그냥 넘기지 않고 군사를 이끌고 쳐들어
오면 어쩐란 말인가?"

그러자 관우가 자신있게 답하였다.

"이 일은 저와 아우 장비에게 맡기십시오."

그러나 유비의 마음은 몹시 불안하여 어쩔 줄 몰랐다. 유비 일
행이 서주성 안으로 다시 돌아오니 백성들이 길가에 꿇어 앉아
반갑게 그를 맞이해주었다. 유비가 관사에 들어와 장비를 찾아오
게 하니 그때는 이미 차주의 일가 일족을 하나도 남김없이 죽인
뒤였다.

유비가 근심 어린 표정으로 진등에게 말하였다.

"조조 휘하의 장수들을 죽였으니 조조가 가만히 있지는 않을
것이다. 이를 어쩌면 좋단 말인가?"

이에 진등이 계책을 제안하였다.

"조조를 쫓아버릴 좋은 묘계가 있습니다."

과연 진등이 말한 묘계는 어떤 것일까? 일단 호랑이 굴을 빠
져나온 터에 다시 봉화가 오르는 것을 막아버릴 만한 묘계란 과
연 무엇일까?

제 22 회 대군을 일으킨 조조

원 조 각 기 마 보 삼 군　　관 장 공 금 왕 유 이 장
袁曹各起馬步三軍　　關張共擒王劉二將

원소와 조조가 각기 보병·기병을 동원하고
관우·장비는 왕충·유대 두 장수를 생포하다

정현의 서신

진등의 묘계는 이러하였다.

"조조가 가장 겁내고 있는 인물은 원소입니다. 그도 그럴 것이
기주·청주·유주·병주의 각 군을 지배하며 일백만 병력과 문
관, 그리고 무장을 수없이 거느리고 있는 사람 아닙니까? 그런데
어째서 그에게 구원을 요청하지 않으십니까?"

"내 아직 원소와는 왕래가 없고 사귄 바도 없으며 더욱이 그의
아우 원술을 쓰러뜨린 지 얼마 안 되는 처지에 있는데 어찌 그

가 나를 도와주겠는가?”

이에 진등이 다시 제안을 하였다.

“이 고장에는 원소와 삼대째나 가까이 지내오는 분이 계십니다. 그분이 원소에게 편지를 써주시면 원소도 아마 우리의 원조를 거절하지는 않을 것입니다.”

유비가 그가 누구냐고 묻자 진등이 말하였다.

“주공께서 평소에 ‘선생’으로 모시며 존경해오던 분이 생각나지 않으십니까?”

“그렇다면 정강성(鄭康成) 선생 말인가?”

“예, 맞습니다.”

진등은 빙그레 웃어 보였다. 정강성의 이름은 현(玄)이고 강성은 그의 자이다. 그는 학문을 좋아하고 재능이 많은 인물로, 마융(馬融)의 가르침을 받았다. 마융은 강의를 할 때면 으레 복숭아꽃 빛깔의 장막을 앞에다 치고 문하생들을 모아 가르쳤는데 그 장막 뒤에는 자기 집에 있는 가기(歌妓)들을 두 줄로 앉혔다. 정현은 그런 서당을 세 해 동안 다니면서도 한번도 장막 뒤를 기웃거리는 짓을 하지 않았으므로 마융은 그런 정현을 마음에 들어 하였다.

정현이 학문을 마치고 떠나려 할 때 마융이 그를 칭찬하며 말하였다.

“내 학문을 깨달은 이는 정현 너 한 명뿐이로구나.”

정현의 집 시비(侍婢)들은 어느 정도 《시경》을 읽을 줄 알았는데 언젠가 그녀들 가운데 하나가 잘못을 저질러 정현이 안마당에 꿇어앉혔다. 이에 동료인 시녀가 꿇어앉은 시녀를 향해 《시경》의 문구로 놀려대었다.

“어쩌다가 진창 속에 들게 되었는고[胡爲乎泥中]?”

그러자 꿇어앉은 시녀가 지지 않고 시구로 대답하였다.

"내가 하소연하러 갔다가 그의 노여움만 샀도다[薄言往愬逢彼之怒]."

이처럼 정현의 집안은 시녀들까지도 풍아스러운 멋을 아는 분위기였다. 이런 정현은 환제(桓帝) 때 상서(尙書:비서관) 자리까지 올랐으나 그 뒤로는 십상시라는 환관들의 난리로 벼슬길을 버리고 서주에 와서 소일을 하고 있었다. 유비는 세상에 나가기 전 탁군(涿郡)에 있을 때 한동안 정현의 문하에서 공부한 적이 있었으며 서주의 목이 된 뒤에도 가끔씩 찾아가 그의 가르침을 받는 등 각별히 경의를 표해온 터였다.

유비는 이 같은 정현이 기억나자 매우 기뻤다. 곧이어 진등과 함께 찾아가 뵙고 원소에게 보내는 편지를 부탁드리니 정현은 흔쾌히 응하고 써주었다. 유비가 그 편지를 손건으로 하여금 지참케 하여 화급히 원소에게 보내니 원소가 그를 받아 읽어보고 생각하였다.

'내 아우를 죽인 유비 놈! 네 놈을 도와줄 생각은 없다만 정현 스승님이 이처럼 간곡히 부탁하니 어쩔 수가 없구나.'

원소는 곧 문무백관들을 모아 조조의 토벌에 대해 상의해보았다. 모사 전풍(田豊)이 먼저 말문을 열었다.

"해마다 일어난 전쟁으로 인해 백성들은 피폐해 있고 식량도 바닥이 난 상태이니 대규모의 동원은 불가능합니다. 그러니 이 기회에 먼저 황제께 공손찬 토벌의 승리를 보고하시는 겁니다. 그래서 만약 그 보고가 황제께 들어가지 않을 경우에는 조조가 중간에서 전달하지 않기 때문이라고 상주하고 나서 여양(黎陽)에 군을 주둔시키십시오. 그리고 하내(河內)에서 전투용 배를 많이 만들도록 하고, 무기도 수리하여 갖추도록 한 후 여러 외진 곳에도 병력을 주둔시키면 삼 년 이내에 국면이 완전히 변할 것입니다."

이에 모사 심배(審配)가 아뢰었다.

"아니오. 그렇지 않소. 우리 주공께서 공손찬을 쓰러뜨린 그 기상을 갖고 조조를 치려 하심은 손가락 끝으로 조그만 돌멩이를 퉁기려는 것과 다름없는 일이오. 그러니 그렇게 시일을 끌어 늦출 필요가 없는 줄 아뢰오."

이번에는 저수(沮授)가 입을 열었다.

"아니오. 힘이 강성하다고 해서 싸움에 이길 수 있는 것은 아니오. 조조는 법령을 엄격히 이행하고 있고 군사들의 훈련도 철저하여 준비가 잘 되어 있다고 들었소. 조조는 공손찬처럼 그냥 포위되어 망하기를 기다린 무능함과는 비교도 안 되는 인물이오. 그런데 모처럼 전풍 장군이 알려준 승리의 길을 버리고 무리하게 전투를 벌이는 것은 그야말로 어리석기 짝이 없는 일이오."

이에 곽도(郭圖)가 나서서 말하였다.

"조조를 치기 위해 군사를 일으키는 것이 필요없는 싸움이라고는 생각되지 않습니다. 주공께서는 신속하게 결심을 하여 주시기 바랍니다. 정현 선생의 제안을 받아들여 유비와 제휴하여 조조를 토벌하시는 것이 위로는 천의(天意)에 따르는 것이요, 아래로는 인심에 부응하시는 것이라 생각하옵니다."

네 사람의 의견이 이렇듯 다르니 원소도 선뜻 결심을 할 수 없어 고민하고 있는 가운데 허유(許攸)와 순심(荀諶)이 돌아왔다. 원소는 이 두 사람이 식견이 넓은 것을 알고 있었으므로 그들이 예를 갖춰 인사를 한 후에 물었다.

"정현 선생께 서신을 한 통 받았는데 그에 의하면 유비에 호응해서 조조를 치라는 부탁인데 어떻게 결정을 내려야 할지 몰라 그대들의 의견을 들어보고 싶네."

두 사람이 이구동성으로 대답하였다.

"공께서는 다수의 군으로 소수를 이기고 강한 군으로 약한 군을 치셨습니다. 한나라의 적신(賊臣)을 토멸하고 황실을 부조하는 것이 주공의 역할이라 생각하옵니다.”

“그렇게 생각하는가? 나도 사실은 그럴 생각이었네.”

이에 원소는 동원할 결심을 굳혔다. 원소는 먼저 정 선생에게 답신을 써서 손건에게 전하도록 하고 유비에게도 작전의 동맹을 당부하는 편지를 보냈다. 한편으로는 심배·봉기(逢紀)를 사령관으로, 전풍·순심·허유를 참모로, 안량·문추를 장군으로 각기 임명하여 묘산(廟算:나라를 다스리는 방략(方略))으로 기병 십오만과 보병 십오만 등 삼십만 대군을 여양으로 출동시키려고 모든 준비를 갖추었다.

이때 곽도가 진언하였다.

“주공께서 ‘대의(大義)’를 내세워 조조를 토벌하고자 함에는 먼저 그놈이 저질러온 악사(惡事)와 악업(惡業)을 일목요연하게 적은 격문을 만들어 그것을 각 군에 돌려서 이번 정토(征討)의 의의를 만천하에 알릴 필요가 있사옵니다. 그래야만 정당한 명분이 설 것입니다.”

원소의 격문

원소는 곽도의 말이 옳다고 생각하고 즉시 서기 진림(陳琳)을 시켜 격문을 쓰도록 하였다. 진림은 자를 공장(孔璋)이라고 하는 인물로 그의 재주는 온천하에 널리 알려져 환제 때 주부(主簿:문서 담당역)라는 벼슬까지 올랐는데 그가 당시 대장군 하진에게 간언하여도 하진이 받아들이지 않은데다가 동탁이 난을 일으키는 바람에 기주 땅에 피해 있다가 지금은 원소에게 중용되어서 서기 노릇을 하고 있었다. 진림은 즉시 명에 따라 붓을 들어 일사천리로 써내려갔다.

무릇 세상에서 듣기에 현명한 군주는 위태로움을 살핌으로써 변고를 막고, 충신은 간난을 염려함으로써 권모를 구한다고 하였다. 그런 까닭에 비범한 인물이 비상한 일을 처리하고, 비상한 일 처리가 있은 후에야 비상한 공훈이 이루어지도다. 비상이란 본디 비상한 인물이 하고자 원하는 일이로다.

과거 진나라 시황(始皇)이 위대한 제국을 건설하고도 붕괴된 것은 환관 조고(趙高)가 전권을 장악하여 갖은 횡포를 일삼고 황제의 권위에 도전하는 것을 막지 못했기 때문이며, 그로 인해 마침내 이민족인 오랑캐에게 멸망당하는 수모를 겪었다. 이에 조조의 조부는 환관 조등이었는데 그는 같은 환관인 좌관(左琯)·서황(徐璜) 등과 더불어 권세를 마음대로 휘두르며 백성을 학대한 자이다. 또 조조의 부친 조숭은 이 같은 자의 양자로 들어가 뇌물을 써서 벼슬을 얻은 비열한 놈이며 조조는 바로 이런 더러운 집안의 피를 물려받은 교활하고 야비한 적신(賊臣)이다.

급기야 조조는 경제(景帝)의 형제분 되시는 양나라 효왕(孝王)의 능묘를 직접 장졸을 이끌고 가서 도굴하는 범행을 저질렀다. 관을 깨부수고 시신의 옷을 벗겨내고 순장한 왕가의 금은보화를 훔쳐가는 일까지 행하였도다. 조조는 여기서 멈추지 않고 도굴을 전문적으로 하는 중랑장과, 무덤 속의 금은보화를 꺼내는 교위를 특별히 임명하여 여러 곳에서 분묘를 파내어 그 시신들을 햇빛 아래 드러내는 더러운 짓을 저질렀도다.

그러다가 지금의 황제를 협박하여 도읍을 허도로 옮기고 스스로 승상의 자리에 올라 천하에 세력을 쥐고 흔들며 황제를 모시지 않고 마음대로 권세를 만용하였도다. 바른 말하는 자의 목을 거침없이 베고, 백성들을 괴롭힌 일은 이루 헤아릴 수 없도다.

이에 막부 원소는 한나라 황실의 뜻을 받들어 적신 조조를 토벌하고자 궐기하니 이 글이 도착하는 즉시 각 군에서는 군대를 내어 황실의 재건을 돕고 역적을 치는 일에 협력하도록 하라.

조조의 목을 벤 자에게는 오천 호(戶)의 후(侯)로 봉하고 오천만의 금을 수여하리라.

또 그의 부하로서 순순히 투항하는 자에 대해서는 일체의 죄를 묻지 않으리라. 널리 이 글을 천하에 포고하여 어지러운 한나라를 바로잡을 조정의 뜻을 알리나니 이대로 시행하도록 하라.

원소는 이 격문을 읽어보고 매우 흡족하게 생각하고는 즉각 여러 군에 배포하고 고장의 곳곳에도 게시하도록 하였다. 그 격문이 허도에도 전해졌을 때 조조는 마침 지병인 두통을 심하게 앓고 있었다. 한 장군이 그 격문을 조조에게 보여주자, 일독한 조조는 온몸에 식은땀을 흘렸고 머리카락이 곤두서는 듯하였다.

이 바람에 두통이 말끔히 사라지게 되어 병상에서 벌떡 일어난 조조가 조홍(曹洪)에게 물었다.

"이 글을 쓴 놈이 누구냐?"

"소문에 의하면 진림이라 하옵니다."

이 말에 조조가 껄껄거리고 웃더니 말하였다.

"무릇 문(文)과 무(武)는 조화를 이루지 못하고서는 쓸모가 없는 법, 과연 진림의 문장은 매우 뛰어나지만 원소의 무는 그에 조화를 이루지 못할 만큼 나약하다네."

이리하여 조조가 곧 모사들을 모아 대책을 마련하고 있는 중에 공융이 상황을 살펴보고 돌아와 조조에게 보고하였다.

"원소의 군대는 막강합니다. 차라리 여기서 타협을 하시는 것이 어떻겠습니까?"

이 말에 순욱이 반론을 제기하였다.

"원소는 별로 쓸모없는 존재이니 타협할 가치도 없소이다."

이에 공융은 지지 않고 자신의 지론을 말하였다.

　"원소는 넓은 땅을 가지고 있고 강력한 군사들과 백성들을 거느리고 있소. 휘하의 장수 허유·곽도·심배·봉기 등은 지략이 뛰어난 모사요, 전풍·저수는 충신이요, 안량과 문추는 뛰어난 용사로 이름난 맹장이며, 그 밖에 고람(高覽)·장합(張郃)·순우경(淳于瓊) 등도 하나같이 명장들이오. 그런데 어찌하여 원소가 쓸모없는 존재라고 생각하시오?"

　이 말에 순욱이 비웃으며 말하였다.

　"원소의 병력은 수효로는 많지만 가지런하지 못하오. 전풍은 윗사람에게 저항하는 고집쟁이이고, 허유는 얕은 꾀에 욕심만 많고, 심배는 독불장군과 같으며, 봉기는 일을 맡겨도 제 때를 맞추지 못하는 자요. 그런데다가 이들은 모두 자기가 잘났다고 나서는 자들로 반드시 충돌을 가져올 것이오. 게다가 안량과 문추는 '필부(匹夫)의 용(勇)'이라 단박에 잡을 수 있으니 그 밖에 일백만 명이 있다고 해도 더 이상 거론할 필요가 없소이다."

　공융도 더 이상 말을 못 하고 입을 다물어버렸다. 이에 조조가 빙긋 웃으며 말하였다.

　"순욱의 비평은 날카롭다네."

　이리하여 결국 전위에는 유대(劉岱)를 내세우고 후위에는 왕충(王忠)으로 하여금 오만 병력을 내세워 서주로 유비를 치러 가게 하였는데 그들에게 승상기를 들게 하여 위세를 보이도록 하였다. 유대는 본래 연주의 자사로 있었던 자로 조조가 연주를 탈취할 때 투항하여 편장(偏將:부장 부수)으로 있다가 이번에 왕충과 더불어 군사를 거느리게 되었다. 조조 자신은 이십만 병력을 거느리고 원소와 대결할 생각으로 여양으로 출발하려 하는데 정욱이 아뢰었다.

　"유대와 왕충으로는 유비를 대항하기가 불안스럽습니다."

　"나도 알고 있네. 저 둘이 어찌 유비를 당해내겠는가! 그저 한

동안 버팀목쯤으로 삼을 생각이네.”

조조는 유대와 왕충을 불러 다짐을 받았다.

“웬만하면 싸움을 벌이지 말고 내가 원소를 쳐부술 때까지 기다리도록 하게.”

조조는 대군을 여양까지 이끌고 가서 적군과 팔십 리 정도의 간격을 두고 호를 깊이 파 보루를 높이 쌓도록 하였을 뿐 접전하지 않고 대치하기를 팔월부터 시월까지 계속하였다.

한편 원소의 진영에서는 계속하여 내분이 발생하였다. 허유(許攸)는 심배(審配)가 군사령관으로 임명된 것이 마음에 들지 않았으며, 저수(沮授)는 자기의 헌책(獻策)을 원소가 채택하지 않은 것에 불만을 품고 방관하는 자세를 보였으며 원소도 심중에 의혹을 품고 적극적으로 나서서 싸우려 하지 않았다.

한편 조조는 예전에 여포의 부하였으나 지금은 귀순하여 자기 휘하에 있는 장패로 하여금 청주와 서주를 수비케 하는 한편, 우금(于禁)과 이전(李典)을 황하 연변으로 내보내었다. 또 조인(曹仁)을 대군의 총사령으로 임명하여 관도(官渡)에 주둔케 하고 조조 자신은 일군을 이끌고 일단 허도로 돌아갔다.

관우와 왕충의 대결

유대와 왕충의 오만 병력은 서주에서 이백 리쯤 되는 지점에 진을 치고 나서 조조의 승상기를 꽂은 채 싸움을 걸지 않고 오직 하북 땅에서의 원소와 조조의 싸움 결과를 기다릴 뿐이었다.

유비의 군진에서는 조조 군의 참 의도를 파악하지 못하였기 때문에 섣불리 나가서 싸울 생각을 못하고 하북 쪽에서의 전황을 탐지하고 있었다. 그러는 가운데 조조의 전령이 와서 유대와 왕충에게 공세를 취하라는 명령을 전달했다. 명령을 받은 이들은 진지에서 협의하였다.

유대가 왕충에게 먼저 가라고 말하자 왕충이 대꾸하였다.

"승상께서 자네에게 먼저 가라고 하셨네."

"내가 주장(主將)인데 주장이 먼저 나서는 법이 어디 있나?"

"그럼 함께 군사를 거느리고 가세."

"그러지 말고 제비 뽑기로 결정하세. 뽑은 자가 먼저 가는 걸세."

그 결과 왕충이 '선(先)'자를 뽑았으므로 먼저 절반의 병력을 이끌고 서주성을 공격하러 나섰다. 조조의 군사가 돌진해온다는 소식을 들은 유비가 진등을 불러 의논하였다.

"원소는 지금 여양까지 나오기는 했어도 부하들의 의견이 분분하여 머뭇거리고 있는 반면 조조는 지금 행방을 알 수 없네. 들리는 말에 의하면 여양으로 간 부대에는 조조의 기가 보이지 않는다는데 이곳으로 오는 부대는 그의 기를 꽂고 있으니 어찌된 일인지 알 수가 없구려."

이에 진등이 신중하게 대답하였다.

"조조는 궤계(詭計)가 뛰어난 자입니다. 그는 하북을 중히 여겨 그곳에 나가 지휘 감독하고 있음에 틀림없습니다. 그러니 여기로 오는 군대에는 조조의 기가 꽂혀 있지만 분명히 없을 것이라고 저는 확신합니다."

이에 유비는 관우와 장비의 두 장수를 불러 말하였다.

"두 사람 가운데 누군가가 적군의 동태를 탐지해주었으면 좋겠는데 누가 가겠소?"

이에 장비가 자청하며 나섰다.

"제가 가겠습니다."

"자네는 성격이 너무 급하니 안 되겠네."

그러나 장비는 물러서지 않았다.

"까짓것! 조조가 있으면 당장 잡아오면 되지 않겠습니까?"

관우가 나서며 말했다.

"제가 일단 적의 동정을 살펴보고 오지요."

"자네라면 내가 마음 놓을 수 있네."

유비는 관우에게 삼천 병력을 주어 성 밖으로 보냈다. 때는 마침 초겨울이라 어두운 하늘에서 눈이 내리고 있었다. 관우는 눈 속에 진지를 구축하고 나서 적진 앞으로 나가 크게 소리쳤다.

"왕충은 어디 있느냐?"

그에 왕충이 나타나 대꾸하였다.

"승상께서 친히 원정을 나섰는데 어찌 그대는 항복할 줄 모르느냐?"

"그렇다면 승상께 얼굴 좀 내밀어보시라고 하게. 내 직접 드릴 말씀이 있네."

"승상께서 너 따위를 만나주실 줄 아느냐?"

이 말에 기분이 상한 관우가 앞으로 몇 걸음 나가니 왕충도 창을 들고 나섰다. 두 장수가 몇 차례를 맞서 싸우다가 갑자기 관우가 등을 돌리고 달아나자 왕충이 그 뒤를 쫓았다. 한참을 달려가다가 산비탈이 끝나는 지점에 이르렀을 때 관우는 갑자기 말머리를 돌려 천둥처럼 큰소리로 소리쳤다.

"이놈!"

이와 동시에 관우가 청룡도를 휘둘러대자 왕충은 막아낼 수 없었던지 얼떨결에 엉거주춤한 자세가 되었다. 그 순간 관우가 왼손에 대검을 옮겨 잡고 오른손으로 왕충의 갑옷 띠를 움켜잡고는 그의 몸을 안장에서 끌어내어 자기 말 위에 가로뉘었다. 그리고는 그대로 본진으로 말을 달려 돌아가니 이를 지켜본 왕충의 부하들은 망연자실하며 뿔뿔이 흩어질 뿐이었다.

관우가 왕충을 옆구리에 끼고 서주성으로 돌아와 유비 앞에 내려놓으니 유비가 왕충에게 호령하였다.

"네 이름이 무엇이고 직책이 무엇이길래 감히 승상의 이름을 사칭하고 다니느냐?"

왕충이 떨면서 아뢰었다.

"제가 함부로 사칭하고 다닌 것이 아니오라 명령을 받들어 승상의 역할을 한 것입니다. 실은 승상은 이곳에 오시지 않으셨습니다."

이에 유비는 그에게 의복과 먹을 것을 주라고 한 후에 유대를 잡아 함께 처분할 때까지 잘 잡아두라고 명하였다. 관우가 물었다.

"이렇게 왕충을 살려놓으시다니, 그럼 형님께서는 조조와 화해하실 생각이십니까?"

"장비를 보내지 않은 것은 행여 왕충을 죽여버리지나 않을까 해서라네. 이런 자는 죽여보았자 아무런 이익도 되지 않는 법일세. 오히려 그를 살려서 이용하는 것이 현명한 일이라네."

이 말에 장비가 가만히 있지 않았다.

"둘째 형님이 왕충을 잡아왔으니 유대는 제가 잡아오겠습니다."

이 말에 유비가 다시 말렸다.

"유대는 전에 연주의 자사로 있었으며 호뢰관(虎牢關)을 쳤을 때는 어엿한 제후 가운데 한 명이었네. 그런 사람이 이번에는 전위 부대를 이끌고 있으니 얕보아서는 안 되네."

"염려하지 마십시오. 어찌 되었거나 그를 사로잡아오면 되는 것 아닙니까?"

"만일 그를 죽였다가는 큰 탈이 날 걸세."

"그럴 경우에는 제 목숨을 내놓겠습니다."

이리하여 장비가 삼천 병력을 이끌고 성문을 나섰다.

장비와 유대의 대결

장비가 유대의 진지 앞으로 날마다 나가서 욕설을 퍼부으며 싸움을 걸었지만 유대는 진지를 굳게 지키며 나와서 싸우려고 하지 않았는데 주위 사람들이 장비라는 것을 알려주자 더더욱 나오지 않았다.

며칠 뒤에 한 가지 계략을 세운 장비가 휘하의 모든 장졸들에게 명하였다.

"오늘 밤중에 적진을 기습할 테니 철저히 대비하도록 하라."

그러고는 자신은 낮부터 막사에서 술을 마셔댔다. 그리고 일부러 취한 척하며 한 군사의 실수를 트집잡아 사정없이 매질을 하고 밧줄로 묶어놓고는 명하였다.

"네 놈의 목을 베어 오늘 밤 출전에 제물로 삼을 테다."

이렇게 말한 후에 다시 몇몇 부하에게 은밀히 명하여 그가 도망칠 수 있도록 결박을 느슨하게 하라고 하였다. 목숨을 건진 그 부하는 당연히 유대의 부대로 도망쳐 그날 밤의 기습을 알렸다. 유대는 그 군사가 몸에 곤장을 맞은 흔적이 있는 것을 보고 그 밀고를 믿었다. 그리하여 군진을 모두 비워놓고 진지 밖에 복병들을 배치하였다. 그날 밤 장비는 병력을 셋으로 나누어 그 가운데 삼십여 명의 한 부대에게 적진을 습격하여 방화하도록 명하고 나머지 두 부대는 적진의 배후에 배치시켜 불길을 신호로 협공하라고 명하였다. 이윽고 한밤중이 되자 장비는 우선 자기가 유대의 퇴로를 차단했고, 장비의 명을 받은 삼십여 명의 부대는 텅 비어 있는 적진에 들어가 불을 질렀다. 이에 유대의 복병들이 뛰쳐나가자 장비의 나머지 두 부대가 일시에 협공을 하였다. 순식간에 유대 군은 혼란에 빠져 궤멸하여 뿔뿔이 흩어져버렸고,

유대도 패잔병 속에 섞여 달아나다가 장비와 정면으로 맞부딪쳤다. 달리 도망칠 곳도 없는지라 맞서 싸우다가 장비에게 사로잡히고 말았으며 패잔병들은 모두 항복하였다.

장비가 우선 서주성으로 사람을 보내어 승전보를 알리니 유비가 관우에게 말했다.

"거칠은 장비가 그래도 머리를 써서 일을 성공시키니 이제는 좀 안심이 되는군."

두 사람이 성 밖으로 나가 장비를 맞이하니 장비가 우쭐대며 말하였다.

"제가 거칠다느니, 성미가 사납다느니 하면서 나무라시더니 오늘은 어떻습니까?"

유비가 웃으며 말하였다.

"그렇게 말해서 자네를 자극하지 않았던들 자네에게서 그런 계략도 나오지 않았을 걸세."

이에 장비도 그만 너털웃음을 지을 수밖에 없었다. 유비는 유대가 결박된 것을 보고 풀어주라고 명하고 그에게 정중히 말하였다.

"내 아우 장비가 너무 무례한 짓을 하였더라도 관대히 용서해주시기 바라오."

유비는 유대를 서주성 안으로 청해 들이고 왕충도 자유로운 몸으로 풀어주어 환영하였다.

"얼마 전에 차주가 이 사람의 목숨을 노려 어쩔 수 없이 반격하였는데 그것을 승상께서 제가 모반한 것으로 오해하시고는 두 분을 보내어 나를 단죄하려고 한 것이오. 아시겠지만 이 사람은 승상께 큰 은혜를 입고 있는데 어찌 감히 배신할 수 있겠소이까? 부디 허도로 돌아가시거든 승상에게 저를 위한 변론을 잘 말씀해주십시오."

유비가 이렇게 나오자 유대와 왕충도 입을 나란히 하여 말하였다.

"우리도 목숨을 살려주신 은혜에 깊이 감사를 드리고 싶습니다. 승상 앞에 나가거든 우리 가족의 목숨에 갈음해서라도 공을 비호하겠습니다."

그 이튿날 유비는 투항한 그들의 군사를 다시 돌려주고 성 밖으로 배웅까지 해주었다. 두 사람이 군사를 이끌고 약 십 리 가량 왔을 때였다.

갑자기 북치는 소리가 요란하게 들리더니 장비가 모습을 나타내고는 큰소리로 외쳤다.

"아니, 어찌된 거지? 내가 애써 생포하였는데 멀쩡하게 산 채로 돌려 보내다니! 내가 너희들을 그냥 보내줄 것 같으냐?"

이 말에 유대와 왕충은 말 위에서 몸을 덜덜 떨었다. 장비가 부리부리한 눈을 번득이며 창을 겨눌 때 기다리라고 외치는 소리가 들리며 한 장수가 달려왔다. 살펴보니 그는 관우였다. 유대와 왕충이 안도의 숨을 내쉬었다.

관우가 장비를 나무랐다.

"큰형님이 돌려 보내시는데 왜 아우가 나서서 명을 어기는가?"

"이렇게 하지 않으면 다시 쳐들어올 것입니다."

"올 테면 오라고 하게. 하지만 지금은 이래서는 안 되네."

유대와 왕충은 거듭하여 머리를 조아리며 말하였다.

"맹세하건대 만약 승상께서 일문 일족을 모조리 처벌하신다 하더라도 두 번 다시 쳐들어오지 않을 것이니 제발 용서하십시오."

그러나 장비는 계속 소리쳤다.

"설사 조조란 놈이 스스로 없어진다고 해도 너희들을 산 채로 돌려보낼 생각은 없으나 일단 네 놈들의 목을 내게 잠시 맡겨놓은 것이라 여길 테니 썩 꺼지거라."

유대와 왕충은 겁을 집어먹고 달아나버렸다.

관우와 장비가 돌아가 이 일을 보고하니 유비가 말하였다.

"조조는 틀림없이 다시 올 것이다."

이에 손건이 자신의 의견을 말했다.

"이 서주성은 적의 공격을 버티기에는 무리입니다. 언제까지 안전하다고는 볼 수 없으니 군단을 셋으로 나누어 소패와 하비에서도 서주를 도울 수 있도록 자위책을 강구하시는 것이 좋을 것 같습니다."

이리하여 유비는 관우로 하여금 하비를 수비케 하고, 유비 자신의 감(甘) 부인과 미(糜) 부인도 돌보도록 명하였다. 감 부인은 소패 출신이고, 미 부인은 미축의 누이동생이었다. 서주성에는 손건·간옹·미축·미방 등을 남겨두고 유비는 장비를 데리고 소패로 옮겨갔다.

한편 유대와 왕충은 허도로 돌아가서 그 동안 일어났던 일을 조조에게 낱낱이 보고하며 유비의 뜻을 전달하였으나 조조가 몹시 성을 내며 소리쳤다.

"이 미련한 놈들! 너희들은 살려둘 값어치조차 없는 놈들이다."

조조는 그들의 목을 당장 베어 버리라고 명하였다.

이는 필경 개나 돼지는 호랑이에 대적하여 싸울 상대가 되지 못하는 격이니 과연 왕충과 유대는 살아남을 수 있을 것인가!

제 23 회 예형과 길평의 절개

예정평나의매적　　길태의하독조형
禰正平裸衣罵賊　　吉太醫下毒遭刑

예형은 알몸으로 조조를 꾸짖고
길평은 독살을 기도하다 참형당하다

조조에게 귀순한 장수

조조가 유대와 왕충을 처형하려 했을 때 이를 말린 이는 공융
이었다.

"당초 그들을 유비에게 보낸 것이 무리였습니다. 그러니 이제
와서 그들을 처형한다면 장졸 일동의 심리적 동요가 커서 막기
어려울 것입니다."

결국 그들은 죽음만은 면하고 벼슬을 박탈당하는 것으로 일을
매듭지었다. 이에 조조가 직접 유비를 토벌하려고 나서자 다시

공융이 이를 말렸다.

"이 엄동설한에 전투를 벌이는 것은 무리이니 봄이 오기를 기다렸다가 공격하심이 옳을 줄 압니다. 지금은 먼저 장수와 유표를 투항시키고 그 뒤에 서주를 공략하는 것이 순서인 줄 아룁니다."

공융의 진언을 받아들인 조조는 유엽(劉曄)을 장수에게 보내어 그를 설득하기로 하였다. 유엽은 양성으로 들어가 먼저 가후(賈詡)를 찾아보고 조조의 공덕이 얼마나 빼어났는가를 열심히 늘어놓으면서 그를 설득하였다. 가후가 유엽을 자기 집에 묵도록 하고 이튿날, 그가 장수를 만나 유엽의 이야기를 하려는데 원소의 사자가 서신을 가지고 왔다는 보고가 들어왔다. 장수가 뜯어서 읽어보니 이 역시 귀순을 권고하는 내용이었다.

가후가 사자에게 살짝 물었다.

"그쪽 원소 장군과 조조 장군 사이의 싸움은 어찌 되었소이까?"

"추위가 한창인 겨울이라 당분간 휴전하기로 하였습니다. 그리고 그 동안 저희 장군께서는 이쪽의 장수 장군과 형주 땅의 유표 장군 모두에게 천하의 국사(國土:온 나라에서 높이 받드는 선비)다운 풍모가 있으시다며 서로 힘을 합하는 것이 어떻겠느냐며 소신을 보내신 것입니다."

이 말에 가후가 배를 움켜잡고 껄껄 웃어댔다.

"돌아가거든 너희 주인에게 이 말을 전하여라. '친 아우와도 사이가 좋지 못했던 사람이 천하의 국사를 포용하기는 더욱 어렵다'라고 말이다. 알았느냐?"

이렇게 말한 후 원소의 서신을 사자 앞에서 찢어버리고는 썩 물러가라고 사자에게 호령을 해댔다. 장수가 이를 지켜보고 있다가 물었다.

"지금 원소는 강대하고 조조는 약세에 있는데 만약 원소가 성이 나서 쳐들어오면 어쩌려고 그러시오?"

"그러면 그때는 조조에게 의지하지요."

"그런데 조조는 나에게 원한을 품고 있을 것이오."

장수가 걱정스러운 듯이 말하자 가후는 명백히 말하였다.

"그럼 제 생각을 말하지요. 저는 세 가지 관점에서 조조의 편에 서는 것이 상책이라고 판단됩니다. 우선 그 첫째는, 조조는 황제의 조서를 받들어 천하를 정벌하는 자이기 때문이고, 둘째로는 원소는 강성하여 웬만큼의 병력을 데리고 귀순해도 그리 반가워하지 않을 것이지만 조조는 약세여서 우리가 편을 들려면 반드시 기뻐하며 환영해줄 것이기 때문입니다. 셋째로, 조조는 천하를 정벌하는 일에 중점을 두고 있으므로 사적인 원한에 크게 구애받지 않고 어디까지나 사해평등(四海平等)을 신조로 하여 나갈 것이니 이것이 세 번째 이점이 될 것입니다. 이와 같은 판단이 있으니 절대로 염려하실 일은 없다고 생각됩니다."

장수가 가까스로 결심을 굳히고 가후를 따라나서 유엽을 만났더니 유엽은 조조를 열심히 칭찬하였다.

"승상이 만약 옛날의 원한에 구애되어 계시다면 어찌하여 저를 이곳으로 보내셨겠습니까?"

결국 장수는 가후 등을 거느리고 허도로 가서 조조 앞에 나가 계단 아래 엎드렸다. 그러자 조조가 친히 다가와 손수 그의 손을 잡고 일으켜 세우면서 다정하게 말을 건넸다.

"과거의 사소한 과오는 모두 잊어버리시오."

그러고는 장수를 양무장군(揚武將軍)으로 봉하고, 가후는 집금오사(執金吾使:궁성을 수호하는 경찰장관)로 임명하였다. 이에 조조가 장수로 하여금 유표에게도 귀순을 권고하는 서신을 쓰게 하였으나 가후가 이를 말리며 아뢰었다.

"유표는 명사들과 어울려 사귀는 것을 좋아하니 문명(文名)이 높은 사람을 보내시는 것이 적당할 것입니다."

조조가 순유에게 물었다.

"자네는 누구를 적임자로 보는가?"

"글쎄요. 소신의 생각으로는 공융이 적격인 듯싶습니다."

조조가 고개를 끄덕이며 순유를 공융에게 보내었다. 순유가 공융을 만나 조조의 뜻을 알렸다.

"승상께서 유표에게 보낼 문명이 높은 이로 공을 추천하셨는데 공의 의향은 어떠신지요?"

그러나 공융이 정중히 사양하며 대안을 제의하였다.

"아니오. 이 사람보다 열 곱이나 재능이 뛰어난 인물이 있소. 이 사람의 벗으로 성명을 예형(禰衡)이라 하며 자를 정평(正平)이라 하는 사람이오. 그 사람은 황제의 좌우에 있어도 부족함이 없는 뛰어난 인물이니 내가 황제께 그를 천거해보겠소."

이렇게 하여 공융이 황제께 표문을 바쳤는데 그 내용은 이러하였다.

난세인 지금 하늘이 폐하를 위하여 뛰어난 인물을 세상에 보내주고 계시옵니다. 여기에도 한 인물이 있사온즉 그는 아직 관직에도 오르지 않은 지식인으로, 평원(平原) 땅의 예형, 자를 정평이라 하는 당년 스물네 살의 젊은이입니다. 그는 성격이 곧고 재주가 뛰어나며 마음 씀씀이가 누구도 따라가지 못할 만큼 깊습니다. 예형과 같은 인물은 쉽게 얻을 수 없는 자이오니 폐하께서는 신중히 그를 불러 시험해보시기 바랍니다. 만일 그가 폐하의 뜻에 합당치 못한 인물이라면 이 몸은 폐하를 속인 죄, 달게 받겠나이다.

황제가 공융이 올린 표문을 일람하고 조조에게 넘겨주니 조조는 승상부로 예형을 불러들였다. 이에 예형이 예를 갖추어 인사를 올렸으나 조조는 앉으라는 말 한 마디 하지 않았다. 예형은 앉을 수가 없자 하늘을 우러러 신음하였다.

"광대한 이 천지에 인물이 없다니!"

조조가 이 말을 듣고 반박하였다.

"나의 휘하에는 수십 명의 뛰어난 영웅들이 있는데 자네는 어찌하여 인물이 하나도 없다고 하느냐?"

"예를 들어, 영웅들은 어떤 이들을 말하는 것인지 말씀해보시지요."

"예컨대, 순욱·순유·정욱이 있다. 이들은 모두 재주가 뛰어나고 학식이 풍부한 인물들이다. 그 밖에도 장료와 허저가 있으며, 이전과 악진이 있는데 이들의 용맹함은 당해낼 자가 없다. 또한 나아가서 여건과 만총은 실무에서 재사이고, 우금과 서황은 선진 돌파의 명수요, 하후돈은 천하의 기재(奇才)이며, 조인은 보기 드문 복장(福將)이다. 그런데도 어찌 인재가 없다고 하느냐?"

예형은 느닷없이 웃음을 터뜨리고 나서 대답하였다.

"승상께서는 상당히 착각하고 계시는군요. 그들이라면 나도 잘 알고 있소이다. 순욱은 초상집에 문상이나 보낼 인물이요, 순유는 무덤지기, 정욱은 문지기, 곽가에게는 시나 읊으면서 지내라고 하실 일이지요. 또 장료는 종지기, 허저는 목동, 악진은 조서나 읽게 하면 될 것이고, 이전은 벽보나 붙일 자이고, 여건은 칼갈이, 만총은 술찌꺼기나 먹는 술꾼, 우금은 미장이, 서황은 돼지 잡는 백정이며, 거기다가 하후돈은 방 안에서나 죽을 장군, 조인은 뇌물만을 탐내는 태수면 그만이오. 그 밖의 것들은 누구나 할 것 없이 술이나 밥을 축내는 허수아비들일 뿐인데 인물은 무슨 놈의 인물이란 말이오?"

이 말에 조조가 크게 성이 나서 소리쳤다.

"그럼, 너는 무엇을 할 수 있다고 큰소리를 치는 것이냐?"

"나는 천문과 지리를 비롯하여 유·불·도교를 모두 배웠고 위로는 정직한 학문을 비롯하여 아래로는 복점(卜占) 관상에 이르기까지 모르는 것이라고는 하나도 없소이다. 또한 임금을 받들어 성황제(聖天子)나 성인으로 만들 수 있는 나를 보잘것없고 속된 인물에 비교하다니 불쾌하기 짝이 없소이다."

이때 옆에 있던 장료가 예형을 베어 버리려고 칼을 빼드는 것을 조조가 급히 말리며 말하였다.

"마침 고수 자리가 하나 비어 있으니 조회나 연회 석상에서 저 놈에게 북을 치도록 하자."

예형은 이렇다저렇다 한 마디 대꾸도 없이 응낙하고 물러나갔다. 장료가 분이 안 풀린 듯이 흥분하며 물었다.

"어찌하여 저렇게 방자하고 건방진 놈을 죽이지 않는 것입니까?"

이에 조조가 대답하였다.

"저녀석은 어찌되었든 간에 세상에 이름이 너무나 알려진 자이다. 그런 녀석을 지금 여기서 죽인다면 세상 사람늘이 나에게 마음이 좁다고 손가락질할지도 모르는 일이다. 그녀석은 무슨 짓이라도 할 수 있다고 허세를 부리니 어디 북이라도 치게 하여 수치감을 심어주어야겠다."

예형의 죽음

며칠 후에 조조는 승상부에서 크게 잔치를 벌여 예형을 불러 그 자리에서 북을 치도록 명하였다. 이에 종전에 있던 고수가 예형에게 귀띔하였다.

"북을 치려면 새 옷으로 갈아입고 가야 하네."

그러나 예형은 이를 무시하고 헌옷을 입은 채로 연석으로 나가 북채를 들고 '어양삼과(漁陽三撾)'라는 명곡을 연주하였다. 예형이 치는 북소리는 그 음조가 기가 막히게 아름다웠고 듣는 이들도 모두 감동을 받아 눈물을 흘렸다. 그런데 잔치를 관장하던 벼슬아치 하나가 예형을 꾸짖었다.

"어서 새 옷으로 갈아입어라!"

그 말에 예형이 헌옷을 벗어던지더니 완전히 알몸이 되었다. 그러나 그는 조금도 동요하지 않고 참석자들이 눈을 가린 것도 무시하고 유유히 옷을 갈아입었다.

이에 조조가 크게 꾸짖었다.

"승상부 한가운데서 이런 무례한 짓을 하다니!"

그러자 예형이 태연하게 대답하였다.

"무례란 곧 군주를 기만하고 윗사람을 우습게 여김을 뜻하오. 나는 어버이한테서 물려받은 그 모습 그대로를 보여주었을 뿐이오."

"네 놈이 결백하다고 했느냐? 그러면 누가 결백하지 않고 혼탁하단 말이냐?"

예형은 눈 하나 깜짝하지 않고 의연히 대구하였다.

"그대는 어짐과 어리석음을 분간하지 못하니 이는 곧 눈이 탁한 꼴이요, 고전(古典)을 낭창(朗唱)하지 않으니 이는 입이 혼탁함이요, 충언을 듣지 않으니 곧 귀의 혼탁함이오. 또 고금에 통달해 있지 않으니 곧 머리의 혼탁함이요, 제후와 사이좋게 지내지 못하니 이는 곧 뱃속의 혼탁함이다. 언제나 왕위를 찬탈할 궁리만 도모하고 있으니 이는 마음의 혼탁이로다. 곁들여 말하거니와 이 사람은 천하의 명사인데 그런 나를 북치기로 삼은 것은 옛날에 계씨(季氏)의 가신 양화(陽貨)가 공자를 업신여기고, 평공(平公)의

아첨꾼 신하 장창(臧倉)이 맹자를 비방한 것과 마찬가지이며, 왕패(王霸)의 대업을 펴보려는 인물이 되어서 이따위로 나를 경시해도 되는 것이냐?”

이때 공융이 곁에 있었는데 조조가 예형을 죽일까 두려워 천천히 걸어나와 말하였다.

“요컨대, 예형은 승상께 별로 쓸모가 있을 것 같지 않으니 그냥 물러나게 하십시오.”

이에 조조가 예형에게 불쑥 제의하였다.

“너를 형주에 갈 사자로 명하노니 유표를 만나 교섭하여 그 결과 유표가 나에게 귀순한다고 하면 그때 너를 공경으로 발탁하여 벼슬을 내리겠다.”

예형은 응낙하지 않았으나 조조가 말 세 필을 준비시키고 그 한 마리에 예형을 태우고 다른 두 마리에는 보좌역을 태워 딸려 보내도록 하는 한편 문무백관들에게는 성의 동문 밖 막사에서 송별의 술자리를 마련케 하여 예형을 배웅하도록 하였다. 그러면서도 순욱에게 은밀히 지시하였다.

“막사 안으로 예형이 들어오더라도 무례한 놈이니 여러분들은 한 사람도 일어서지 마시오.”

그때 예형이 말에서 내려 들어왔지만 문무백관들이 양쪽에 앉은 채 꼼짝하지 않고 있으려니까 예형이 느닷없이 목청을 높여 울음을 터뜨렸다.

그러자 순욱이 물었다.

“왜 우는 것이오?”

“이렇게 많은 망자(亡者)들 사이를 걸어가는데 어찌 눈물이 나오지 않겠소?”

이 말에 일동이 분개하며 말하였다.

“우리가 망자라면 네 놈은 머리가 없는 유령이다.”

"나는 한나라의 신하로 조조의 심부름이나 하는 하수인들과는 다르다! 내게 머리가 없다고 하겠는가?"

일동이 당장에 예형을 죽여버리겠다고 소란을 피우자 순욱이 간신히 진정시키며 말하였다.

"내버려둡시다. 쥐새끼 같은 놈에게 칼을 휘두를 것이 뭐 있겠소?"

예형이 지지 않고 말하였다.

"나는 쥐새끼 같지만 그나마 정신은 가지고 있다. 그런데 너희들은 외양간의 등에 같은 자들이지 뭔가!"

결국 형주 땅에 억지로 도착한 예형이 유표를 만나 그를 크게 칭송하였으나 사실은 유표를 달갑지 않게 생각하고 있었다. 이를 눈치챈 유표가 예형을 강하(江夏)에 있는 황조(黃祖)에게 사자로 보냈다. 이에 어느 누군가가 유표에게 물었다.

"예형이란 놈이 공을 업신여겼는데도 왜 죽여버리지 않으셨습니까?"

이에 유표가 답하였다.

"예형이 몇 번씩이나 조조를 모욕했는데도 조조가 죽이지 않은 것은 세인의 인망을 고려한 것일세. 그리고 조조는 일부러 예형을 나에게 보내어 내가 그를 죽이게 함으로써 나의 평판을 떨어뜨리려는 속셈을 가지고 있었던 걸세. 내가 예형을 황조에게 보낸 것은 내가 그렇게 허술한 자가 아님을 조조가 알도록 하기 위함이다."

이 말에 일동이 모두 감탄하였다. 때마침 원소의 사자도 머무르고 있었는데 유표가 모사들을 모아놓고 협의하였다.

"지금 여기에 원소의 사자도 와 있고 조조가 보낸 예형도 와 있는데 어느 편을 들어야 하겠는가?"

이에 종사중랑장인 한숭(韓嵩)이 나서서 말하였다.

"지금은 필경 두 영웅의 쟁패전이 한창인지라 주공께서 어떤 의도가 있으시다면 이 틈에 능히 적들을 격파하실 수 있을 것입니다. 그러다가 여의치 않으면 어느 쪽이든 유리한 쪽으로 가담하시는 것이 옳은 줄 아룁니다. 바야흐로 조조는 전술에 뛰어나 여러 인재들을 모아들이고 있으니 이를 보면 원소를 먼저 칠 생각이 분명합니다. 그렇게 원소를 선공한 뒤에 강동으로 출병할 텐데 그때는 장군께서 나선다 해도 막기 힘들 것입니다. 그러니 차라리 이번 기회에 형주 땅을 조조에게 내어 준다면 조조는 반드시 장군을 극진히 대접할 것입니다."

그러나 유표는 결정을 내리지 못하고 한숭에게 명령하듯 제안하였다.

"그러면 귀공이 허도로 가서 조조의 동정을 살펴주겠는가? 그 뒤에 나의 태도를 결정하기로 하겠네."

한숭이 울상이 되어 다시 아뢰었다.

"군주에게는 군주로서의, 신하에게는 신하로서의 각기 정해진 임무가 있는 법입니다. 소신은 장군을 섬기는 몸이니 명하신다면 물불 가리지 않고 뛰어들 것입니다. 만약 장군께서 위로는 황제를 섬기고, 조조와 운명을 같이 할 결심이 서 계시다면 소신은 물론 기꺼이 사절로 떠날 것이오나 아직 거기까지 결심이 서 있지 않으시다면 문제가 다르옵니다. 소신이 허도로 갔을 때 만약 황제께서 소신에게 어떤 관직이라도 내리신다면 저는 이미 황제의 신하가 되는 것이니 그렇게 되면 이 목숨을 기꺼이 장군께 바치기도 어렵게 되고 말 것입니다."

유표가 잠시 머뭇거리다가 다시 명하였다.

"아무래도 좋으니, 일단 다녀오도록 하라."

한숭이 허도로 가서 조조를 만나니 조조는 그를 시중(侍中:황제의 고문관)으로 삼고 아울러 영릉 땅 태수의 벼슬도 주었다. 그러자 순욱이 반대하며 조조에게 물었다.

"한숭은 우리의 상황을 탐색하러 온 사람인데 아직 조그만 공도 없는 사람을 어찌 그리 우대하시며, 예형에게는 아무런 회신도 없는데 어찌 그대로 내버려두시는 것입니까?"

"예형은 나를 몹시 모욕한 버릇없는 놈이다. 그러기에 유표의 손에 죽음을 당하라고 사자로 보낸 것이니 그냥 내버려두도록 하게."

그리고 한숭에게는 유표를 설득하라고 명하여 다시 형주로 돌려보냈다.

한숭은 유표 앞으로 나가 황제의 훌륭함과 조조의 덕을 추켜세우면서 유표에게도 조정을 섬기라고 권고해보았다. 이에 유표가 노하여 소리쳤다.

"네 이놈! 언제부터 네가 두 마음을 품었더냐?"

당장 그의 목을 베어 버리겠다고 소리치자 한숭도 지지 않고 대꾸하였다.

"장군께서 저를 이렇게 만드신 것이지 제가 장군을 배반하지는 않았사옵니다."

이에 옆에서 지켜보던 괴량이 유표를 말렸다.

"한숭은 허도로 가기 전에 미리 이 사태를 우려하여 말씀드렸으니 장군께서 참으십시오."

유표는 이 말에 수긍하고 한숭을 참살하지는 않겠다고 말하였다. 그때 사자가 와서 황조가 예형의 목을 베었다고 전하자 유표가 그 까닭을 물었다.

"어찌하여 그자를 죽였느냐?"

"황조가 예형과 술을 마시다가 두 사람 모두 만취했을 때의 일이랍니다. 황조가 예형에게 허도에는 어떤 인물이 있느냐고 물었더니 예형이, 어른으로는 공융이 있고 애송이로는 양수가 있다고 대답하였답니다. 그러자 황조가 다시 자신을 어떻게 보느냐고 물었답니다. 그랬더니 예형이 눈 하나 깜짝하지 않고 대답하기를, '형씨는 사원에 모셔놓은 신주님 같아서 공물은 잘 잡숫지만 공덕(功德)은 전혀 없는 인물이지요'라고 했답니다. 이 말에 황조가 불같이 성을 내면서 '그럼 내가 허수아비란 말이냐?' 하면서 그 자리에서 예형의 목을 내리쳤다고 합니다. 그래도 예형은 숨이 끊어질 때까지 황조에게 욕설을 퍼붓기를 그치지 않았다고 합니다."

유표는 예형의 죽음을 안타까워하며 그를 앵무주(鸚鵡洲) 강변에 장사 지내주라고 명하였다.

조조는 예형의 죽음을 전해 듣고 코웃음치며 웃어대더니 한마디 던졌다.

"혓바닥을 칼날처럼 마음대로 휘두르더니 제 목을 찔렀구나."

그러다가 유표로부터 아직까지 회답이 없음을 노여워하여 토벌하기로 결심하는데 순욱이 이를 말리면서 아뢰었다.

"원수가 아직 처치되지 않았고, 유비 또한 아직 건재하여 버티고 있는 이때에 유표를 먼저 치기 위해 강(江)·한(漢)의 두 강 연변으로 출병하시는 것은 일의 순서가 바뀐 경우입니다. 먼저 원소를 치시고, 다음에는 유비를 공격하고 나서 유표를 공격하면 쉽게 이길 수 있을 것입니다."

조조는 순욱의 말에 수긍하여 출병을 중지하였다.

동승의 계략

한편 유비가 서주로 떠난 뒤로 국구 동승은 밤낮을 가리지 않고 왕자복 등과 함께 조조를 죽일 계략을 협의하였지만 신통스러운 방안이 떠오르지 않았다.

그러다가 건안 5년 정월 초하루에 조하(朝賀) 석상에서 조조가 오만방자하게 구는 것을 목격하고는 분격한 나머지 앓아 눕고 말았다. 이에 황제가 시의(侍醫)를 보내주었는데 그는 성명을 길태(吉太)라고 하고 자를 칭평(稱平)이라고 하는 낙양 사람인데 사람들은 그를 길평(吉平)이라 불렀으며 당시의 뛰어난 명의였다. 이에 길평이 동승의 저택에 머무르면서 간호를 하였으나 동승이 병상에서 한숨만 쉬며 탄식하는 모습을 보고도 감히 그 까닭을 물어보지 못하였다.

그러던 중 정월 보름날의 원소절(元宵節)이 되어 길평이 여가를 얻어 외출하고자 하였더니 동승이 그를 만류하며 술을 마시자고 권하였다. 함께 술을 마시는 동안에 동승이 피곤하여 옷을 입은 채 꾸벅꾸벅 졸았다. 이때 왕자복을 비롯한 네 사람이 찾아와 만나기를 원하니 동승이 그들을 맞이하였다.

왕자복이 서둘러 방으로 들어오면서 말하였다.

"드디어 오늘 밤이오."

"아니, 오늘 밤이라니?"

"유표가 원소와 손을 잡고 오십만 대군을 열 부대로 나누어 진격해오고 있고, 마등도 한수와 더불어 서량의 군사 칠십이만 명을 거느리고 북쪽에서 쳐들어오고 있다고 하오. 이에 조조가 허도에 있는 병력을 통틀어 성 밖으로 출병 명령을 내렸으므로 성안은 지금 텅 비어 있소. 우리들 다섯 동지의 집안 일족들과 가신들을 모두 모으면 일천여 명은 될 것이오. 그리고 오늘은 마침 승상부에서 원소절 축하연이 베풀어지니 이 기회에 그곳에 뛰어들어가 덮쳐버려 조조의 목을 베도록 합시다."

이에 동승은 크게 기뻐하며 집안 사람들을 불러 모아 무기를 지니도록 명하고 자기도 갑옷을 입고 말에 올랐다. 그리고 북소리를 신호로 하여 궁문 앞에 집결한 뒤에 성을 공격하기로 약속하였다. 이윽고 한밤중이 되어 북소리가 울려퍼지니 동지들이 모두 모여들었다. 동승이 칼을 들고 당당히 승상부로 걸어들어가니 안사랑 연회석에 조조가 앉아 있었다.

동승이 벼락 같은 소리를 질렀다.

"조조 이놈, 꼼짝하지 마라!"

그러고는 조조의 목을 향해 칼날을 내리쳤다. 그 순간 모든 것이 남가일몽(南柯一夢)*이었다는 것을 깨달았지만 입으로는 계속해서 조조에게 욕설을 퍼부어대고 있었다. 길평이 옆에서 물었다.

"승상을 죽일 생각이셨소?"

동승의 낯이 새파래지며 대답을 못 하자 길평이 다시 물었다.

"침착하십시오. 이 몸은 한나라의 의원에 지나지 않지만 그렇다고 한나라의 국은을 잊고 지낸 적은 없사옵니다. 국구께서 한숨으로 밤낮을 보내시는 모습을 보고도 못 본 체해 왔습니다만 방금의 잠꼬대로 미루어 대충 짐작은 하겠사옵니다. 그러니 만약 제가 쓸모있다고 생각되시거든 기탄없이 말씀해주십시오. 저희 가문 일족이 목숨을 잃을지라도 결코 후회하지 않겠사옵니다."

동승은 길평의 말에 감격하여 눈물을 흘리며 물었다.

"그것이 진심이오?"

이에 길평은 대답 대신 자기 손가락을 깨물어 맹세의 표시를 하였다. 그러자 동승이 비로소 황제가 혈서로 써서 보낸 조서를 보여주었다.

"일이 아직 제대로 추진되지도 않은 터에 유비와 마등이 떠나버려서 내가 앓아누워버리게 된 것이오."

---

*남가일몽(南柯一夢):당나라 순우분(淳于棼)이 느티나무 남쪽 가지 밑에서 잠이 들었다 꿈에 괴안국(槐安國)에 이르러 임금의 딸을 맞아 아내를 삼고, 남가군의 태수가 되어 영화를 누렸다는 고사. 꿈과 같이 헛된 한때 부귀영화라는 뜻.

"알겠습니다. 조조의 목숨은 제 손 안에 있사옵니다."

동승이 반색을 하며 그 까닭을 물으니 길평이 자기 오른손을 내보이며 말을 이었다.

"조조는 지병으로 두통을 앓고 있는데 그것도 예사로운 두통이 아니라 극심한 통증을 동반하고 있사옵니다. 그는 그럴 때마다 저에게 치료를 요청해 왔으므로 머지않아 또 전갈이 올 것입니다. 그때 제가 그를 처치하는 계책을 세워 없애버릴 터이니 군사들을 모아 피를 흘릴 것까지도 없는 일이옵니다."

"만약, 그 일이 성공한다면 한나라는 그대의 힘으로 일어서게 될 것이오."

동승이 매우 기뻐하며 길평을 몸소 배웅해주고 안사랑으로 돌아오는 길에 진경동(秦慶童)이라는 머슴과 자신의 애첩 운영(雲英)이 어둠 속에서 정담을 나누고 있는 것을 보았다. 화가 난 동승이 당장 하인들을 시켜 그 둘을 잡아죽이라고 호통을 치자 본부인이 달려나와 죽이지는 말라고 청하니 대신 각기 곤장 마흔 대씩을 때리게 한 후 머슴만 골방에 가두도록 명하였다. 그렇게 감금된 진경동은 자기 잘못은 생각하지 않고 맞은 것이 분해서 자물쇠를 부수고 담을 넘어 달아났다. 그리고 그 길로 조조에게로 달려가 동승이 역모를 꾸미고 있다고 알리니 조조가 친히 조사해보았다.

"왕자복·오자란·충집·오석·마등 등 다섯 명이 우리 주인댁에 수시로 드나들며 음모를 꾸미고 있는 것 같았는데 틀림없이 승상님을 해치려고 하는 음모 같았습니다. 그때마다 우리 주인은 흰 명주천을 꺼내놓고 무언가를 써보이곤 하였습니다. 그리고 그뿐 아니라 오늘은 길평까지 손가락을 깨물어 맹세하는 것도 보았습니다."

조조는 이 말을 듣고 진경동을 집 안 깊숙이 숨겨두었고, 동승은 이 머슴이 어디론가 멀리 도망쳤을 것이라 생각하고 구태여 찾아내려고도 하지 않았다.

길평의 죽음

이튿날 조조는 두통이 심하다고 핑계를 대며 길평을 불러들였다.

"드디어 기회가 왔구나."

연락을 받은 길평은 이렇게 중얼거리고 독약을 몰래 준비해가지고 승상부로 갔다. 누워 있는 조조가 약을 빨리 달이라고 명하였다.

"이 약 한 첩이면 거뜬히 나을 것입니다."

이렇게 말하고 길평은 약을 달이기 시작하였다. 이윽고 물이 절반으로 줄어들기를 기다렸다가 슬그머니 독을 풀어넣고 손수 따라서 조조에게 바쳤다. 조조는 이 약에 독이 들어가 있음을 알아채고 일부러 옆에 놓으라고 하고 곧바로 마시지 않았다.

길평이 초조하게 지켜보다가 아뢰었다.

"뜨거운 상태로 마셔야 땀을 흘리고, 그래야 병이 말끔히 낫는 법이옵니다."

이 말에 누워 있던 조조가 벌떡 일어나 소리쳤다.

"자네는 책을 많이 읽었으니 예의범절에 대해서도 잘 알 것이다. 즉 주군에게 약을 권할 때에는 신하가 유독 여부를 확인하기 위해 먼저 마시는 법이고, 아버지에 대해서는 아들이 그렇게 하는 법이지. 자네는 나의 심복이면서 왜 한 모금도 먼저 마셔보지 않고 나에게 권하는 건가?"

길평이 허둥대며 대답하였다.

"약은 신병을 고치는 것이니 독약의 검증과는 무관한 일이오."

길평은 비밀이 누설되었음을 깨닫고 재빨리 조조 앞으로 나가 그의 귀를 잡고 그의 입에 독약을 부으려 하였다. 그때 조조가 재빨리 손을 휘둘러 그릇을 내리쳐 약이 방바닥에 쏟아졌다. 순간 조조의 명이 채 떨어지기도 전에 시신들이 길평을 덮쳐 밧줄을 동여매었다.

조조는 옷차림을 다시 가다듬고 길평을 향해 소리쳤다.

"두통이 있다고 한 것은 네 놈을 시험해보기 위해 핑계를 댄 것이었다. 네 놈이 감히 내 목숨을 노리다니!"

조조는 힘이 센 옥졸 스무 명을 불러 길평을 뒤뜰로 데리고 가서 고문하도록 하였다. 조조 자신은 정자에 버티고 앉아 옥졸들이 길평을 고문하는 것을 지켜보았다. 그러나 길평은 두려워하지도 않고 죄스러워하지도 않았다.

이를 본 조조가 다시 소리쳤다.

"네 놈 혼자서 계획한 일이 아니라 틀림없이 뒤에서 부추긴 놈이 있을 것이다. 누구인지 말하면 네 놈 목숨만은 살려주겠다."

길평이 지지 않고 맞받아쳤다.

"황제를 속여먹는 간적 같으니라구. 천하가 온통 네 놈을 저주하고 있는 줄을 모르느냐?"

조조가 다그쳤다.

"자, 어서 말해보아라! 어서!"

길평이 성을 내며 소리쳤다.

"시끄럽다, 이놈! 내 어찌 남의 부추김을 받고 이러겠느냐? 혼자서 꾸민 짓이니 어서 죽일 테면 빨리 죽여라."

조조는 성이 나서 옥졸들에게 매우 치라고 명하였다. 이렇게 고문은 반나절이 가도 그치지 않았다. 길평의 살갗은 찢어지고 갈라져 그의 주변은 온통 피로 홍건히 젖어 있었다. 이때 조조는

귀중한 증인이 죽으면 그 배후를 영영 알 길이 없어지겠다고 판단하여 일단 고문을 중지시키고 길평을 옥에 가두어 치료해주도록 명하였다.

그 이튿날 조조는 연회를 베풀겠다고 하면서 여러 대신들을 초대하였는데 동승은 신병을 핑계 삼아 참석하지 않았지만 왕자복 등은 조조의 의심을 사는 것이 두려워 마지못해 연회에 참석하였다. 연회는 안사랑에서 베풀어졌는데 술이 몇 순배를 돌았을 때 조조가 입을 열었다.

"오늘은 내가 여러 대신들에게 여흥으로 보여드릴 것이 있소이다."

그러고는 스무 명의 옥졸들에게 명하였다.

"끌어내오너라!"

얼마 뒤 목과 손에 칼이 채워진 길평이 옥졸들에게 이끌리어 안사랑 앞마당에 내동댕이쳐졌다.

"여러분! 여기 보이는 이 인물은 되지못한 놈들과 결탁해서 조정을 등지고 나를 죽여없애려고 한 고약한 놈이외다. 이에 천벌을 받아 이 모양 이 꼴이 되었는데 이놈이 무슨 소리를 하는지 같이 들어보도록 합시다."

조조가 이렇게 말하고는 옥졸들을 시켜 길평을 한바탕 두들겨 패게 하자 그가 의식을 잃었다. 이에 옥졸들이 그 얼굴에 물을 끼얹으니 길평이 깨어나서 눈을 부라리고 이를 갈며 소리쳤다.

"조조 놈아, 어서 나를 죽이지 않고 무엇을 꾸물거리느냐?"

조조가 냉소하며 소리쳤다.

"공모자는 여섯 명인데 네 놈까지 가세했으니 일곱 명이렷다?"

길평은 조조의 물음에 대답하지 않고 그저 욕설을 퍼부어댈 뿐이었다. 그 자리에 있던 왕자복을 비롯한 네 사람은 바늘방석에 앉은 기분이 되어 어쩔 줄 모르고 서로 얼굴만 바라다보았다. 분을 참지 못하고 조조는 길평에 대한 고문을 계속 하였지만 그는 전혀 살고 싶어하는 눈치가 아니라 오히려 죽음을 기다리는 듯한 의연한 자세를 보였다. 조조도 더 이상 문초를 하지 못하고 그를 물러가게 하였다.

연회가 파하자 조조는 왕자복 일행에게 남으라고 명하였다. 네 사람은 뼛속까지 벌벌 떨렸지만 명을 거역할 수도 없어서 그대로 있었다.

조조가 이들에게 술을 권하며 말하였다.

"당초에 남으라고 할 생각은 없었소만 물어볼 말이 있어서 부득이 남으라 하였소. 대체 네 사람은 국구 동승과 무엇을 의논했는가?"

왕자복이 어물거리며 답하였다.

"특별하게 의논한 일이 없었습니다."

"그럼 흰 명주천에 쓴 것은 무엇인가?"

왕자복이 시치미를 떼며 어물거리자 조조는 진경동을 불러내어 둘을 대질시켰다. 왕자복이 진경동을 노려보며 물었다.

"흰 명주천이라니! 그것을 어디서 보았느냐?"

진경동이 눈 하나 꿈쩍하지 않고 대꾸하였다.

"먼저 주위 사람들을 물리시고 나서 여섯 분이 모여 글을 쓰셨지 않습니까? 거짓말이 아닙니다."

왕자복이 조조에게 항변하였다.

"이놈은 국구의 시첩과 간통하다가 들켜서 쫓겨난 처지라 옛 주인을 무고하는 것이니 전혀 신용할 바가 못 되는 줄로 아뢰오."

그러나 조조의 추궁은 멈출 줄을 몰랐다.

"길평이 독약을 타서 나를 죽이려 한 것은 동승의 지시에 따른 것이렷다?"

왕자복 등의 네 사람은 모르는 일이라고 우겨댔다.

"오늘 밤 안에라도 자백한다면 죄상을 참작해주겠지만 그렇지 않고 사실이 밝혀지면 큰 죄를 면하기 어려울 것이다."

그래도 왕자복 일행이 끝까지 부인하자 조조는 옥졸들을 시켜 네 사람을 가두라고 명하였다.

그 이튿날 조조는 일행을 거느리고 국구 동승의 저택으로 문병하러 가자 동승은 마지못해 마중을 하였다. 조조가 먼저 물었다.

"어제는 어찌하여 연회에 나오지 않으셨소?"

"하필 이 몸이 그때 병이 들어 못 갔소이다."

"병이라니? 우국병(憂國病)이라도 생긴 것이오?"

동승은 흠칫 놀라 대답할 수가 없었다. 조조의 추궁은 매서웠다.

"그런데 국구께서는 길평의 사건을 알고 계시오?"

"모르는 일이오."

"아무것도 모르시오? 국구께서 아무것도 모르신다구요? 그것 참 이상하구려. 의원을 불러와서 동승께서 어디가 아픈지 진찰하도록 하여라."

이렇게 말하고는 당장 길평을 불러오도록 소리쳤다. 동승이 어찌할 바를 몰라 안절부절못하고 있는데 순식간에 스무 명의 옥졸들이 길평을 층계 아래까지 끌고 왔다. 길평이 이를 갈며 조조에게 소리쳤다.

"조조, 이 역적 놈아!"

조조가 동승에게 매섭게 말하였다.

"이놈의 자백으로 왕자복을 비롯한 네 놈이 지금 감옥에 갇혀 정위(廷尉:경찰총장)의 조서를 받고 있다. 그런데 또 한 명의 주모자가 있다고 하는데 도대체 누구냐?"

조조가 다시 길평에게 호통을 쳤다.

"어서 말해라. 누가 네 놈에게 독약을 타서 나를 죽이라고 했느냐?"

"하늘이 너 같은 역적을 죽이라고 시켜서 나 혼자 했을 뿐이다."

조조는 화가 치밀어 옥졸들에게 다시 매질을 명하였다. 그의 몸은 온통 피멍으로 범벅이 되어 어디 한 군데 멀쩡한 곳이 없었다. 이를 지켜보는 동승의 마음은 찢어지는 듯이 아팠다.

조조가 길평에게 다시 물었다.

"이놈! 네 놈의 열 손가락이 왜 아홉 개가 되었는지 말하렷다?"

"너 같은 국적을 주살하겠노라고 맹약하느라 내 스스로 깨물어 잘랐다."

조조가 이 말에 불끈하여 칼을 가져오라고 명하고 그 자리에서 나머지 아홉 개의 손가락을 하나도 남김없이 잘라버렸다.

"자, 이제 열 손가락이 모두 잘렸으니 어디 다시 한 번 맹세해 보아라!"

"손가락은 없지만 아직 내겐 입이 있으니 국적을 물어뜯을 수도 있고 또 혀도 있으니 국적을 매도할 수도 있다."

조조가 그의 혀마저 베어 버리려고 하자 길평이 소리쳤다.

"기다려라. 고통이 너무 심해 자백할 테니 이 밧줄 먼저 풀어달라."

"그쯤이야 어렵지 않은 일이다."

조조가 명하여 길평의 몸을 묶은 밧줄을 풀어주었더니, 길평이 그 자리에서 일어나 황궁 쪽을 향해 재배하고는 분명한 어조로 말하였다.

"신이 국적을 쓰러뜨리지 못하고 죽는 것은 천명이고 시대의 운이었나이다."

길평은 이렇게 절규하더니 제 스스로 머리를 층계의 돌에 부덮쳐 자결하였다. 조조는 이런 길평의 몸뚱이를 사지를 절단내어서 길거리에 효시하라고 명하였다. 때는 건안 5년 정월이었다.

조조는 길평이 죽자 진경동을 불러내고는 동승에게 물었다.

"국구께서는 물론 이녀석을 알고 계실 테지요?"

"아니, 너는 경동이 아니더냐? 멀리 도망친 줄 알고 있었는데 여기 숨어 있다니, 당장 죽여버리겠다!"

"아니오. 모반을 고발한 중한 증인이니 어느 누구도 죽이지 못하오."

조조가 기세등등하게 말하니 동승이 다시 대꾸하였다.

"승상은 어찌하여 야반도주한 종놈의 말을 일방적으로 들으려 하시오?"

이에 조조는 한 치의 양보도 없다는 듯이 호령하였다.

"지금 왕자복 등이 잡혀 있고 그들은 모두 자기 죄를 인정하고 있는데도 국구께서는 아직까지 시치미를 떼며 모른 척 넘어가실 작정이오?"

그러고는 옥졸들에게 동승을 포박하라고 명하고 나서 그의 침실을 뒤지니 과연 황제가 내린 밀조와 흰 명주천으로 된 연판장이 발견되었다.

"이 쥐새끼 같은 놈들이 나를 상대로 엄청난 짓을 꾸미다니!"

조조는 부하들에게 명하여 동승의 일가족들은 물론이고 하인들도 하나 남김없이 잡아 가두도록 하였다. 조조는 승상부로 돌아가 측근의 모사들을 모아들인 후 황제의 밀조와 연판장을 꺼내 보이고는 헌제를 폐위하고 새로운 황제를 세울 것을 협의하였다.

아, 붉은 혈서의 밀조는 이제 부질없고 흰 명주천의 연판장도 화근이 되어 큰일을 부르고 말았구나! 이제 헌제의 앞날은 어찌 될 것인가?

제 24 회 조조의 만행

국적행흉살귀비　　황숙패주투원소
國賊行兇殺貴妃　　皇叔敗走投袁紹

국적 조조가 동 귀비를 교살하고
유 황숙은 패하여 원소에게 투항하다

동 귀비의 죽음

조조가 헌제를 폐위하고 새로 세울 황제를 물색하자 정욱이 이를 말리며 간하였다.

"주공께서 한나라 황실을 받들고 계시기에 그 명분으로 천하를 제패하고 계시는 것입니다. 아직 제후들의 싸움이 그치지 않고 있는 이때에 황제를 폐위시킨다면 틀림없이 제후들이 군사들을 일으켜 위험에 빠질 것입니다."

이리하여 헌제를 폐위시키는 일은 일단 중단하는 대신, 조조는 동승을 비롯한 다섯 명은 물론이고 그들의 일문과 일족을 하나도 남김없이 각 성문 밖으로 끌어내어 참하도록 하였다. 이리하여 그때 죽은 사람은 약 칠백여 명에 달하였으며 이를 지켜본 성 안의 백성들은 조조의 포악함과 참혹한 시신들 앞에서 눈물을 흘리지 않는 자가 없었다.

조조는 동승을 비롯해 수백 명을 죽였지만 그래도 성이 풀리지 않았다. 그리하여 허리에 칼을 차고 궁중으로 들어가 동 귀비(董貴妃)를 죽이겠다고 소리쳤다. 귀비는 동승의 누이동생으로 임신 오개월이 된 몸이었다.

황제는 그날 후궁에서 복 황후를 만나 동승에 대한 이야기를 나누며 요즘 들어 그에게서 연락이 없다는 것에 대해 궁금히 여기는 대화를 주고받고 있었다. 그런데 조조가 그 자리에 칼을 차고 들이닥치자 황제는 순식간에 낯빛이 파래졌다.

"폐하께서는 동승이 반역을 도모했던 사실을 알고 계시오?"

"동탁은 이미 죽었소."

"동탁이라고 하지 않았소. 동승 말이오!"

"짐은 모르는 일이오."

황제가 몸을 떨면서 답하였지만 조조의 추궁은 계속되었다.

"손가락을 깨물어 피로 쓴 그 조칙은 까맣게 잊으셨소?"

황제가 더 이상 대답할 말을 못 찾고 침묵을 지키자 조조는 군졸들을 시켜 동 귀비를 끌어오라고 명하였다. 이에 황제가 조조에게 애원하였다.

"임신한 지 다섯 달밖에 안 된 귀비이니 승상은 인정을 베풀어 주시오."

조조는 냉혹하게 대답하였다.

"다행히 음모가 폭로되어 내가 목숨을 건질 수 있었소. 그런데

이 여인을 살려두었다가 뒤탈을 어찌 감당하라고 그러시는 것이 오?”

복 황후도 애원하였다.

“내가 잉태를 못 하는 몸이니 귀비를 냉궁(冷宮:감금하는 방)으로 보내어 뱃속의 아기가 태어날 때까지만이라도 살려주십시오.”

“그럼, 그렇게 해서 그 아이가 어미의 원수를 갚게 하라는 말이오?”

조조가 그 뜻을 굽힐 생각을 하지 않자 동 귀비가 울면서 하소연하였다.

“그럼, 제발 이 몸에 칼질은 하지 말고 죽여주시오.”

조조가 흰 명주를 가져오게 하니 황제가 울면서 귀비에서 당부하였다.

“죽어 저승에 가서라도 짐을 원망하지 말아주오.”

옆에 있던 복 황후도 목을 놓아 통곡할 뿐이었다.

조조는 성을 내며 황제에게 소리쳤다.

“그만 우시오. 계집애처럼 웬 눈물을 흘리시오.”

그러고는 군졸에게 명하여 동 귀비를 성문 밖으로 끌고나가 목졸라 죽이도록 하였다.

조조는 황궁의 수문장들에게 엄명을 내렸다.

“금후에는 황실의 어떤 일가 친척이든지 내 허락없이 궁중에 마음대로 드나들지 못하도록 하라. 이를 어기는 자는 가차없이 참살하고 또 통행을 묵인한 자도 마찬가지로 참살하리라.”

그래도 조조는 마음이 놓이지 않아 자신의 심복 군사 삼천을 뽑아 어림군(御林軍:근위대)으로 삼고 조홍을 사령관으로 임명하여 황궁의 안팎을 지키며 살피도록 하였다.

유비와 조조의 결투

조조는 정욱을 불러 일렀다.

"동승 일당은 이로써 일단 처리되었지만 마등과 유비가 아직 건재하게 버티고 있으니 그대로 방임해둘 수는 없지 않는가?"

정욱이 답하였다.

"마등은 서량 땅에 많은 군사를 거느리고 주둔하고 있으니 섣불리 건드릴 수 없습니다. 따라서 그의 마음에 흡족하도록 서신을 띄워 의심하지 않게 한 후 허도로 유인한 뒤 처치하시는 것이 좋겠습니다. 또한 유비도 현재 서주에 있으면서 우리를 경계하며 삼면에 병력을 배치하여 만반의 대비를 하고 있으니 이 또한 제거하는 데는 무리일 것입니다. 더욱이 한쪽에서는 원소가 관도까지 출병하여 허도를 노리고 있습니다. 그러니 만약 우리가 서주를 공격하면 유비는 기필코 원소에게 연락을 취해 도움을 청할 것입니다. 그러면 원소가 그 틈을 타서 비어 있는 허도를 기습해오면 그때는 어떻게 하시겠습니까?"

조조는 정욱의 말을 듣고 한동안 생각에 잠기다가 입을 열었다.

"내 생각은 다르다. 알다시피 유비는 인걸이니 그에게 날개가 생기면 때는 이미 늦어버리네. 그러니 어차피 그를 칠 바에야 지금이 적기라고 생각하네. 그리고 원소는 그 세력이 강대해도 결단성이 없어 늘 갈팡질팡하는 놈이니 그리 괘념하지 않아도 될 것이다."

이렇게 협의하고 있을 때 마침 곽가가 들어오자 조조가 그에게 물었다.

"내가 지금 유비를 쳐서 동쪽을 정벌하고 싶은데 하필 거기에는 원소라는 방해자가 있으니 어쩌면 좋겠는가?”

“원소는 느린 성격에 남의 말에 솔깃하기를 잘하는 자입니다. 게다가 그가 거느리는 모사들은 서로 질투하여 의견을 하나로 통일하는 법이 전혀 없으니 염려할 것이 아무것도 없습니다. 또한 유비는 군용(軍容)은 갖추어져 있지만 아직 그 고장 백성들이 완전히 귀복(歸伏)하지 않고 있으니 승상께서 군사를 이끌고 동정(東征)에 임하신다면 기필코 성공할 것입니다.”

조조가 무릎을 치며 반겼다.

“그래, 나도 그렇게 생각한다네.”

그리하여 조조는 이십만 대군을 다섯 군단으로 나누어 서주로 출병하였다.

이 소식은 즉각 서주까지 알려져 손건은 하비로 가서 관우에게 알리고 그 길로 소패로 나가서 유비에게도 급히 알렸다. 유비는 손건과 협의하였다.

“원소에게 구원을 청하세.”

이렇게 결정을 짓고 나서 유비는 원소에게 도움을 청하는 서신을 써서 손건에게 하북으로 가도록 했다. 손건은 하북에 이르자 먼저 전풍(田豊)을 만나 상황을 설명한 뒤 그와 더불어 원소를 만나러 갔다. 그런데 원소를 만나보니 그는 살이 빠져 초췌해 보였으며 의관도 제대로 갖춰 입지 않은 상태로 기운없이 앉아 있었다.

이에 전풍이 걱정스러운 듯이 원소에게 말하였다.

“아니, 신수가 좋아 보이지 않으니 어쩐 일이시옵니까?”

원소는 힘없이 대답하였다.

“아무래도 내가 얼마 넘기지 못하고 죽을 것 같네.”

“아니, 그 웬 망령스럽고 어이없는 말씀이시옵니까?”

“사연인즉 이러하네. 알다시피 내게는 자식이 다섯 있는데 그

가운데 막내가 내가 유일하게 아끼고 사랑하는 자식이네. 그런데 그 애가 창병을 앓아 거의 빈사 상태에 있으니 어찌 살아갈 의욕이 있겠는가?"

전풍은 속으로 어이가 없었으나 그래도 다그쳐 아뢰었다.

"지금 조조가 유비를 치기 위해 동쪽으로 나갔다고 하니 허도는 텅 비어 있습니다. 그러니 이를 노려 쳐들어가시면 위로는 황제를 모시고 아래로는 만민을 보살필 수 있는 절호의 기회가 될 것입니다. 장군께서는 어서 결단을 내리시고 서둘러 진격 준비를 하십시오."

"그래, 나도 자네의 생각대로 절호의 기회라고 생각하네. 하지만 내 마음이 얼얼하고 뒤숭숭하니 두려워 어쩔 수가 없네."

"아니, 왜 마음이 뒤숭숭하다는 것이옵니까?"

"다섯 자식 가운데 앓아누워 사경을 헤매는 막내가 내가 가장 기대하고 있는 아이인데 그 아이에게 만일 무슨 일이 일어난다면 나 역시 살고 싶은 생각이 없네."

결국 원소는 출병할 생각을 포기하고 손건에게 말하였다.

"돌아가서 유공에게 나의 사정을 잘 전해주오. 또 곤경에 처했을 경우에는 언제든지 다시 찾아오면 그때는 도움을 주도록 하겠다고 말하시오. 다만 이번만은 유감이오."

이 말에 전풍이 지팡이로 땅을 두드리며 말하였다.

'하늘이 주신 절호의 기회인데 어린 자식의 병을 핑계 삼아 두 눈 멀쩡히 뜨고도 그 기회를 놓치다니! 이렇게 억울할 데가 또 어디 있으랴.'

손건은 할 수 없이 소패로 돌아가 유비에게 원소의 말을 전하니 유비는 낙심천만이 되었다.

"일이 난처하게 되었군! 자, 이제 어떻게 하면 좋겠는가?"

그러자 옆에 있던 장비가 자신감있는 말투로 나섰다.

"그까짓것, 아무 걱정하지 마십시오. 조조의 군사들은 먼 길을 출정하였으니 많이 지쳐 있을 것입니다. 그러니 그때 그들의 진지를 들이닥친다면 초반에 아주 쉽게 조조 군을 무찌를 수 있을 것입니다."

유비가 장비를 칭찬하였다.

"자네는 평소에 그저 창검만 내세우는 장수인 줄만 알았는데 지난번에 유대를 상대할 때 계략을 써서 성공하더니 이번에도 그런 계략을 다 말하는군! 이제 보니 자네 병법에도 제법이군."

유비는 장비의 말에 따라 초반에 기습할 작전을 세웠다.

한편 조조가 군사를 이끌고 소패로 향하는 도중, 한바탕 바람이 불더니 앞세우고 가던 대장의 표지인 아기(牙旗:임금·대장군의 진지에 세우는 대장 기) 가운데 하나가 뚝 부러졌다. 조조는 행진을 멈추고 모사들을 모아놓고 이것이 길조인지 흉조인지를 알아보도록 하였다.

이에 순욱이 물었다.

"바람이 어느 쪽에서 불어왔고 부러진 아기는 무슨 빛깔이었습니까?"

"바람은 동남쪽에서 불어왔고 깃발은 청색과 홍색의 두 가지였습니다."

"그렇다면 그것은 우리 진지에 적군이 야습을 해온다는 징조이옵니다."

조조가 고개를 끄덕이고 있을 때 황급히 모개(毛玠)가 들어와서 보고하였다.

"방금 심한 동남풍이 불어 청·홍 두 빛깔의 아기가 부러졌는데 승상께서는 이것이 무슨 징조라고 생각하십니까?"

"장군은 어찌 생각하는가?"

"오늘 밤 틀림없이 적군들의 야습이 있을 것이라 생각했습니다."
　후세 시인이 이 당시 상황을 시로 읊었다.

　　　아! 제왕의 갑주 외로이 궁지에 몰리니　　　吁嗟帝冑勢孤窮
　　　전호위는 궁을 지켜야 하는데　　　　　　　全仗分兵劫寨功
　　　아기 부러진 것이 무슨 징조리요　　　　　爭奈牙旗折有兆
　　　하늘은 어찌하여 간웅을 살려두는 것인가!　老天何故縱奸雄

　조조가 감탄하며 중얼거렸다.
　'이는 하늘이 알려주신 것이니 준비에 소홀함이 없도록 해야겠
다.'
　그리하여 병력을 아홉 개 군단으로 나누어서 한 군단을 군진
의 전면에 배치하고, 나머지 여덟 군단은 그 일대에 복병 부대로
배치하였다.

유비의 참패

　달빛이 어슴푸레하게 비치는 밤에 유비는 장비의 계략대로 병
력을 둘로 나누어 자신이 왼쪽을, 장비가 오른쪽을 지휘하여 진
격하기로 하고 소패성에는 손건을 남겨 수비하도록 하였다. 장비
는 자신이 계략을 잘 세웠다고 우쭐해하며 경기병(輕騎兵)들을 앞
세워 조조 군진으로 돌진해갔다. 그런데 어찌된 일인지 적군의
수가 너무나 적은 데에 놀라지 않을 수 없었다. 장비가 이렇게
당황하는 순간, 사방에서 횃불이 켜지고 일대가 온통 함성 소리
로 가득해지며 조조의 군사들이 여기저기서 뛰어나왔다. 동쪽에
서는 장료, 서쪽에서는 허저, 남쪽에서는 우금, 북쪽에서는 이전
의 군단이 공격해온 것이다. 또한 동남쪽에서는 서황, 서남쪽에서

는 악진, 동북쪽에서는 하후돈, 서북쪽에서는 하후연 등이 사방팔방으로 맹공격을 해댔다. 장비는 종횡무진으로 뛰어다니며 분전하였지만 장비를 따라 성에서 나온 군졸들은 애초에 조조 휘하에 있던 군졸들이었으므로 싸움의 형세에 위축되어 일찌감치 조조 군에게 투항해버렸다.

장비가 그래도 물러서지 않고 서황(徐晃)에 맞서 열전을 벌이고 있으려니 악진이 등뒤로 육박해왔다. 장비가 적들을 하나 둘씩 쓰러뜨리며 간신히 포위망을 돌파하였을 때는 뒤따르는 병사가 몇십 명에 지나지 않았다. 장비는 소패로 가려 했지만 이미 퇴로가 차단되어 있었으므로 서주나 하비로 가려고 하였다. 그러나 이 또한 조조 군이 퇴로를 차단하고 있을 것이라 생각하여 할 수 없이 망탕산(芒碭山)을 향해 달아나버렸다.

한편 조조의 진지를 공격하기 위해 진문에 이른 유비 군단은 뒤쪽에서 하늘이 떠나갈 듯한 함성 소리와 함께 나타난 조조 군들이 부대를 포위하였으므로 꼼짝 못 하게 되었다. 그 군대의 지휘를 맡은 사람은 바로 하후돈이었다. 유비가 간신히 그 포위망을 뚫고 도망치자 이번에는 하후연이 바짝 뒤쫓아 추격해왔다. 이때 유비를 뒤따르는 군사는 서른 명 정도에 불과했다.

유비가 더 이상 방법이 없어 서둘러 소패성으로 돌아와보니 성 안에서 불길이 치솟는 것이 보여 가까이 접근할 수가 없었다. 유비는 난감해졌다. 서주나 하비로 가는 것도 위험한 일이라 생각하니 눈앞이 캄캄해지고 생각이 막막해졌다. 이제 돌아갈 수도 없고 갈 길도 없다고 생각하니 문득 원소가 했던 말이 생각났다.

'원소가 그래도 어려움에 빠졌을 때 찾아온다면 도움을 주겠다고 했으니 당분간 그의 도움을 받고 지내다가 달리 방침을 세워보도록 해야겠다.'

이렇게 결심한 유비는 그 길로 청주를 향해 달렸다. 그 뒤를 이전이 뒤따르며 집요하게 추격해왔다. 유비는 혼신의 힘을 다해 무조건 북으로 말을 몰았으며 그러는 과정에서 이전은 유비의 장졸들을 생포하여 데리고 갔다.

홀로 된 유비가 죽을 힘을 다해 말을 모니 하루에 삼백 리나 달려서 빠른 시일에 청주에 도착할 수 있었다. 가까스로 청주성 아래 이르러 문을 열어달라 청하니 문지기가 유비의 성명을 묻고 자사에게 알렸다. 이때 청주의 자사는 원소의 맏아들인 원담(袁譚)이었는데 그는 평소에 유비를 존경해 왔으므로 급히 성문을 열고 그를 맞아들여 자세한 경위를 물었다. 유비가 그간의 사정을 낱낱이 토로하니 원담은 일단 유비를 관설(官設)의 숙사에 묵게 하고 부친 원소에게 급사를 보내어 유비가 왔음을 알리는 한편 호위병을 딸려서 유비를 호송할 작정을 하였다. 이렇게 하여 유비가 평원의 경계에 이르렀을 때 원소가 업군(鄴郡:현(縣) 이름)으로부터 삼십 리까지 군병을 이끌고 나와서 맞이해주었다.

두 사람이 서로 예를 갖추어 인사를 나누고 나니 원소가 먼저 변명의 말을 하였다.

"지난번에는 공교롭게도 막내 아들이 앓는 통에 공을 도와드리지 못해 계속해서 마음이 편치 않았는데 오늘 이렇게 뵙게 되니 비로소 안심이 되오."

유비도 정중히 대답하였다.

"전부터 이곳에 찾아와 뵙고 싶었사오나 그럴 기회가 없었을 뿐이옵니다. 그러다가 이번에 조조의 내습으로 가족들과도 뿔뿔이 흩어져버린 처지에 공께서 여러 고장 사람들을 받아들여주신다고 하기에 이렇게 부끄러움을 무릅쓰고 찾아온 것입니다. 부디 외면하지 말아주시기를 바라오며 맹세코 이 은혜에는 보답하겠사옵니다."

원소는 기꺼이 유비를 환대하고 기주 땅에 머물도록 하였다.

한편 조조는 그날 밤에 소패성을 함락시킨 뒤 계속 진격하여 서주를 공격하였다. 미축과 간옹도 더 이상 대항하지 못하고 달아나버렸으므로 진등이 결국 성문을 열어 투항하였다. 조조는 대군들을 이끌고 입성하여 백성들을 선무하고는 모사들을 불러 하비를 공략할 계획에 대해서 토의를 벌였다.

순욱이 먼저 아뢰었다.

"하비성에는 관우가 유비의 두 부인을 보호하면서 지키고 있으므로 끝까지 사수하려 할 것입니다. 그러니 서둘러 공략하지 않으셨다가는 원소에게 빼앗기고 말 것입니다."

"나는 평소부터 관우의 무예와 인간성을 아끼고 있으므로 꼭 내 사람으로 만들고 싶었네. 그러니 성을 공격하느니보다 항복을 권하고 싶네."

그러나 곽가가 반색하며 말하였다.

"관우는 성실하고 충성심이 강한 사람이라 절대로 항복하지 않을 것입니다. 만약 관우를 설득하려고 누구를 보낸다면 관우는 그를 베어 버리고 말 것입니다."

이때 누군가가 말석에서 일어나 아뢰었다.

"저는 관우와는 안면이 있는 사이온즉, 제가 가서 그를 설득해 보겠습니다."

일동의 눈길이 그에게 쏠려 쳐다보니 그는 바로 장료였다. 정욱이 다시 조조에게 아뢰었다.

"장료가 관우와 특별한 사이라고는 하지만 관우는 누구의 감언이설에 승복할 사람이 절대로 아닙니다. 그러니 관우를 먼저 궁지에 몰아넣은 뒤 장료를 보내 충분히 이해관계를 설명하게 하여 납득시킨다면 아마 그때는 승상의 슬하로 들어올 것입니다."

요컨대 올가미로는 맹호를 잡고, 미끼의 냄새로는 바다거북을 낚는 법이다. 과연 관우는 장료의 설득에 마음을 바꿀 것인가!

제 25 회 조조에게 항복한 관우

둔 토 산 관 공 약 삼 사　　구 백 마 조 조 해 중 위
屯土山關公約三事　　救白馬曹操解重圍

관우가 둔토산에서 세 공약을 내세우고
백마에서 위기에 처한 조조를 구해주다

관우를 설득한 장료

정욱이 입을 열었다.

"관우는 천만 인을 대적하여 싸울 만한 인물이니 이쪽에서 뛰어난 지모가 없이 그를 상대하는 것은 어려운 일입니다. 마침 유비 휘하에 있던 군사들 가운데 우리에게 투항해온 자들이 있으니 그자들을 하비의 관우 군진으로 보내 도망쳐 왔노라고 속인 후에 그들을 성 안에 머무르게 하여 정찰하라는 임무를 맡기도록 하는 것이지요. 그래서 관우를 성 밖으로 유인한 후 우리가

진 것처럼 보이게 하여 적당한 지점까지 끌고가 퇴로를 차단한
후에 그를 설득하는 것입니다.”

정욱의 의견에 찬성한 조조는 즉시 서주에서 투항한 수십 명
의 군사들을 방면시켜 하비로 돌려보냈다. 이에 관우는 그들이
얼마 전까지만 해도 유비의 휘하에 있던 부하들이라 아무런 의
심도 하지 않고 받아들여 성 안에 머물도록 하였다. 그 이튿날
하후돈이 오천 병력을 거느리고 선봉장으로 나서 관우에게 도전
해왔다. 그러나 관우는 성을 지키며 한 발자국도 나가지 않고 있
었으므로 하후돈은 군사들을 시켜 성 밖에서 온갖 욕설을 퍼붓
도록 하였다. 관우는 끝내 이 유인작전에 걸려들어 삼천 병력을
거느리고 출병하여 하후돈과 교전을 벌였다. 아슬아슬한 접전이
한참 동안 계속되다가 하후돈이 말을 돌려 달아나기 시작하니
관우가 그 뒤를 쫓았다. 하후돈은 도망치다가 맞서 싸우고 다시
달아나다가 맞서 싸우곤 하였다. 그렇게 관우가 이십 리쯤을 추
격하다가 문득 하비성 일이 걱정되어 되돌아가려고 하였다. 그
순간 호포 소리가 울리며 느닷없이 왼쪽에서는 서황이, 오른쪽에
서는 허저가 나타나 퇴로를 차단하였다.

관우가 이들의 포위망을 뚫고 그대로 달아나려고 하는데 오솔
길 양 옆에서 기다리던 복병들이 여기저기서 화살을 쏘아대었다.
관우는 더 이상 통과할 수가 없어서 할 수 없이 부대를 다시 후
퇴시켰는데, 이번에는 서황과 허저가 기다렸다는 듯이 앞을 가로
막았다. 관우는 이들을 저지하고자 필사적으로 나가 싸웠으나 다
시 하후돈마저 가세하여 공격해 왔으므로 해질 때까지 접전이
계속되었다. 그러나 그래도 퇴로가 뚫리지 않자 관우는 근처에
있는 토산을 발견하고 그곳으로 몸을 피하였다.

관우가 삼천 명의 잔여병을 이끌고 토산에서 숨을 돌리며 쉬
고 있는 사이에 조조 군은 토산을 포위하고 있었다. 그런 줄도

모른 채 관우가 산 위에서 하비성 쪽을 바라보니 하비성에서 하늘 높이 솟구치는 불기둥이 보였다. 이 불길은 조조가 풀어준 투항병들이 성 안에서 성문을 열고 조조가 대군을 거느리고 입성하는 것을 관우에게 보여주기 위해 일부러 방화한 것이었다. 관우는 걱정이 되어 잠을 이루지 못하고 그날 밤 안에 몇 번씩이나 산에서 내려가려고 시도했으나 그때마다 번번이 조조 군진에서 빗발치듯이 화살이 날아왔으므로 돌파할 수가 없었다. 새벽녘에 관우가 다시 하산을 시도하려고 할 때 누군가가 홀로 말을 달려 산을 올라오고 있었다. 살펴보니 바로 장료였다.

관우가 의아해하며 물었다.

"나를 치러 왔는가?"

"아니오, 옛날 일이 생각나서 와본 것이오."

그러면서 장료는 칼을 버리고 말에서 내렸다. 둘은 서로 예를 갖춰 인사를 나눈 뒤에 자리를 함께 했다.

관우가 먼저 말을 꺼냈다.

"자네는 나를 설득하려고 왔는가?"

"아니올시다. 이 몸이 지난번에 도움을 받았기에 오늘은 제가 기필코 장군을 도와드리고 싶어서 이렇게 달려왔소이다."

"그렇다면 나와 더불어 싸워주겠다는 것인가?"

"아니, 그렇지는 않습니다."

"이도 저도 아니라면 도대체 무슨 까닭으로 나를 찾아온 것이오?"

이에 장료가 천천히 설명하였다.

"유비 형님은 지금 어디 계신지 알 수 없고, 장비 또한 생사가 불분명한 상태입니다. 사실 조 승상이 간밤에 하비성을 점거하였는데 병사들은 물론이요 일반 백성들이 조금도 다치지 않았을 뿐만 아니라 유비 형님의 식구들이 계신 곳도 기꺼이 호위병을 두어 보호하고 계신다는 사실을 알려드리려고 왔소이다.”

이 말에 관우가 버럭 성을 내었다.

“역시 나를 설득하러 왔구나. 내 비록 진퇴유곡(進退維谷)의 곤경에 처해 있지만 결단코 죽음을 두려워하지 않는다. 이제 산 아래로 내려가 결전을 벌이다가 용감하게 죽을 것이니 자네는 어서 돌아가도록 하게.”

이 말에 장료가 껄껄 웃었다.

“그렇게 하겠다면 천하가 장군을 비웃을 겁니다.”

“충(忠)에 순응하는 나를 천하가 왜 비웃는단 말인가?”

“장군이 지금 죽으면 세 가지 죄를 범하기 때문이오.”

“대체 그 세 가지 죄가 뭔지 말해보게.”

장료는 일목요연하게 설명하였다.

“장군은 처음에 유비 형님과 의형제의 맹약을 맺으면서 같은 날 생사를 함께 하자고 서약하셨소이다. 그런데 지금 유비 형님이 싸움에 패하고 장군이 이곳에서 전사하시게 되면 만약 나중에 유비 형님이 다시 와서 장군의 도움을 필요로 해도 그때는 불가능한 일이 되고 맙니다. 그럴 경우에 왕년의 맹약은 아무 쓸모도 없는 것이 되니 이것이 첫 번째 죄에 해당하오. 그리고 유비 형님은 장군께 부인들의 보호를 부탁하셨는데 장군이 여기서 죽게 되면 두 부인께서는 어찌 되시겠소이까? 장군은 결국 두 부인을 보호하겠다는 책임을 다하지 못하게 되는 것이니 이것이 두 번째 죄에 해당하오. 마지막으로, 장군은 뛰어난 무예의 달인이면서 경사(經史:경서와 사기(史記))에도 밝으신 분이오. 그런 분이 유비 형님과 더불어 한나라 왕조를 다시 일으켜 세우려고는 하지 않고, 막무가내로 펄펄 끓는 물에 뛰어들거나 불구덩이에 달려드는 필부의 만용만을 내세워 조바심이 나 계시니 이 어찌 올바른 길이라 하겠소이까? 그러니 이것이 세 번째 죄에 해당하오.

장군께서 이 세 가지 죄를 범하시도록 그냥 놔둘 수 없는 일이
오.”

관우가 한동안 생각에 잠겼다가 입을 열었다.

“그럼, 자네는 내가 어찌 했으면 좋겠는가?”

장료는 다시 차근차근 설명하였다.

“그러면 내 생각을 말하지요. 지금은 사면이 온통 승상의 군사
들로 가득하니 투항하지 않으면 죽음이 기다릴 뿐이오. 더구나
장군이 여기서 죽는다면 아무런 의미가 없는 일이니 일단 조조
에게 투항하여 기다리고 있다가 유비 형님의 생사를 확인하고
나서 찾아가는 것이오. 그렇게 되면 두 부인을 안전하게 지키는
것을 이룰 수 있고, 도원에서의 맹약도 지키는 것이 되며 장군
스스로 몸을 아껴 더 큰일을 이루게 되는 것이니 이 세 가지 이
점을 충분히 혜찰하기 바라오.”

관우가 잠자코 귀를 기울이고 있다가 이윽고 입을 열었다.

“좋네. 자네는 내게 세 가지 이점을 알려주었으니 나도 세 가
지 조건을 제시하겠네. 승상이 내가 제시한 세 조건을 들어준다
면 내 당장 갑옷을 벗고 투항할 것이지만 만약 그렇지 않을 경
우에는 세 가지 죄를 범해서라도 죽음의 길을 택할 뿐이네.”

“승상은 보기보다 마음이 너그러운 분이니 허락하지 않을 리가
없소. 그래, 그 세 가지 조건이란 것이 대체 무엇이오?”

관우가 말하였다.

“우선 첫째 조건으로, 유비 형님과 나는 함께 한나라 황실을
돕기로 맹세한 사이이니 나는 한나라 황제에게 항복하는 것이지
조조에게 항복하는 것이 아니라는 점을 분명히 밝히게. 둘째 조
건은 두 부인에 대해서는 황숙의 봉록을 그대로 내리게 하고 쓸
데없는 사람이 일체 가까이 오지 못하도록 하는 것일세. 마지막
으로, 황숙의 소재가 알려지게 되면 그곳이 설사 천리만리 떨어

진 곳일지라도 즉시 달려간다는 조건일세. 이상 이 세 가지 조건 가운데 하나라도 수용되지 않는다면 나는 결코 투항하지 않을 것이니 자네는 속히 돌아가 조조에게 내 의사를 전하도록 하게.”

조조에게 투항하는 관우

장료가 즉시 그 길로 조조에게 돌아가 관우의 첫 번째 조건, 즉 한나라에는 투항하되 조조에게 투항하는 것은 아니라는 말을 전하였더니 조조는 껄껄 웃으며 말하였다.

“나는 한나라의 승상이니 곧 한나라는 이내 몸과 같다. 좋다, 받아들이겠다.”

장료가 다시 아뢰었다.

“두 번째 조건은, 두 부인에게 황숙의 봉록을 그대로 내리고 쓸데없는 외부인의 근접을 금한다는 내용이었습니다.”

“황숙의 봉록에 곱을 해서 대우하여도 무방하고 또 쓸데없는 사람을 집안에 접근시키지 못하도록 하는 것이 그들의 법도라면 그렇게 하여도 무방하다.”

“세 번째로는, 유비의 소재를 알게 되면 아무리 먼 거리일지라도 반드시 되돌아가겠다는 조건이었습니다.”

조조가 이 조건에는 주저하였다.

“그렇게 되면 내가 관우를 내 사람으로 만들려고 하는 것이 아무 소용 없게 되는 것 아닌가! 그러니 그것은 좀 곤란하군.”

장료가 조조를 설득하였다.

“예전에 진(晉)나라의 여양(予讓) ‘주군(主君)이 나를 범인으로 다룰진대 나 또한 범인으로 주군께 보답하고, 주군이 나를 국사(國士)로 대한다면 나 또한 국사로 주군께 보답하리라’ 하였습니다. 유비는 관우를 소중히 대하고 있는데 만일 승상께서 한층 더 관우를 소중히 다루시어 그의 마음을 묶어놓는다면 관우도 승상을 위해 충성을 다할 것입니다.”

조조가 고개를 끄덕이며 말하였다.

“그래, 네 말이 옳다. 세 가지 조건을 모두 들어주겠다.”

이에 장료는 다시 관우에게 달려가 조조가 허락한다는 말을 전하였다. 그러자 관우가 다시 조건을 내세웠다.

“그렇다면 지금 산 아래에 있는 군사들을 뒤로 물려주게. 그리고 승상께는 내가 입성하여 두 형수님께 미리 알리고 나서 투항하겠다고 전하게.”

장료가 다시 이를 조조에게 알리니 조조가 즉각 명을 내려 군사들을 삼십 리 정도 후퇴하도록 하였다. 순욱이 우려하여 아뢰었다.

“이는 관우의 계책인지도 모르는 일이옵니다.”

그러나 조조는 장담하였다.

“아니다. 관우는 의사(義士)이니 남을 속이는 짓은 하지 않을 것이다.”

그리하여 서슴없이 군대를 후퇴시키니 관우가 하비성으로 들어가 성 안의 백성들을 안심시키고 나서 유비의 저택 앞에 이르렀다. 곧이어 감 부인과 미 부인이 관우의 내방 소식을 듣고 반가이 맞이해주었다.

관우는 현관에서 배례하고 나서 두 부인에게 아뢰었다.

“제가 두 형수님께 심려를 끼쳐 드려 면목이 없을 뿐입니다.”

두 부인이 이구동성으로 물었다.

“황숙께서는 지금 어디에 계시오?”

“아직 형님의 소재를 알 수 없습니다.”

“그러면 장군께서는 앞으로 어찌 하실 것이오?”

“사실은 제가 성 밖에서 필사적으로 싸우다가 산에서 적군에게 포위를 당하였습니다. 그때 적군의 장군 장료가 투항을 권고해 왔기에 제가 세 가지 조건을 내놓았는데 조조가 그 세 가지 조건을 모두 들어준다고 하고 또 실제로 제가 이곳에 입성하도록 군사들을 모두 물려주어 이렇게 찾아뵙게 되었습니다. 그 동안 두 형수님께 아무런 의논도 드릴 수 없는 처지였는지라 이렇게 이 문제에 대해 의논드리고자 찾아왔습니다."

부인이 그 세 가지 조건이 무엇이냐고 묻자 관우는 그 동안의 일을 낱낱이 설명하였다. 감 부인이 한참만에 입을 열었다.

"사실 우리도 적군이 입성할 때 이제는 죽었다고 생각하고 있었는데 의외로 아무런 일도 일어나지 않았고, 이곳에는 군사 하나도 들어오지 않았습니다. 이제 장군께서 결정하시는 일에 구태여 우리 아녀자에게까지 의논하실 필요는 없습니다. 다만 걱정되는 것은 조조가 장군을 황숙에게 돌려보내지 않으면 어쩌나 하는 것입니다."

"안심하십시오. 그 점에 대해서는 제가 이미 대책을 세워놓았습니다."

"그러시다면 우리 두 사람의 일은 걱정하지 마십시오. 모든 것을 장군께 일임하겠습니다."

관우가 두 형수에게 하직 인사를 올리고 조조를 만나러 가니 조조가 진문 밖까지 마중나와 있었다. 관우가 말에서 내려 예를 갖추니 조조도 부랴부랴 답례를 하였다.

먼저 관우가 입을 열었다.

"패장(敗將)을 이렇게 살려주시다니 감사할 따름이옵니다."

조조가 대답하였다.

"이 사람은 평소에도 장군의 충성심에 감탄하고 있었소. 그런데 오늘 이렇게 만나게 되어 참으로 기쁘기 그지없소."

"장료 장군을 통해 제가 제시한 세 가지 조건은 틀림없이 허락하시는 것이지요?"

"내가 분명히 좋다고 허락한 일이니 걱정하지 마시오."

"저는 유비 형님의 소재가 파악되는 대로 물불 가리지 않고 찾아 떠날 것이니 그때 미처 작별인사를 드리러 올 겨를이 없다고 하더라도 이 점 관대하게 혜찰해주시기를 바랍니다."

"유비 공이 살아 있다는 소식을 듣거든 두말 없이 떠나시오. 하지만 혹시 난리통에 작고하시지나 않았는지 모르겠소. 아무튼 마음 편히 갖고 천천히 알아보도록 합시다."

관우는 다시 한 번 감사하다고 예를 갖추어 인사를 하고 조조는 환영의 잔치를 베풀어주었다.

조조는 적토마를 관우에게 주다

이튿날은 허도로 개선하는 날이었다. 조조는 군사를 거느리고 행차했으며 관우는 손수 수레를 준비하여 두 부인을 태우고 호송하면서 따라갔다.

조조는 이들이 하루를 묵어가게 되자, 고의적으로 두 부인과 관우를 한방에 묵도록 조치를 취하여 그들 사이의 예를 흐트러뜨리도록 하였다. 그러나 관우는 숙소 밖에서 홀로 불을 피워놓고 밤새도록 싫은 내색 하나 보이지 않고 보초를 섰다. 이 소식을 전해들은 조조는 감탄하지 않을 수 없었다. 조조가 허도에 입성하여 관우에게 커다란 관사를 제공하니 그는 저택의 안채에 열 명의 노병들을 두어 두 부인을 호위하게 하고, 자신은 바깥채에 기거하였다. 이윽고 조조가 관우를 데리고 헌제를 배알하러 가니 헌제는 관우에게 편장군(偏將軍)의 벼슬을 내렸다. 관우는 예를 다해 감사의 뜻을 표하고 물러나왔다.

이튿날 조조는 대대적으로 환영회를 베풀어 많은 모사들과 장군들을 모아놓은 자리에 관우를 빈객으로 모셔 상좌에 앉히고는 각종 금은 집기를 비롯하여 능(綾:무늬 놓은 비단)과 비단 등을 주었다. 이에 관우는 그것들을 모두 두 부인에게 보냈다.

조조는 허도로 들어온 후 사흘에 한 차례씩 조그만 잔치를 베풀고, 닷새에 한 차례씩 큰 잔치를 베풀어 그때마다 관우를 초대하였다. 그리고 관우의 살림을 돌보도록 미모가 뛰어난 여인 열 명을 골라 보냈는데 관우는 이 여인들을 모두 형수의 시녀나 몸종으로 쓰라고 안채로 보내버리고는 자신은 거들떠보지도 않았다. 그러면서 관우는 사흘에 한 번씩 안채의 문 앞까지 가서 형수들에게 문안을 올리는 것을 잊지 않았다. 부인들은 그때마다 유비의 소식을 물었으나 관우는 번번이 시원스러운 대답을 전하지 못한 채 물러나오곤 하였다. 조조는 관우의 이런저런 행동을 보고받고 더욱더 그에게 탄복하였다.

어느 날은 관우의 초록빛 비단복이 낡은 것을 눈여겨본 조조가 그의 치수를 재어 아주 좋은 비단으로 새 옷을 한 벌 지어 보내주었다. 그러나 관우는 그것을 받아 입기는 입었으되 그 겉에는 여전히 헌 옷을 걸쳐 입었다.

이를 본 조조가 웃으며 물었다.

"장군은 왜 그리 검소하시오?"

관우는 정중히 대답하였다.

"아니, 검소한 것이 아닙니다. 실은 이 낡은 옷은 황숙께서 제게 주신 것인데 이것을 입고 있으면 어쩐지 황숙을 만난 듯한 느낌이 들어서입니다. 승상께서 새 옷을 주셨지만 형님께서 제게 주신 옷을 버리고 싶지 않아서 이렇게 겉에 걸치고 다니는 것입니다."

"정말로 장군은 의로운 분이시오."

조조는 입으로는 이렇게 칭찬을 하였지만 마음속으로는 씁쓰

레한 느낌을 지울 수가 없었다. 또 어느 날 관우가 바깥채에서 쉬고 있을 때 하인이 급히 달려와 아뢰었다.

"지금 두 마님께서 울고 계십니다. 어찌된 영문인지 알 수 없사오니 장군님께서 급히 가보셔야겠습니다."

관우는 옷차림을 가지런히 하고 서둘러 달려가 안채의 출입문 밖에 꿇어앉아서 물었다.

"두 형수님께서는 어찌 그리 슬피 울고 계시는지요?"

이에 감 부인이 대답하였다.

"제가 간밤에 꿈을 꾸었는데 황숙께서 구덩이에 빠지신 꿈이었습니다. 놀라서 깨어나 미 부인과 이야기를 나누다가 아무래도 황숙께서 이미 이 세상에 계시지 않는 것 같아 이렇게 슬피 우는 것입니다."

관우는 두 부인을 위로하였다.

"꿈은 반드시 믿을 것이 못 되옵니다. 두 형수님의 근심이 지나치셔서 그와 같은 꿈을 꾸신 것이오니 너무 괘념치 마시고 눈물을 거두십시오."

이때 조조가 연회를 베푸니 참석하라는 전갈을 보내왔다. 관우는 두 부인에게 작별하고 물러나와 연회장으로 들어갔다. 조조가 관우의 눈가에 눈물이 고인 것을 보고 그 까닭을 물으니 관우가 한숨을 쉬며 답하였다.

"두 형수님께서 형님을 사모하시어 우는 것을 보니 이 몸도 그만 덩달아 눈물이 나왔나 봅니다."

조조는 그를 부드럽게 달래며 자꾸 술을 권하였다. 이윽고 관우가 얼큰하게 술에 취하자 자기 수염을 쓰다듬으며 중얼거렸다.

"이렇게 살아 있으면서 나라에 공도 세우지 못하고 형님의 생사도 알지 못하니 이 어찌 사람된 도리이랴."

조조는 관우의 중얼거림을 못 들은 척하며 엉뚱한 질문을 하였다.

"그 수염은 몇 가닥이나 되시오?"

"글쎄요. 수백 가닥 되겠지만 해마다 가을에는 너더댓 가닥이 빠져버립니다. 그래서 겨울에는 대개 검정 망사 주머니에 수염을 싸 넣어 두곤 하여 빠지는 것을 방지합니다."

조조는 이 말을 듣고 새로 비단 망사 주머니를 만들어 보내주었다. 다음날 아침 황제를 알현할 때 황제가 관우의 가슴에 매달려 있는 그 망사 주머니를 보고 웬 것이냐고 물었다.

"신은 수염을 매우 길게 기르고 있사온데 이렇게 승상께서 주신 망사 주머니로 긴 수염을 보호하고 있나이다."

황제가 궁금히 여겨 그 비단 망사 주머니를 벗겨보라고 하자 관우의 수염은 배 아래까지 닿았다. 황제가 이를 보고 감탄하여 말하였다.

"공은 참으로 아름다운 수염을 가지셨구려."

이 뒤로 세상 사람들은 관우를 '미염공(美髥公)'이라고 불렀다.

그로부터 며칠이 지나서 조조는 다시 연회를 베풀고 관우를 초대하여 술잔을 나누었다. 연회가 끝나고 조조가 관우를 배웅하는데 문득 관우의 말이 몹시 여위어 있는 것을 보고 물었다.

"왜 이렇게 말이 여위었소?"

관우가 멋쩍어하면서 대답하였다.

"미천한 몸이 무게가 많이 나가 말이 힘들어서 말랐나 봅니다."

조조는 그 자리에서 즉시 신하에게 명하여 준비해둔 말 한 필을 끌고 오라고 명하였다. 끌려온 말은 갓 피운 숯불처럼 시뻘건 빛깔에, 털에 윤기가 흐르는 웅장한 자태의 말이었다.

"이 말을 알아보겠소?"

조조가 이렇게 물으니 관우는 찬찬히 말을 살펴보고는 놀라서 말하였다.

"이 명마는 여포가 타던 적토마(赤兔馬)가 아닙니까?"

"그렇소이다."

조조가 미소를 띄우며 그 말을 안장과 마구와 함께 관우에게 선사하였다. 이에 관우가 매우 기뻐하며 몇 번씩이나 감사의 뜻을 표하자 조조가 언짢은 기색으로 물었다.

"그 동안 내가 미인들과 많은 금은 패물을 보냈어도 그다지 고마워하는 것 같지 않더니 오늘 적토마를 하사하는 것에 이렇게 몇 번씩이나 감사해하는 건 무슨 까닭이오? 사람보다 짐승이 더 귀하다고 생각하는 것이오?"

관우가 웃으며 대꾸하였다.

"이 말은 하루에 천 리를 간다는 명마라고 들었습니다. 그러니 형님의 행방을 알게 되면 이 말을 타고 한달음에 달려갈 수 있지 않겠습니까? 그것을 생각하니 너무 기뻐서 몇 번씩이나 감사를 드린 것이지요."

조조는 이 말에 적토마를 준 것을 후회했으나 때는 이미 늦었으므로 속이 상했다. 관우는 조조에게 인사를 올린 후 유유히 그 적토마를 끌고 관사로 돌아갔다.

하루는 조조가 장료를 불러 물었다.

"내가 관우를 이토록 귀히 여기는데도 관우는 끝내 떠나버릴 것 같으니 어찌하면 좋겠는가?"

"그러면 제가 관우의 본심을 알아보고 오겠습니다."

이튿날 장료가 관우를 찾아가 예를 올린 후에 말하였다.

"제가 승상께 장군을 후대하도록 한 것이 잘못인가 하여 왔소이다."

"아니오. 승상의 호의에 깊이 감사하고 있소. 다만 내 몸은 여기에 있어도 마음만은 항상 황숙께 가 있어 하루 빨리 황숙을 찾지 못하는 것이 안타까울 뿐이오.”

“글쎄, 내 생각은 이렇소. 세상 일에 경중의 구별만은 해야 하는 것이 사람으로서의 도리가 아닌가 여겨지오. 내가 보기에 유 황숙은 결코 승상 이상으로 장군을 대우해주지는 않을 것 같은데 왜 그리 황숙에게 가실 생각만 하시는 것이오?”

“물론 여기서 분에 넘치는 우대를 받고 있는 것을 잘 알고는 있지만 유 황숙에게는 두터운 은혜를 입었을 뿐만 아니라 죽을 때 같이 죽자는 맹약까지 하였는데 어찌 그 맹세를 어길 수 있겠소이까? 어차피 이곳에 끝까지 머물러 있을 수는 없는 처지니 이렇게 지내다가 승상을 위해 큰 공을 하나 세워 후의에 보답하고 떠나고자 하는 것이 내 생각이오.”

장료가 관우를 계속 설득하였다.

“유 황숙이 만약 이미 이승 사람이 아니라면 그때는 어쩔 생각이오?”

관우는 단호하게 대답하였다.

“저승까지라도 수행하겠네.”

장료는 더 이상 관우를 설득할 수 없음을 알고 물러나와 그 길로 조조를 찾아가 자초지종을 알렸다. 그러자 조조가 한탄의 소리를 내며 말하였다.

“주인을 섬기되 그 근본은 잊지 않는다는 뜻이니 과연 관우는 의사(義士) 중의 의사로구나.”

이때 순욱이 끼어들어 말하였다.

“관우가 승상께 공을 세우고 나서 떠난다고 하였으니 공을 세우지 못하게 하면 떠나지 못할 것입니다.”

조조는 속으로 그 말을 새겨두었다.

공을 세운 관우

그 무렵 유비는 원소의 진영에 머물면서 밤낮없이 번민하고 있었다. 원소가 유비의 얼굴에 수심이 가득한 것을 보고 물었다.

"왜 그리 우울한 얼굴로 다니시오?"

유비가 힘없이 대답하였다.

"두 아우가 어찌되었는지 알 수 없고 가족은 지금 조조의 손에 잡혀 있습니다. 위로는 나라에 보답하지 못하고 아래로는 제 집 하나 돌보지 못하는 내 자신이 한심스럽고 부끄러울 뿐입니다."

이에 원소는 조조를 타도할 결심을 세웠다.

"나는 전부터 허도를 차지할 생각을 갖고 있었소. 이제 마침 날도 따뜻한 봄이 되었으니 싸움을 벌이기에 괜찮을 것이오."

이에 전풍이 이의를 제기하였다.

"지난번에는 조조가 서주를 치느라 허도를 비워서 공격하기가 쉬웠는데도 주공께서 꼼짝하지 않으셨습니다. 이제 조조가 서주를 함락한 지금은 병력도 안정되고 정비가 잘 되어 있어 조조를 치는 것은 무리라고 생각됩니다. 우선 잠시 기회를 기다리는 것이 타당할 줄로 아룁니다."

"그럼 재고해보지."

원소는 하는 수 없이 이렇게 대답하고 유비에게도 의견을 물어보았다.

"전풍이 나에게 기회를 보며 기다리라고 하는데 공의 생각은 어떠시오?"

유비가 대답하였다.

"조조는 황제를 이용하여 한나라를 통치하고 있는 역적입니다. 그런데 그런 역적을 당장 제거하지 않는 것은 천하에 대의가 서지 않는 일이라 생각되옵니다.”

“유 황숙의 말이 맞소.”

원소가 끝내 군사를 일으킬 결심을 하니 전풍이 다시 만류하였다. 이에 원소가 전풍을 나무랐다.

“너는 학자라는 생각에 그런 말만을 내세우고 무(武)를 업신여겨 나를 속박하고 있는 것이다.”

전풍이 지지 않고 반박하였다.

“저의 간언을 무시하고 출병하셨다가는 결코 만족스러운 결과를 얻지 못할 것이옵니다.”

원소는 이 말에 성이 나서 전풍을 죽이라고 호통을 쳤다. 유비가 간신히 중재하여 전풍은 죽음을 면하는 대신 옥에 갇히는 신세가 되었다. 전풍의 이와 같은 신세를 지켜본 저수(沮授)는 자기 일족과 일문을 모두 모아놓고 집안의 재산을 일일이 나누어 주며 당부하였다.

“이제 나는 싸움터로 나가게 되는데 그 싸움에 이겨도 결코 좋은 결과를 얻을 수 없고 지게 되면 목숨을 잃을 것이다.”

이렇게 말하니 가족 일동이 모두 눈물을 흘리며 안타까워하였다.

원소는 대장인 안량을 선봉으로 내세워 우선 백마까지 내보냈다. 이번에는 저수가 원소에게 간언하였다.

“안량은 용기는 있으나 소견이 좁은 사람이라 홀로 내보내는 것은 위험한 일입니다.”

그러나 원소는 저수의 말을 무시하였다.

“내 휘하의 장수인데 네가 감히 무엇인데 나서느냐?”

원소의 군사들이 여양까지 진격하자 동군의 태수 유연(劉延)이 급히 허도로 상황을 알렸다.

이에 조조가 대책을 협의하고 있으려니까 관우가 이 소식을 듣고 승상부로 찾아와 아뢰었다.

"싸움이 벌어진다고 들었습니다. 부디 저를 전위로 보내주십시오."

그러나 조조가 완곡하게 거절하였다.

"아직 장군이 나설 때가 아니오. 장차 때가 되면 내가 알아서 먼저 청하리다."

관우는 하는 수 없이 그대로 물러나왔다.

조조는 십오만의 병력을 셋으로 편성하여 진군시켰는데 도중에 유연으로부터 급보가 연달아 보고되었다. 이에 조조는 친히 오만 병력을 이끌고 백마로 가서 그 근처 야산 꼭대기에 진을 쳤다. 앞을 바라보니 안량의 전위부대 십만여 명이 넓은 들판을 가득 채우고 있었다.

조조는 잠시 생각하다가 송헌(宋憲)을 돌아보며 일렀다.

"장군은 전에 여포 밑에 있었던 맹장이라 들었으니 지금 안량과 한판 겨뤄보시오."

조조의 명을 받은 송헌은 창을 들고 말을 달려 앞으로 나아갔다. 안량은 진문의 깃대 아래에서 검을 움켜잡고 말 위에 있었는데 송헌이 다가오는 것을 눈여겨보다가 말에 박차를 가하여 치달려나갔다.

둘이 맞부딪치며 한두 차례 접전을 벌이는가 싶더니 안량이 순간적으로 검을 휘두르자 송헌의 목이 그대로 땅에 나뒹굴었다. 조조는 이 장면을 목격하고는 놀랐다.

"음, 과연 무서운 자로구나."

이때 위속(魏續)이 나섰다.

"송헌은 저의 동료였으니 제가 나서서 원수를 갚겠습니다."

"좋다, 나가보도록 하라."

조조가 승낙하자 위속은 쌍날의 창을 들고 말을 달려 안량에게로 가다가 온갖 욕설을 퍼부었다. 이에 안량은 아무런 대꾸도 없이 앞으로 나와 위속의 얼굴을 정면으로 겨냥하는가 싶더니 다음 순간 위속의 목이 말 위에서 떨어져버렸다. 조조는 비로소 조바심이 났다.

"이제 누가 나가서 겨뤄보겠느냐?"

다시 서황이 나가서 안량을 상대로 스무 차례나 맞붙어 싸웠으나 끝내 이기지 못하고 돌아오니 여러 장수들이 낯빛이 파래져서 할 말을 잃어버리고 말았다. 조조가 일단 군진을 뒤로 후퇴시키니 안량도 자기 진지로 돌아갔다. 조조는 모사들을 불러 안량을 처치할 만한 장수가 있는지를 알아보았다.

정욱이 아뢰었다.

"안량을 상대할 수 있는 장수는 오직 한 사람뿐이옵니다."

조조가 그가 누구냐고 묻자 정욱은 관우의 이름을 대었다.

"나도 그렇게 생각하고 있지만 관우가 공을 세우게 되어 내 곁을 떠나는 것이 두렵구나."

"하오나 유비가 만일 살아 있다면 틀림없이 원소의 군진으로 가서 머물러 있을 것입니다. 그러니 여기서 관우가 원소 휘하의 장수 안량을 죽인다면 원소는 분명히 화가 나서 유비를 죽이려 할 것입니다. 그래서 유비가 죽는다면 관우가 갈 곳은 없어지게 되는 것입니다."

조조는 정욱의 말에 기뻐하며 즉시 관우에게 사자를 보내었다. 관우는 조조의 명을 받자마자 유비의 두 부인을 찾아가 하직 인사를 하였다.

이에 두 부인이 신신당부하였다.

"이번에 가시거든 꼭 황숙의 소식을 알아봐주십시오."

관우는 반드시 그렇게 하겠다고 다짐하며 물러나와 청룡도를 집어들고 적토마에 올랐다. 그러고는 몇 명의 부하들을 거느리고 곧바로 백마로 들어가 조조를 만났다.

"우리 장수가 둘이나 안량의 손에 희생되었다네. 그래서 협의한 끝에 안량을 상대할 자는 장군밖에 없다고 결론이 나서 이렇게 장군을 부른 것이오."

"네, 잘 알겠습니다. 그러시다면 먼저 그 안량이라는 자를 구경하게 해주십시오."

조조가 술상을 차려 관우를 대접하고 있으려니 안량이 다시 도전해왔다는 보고가 들어왔다. 조조가 관우와 더불어 야산 꼭대기로 올라가 아래를 살피려고 정좌하자 여러 장수들이 병풍처럼 두 사람을 감싸고 섰다. 조조가 산 아래를 가리키니 거기에는 안량의 군진이 오색찬란한 기치와 창검을 가지런히 하고 위풍당당히 서 있는 모습이 보였다.

조조가 관우의 귀에 속삭였다.

"상당히 잘 정비된 전력이오."

관우는 단호하게 대답하였다.

"저의 눈에는 흙으로 빚은 닭이나 개로밖에는 보이지 않습니다."

그때 조조가 한 인물을 가리키며 말하였다.

"저기 저 비단 양산 아래 수놓은 옷을 입고 금빛 갑옷 차림으로 손에 검을 들고 말에 올라 앉아 있는 저자가 바로 안량이라오."

관우가 그를 자세히 살피더니 말하였다.

"저자는 제 눈에는 마치 짐승의 고기를 파는 백정놈으로밖에 보이지 않습니다."

조조가 관우를 타일렀다.

"아니오. 그를 너무 과소평가하지 마시오."

이에 관우가 자리에서 일어나며 말하였다.

"비록 변변치 못한 인물이오나 제가 저 천병만마(千兵萬馬) 속으로 뛰어들어가 그의 목을 베어 가지고 돌아오겠습니다.”

장료가 염려스러워하며 나섰다.

“전쟁에서의 싸움은 농담으로 결정되는 것이 아니오. 부디 몸 조심해서 다녀오시오.”

관우는 분연히 일어나 적토마에 올라타고는 청룡도를 한 손에 들고 말을 몰아 순식간에 산 아래로 달려내려갔다. 그러고는 봉황 같은 눈을 한껏 부릅뜬 채 잠자는 누에처럼 길게 굽은 눈썹을 치켜올린 후 무서운 기세로 적진을 향해 돌진해갔다. 그러자 하북의 군진들이 마치 큰 바다의 조수가 둘로 갈라지듯이 좌우로 벌어지며 길을 내주었다. 관우는 그 사이로 안량을 향해 곧장 달려나갔다.

비단 양산 아래 서 있던 안량은 관우의 모습이 시야에 들어오는 순간, 뭐라 입을 열어 말하려 하였지만 그때는 이미 관우의 적토마가 바로 코앞에 다가와 있었다. 안량이 검에 손을 댈 겨를도 없이 관우의 청룡도가 공중을 한 번 가르는가 싶더니 이미 안량의 목은 땅바닥에 뒹굴고 있었다. 관우는 말에서 내려 안량의 목을 들어 적토마의 목덜미에 매달고는 다시 말을 집어타고 칼을 들었다. 칼을 좌우로 휘두르며 적진을 뒤로 하여 빠져나오는 관우의 모습은 말 그대로 무인지경(無人之境)을 가는 듯했다. 하북의 군사들은 어안이 벙벙해져서 그대로 전열이 흐트러졌고 군진도 와해되었다. 조조가 그 기회를 놓칠세라 총 공격을 명하여 돌격시키니 무수히 많은 적군들이 죽고 다쳤으며 말과 무기도 엄청나게 많이 노획하였다.

관우가 산 위로 올라가 조조의 진중에 드니 여러 장수들이 축하하려고 몰려왔다. 관우는 우선 안량의 목을 조조에게 헌상하니 조조가 크게 칭찬하였다.

“장군은 신인(神人)이시오!”

관우는 겸손하게 대답하였다.

"아닙니다. 저 정도의 장수는 아우 되는 장비의 상대도 되지 않는 자입니다. 제 아우 장비는 백만 군 가운데서 대장의 목을 베어 오기를 마치 길에서 돌멩이를 줍듯이 쉽게 합니다."

조조가 이 말을 듣고 깜짝 놀라며 좌우의 장수들에게 일렀다.

"관우 장군이 한 말을 잘 새겨두어 다음에 장비와 마주치게 되면 함부로 상대하지 않도록 하라."

그러고는 각자의 옷깃에 장비의 이름을 적어놓으라고 당부까지 하였다.

안량의 군사들은 패주하여 돌아가는 도중에 원소와 마주쳐 원소에게 패전의 경위를 설명하였다.

"붉은 얼굴에 긴 수염을 기른 적장이 대도를 휘두르며 홀로 진지로 뛰어들어와 단칼에 안량 장군의 목을 베어 가는 바람에 순식간에 군진이 흩어져버려 이렇게 되었습니다."

패잔병들의 설명을 듣고 놀란 원소가 물었다.

"붉은 얼굴에 긴 수염을 가진 장수가 누구더냐?"

이에 곁에 있던 저수(沮授)가 대답하였다.

"그는 아마 유비 공의 아우 되는 관우임에 틀림없을 것입니다."

이 말에 원소가 성을 버럭 내며 유비를 향해 소리쳤다.

"너의 아우 되는 자가 나의 소중한 장수를 베어 죽였다 하니, 이는 필시 네가 적군과 통모하여 저지른 일이 분명하구나. 네가 내 곁에 있으면서 그런 짓을 하다니. 살려둘 수 없는 일이다."

원소는 그 자리에 유비를 무릎 꿇게 하고 당장 목을 치라고 명하였다.

처음에는 좌상으로 모셔지던 빈객이다가 끝내는 죄수의 신세가 되어 버린 유비의 목숨은 앞으로 과연 어찌 될 것인가?

제 26 회 조조를 떠난 관우

원본초패병절장　　관운장패인봉금
袁本初敗兵折將　　關雲長挂印封金

원소는 싸움에 패해 두 장수를 잃고
관우는 관직과 물품을 버리고 떠나다

문추를 죽인 관우

원소가 유비의 목을 치겠다고 소리쳤으나 유비는 당황하지 않고 태연하게 말하였다.

"공께서는 남이 이러저러하게 말했다고 해서 단번에 우정을 무(無)로 돌리실 생각이십니까? 저는 서주 땅에서 패한 뒤로 지금까지 아우 관우가 살아 있는지 죽어 있는지를 알지 못하고 있습니다. 천하에는 닮은 얼굴도 많은데 어찌하여 붉은 얼굴에 긴 수염을 한 자가 반드시 관우라고 단정지어 생각하시는 것입니까?

공께서는 잘 생각해보십시오.”

원소는 원래 남의 말에 잘 흔들리는 주관이 없는 자였으므로 유비의 말을 듣자 이번에는 도리어 저수를 나무랐다.

“네가 쓸데없는 말을 하여 하마터면 내가 아끼는 인물을 죽일 뻔하였지 뭐냐.”

이에 원소는 유비에게 사과하고 다시 빈객으로 모셔 안량의 원수를 갚을 일에 관해서 의견을 나누었다. 이때 막사 안에 있던 한 장수가 앞으로 나서며 아뢰었다.

“저와 안량은 형제나 다름없이 지내는 사이였습니다. 그런데 그런 안량이 죽임을 당했으니 제발 제가 그의 원한을 풀 수 있도록 하여 주십시오.”

이렇게 말한 장수는 키가 여덟 자나 되고 얼굴이 마치 해태처럼 생긴 하북의 명장 문추(文醜)였다. 원소는 기뻐하며 말하였다.

“그대가 나서서 안량의 원수를 갚아주지 못하면 우리 십만 대군이 황하를 건너 조조를 치러 갈 수 없을 것이다.”

이에 저수가 다시 이의를 제기하였다.

“그것은 졸책이옵니다. 지금의 상황으로는 오히려 연진(延津)에 진주해서 일부 병력을 관도(官渡)로 돌리는 것이 최상의 책략이옵니다. 섣불리 황하를 건너게 되면 만일 잘못된 사태가 벌어졌을 때 전군이 돌아오기가 힘들어집니다.”

원소는 눈썹을 치켜올리고 버럭 성을 내며 저수에게 소리쳤다.

“너희들 따위가 잘 되어 가는 일에 으레 찬물을 끼얹는 말을 해서 시일을 놓치게 만드는구나. 병법에도 ‘병(兵)은 신속을 최우선으로 삼는다’고 하지 않았느냐? 썩 물러가라.”

저수는 막사를 나와 길게 탄식하였다.

“위로는 자기가 잘났다고 교만에 빠져 있고, 아래로는 공을 세우는 데만 혈안이 되어 성급히 일을 망치기만 하는구나. 저 넓고 깊은 황하를 어찌하여 무사히 건너가고 건너온단 말인가!"

결국 저수는 신병을 핑계대어 작전을 세우는 회의에 참석하지 않았다. 유비는 원소에게 간청하였다.

"저는 주공의 은혜만 입은 채 아직 아무런 보답도 하지 못하고 있습니다. 이에 바라옵건대, 문 장군과 함께 출전하여 첫째로는 주공의 은혜에 보답하옵고, 둘째로는 관우가 과연 적진에 있는지의 여부를 탐지하고자 하오니 허락해주십시오."

원소는 유비의 간청에 따라 문추와 함께 전위 부대로 내보내기로 하였으나 문추가 이를 기피하며 아뢰었다.

"유 장군은 여러 싸움에서 진 대장이라 군사들의 사기에 영향을 미칠 것입니다. 주공께서 그래도 유 장군을 출전시키겠다면 그에게 따로 삼만 병력을 내주어 후위를 지키도록 해주십시오."

이리하여 문추는 병력을 거느리고 앞장서서 진군하였고, 유비는 삼만 군사를 이끌고 그 뒤를 따라나섰다.

한편 관우가 안량의 목을 벤 것에 감탄한 조조는 한층 더 극진히 대우하였다. 그리고 황제에게 표문을 상주하여 한나라 수정후(壽亭侯)로 봉하고 '관공(關公)'이라는 두 자의 인장을 주조하여 관우에게 증정하였다.

이때 원소 휘하의 문추가 수십만 군대를 이끌고 황하를 건너 연진 강변에 진을 쳤다는 보고가 들어왔다. 조조는 우선 그 일대 백성들을 서하(西河) 방면으로 옮기도록 한 뒤에 친히 군사를 이끌고 출병하였다. 행군 도중에 조조는 후위 부대를 앞으로 내보내고 전위 부대를 뒤로 처지도록 명하였다. 이에 양식과 마초를 실은 수송부대가 앞으로 나가고 병마들은 그 뒤를 따르는 모양이 되어 기이한 행군이 만들어졌다.

이를 이상히 여긴 여건(呂虔)이 물었다.

"왜 이런 행군으로 출병하시는 것입니까?"

“양초(糧草:군량과 마초)가 뒤따라오면 자칫 약탈당할 염려가 있어서 이렇게 앞세워본 것이다.”

“그러다가 적군과 맞닥뜨리면 빼앗기기 쉽지 않습니까?”

“그때는 또 그때 나름대로 대응책을 쓰면 되지 않느냐!”

여건은 조조의 말이 도무지 납득되지 않았지만 더 이상 묻지 않았다. 조조는 아랑곳하지 않고 양초를 비롯한 그 밖의 물자를 황하 강변을 따라 연진 쪽으로 운송해갔다. 얼마쯤 가는데 앞서 가던 부대에서 일대 소동이 일어났다. 이에 후위에 있던 조조가 전령을 급파시켜 상황을 알아보도록 하였다.

“문추의 군사들이 기습하는 통에 아군은 식량이고 뭐고 다 내버려두고 뿔뿔이 흩어졌습니다. 후위 병력을 급파시키려고 해도 전위까지의 거리가 너무 머니 어찌해야 좋을지 모르겠습니다.”

이에 조조가 채찍으로 남쪽 연안을 가리키며 말하였다.

“잠시 저 언덕 위로 피해 있도록 해라.”

조조는 병사들을 일제히 남쪽 언덕 위로 서둘러 올라가게 한 후 군병들에게 갑옷을 벗고 허리띠를 늦추어 느긋하게 휴식을 취하라고 명하였다. 뿐만 아니라 군마들도 그 일대에 자유롭게 풀어놓도록 하였다. 이윽고 문추 군이 쳐들어오자 조조의 장수들이 소리쳤다.

“적군들이 몰려오니 빨리 말을 몰아 백마까지 후퇴하도록 하라.”

순욱이 제지하며 말했다.

“아니, 그게 무슨 소리요? 이렇게 적군을 유인해놓고 후퇴하다니요?”

조조가 순욱에게 눈짓을 하며 싱긋 웃으니 순욱도 조조의 마음을 읽고 더 이상 아무 말도 하지 않았다.

문추의 부대는 식량과 마초를 빼앗는 것에 성공하더니 이번에는 군마까지 빼앗을 수 있다는 생각에 뿔뿔이 흩어져서 자기들

멋대로 달려들어 강탈하다가 순식간에 대오가 무너지게 되었다. 바로 이때를 노려 조조가 언덕 위에서 휴식을 취하고 있던 군사들에게 일제히 공격을 명하니 문추의 군사들은 진퇴양난에 빠져 어쩔 줄을 몰랐고, 조조의 군사들은 그 둘레를 에워쌌다. 이제 문추는 홀로 뛰어나가 단독으로 싸울 수밖에 없었다. 군사들은 서로 맞붙어 싸움을 하였고 아무리 말려도 저지시킬 수가 없는 상황에까지 이르렀다.

할 수 없다고 판단한 문추가 말에 채찍질을 가해 줄행랑을 치기 시작하자 언덕 위에서 이를 지켜보고 있던 조조가 소리쳤다.

"문추는 하북의 명장이다. 누가 나가서 저놈을 사로잡겠는가?"

이에 장료와 서황이 달려나가며 외쳤다.

"문추야, 비겁하구나. 달아나긴 왜 달아나느냐?"

문추는 추격하는 두 장수를 돌아보더니 들고 있던 철창을 활로 바꾸어 잡고 화살을 메겨 장료를 겨누었다.

이를 본 서황이 소리쳤다.

"화살은 집어치워라!"

이 소리에 장료가 급히 몸을 낮추니 화살이 날아와 그의 투구에 맞아 끈 매듭을 끊어놓았다.

이에 화가 난 장료는 몸을 낮추고 더욱 맹렬히 문추를 추격하였다. 그런데 다시 화살이 하나 날아와 말의 얼굴에 꽂혀 말이 그대로 곤두박질쳤다. 그 바람에 장료가 땅바닥에 나뒹굴고 말았다. 이를 지켜본 문추가 말머리를 돌려 장료를 향해 돌격하자 서황이 큰 도끼를 휘둘러대며 문추를 저지하려고 막아섰다.

서황과 문추가 사력을 다해 혈투를 벌이는데 문추의 부대가 떼를 지어 몰려왔다. 서황은 더 이상 버틸 수 없다고 생각하고 말머리를 돌려 줄행랑을 쳤다. 문추는 단념하지 않고 계속 강변을 따라 서황을 추격하는데 갑자기 십여 명의 기병들이 깃발을 휘날리며 돌개바람처럼 나타나 앞을 가로막았다.

그 앞에는 관우가 위풍당당히 서 있었다.

"패장은 게 섰거라!"

그러고는 문추를 상대로 두세 차례 접전을 벌였으나 문추는 이미 심리적으로 패배해 있었기 때문에 체면을 차릴 여유도 없이 서둘러 달아났다. 그러나 관우가 탄 적토마는 하루에 일천 리를 가는 명마였기 때문에 순식간에 문추를 따라잡았다. 잠시 후 관우가 청룡도를 한 번 휘두르니 문추의 머리가 말에서 떨어져 아래로 굴러떨어졌다.

언덕 위에서 시종일관 경과를 지켜보던 조조는 관우가 문추의 목을 벤 것을 보자마자 즉시 군사들을 진격시켰다. 결국 하북 군의 태반은 황하의 물에 빠져 죽고 조조 군은 잠시 잃었던 양초와 군마를 모두 되찾을 수 있었다.

관우의 생사를 확인한 유비

관우가 서너 기병을 거느리고 종횡무진으로 적군을 무찌르며 돌아다니고 있는 사이에 유비가 삼만 병력의 후위부대를 이끌고 도착하였다.

유비 군의 염탐꾼 하나가 전선을 탐색하고 돌아와 보고하였다.

"이번에도 얼굴이 붉고 긴 수염을 가진 적장이 문추 장군의 목을 베었습니다."

유비가 이 말에 짚히는 바가 있어 말을 집어타고 최전방으로 달려나가 살펴보니 강 건너 저편의 십여 명 적군의 무리들이 내건 깃발에는 '한 수정후 관운장(漢壽亭侯關雲長)'이라는 일곱 자가 씌어져 있었다. 운장은 바로 관우의 자였던 것이다.

유비가 하늘을 쳐다보며 감사하듯 중얼거렸다.

"나의 아우가 저렇게 분연히 조조의 진영에서나마 살아 있다니!"

유비는 당장에라도 관우를 소리쳐 부르고 싶었지만 조조 군의 대부대가 밀려오는 바람에 퇴각할 수밖에 없었다.

이때는 원소가 관도까지 진격하여 목책을 휘두르며 진두지휘하고 있었는데 곽도(郭圖)와 심배(審配) 두 장수가 원소 앞에 다가가 아뢰었다.

"관우가 다시 문추의 목을 베었으나 유비가 이번에도 모른 체하고 있습니다."

"귀 큰 놈이 감히 나를 속이려 하다니!"

원소가 소리를 치며 유비를 찾고 있는데 유비가 스스로 원소 앞으로 걸어들어왔다.

이를 본 원소가 당장 끌어내어 유비의 목을 치라고 하자 유비가 태연하게 물었다.

"무슨 죄로 저를 죽이려 하십니까?"

"너는 또다시 너의 아우 놈이 내 휘하 장군의 목을 베어 죽인 것을 알고도 시치미를 뗄 참이냐?"

"제가 한 마디만 올리겠습니다. 조조는 평소에도 저를 꺼려 했었는데 더욱이 제가 이곳에 와 있다는 것을 알고는 저와 원공의 사이를 갈라놓게 하기 위해 일부러 제 아우 관우를 선두에 내보내어 안량과 문추를 죽이게 한 것입니다. 그렇게 되면 공께서 저를 그냥 두지 않을 것이므로 조조가 일부러 그걸 노리고 계획한 간계라 여겨집니다. 다시 한 번 잘 생각해보십시오."

원소는 유비의 말을 듣고 고개를 끄덕거리며 말하였다.

"흠, 듣고 보니 과연 유비의 말이 옳은 것 같소."

원소는 곽도와 심배에게 쓸데없이 입만 놀려댄다고 한바탕 꾸짖고는 내쫓아버렸다. 원소가 유비에게 빈객의 자리로 안내하니 유비가 감사의 예를 표하였다.

"저를 이해해주시니 감사하는 마음 더할 바가 없사옵니다. 지금 공께서 제게 베풀어주신 은혜에 보답할 길이 없었사오나 길이 이제야 생겼습니다. 제가 심복을 시켜 아우 관우에게 서신을 보내겠습니다. 그래서 제가 여기에 있다는 것을 알려주면 관우는 모든 것을 놔두고 단숨에 여기로 달려올 것입니다. 그가 와서 공과 함께 조조를 쓰러뜨리게 되면 안량과 문추의 원수를 갚는 길이 되는 것이니, 어떻습니까?"

원소는 얼굴에 희색이 만면하여 대답하였다.

"관우라면 안량과 문추보다 열 곱은 뛰어난 장수이지요."

유비는 즉시 관우에게 보내는 글을 썼으나 마땅히 사자로 보낼 심복을 찾지 못해 고민하고 있었다. 그러는 동안 원소는 군단을 무양(武陽) 쪽으로 후퇴시켜 수십 리에 걸쳐 진영을 주둔시키고 움직이지 못하도록 하였다. 이에 조조는 관도의 황하 주변을 하후돈에게 수비하도록 하고 자신은 허도로 돌아가 큰 잔치를 베풀어 관우의 전공을 축하해주었다. 조조는 그 자리에서 여건에게 말하였다.

"지난번 행군 도중에 군량과 마초 등의 물자를 앞으로 내보낸 것은 적을 낚는 미끼였는데 그 계교를 꿰뚫어본 사람은 오직 순유(荀攸)뿐이었네."

장졸들은 조조의 설명을 듣고 새삼 그의 지략에 탄복해 마지 않았다.

서신을 교환한 의형제

그때 여남(汝南)에서 보고가 들어왔다. 지금 그곳에는 황건적의 잔당인 유벽(劉辟)과 공도(龔都)들이 몹시 날뛰고 있는 가운데 조홍(曹洪)이 그들을 상대해서 여러 차례나 싸웠으나 그때마다 열세를 면치 못하여 원군을 보내달라는 보고였다.

이 소식을 들은 관우가 자청하여 나섰다.

"제가 여남으로 가서 황건적 무리를 토벌하고 오겠습니다."

그러나 조조가 이를 만류하였다.

"아니오. 장군이 큰 공을 세운 터에 아직 제대로 보답도 못 하였는데 그렇게 자주 수고를 끼치게 하고 싶지는 않소이다."

"저는 가만히 있으면 오히려 병이 나고 마는 성미이니 부디 출병을 허락해주십시오."

조조는 그의 충정에 감탄하여 관우에게 오만 병력을 내주고 우금과 악진을 부장으로 내세워 이튿날 출병하도록 허락하였다. 이때 순욱이 조조에게 속삭였다.

"관우는 언제나 유비에게 돌아갈 생각을 버리지 않고 있으니 너무 자주 싸움터에 내보내는 것은 좋지 않을 것입니다."

조조가 그의 말에 동의하였다.

"이번 한 번뿐이다. 이제 다시는 관우를 적군 앞에 내보내지 않을 것이다."

관우는 군사들을 거느리고 여남 가까운 곳에 진지를 구축하였다. 그날 밤에 군사들이 두 명의 첩자를 잡아왔는데 그 중 한 사람은 낯이 익은 손건(孫乾)이었다.

관우는 주위 측근들을 물리고 그를 불러 물어보았다.

"패전의 혼란 속에서 실종된 것으로 알고 있었는데 어떻게 여기에 나타난 것이오?"

손건은 그간의 자초지종을 이야기하였다.

"그때 패주하여 여남 땅 일대를 방황하다가 요행히 유벽을 만나 그의 신세를 지게 되었습니다. 하온데, 장군은 어찌하여 조조 밑에 계시며 또한 유비 장군님의 두 부인께서는 어찌 되셨습니까?"

이에 관우가 그 동안의 경위를 자상하게 들려주었더니 손건이 다시 말하였다.

"황숙께서는 지금 원소의 진영에 몸을 의탁하고 계시다고 합니다. 저도 그 소식을 듣고 당장 달려가고 싶었는데 마땅한 기회가 없었습니다. 그러던 중 유벽과 공도도 원소에게 투항하여 조조를 타도할 작정으로 저를 염탐꾼으로 세워 이렇게 장군에게 연락을 취하러 온 것입니다. 이에 내일 두 사람은 일부러 싸움에 져서 여남성을 포기하고 원소에게로 갈 작정입니다. 그러니 장군께서는 서둘러 두 형수님을 모시고 원소의 진영으로 가서 유 황숙을 만나뵙도록 하십시오."

이 말에 관우가 난색을 표하며 말하였다.

"우리 형님이 지금 원소 진영에 계시다는 것이 밝혀진 이상 나도 한시바삐 달려가고 싶지만 딱하게도 내가 원소 휘하의 두 장수를 죽여버렸소. 그런데 원소가 나를 반가이 맞이해주겠소?"

"그러시다면 제가 한번 원소의 진영에 가서 의중을 확인한 후에 다시 오겠습니다."

"내 죽는 한이 있더라도 형님을 만나러 갈 것이네. 이번에 허도로 돌아가는 대로 조조에게 작별을 고하겠네."

그날 밤에 관우는 손건을 몰래 풀어주었다.

이튿날 관우가 출진하니 공도도 갑옷을 입고 진영 앞으로 나왔다. 그를 보더니 관우가 소리쳤다.

"너희들은 어찌하여 조정을 배반하려고 하느냐?"

"네 놈도 주인을 등진 주제에 어찌하여 나를 나무라느냐?"

"내가 언제 주인을 등졌다고 하는 거냐?"

"유비는 지금 원소에게 몸을 의지하고 있는데 네 놈은 지금 조조의 앞잡이가 되어 있지 않느냐?"

관우가 더 이상 대꾸를 하지 못하고 말을 달려 칼을 휘두르니 공도는 도망치기 시작하였다. 관우가 포기하지 않고 바짝 뒤쫓자 공도는 몸을 돌려 관우에게 일렀다.

"본래 주인의 은혜를 잊지 않도록 어서 돌아가시오. 여남성은 그대에게 내어주겠소."

이에 관우가 돌아와 다른 부장들과 함께 총공세를 취하니 유벽과 공도는 일부러 괴멸한 척하며 산산이 흩어져 도주해버렸다.

관우는 여남성의 백성들을 선무하고 허도로 개선하였다. 그러자 조조가 성 밖까지 마중나와 반가이 맞아주었고 장졸들의 노고도 위무해주었다. 관우는 조조가 베풀어준 축하연에 참석했다가 곧바로 자택으로 돌아와 두 형수에게 인사를 드렸다.

감 부인이 먼저 물었다.

"두 차례나 출전하셨는데 혹시 황숙에 대해서 무슨 소식을 듣지 못하셨습니까?"

"아직 아무 소식도 듣지 못했습니다."

관우가 이렇게 아뢰고 물러나오자 두 부인은 눈물을 흘리며 서러워하였다.

"황숙께서는 이미 이승에 안 계시는가 봅니다. 아주버니는 저희가 걱정할까봐 일부러 숨기고 말하지 않는 것 같습니다."

마침 그때 관우의 출진에 따라나갔다가 온 노병 하나가 정원의 중문 밖에 서 있다가 부인들의 하염없는 통곡 소리를 듣고 마음이 몹시 상하여 달려와 아뢰었다.

"마님, 울지 마시옵소서. 황숙께서는 지금 하북 땅의 원소 진영에 무사히 계시다고 하옵니다."

그러자 두 부인은 놀라며 물었다.

"어떻게 그것을 알았느냐?"

"제가 관 장군을 따라 출병하였다가 그곳에서 주고받는 말을 들었습니다."

그러자 감 부인은 관우를 불러들여서 다그쳤다.

"황숙께서는 장군과 의리에 어긋나는 일은 전혀 하지 않으셨는데도 장군이 지금 조조의 은혜를 입고 있다고 변심하여 우리에게 진실을 알려주지 않으시려는 것입니까?"

관우는 그 자리에서 엎드려 두 형수에게 사죄하였다.

"형님께서는 지금 분명히 하북 땅에 살아계십니다. 그것을 두 형수님께 알려드리지 못했던 것은 비밀이 누설될까봐 두려워하였기 때문입니다. 무슨 일이나 조급히 서두르게 되면 실패하는 법이니까 말입니다."

감 부인이 목소리를 누그러뜨리며 말하였다.

"이제 황숙께서 살아계신 것을 알았으니 일을 서둘러주십시오."

관우는 그렇게 하겠다는 대답은 하고 물러나왔지만 조조에게 어떻게 말한 후 허도를 떠날 것인가를 생각하니 답답할 뿐이었다.

한편 우금은 유비가 하북의 원소 곁에 있다는 사실을 탐지하여 조조에게 보고하였다. 이에 조조는 장료를 관우에게 보내어 동태를 살피도록 하였다. 관우가 안절부절못하고 있을 때 장료가 찾아와 축하의 말을 건넸다.

"장군, 축하합니다. 이번의 출진에서 황숙이 계신 곳의 소재를 아셨다고요?"

이에 관우는 퉁명스럽게 대답하였다.

"그것이 무슨 소용이오. 아직 이렇게 만나러 가지도 못하고 있는데."

이 말에 장료는 엉뚱한 질문을 하였다.

"그런데 장군과 유 황숙, 그리고 나와 장군의 관계를 비교하면 어떤 해석을 할 수 있겠소?"

관우는 서슴없이 답하였다.

"나와 그대는 붕우지간(朋友之間)이오. 그러나 나와 현덕 공(현덕은 유비의 자)과는 붕우이면서 형제요, 형제이면서 군신 사이이니 그대와는 비교도 안 되는 사이요."

"황숙은 현재 하북 땅에 있다고 들었는데 어째서 찾아가지 않는 것이오?"

"물론 찾아갈 것이오. 옛 맹약을 어길 수는 없는 법 아니오? 부디 나를 위해서 승상께 말씀 잘 전해주시구려."

장료가 돌아가 관우의 이같은 말을 조조에게 전하니 조조가 예상했다는 표정으로 중얼거렸다.

"내 기필코 관우를 붙들어놓을 테다."

관우는 관우대로 밤낮없이 생각에 골똘히 잠겨 방법을 모색하고 있었는데 그때 옛 벗이라고 하면서 한 사람이 찾아왔다. 이에 관우는 그를 만나보았으나 전혀 알지 못하는 얼굴이었다.

"실례지만 공은 누구시오?"

그러자 그가 나직이 답하였다.

"저는 원소 장군의 휘하에 있는 남양 출신의 진진(陳震)이라고 합니다."

관우는 흠칫 놀라며 즉시 측근들을 물리고 다시 물었다.

"무슨 일로 나를 찾아오셨소?"

진진은 이 말에 대답하는 대신 품속에서 서신을 꺼내 내밀었다. 그것은 놀랍게도 유비가 쓴 편지였다.

나 유비와 그대는 도원에서의 결의로 생사를 같이하기로 맹약하였소. 그러나 불행히도 중도에 헤어지게 된 후 그대는 갑자기 태도를 바꾸어 위로는 조정을 등지고 아래로는 나와의 우의도 끊어버리고 말았소. 만일 그대가 군공(軍功)을 세우고 부귀를 누리고 싶다면 이 목숨을 바쳐 그대가 큰 공훈을 세우도록 해드

리리다. 하고 싶은 말은 이루 헤아릴 수 없이 많으나 붓으로써
는 충분히 표현할 수 없어 유감이오. 그저 회신만을 학수고대하
겠소.

관우는 이 서신을 읽고 목놓아 통곡하였다.

"형님을 찾지 않았음이 아니라 찾을 길이 없었소이다. 내 어찌
부귀를 바라고 군공에 눈이 어두워 옛 맹약을 저버릴 수 있단
말이오!"

진진이 관우를 달래며 말하였다.

"유비 공께서는 오직 장군이 돌아오기만을 간절히 기다리고 계
십니다. 이렇게 장군의 뜻이 그러하오니 어서 돌아가 뵙도록 합
시다."

"천지간에 사람으로 태어나서 처음과 끝을 깨끗이 하지 않는
자는 군자라고 할 수 없소. 내 여기 조조에게 올 때 당당히 왔으
니 돌아갈 때도 당당하게 돌아가겠소. 밤중에 몰래 도망치는 일
따위는 결코 할 수 없단 말이오. 내가 편지를 써줄 테니 그것을
가지고 가서 형님께 전해주시오. 내가 이제 조조에게 작별을 고
하고 두 형수님을 모시고 돌아갈 작정이라고 우리 형님께 전해
달란 말이오."

"그러나 조조가 순순히 허락할까요?"

"내 죽는 한이 있더라도 이곳에는 머물지 않을 작정이오."

"알겠습니다. 그럼 빨리 회답을 써주십시오. 그러면 황숙께서
마음 놓으실 것입니다."

관우는 다음과 같은 회답을 썼다.

의(義)에 사는 자는 마음에 꺼리는 행동을 하지 않으며, 충
(忠)에 사는 자는 죽음조차 마다하지 않는다고 했습니다. 이 아

우는 어려서부터 책을 읽어 웬만한 예의도 분별하며 양각애(羊角哀)와 좌백도(左伯桃:)*의 일화에도 몇 번씩이나 감탄하며 눈물을 흘렸던 몸이옵니다. 지난번 하비의 싸움에서는 안에는 식량이 모자라고 밖으로는 원병이 없는 진퇴양난의 고비에 있었습니다. 그렇다고 죽음을 따르자니 두 형수님을 보호하고 있는 제가 책임을 완수하지 못하는 것 같아 결국 소원대로 죽지도 못하고 잠시 적의 손에 몸을 맡겨 뒷날의 재기를 기약하는 수밖에 없었습니다. 형님의 소식은 이번 여남 땅에 출병하였을 때 처음 접한 소식이었사온즉, 이 아우는 이제 즉시 조조에게 작별을 고한 뒤 두 형수님을 모시고 그곳으로 찾아가뵙겠사옵니다. 제가 만약 딴마음을 먹고 있다면 처벌을 받을 것이옵니다. 제 마음속에 품고 있던 생각을 남김없이 토해내어 보여드리고 싶은 심정이나 그것도 글로는 이루 다 표현할 수 없는 일이오니 재회의 날을 일일천추(一日千秋:하루가 천 년 같다)의 심정으로 적었나이다.

진진이 이 서신을 가지고 돌아간 뒤, 관우는 두 형수에게 찾아가 지금까지의 경위를 모두 알리고 승상부로 조조를 만나러 들어갔다. 조조는 이미 관우가 이렇게 나오리라는 것을 예견하고 있었으므로 누구도 만나지 않겠다는 팻말을 문에 걸어두었다. 관우는 하는 수 없이 돌아와 오래된 심복 부하와 머슴들에게 언제든지 떠날 수 있도록 말을 준비해두라고 일렀다. 그리고 조조로부터 받은 선물은 저택 안에 고스란히 그대로 놓아두고 하나도 가져가는 일이 없도록 엄명을 내렸다.

---

*양각애(羊角哀)와 좌백도(左伯桃):초나라 때의 지우로 양각애와 좌백도가 여행 중에 날이 몹시 추워 얼어죽게 되었을 때 친구가 자신보다 뛰어나다고 칭찬하며 옷과 먹을 것을 양각애에게 주고 좌백도 자신은 고목 속에 들어가 죽었다는 고사.

다음날 관우는 다시 승상부로 찾아갔으나 거절당하였다. 그래도 포기하지 않고 몇 번씩이나 찾아가보았으나 역시 헛걸음만 치고 돌아왔다. 고민하던 관우는 혹시나 하는 마음에 장료의 집으로 찾아갔으나 그도 역시 신병을 치료 중이라며 만나주지 않았다. 관우는 곰곰이 생각해보았다.

'조조는 나를 절대로 보내지 않으려고 결심하였다. 하지만 나는 기필코 가야 하고 여기에 남아 있으면 안 된다.'

이렇게 결심한 관우는 결국 조조에게 작별의 편지를 썼다.

저는 젊은 날부터 황숙을 섬겨오며 생사를 같이하기로 맹세한 몸이옵니다. 더구나 이 맹세는 황천후토(皇天后土:하늘의 신과 땅의 신)도 훤히 알고 있습니다. 지난번 하비성이 함락될 때 제가 부탁한 세 가지 조건을 들어주신다고 약속하셨습니다. 그런데 이번에 저의 옛 주인이 원소의 군영 안에 존명(存命)해 계신다는 것을 알게 된 이상 이제 맹약을 어길 수는 없습니다. 승상께 입은 은혜도 은혜이려니와 옛 의리도 잊을 수가 없는 일이옵니다. 이에 여기서 일단 서면을 통해 고별의 인사 말씀을 갈음하고자 합니다. 베풀어주신 은혜는 아무 다 보답할 수 없겠으나 다음 기회에 갚기로 하겠사옵니다.

관우는 편지를 다 쓴 후 굳게 봉하여 승상부로 보내는 한편, 조조가 지금까지 보내준 금은보화들을 하나도 남김없이 창고에 넣어 봉하였으며 '한수정후'의 관인도 바깥채에 놓아두었다.

그리고 나서 두 형수를 수레에 태우고 자신은 적토마에 올라 청룡도를 손에 들었다. 드디어 관우는 저택을 나서 따르는 하인과 부하들에게 수레를 호위하도록 하여 성의 북문으로 향하였다.

그런데 그 북문에 이르니 문지기들이 앞을 가로막으며 보내려

하지 않았다. 이에 관우가 청룡도를 휘두르며 큰소리로 외치니 하나도 남김없이 모두 달아나버렸다.

관우는 성문을 나서자 따르던 일동에게 일렀다.

"너희들은 마님들의 수레를 모시고 먼저 가거라. 나는 여기서 뒤쫓아오는 적병들을 맡겠다. 그리고 두 마님께서 놀라시지 않도록 각별히 조심하도록 하여라."

그의 명에 따라 종복들이 수레를 밀며 길을 재촉하여 떠났다.

한편 조조는 관우를 어떻게 할 것인지에 대해 모사들을 모아 놓고 협의하고 있었는데 마침 관우의 편지가 보고되었다.

"아차, 놓쳐버렸구나!"

조조가 관우의 편지를 읽고 놀라고 있는 사이 북문을 지키던 문지기들이 달려와 보고하였다.

"승상께서 보내주신 금은보화들은 고스란히 그냥 놓고 갔으며 열 명의 시녀들도 안사랑에 있었습니다. 그리고 '한수정후'의 관인도 바깥채에 놓아둔 채 떠나버렸습니다. 승상께서 보내신 자들은 하나도 데려가지 않고 애초부터 자신을 따라온 종복들만 거느리고 갔으며 짐 또한 처음에 가져왔던 것들만 가지고 떠났습니다."

일동이 크게 놀라 어쩔 줄을 모르고 있는데 장수 하나가 뛰어나와 외쳐댔다.

"저에게 철기병 삼천만 내주시면 쫓아가 관우를 잡아 끌고 오겠습니다."

이렇게 말한 이는 장군 채양(蔡陽)이었다.

깊고 깊은 굴을 빠져나온 관우는 다시 삼천 명의 철기병들과 부딪치게 되었다.

과연 채양은 자신의 뜻을 이룰 수 있을 것인가?

제 27 회 관우의 칠문 돌파

미 염 공 천 리 주 단 기 　 한 수 후 오 관 참 육 장
美髯公千里走單騎　漢壽侯五關斬六將

미염공이 홀로 천리길을 달리고
한수후는 오관에서 여섯 장수의 목을 베다

관우를 후대하여 보내는 조조

조조 진영의 대장 가운데 관우와 교제가 있었던 이는 장료 외에 서황을 비롯하여 여러 사람들이 있었는데 그들은 모두 관우에 대해 칭찬과 존경을 아끼지 않았다.

그러나 단 한 사람 채양만은 관우를 시기하여 항상 불만스러워했으므로 관우를 추적하겠다고 자청하고 나선 것이었다.

조조가 말했다.

"옛 주인을 잊지 않고 진퇴를 분명히 한 것은 훌륭한 장부의

행동이니 너희들도 그를 본받도록 하라.”

이러면서 채양을 꾸짖고는 내보내지 않았다. 그러나 정욱이 나서서 조조를 설득하였다.

“승상께서는 그토록 관우를 극진히 우대해주셨는데 무례하게도 그는 고별 인사 한 마디 아뢰지 않고 편지 한 장만 남겨놓고 떠나버렸습니다. 이는 승상을 무시하고 모독한 처사이니 그냥 넘어가시면 안 됩니다. 이번에 그냥 원소에게로 보내면 그야말로 호랑이에 날개를 달아주는 꼴이 되어 버리니 이제 그를 뒤쫓아 처치하지 않으면 나중에 후환을 겪게 될 것입니다.”

그러나 조조도 물러서지 않았다.

“내가 미리 약속한 일인데 이제와서 발뺌을 하고 시치미를 뗄 수는 없는 일이다. 관우 역시 자기 주인을 찾아가는 것이니 내버려두도록 하라.”

조조는 다시 장료를 불러서 명하였다.

“관우는 금은과 관인도 봉한 채 놓고 갔네. 이는 뇌물이나 명예로도 그의 마음을 움직일 수 없다는 것이네. 나는 그런 관우에게 경의를 표시하고 싶네. 아직 멀리 벗어나지는 않았을 것이니 자네가 빨리 달려가서 그를 만나 여비와 전포(戰袍)를 보내주고 정중히 배웅해서 떠나보내주도록 하게.”

이리하여 장료는 말을 달려 관우의 뒤를 쫓아갔고, 조조도 수십 기에 여비와 전포를 싣게 하여 뒤따라 성 밖으로 나갔다.

한편 관우는 하루에 천 리를 간다는 적토마를 타고 있었기 때문에 멀리 갈 수도 있었으나 두 형수님을 호위하기 위하여 천천히 가고 있었기에 장료가 능히 따라잡을 수 있었다.

그렇게 가고 있는데 뒤에서 부르는 소리가 들렸다.

“관우 장군! 잠깐 멈추시오.”

이 말에 관우가 뒤돌아보니 장료가 말을 타고 오는 것이 보였다. 관우는 수레를 호송해가는 종졸들에게 염려하지 말고 큰길로만 가라고 지시하고는 홀로 청룡도를 손에 들고 장료에게 다가가 물었다.

"자네, 설마 나를 잡아 승상에게로 데려가려고 온 것은 아니겠지?"

장료가 반색을 하며 대답하였다.

"아니오. 승상께서는 장군이 작별 인사도 하지 않고 간 것에 대해 섭섭함을 금치 못하시며 곧 이리로 장군을 배웅하러 오실 것이라 했소. 나는 장군에게 잠시만 기다려달라는 말을 전하기 위해 이렇게 한 걸음 먼저 달려온 것이오."

관우는 그래도 마음이 놓이지 않아 다짐의 말을 건넸다.

"만약 승상이 휘하 군병을 거느리고 오더라도 나는 죽음을 무릅쓰고 상대를 할 것이오."

이렇게 말하고 관우가 다리 위에서 말을 멈추고 뒤를 살펴보니 과연 조조가 수십 기의 병력을 데리고 달려오는 것이 보였다. 또한 그 뒤를 허저·서황·우금·이전 등이 수행하며 따라오는 것도 보였다.

조조는 관우가 칼을 가로로 뉘어놓은 자세로 다리 위에 버티고 서 있는 모습을 보자 일동을 멈추게 하여 좌우로 나란히 서도록 하였다.

관우는 그들 일동의 손에 무기가 쥐어져 있지 않음을 알아보고 일단 마음을 놓았다.

"장군, 너무 서둘러 떠나시는 것 아니오?"

관우는 말 위에 올라탄 채 답례하였다.

"제가 미리 승상께 이해를 바라고 약속을 해놓은 일이었습니다. 저의 주인 유비 공이 하북에 살아계시다는 것을 알고 난 후

하루라도 더 지체할 수 없어서 떠나기 전에 인사를 올리려고 몇 번이나 승상부로 갔었으나 만나뵐 수 없었습니다. 그래서 편지를 써놓고 금은과 인장 모두를 봉하여 반납한 후에 이렇게 길을 떠나온 것입니다. 부디 원하옵건대 승상께서는 당초의 약속을 저버리지 마십시오."

조조가 답하였다.

"나는 신(信)으로 천하에 입신한 몸인데 어찌 약속을 어기는 일 따위를 하겠소? 가는 길에 불편하시지는 않을까 걱정되어 약간의 노자와 도포를 준비하여 왔소이다."

이렇게 말한 후 조조는 장수 하나를 시켜 쟁반을 관우에게 건네주었다.

그러자 관우가 사양하며 말하였다.

"자주 베풀어주시던 하사의 은혜로 아직 경비가 남아 있으니 이 돈은 장졸들에 대한 은상(恩賞)으로 쓰도록 하시고 거두어 주십시오."

"장군의 큰 공훈에 보답하려는 만분의 일만한 내 뜻이니 거절하지 말고 받아주기 바라오."

"큰 공훈이라니요? 천만의 말씀이십니다. 그런 사소하고 보잘것없는 공은 모쪼록 잊어주시기 바랍니다."

이 말에 조조는 미소를 지으며 말하였다.

"관우는 참으로 천하의 의사시오. 내가 그대를 신하로 갖지 못하는 것이 정말 유감스럽소. 그럼, 여기 비단 도포 한 벌이 있으니 이것만은 거절하지 말고 받아주기 바라오."

조조가 이렇게 말하자 장수 하나가 말에서 내려 양손으로 도포를 받쳐들고는 관우의 적토마 앞으로 다가왔다.

관우는 만일의 사태에 대비하여 말에서 내리지 않고 청룡도를 뻗어 칼 끝으로 그것을 거둬들여 받더니 조조에게 감사의 말을 하였다.

“감사히 받겠습니다. 언젠가 승상과 재회할 수 있기를 기대하겠습니다.”

이렇게 말하고는 다리를 건너 곧바로 북쪽을 향해 사라져갔다.

이를 지켜본 허저가 노기등등하여 조조에게 따졌다.

“예의도 모르는 저놈을 왜 살려 보내주시는 것입니까?”

“저쪽은 혼자의 몸이고 우리는 수십 명이니 저쪽에서 마음을 놓지 않는 것은 당연한 일이 아니냐? 아무튼 내가 승낙해서 보내주는 것이니 절대로 관우의 뒤를 쫓는 일이 없도록 하라.”

조조는 여러 장수들에게 이렇게 타일렀다. 그러나 그러면서도 성으로 돌아오는 도중에 관우를 생각하며 무척 아까워하였다.

젊은 장수 요화와 호화의 편지

조조 일행이 돌아간 후에 관우는 두 형수의 수레 일행을 따라잡으려고 단번에 산야를 치달려갔으나 어찌된 일인지 삼십여 리 거리를 달려도 그림자 하나 발견할 수 없었다.

당황한 관우는 그 부근 일대를 뒤지며 찾고 있었는데 산 기슭에서 누군가가 소리쳤다.

“관 장군님! 잠깐만 계십시오.”

관우가 그 외침 소리가 들리는 곳으로 달려가보니 젊은 장수 하나가 황건을 머리에 두르고 비단 옷을 걸친 차림새로 창을 손에 든 채 말을 타고 있는 것이 보였다. 그리고 그 말의 목덜미에는 사람의 목 하나가 매달려 있는 것이 보였다.

그런 그가 백여 명의 무리들을 거느리고 관우에게로 다가오자 관우가 위엄을 갖추고 소리쳤다.

“너는 어디서 온 자이냐?”

관우의 물음에 젊은 장수는 느닷없이 그 자리에 납짝 엎으려 절을 했다. 관우는 미심쩍은 생각이 들어 여전히 방심하지 않고 다가가 다시 큰소리로 물었다.

"이름을 대보도록 하라!"

그러자 젊은 장수가 절을 한 상태로 아뢰었다.

"저의 이름은 요화(廖化)이며 자를 원검(元儉)이라 하옵니다. 저는 본디 양양 땅 출신이오나 이 난세에 일정한 주거를 갖지 못하고 오백여 명의 무리들을 모아 도둑질과 약탈을 하는 산적을 생업으로 삼고 있습니다. 그런데 저의 무리 가운데 두원(杜遠)이라는 놈이 몇몇 졸개들을 거느리고 산 아래로 내려가 파수를 보다가 지나가는 수레를 덮쳐 두 명의 부인과 그 일행을 잡아서 올라왔더군요. 저는 수행자들에게 물어 두 분이 유 황숙의 부인이라는 것을 알았고, 또 관우 장군이 두 부인을 호송하고 계시다는 말을 듣고 두 부인을 돌려보내려고 하였습니다. 그런데 두원이란 놈이 막무가내로 말을 듣지 않고 방자하게 굴기에 제가 그를 잡아죽여 이렇게 그의 목을 베어 장군께 바치고 사죄하려고 온 것이옵니다."

"그래, 그럼 두 부인께서는 지금 어디 계시느냐?"

"산 속에 계시옵니다."

관우가 즉시 모시고 내려오라고 명하자 얼마 뒤에 일백여 명의 산적들이 수레를 호위하면서 내려왔다.

관우는 말에서 내려 수레 곁으로 다가가 두 부인에게 물었다.

"형수님들, 몹시 놀라시지는 않으셨는지요?"

두 부인이 반가워하며 말했다.

"저 요 장군이 비호해주시지 않았더라면 두원이라는 산적의 손에 욕을 당할 뻔하였습니다."

관우는 다시 종복들에게 물었다.

"저 요화라는 젊은 두목이 어떻게 마님들을 구해냈느냐?"

이에 종복들이 찬찬히 아뢰었다.

"두원이라는 자가 산 위로 올라와서 요화에게 마님 한 분씩을 나누어 서로 아내로 맞이하자고 제의했습니다. 그러다가 요화가 두 마님의 신분을 알게 되어 안 된다고 하였으나 두원이라는 자가 계속 고집을 부리고 듣지 않았으므로 요화가 그의 목을 베어버렸습니다."

종복들의 말을 듣고 관우는 요화에게 정중하게 사과하였다.

요화는 무리들을 이끌고 배웅하고 싶어하였지만 관우는 그들이 본디 황건적의 잔당이라는 사실을 꺼림칙하게 여겨 사절하였다. 요화가 다시 금은보화와 비단 등을 바치려 하였으나 관우는 그것도 받지 않았다. 결국 요화는 다시 무리들을 이끌고 산 속으로 들어가버렸다.

수레를 수행하는 일행은 여정을 서둘렀다. 관우는 수레 옆에 붙어 따라가면서 두 형수에게 조조가 배웅까지 나와 전포를 건네주었던 이야기 등을 하였다.

그렇게 가는 중에 날이 저물어 일행은 한 고을에 머물게 되었다. 어느 호농(豪農)의 저택을 찾아드니 머리와 수염이 눈처럼 흰 주인이 얼굴을 내밀며 물었다.

"장군은 누구십니까?"

"아실는지 모르나 저는 유비 황숙의 의제 되는 관우라고 합니다."

"그렇다면 안량과 문추의 목을 베신 관우 공이 아니십니까?"

"그렇습니다."

노인이 놀라 반기며 부랴부랴 안으로 맞아들였다.

관우가 다시 말했다.

"수레 안에 아직 두 형수님께서 계십니다."

그러자 노인은 자신의 부인과 딸을 불러내어 두 부인을 맞아 들여 접대하도록 하였다. 이에 두 부인이 초당으로 들어서자 관우는 그 곁에 시립하여 서 있었다.

노인이 앉으라고 권하였으나 관우가 사양하며 말했다.

"두 형수님께서 여기 계시온데 어찌 감히 앉을 수 있겠습니까?"

관우의 말을 들은 노인은 부인과 딸을 시켜 두 부인을 안사랑으로 모셔 들어가도록 하고 관우를 접대하는 일에 소홀함이 없도록 하였다.

관우는 노인의 정체가 궁금해서 조심스럽게 물어보았다.

"이 사람은 성을 호(胡)라고 하옵고 이름은 화(華)라고 하는 자로 환제 시대에 의랑(議郎:고문관) 벼슬까지 하였으나 그 뒤에 사직하고 이렇게 초야에 묻혀 지내고 있사옵니다. 저에게는 호반(胡班)이라는 아들 하나가 있사온대 지금은 형양(滎陽)의 태수 왕식(王植) 밑에서 종사(從事:정식 관리가 아닌 하급 관리)로 있습니다. 혹시 장군께서 그쪽으로 지나가신다면 자식에게 편지를 한 통써서 장군을 보호하라고 하겠으니 전해주시기 바랍니다."

관우는 이 부탁을 쾌히 응낙하였다.

이튿날 아침을 먹고 두 부인을 수레에 태운 뒤에 호화가 쓴 편지를 건네받고 다시 여로에 올랐다.

제1관문 동령관

일행이 낙양으로 뻗은 가도로 나서자 얼마 가지 않아서 앞에 동령관(東嶺關)이라는 관문이 나타났다. 그곳에는 공수(孔秀)라는 대장이 오백 병력을 이끌고 그곳을 수비하고 있었다.

관우가 수레를 호위하며 올라갔더니 보초병의 보고를 받고 공수가 친히 나와 맞이해주었다.

공수가 물었다.

"관 장군께서는 어디로 가시는 길입니까?"

"승상 밑을 떠나 하북 땅에 계시는 우리 형님을 만나러 가는 길이오."

"하북이라고 하면 우리 승상과 적대 관계에 있는 원소가 있는 곳이 아니오? 그러니 승상께서 통행을 허락하신다는 증명서 같은 것을 보여주지 않으면 이 관문을 지나갈 수 없습니다."

"워낙 급하게 떠나오느라 승상의 증명서를 미처 받지 못하였소."

"그러면 기다려주시오. 이쪽에서 사람을 보내 승상께 여쭈어 허락을 얻은 후에 보내드리겠소."

"시급을 요하는 나그네 길이오. 하루도 지체할 수 없단 말이오."

"하지만 법도를 어길 수는 없는 일이니 어쩔 수 없습니다."

"그렇다면 날 지나가게 할 수 없다는 것이오?"

공수가 냉담하게 대답하였다.

"정 통과하시겠다면 볼모로 사람을 이곳에 두어야만 지나가실 수 있소."

이 말에 화가 난 관우는 청룡도를 뽑아들고 공수를 죽이려 하였다. 놀란 공수는 관문 안으로 급히 뛰어들어가 북을 치며 병력을 동원하였다.

그리고 자신은 갑옷을 걸쳐입고 말을 몰아 달려나오면서 관우에게 소리쳤다.

"자, 이래도 통과할 수 있겠느냐?"

관우는 일단 수레를 뒤로 물리게 한 후에 앞으로 뛰어나가 공수를 향해 돌진하였다. 공수도 창으로 응전하면서 달려나왔는데 말과 말이 달려 스쳐가는 순간, 관우의 강철로 된 대도가 머리 위에서 허공을 갈랐다. 이어 공수는 한 덩어리의 주검이 되어 땅으로 떨어졌다.

이를 지켜본 공수의 군사들이 혼비백산하며 달아나려 하자 이를 본 관우가 그들을 향해 소리쳤다.

"달아날 것 없다. 공수는 내가 어쩔 수 없어서 베어 버렸지만 너희들과는 관계없는 일이니 안심하도록 하여라. 다만 너희들 입으로 직접 승상께 공수가 먼저 관우를 죽이려 하여 그를 베었다고 전해올려라. 알겠느냐?"

이에 도망치던 군사들이 관우의 말 앞으로 나와 두 손을 땅에 대고 머리를 조아렸다.

제2관문 낙양관

관우는 다시 두 부인의 수레 뒤를 따르며 관문을 통과하여 낙양으로의 여로에 올랐다.

이 사이 낙양의 태수 한복(韓福)은 관우가 동령관을 통과하고 낙양으로 오고 있다는 보고를 받고 심복들을 불러 상의하였다. 이에 맹탄(孟坦)이라는 부하가 입을 열었다.

"승상의 증명서를 소지하지 않았다면 어느 누구라도 불법으로 통행하려는 자이니 만약 통과를 허락했다가는 반드시 '뒤에 문책이 따를 것입니다."

한복도 그의 말에 수긍하였다.

"알고 있다. 그러나 안량이나 문추 같은 맹장도 관우의 칼 앞에 꼼짝하지 못했으니 아무래도 무력으로는 그를 당해낼 수 없을 것이니 어떤 계략을 세워서 그를 잡아야 할 것이다."

맹탄이 다시 아뢰었다.

"그렇다면 이런 방책은 어떻겠습니까? 관문의 어귀에 녹채(鹿砦:가시나무 울타리)를 설치해놓았다가 관우가 그곳을 통과할 때 제가 맞서 싸우겠습니다. 그러다가 기회를 봐서 녹채 있는 곳으로 달아날 테니 장군께서는 그곳에 숨어 계시다가 활을 쏘아대십시오. 그래서 관우가 그 화살에 맞아 말에서 떨어지면 그때 사로잡으면 될 것입니다. 그리하여 생포한 관우를 허도로 압송하면 장군께서는 후한 상을 받으실 것입니다."

이렇게 협의되었을 때 관우 일행이 도착했다는 소식이 들려왔다. 한복은 화살을 쏠 병력을 매복시켜놓고 일천 병력을 관문으로 이끌고 나가서 관우에게 물었다.

"너는 도대체 누구냐?"

관우가 말 위에서 허리를 굽혀 관직에 대해 경의를 표하며 말하였다.

"나는 한의 수정후 관우라고 하며 이곳을 통과하려고 왔소."

"그러면 승상의 증명서를 보여주시오."

"급히 길을 떠나느라고 가져오지 못하였소."

"본관은 승상의 분부를 받는 곳이니 수상쩍은 자나 증명서를 지니지 못한 자는 출입을 시키지 않고 있소. 장군께서 증명서를 소지하지 않으셨다니 혹시 도망쳐오신 것은 아니시오?"

관우가 눈꼬리를 치켜올리며 말하였다.

"너도 동령관의 공수 신세가 되고 싶은가?"

한복이 뜨끔해하며 소리쳤다.

"누가 나가서 저자를 사로잡아 와라!"

이 말에 맹탄이 달려나가 두 자루의 칼로 덤벼들었으나 두세 차례 맞싸우다가 달아나버렸다. 이에 관우가 그 뒤를 쫓았다. 맹탄은 관우를 유인할 생각으로 도망친 것이었으나 워낙 관우의 말이 빨리 달리는 적토마였으므로 순식간에 따라잡혀 관우의 단칼에 몸이 두 동강 나버리고 말았다.

관우가 말머리를 돌려 나오려 할 때 한복은 어느 틈에 문루에 올라가 화살을 쏘아댔는데 그 중 화살 한 개가 관우의 왼쪽 팔 뚝에 꽂혔다. 관우가 급히 그 화살을 입으로 물어 빼내었더니 피가 솟구쳐나왔다.

관우는 덮쳐오는 적군들을 하나씩 베어 버리면서 한복을 향해 치달렸다. 결국 한복이 당황하여 꼼짝도 못 하고 있는 사이에 관우가 청룡도를 휘둘러 그의 몸을 두 동강 내버렸다. 관우는 다시 두 형수들의 수레로 돌아와 옷을 찢어서 상처를 동여매었다.

그리고 관우는 어떤 불상사가 다시 일어날지 모른다고 생각하여 서둘러 그 고장을 떠나 기수관(沂水關)으로 향해 길을 재촉하여 떠났다.

제3관문 기수관

기수관은 변희(卞喜)라는 장수가 수비를 맡고 있었는데 그는 두 개의 쇠사슬로 된 쇳덩이 유성추(流星鎚)를 잘 다루는 장수였다. 그는 원래 황건적의 잔당이었는데 조조에게 항복하여 이곳에 배속되어 있었다.

관우가 이곳으로 오는 중이라는 보고를 받은 변희는 계책을 세웠다. 그것은 관문 너머에 위치한 진국사(鎭國寺)라는 절에 복병 이백여 명을 숨겨놓은 후 관우를 그곳으로 데려가 접대하는 척하다가 술잔을 쏟는 것을 신호로 일제히 덤벼들어 관우를 처치한다는 계략이었다.

드디어 모든 준비를 끝낸 변희는 관우를 반가이 맞이하는 척하며 말하였다.

"장군의 존함은 이미 천하에 널리 떨쳐 있는데 장군을 존경하지 않는 자가 어느 누가 있겠습니까? 그런데 이번에는 유 황숙을 찾아가신다고 하니 장군의 충성심이 더욱 빛나는 일입니다."

이에 관우는 공수와 한복을 죽일 수밖에 없었던 상황을 말하였고 변희가 이해한다며 대꾸하였다.

"그러실 테지요. 그들을 죽인 것은 당연한 것입니다. 제가 승상께 잘 말씀드리겠습니다."

관우가 무척 기뻐하며 변희와 더불어 기수관을 지나 진국사 앞에 이르자 승려들이 종을 치며 맞이해주었다.

이 절은 본시 한나라 명제(明帝) 때에 어전에 향화(香火)를 바치던 보리사(菩提寺)로 승려의 수효가 서른 명 남짓 되는 곳이다. 그런데 그 가운데 관우와 같은 포동(蒲東) 출신의 승려가 하나 있었으니 법명을 보정(普淨)이라고 하였다.

보정은 변희의 계략을 꿰뚫어보고 관우 앞으로 나와 합장한 후에 말을 건네었다.

"장군께서는 고향 포동을 떠나신 지 몇 해가 되셨는지요?"

"스무 해쯤 됩니다."

"그럼 장군께서는 소승을 기억하고 계십니까?"

"고향을 떠난 지가 워낙 오래되어서 잘 모르겠습니다."

"소승의 집은 장군 댁과 개울 하나를 사이에 두고 마주보고 있었습니다."

변희는 보정이 고향의 추억을 상기시키며 옛정을 나누는 것을 보고 기밀이 탄로날까봐 두려워 보정을 꾸짖었다.

"장군을 연회에 초청한 것은 나인데 중놈 주제에 웬 쓸데없는 잔소리가 그리 많은가?"

이에 관우가 변희를 만류하였다.

"괜찮소이다. 모처럼 동향을 만나 옛 추억을 더듬어 보는 것도 즐거운 일이거늘 뭘 그리 역정을 내시오?"

보정이 관우의 말에 용기를 얻어 주지의 방에서 차를 대접하고 싶다고 청하자 관우는 두 형수의 수레를 가리키며 말하였다.

"아닙니다. 두 형수님이 저 수레에 계시니 먼저 그곳으로 차를 올려주십시오."

이에 보정은 차를 달여 두 부인에게 보내고 관우를 주지의 방으로 모시고 갔다. 보정은 몸에 찬 계도(戒刀:가사를 재단하는 칼)에 살며시 손을 대고는 관우에게 눈짓을 해보였다. 그러자 관우는 알아들었다는 표정을 지어보이고는 종복 일행에게 칼을 휴대하고 따라오라고 일렀다.

변희는 본당의 연회석으로 관우를 불러들였다.

관우가 들어서자마자 변희에게 물었다.

"이 초대는 단순히 호의로만 이루어진 것이오, 아니면 다른 꿍꿍이가 있는 것이오?"

변희가 관우의 갑작스런 질문에 대답할 말을 찾지 못하고 당황하는 사이에 관우는 벽의 장막 속에 도부수(刀斧手:칼과 도끼를 쓰는 군사)가 숨어 있는 것을 보았다.

관우가 큰소리로 변희에게 소리쳤다.

"나는 너를 호인이라 생각했는데 무슨 해괴한 짓을 꾸민 것이냐?"

변희는 계획했던 것이 들통 난 것을 깨닫고 부하들에게 소리쳤다.

"모두 나와서 이자를 잡아라!"

그 소리에 복병들이 좌우에서 뛰어나와 덤벼들었지만 청룡도를 휘두르는 관우 앞에서는 꼼짝도 할 수가 없었다. 기겁을 한 변희가 본당을 뛰쳐나와 복도 쪽으로 정신없이 도망치자 관우가 검 대신 대도로 바꿔 들고 뒤를 쫓았다.

쫓기는 변희가 자기의 주무기인 유성추를 던졌지만 관우가 그것을 대도로 막아버리고, 한 걸음에 뛰어가 변희를 머리에서 발끝까지 단칼에 동강내었다.

변희를 죽인 관우가 즉시 두 형수에게로 돌아가보니 포위하고 있던 군사들이 관우를 보고 뿔뿔이 흩어져 달아나버렸다. 관우는 그들이 역습하지 못하도록 멀리까지 쫓아버리고 돌아와 보정에게 감사의 표시를 하였다.

"스님 덕분에 죽을 고비를 모면할 수 있었습니다."

보정도 합장하여 답례하며 말했다.

"소승도 이 절에는 더 이상 머물 수가 없는 처지이오니 나그네 길에 올라 떠돌까 합니다. 장군께서는 부디 몸조심하시어 유 황숙을 만나십시오. 인연이 되면 언젠가는 다시 만나게 되겠지요."

관우는 보정과 이별하고 일행을 이끌고 다시 형양(滎陽)으로 향하였다.

제4관문 형양관

그 당시 형양 땅의 태수 왕식(王植)은 한복과 친척 사이였는데 한복이 관우의 칼에 죽었다는 보고를 받고 복수를 하리라 다짐하고 관문의 어귀에 군세를 배치하여 단단히 지키고 있었다.

이윽고 관우 일행이 도착하자 왕식은 겉으로는 기쁜 표정을 지으며 그들을 맞이하였다.

"장군은 먼 길을 달려오시느라 피로하실 것이고, 두 부인께서도 수레를 타고 오시느라 여간 고단하지 않으실 테니 어서 안으로 드시어 역관(驛館)에서 하룻밤 편히 쉬도록 하십시오."

관우는 그의 친절한 태도에 속아 두 형수를 모시고 성 안으로 들어갔다.

역관은 깨끗하게 잘 정돈되어 있었다. 왕식이 연회를 베풀어

관우를 초대하였으나 피곤하다며 정중히 사양하니 차렸던 음식
들을 모두 역관으로 보내주기까지 했다.

저녁 식사를 마친 관우는 두 형수에게 편히 쉬라는 인사를 올
리고 물러나와 종복 일행에게도 말먹이를 많이 주고 일찍 잠자
리에 들라고 명하였다. 관우도 잠자리로 돌아와 갑옷을 벗고 여
독을 풀었다.

왕식은 관우의 그런 행동을 보고받고는 종사 호반(胡班)을 은
밀히 불러 명하였다.

“관우는 승상 곁을 떠나 유 황숙을 찾아가는 도중에 태수 등
관문의 장수들을 셋이나 죽였다. 이에 참수형을 면할 수 없는 놈
이나 그의 무용이 출중해서 우리가 당해낼 수가 없다. 그러니 오
늘 밤에 천 명의 병력을 이끌고 역관을 포위하여 병사들에게 관
솔불을 들게 하고 한밤중이 되면 일제히 불을 지르도록 하라. 누
구라 선별할 것 없이 눈에 띄는 대로 모조리 태워죽이도록 해라.
나도 군사들을 거느리고 나가겠다.”

이리하여 왕식의 명을 받은 호반은 일천 병력을 선발하고 그
들에게 역관 옆에 장작과 잘 타는 물건 등을 갖다놓으라고 명하
였다. 모든 준비를 마친 호반은 생각에 잠겼다.

‘관우라는 이름은 오래 전부터 들어서 알고 있었지만 아직까지
그 얼굴을 직접 본 적이 없으니 보지도 못하고 죽이기는 아까운
인물이다. 어디 한번 만나보기나 하고 죽이도록 해야겠다.’

이렇게 생각한 호반은 역관으로 들어가 보초병에게 물었다.

“관 장군은 지금 어디 계시느냐?”

“장군께서는 지금 사랑방에서 책을 읽고 계시옵니다.”

호반이 살며시 다가가 관우를 엿보니 관우는 왼손으로 수염을
쓰다듬으며 불빛 아래에서 책을 펼쳐놓고 읽고 있었다.

호반은 그 위엄에 놀라 자기도 모르게 신음 소리를 내었다.

'관우 장군은 과연 천인(天人)이로구나.'

이때 관우가 인기척을 느껴 주위를 둘러보며 물었다.

"거기 누구 있소?"

이에 호반은 도망칠 생각도 잊어버린 채 마치 빨려들듯이 그의 앞으로 나가 고개를 조아리며 아뢰었다.

"저는 형양 태수의 종사인 호반이라 하옵니다."

순간 관우가 눈을 치켜뜨면서 물었다.

"그러면 자네는 허도의 성 밖에 사는 호화(胡華)라는 사람의 아들인가?"

"예. 그러하옵니다."

관우는 호반에게 반가움을 표시하고 종복을 시켜 행장 속에서 호화의 편지를 가져오라고 명하였다.

종복이 가져온 편지를 읽은 호반은 감탄하며 말하였다.

"하늘의 도우심이 아니었다면 하마터면 충신을 죽이는 잘못을 저지를 뻔하였습니다."

관우가 호반의 말을 의아하게 여기자 호반은 모든 사실을 털어놓았다.

"왕식이란 자는 원래 음흉한 자로 장군의 암살을 도모하고 있었습니다. 사실 이 역관을 포위하고 한밤중에 불을 질러 장군을 죽이라고 명하였으나 이제 제가 몰래 가서 성문을 열어놓겠으니 한시바삐 이곳을 떠나도록 하십시오."

관우는 몹시 놀라 급히 갑옷을 갖추어 입고 칼을 차고 말에 올랐다. 그리고 두 형수들도 수레에 태우고 역관 밖으로 나와보니 과연 군사들이 관솔불을 들고 이리저리 왔다갔다 하는 것이 보였다.

관우 일행이 아슬아슬하게 역관을 빠져나가 성문에 이르니 호반이 기다리고 있다가 성문을 열어주었다. 이에 관우 일행은 모

두 무사히 성문을 빠져나가고 호반은 되돌아와서 부하들을 시켜 역관에 불을 지르도록 하였다.

관우 일행이 오륙 리를 달려가다 관문을 돌아보니 온통 불바다를 이루고 있었는데 왕식이 군사들을 이끌고 이쪽으로 달려오는 것이 보였다.

"관우는 게 섰거라!"

그러자 관우는 고삐를 당겨 말을 멈추고 노기에 찬 음성으로 외쳤다.

"이 못난 필부 놈아! 나는 너와 아무런 원한도 없는데 왜 나의 목숨을 노려 불을 지르고자 했느냐?"

왕식은 관우의 말에 대꾸도 하지 않고 덤벼들었으나 얼마 가지 않아서 관우가 휘두르는 칼에 몸이 두 동강 나면서 나가떨어졌다. 그 광경을 본 군사들이 혼비백산하여 흩어져버렸다. 관우는 몇 번이나 호반에게 감사를 표하고 난 후 발걸음을 재촉하여 앞으로 나아갔다.

제5관문 활주관

관우 일행이 활주(滑州) 가까이에 이르자 태수 유연(劉延)이 마중나와 일행을 맞이하였다.

관우는 적토마 위에서 인사를 건넸다.

"오랜만입니다. 그간 별고 없으셨습니까?"

"예, 덕분에 잘 있습니다. 그런데 공께서는 지금 어디로 가시는 길이신지요?"

"승상의 허락을 받고 의형 되시는 유비 공을 찾아가는 길이오."

"그것 참 이상하군요. 유비 공은 지금 원소와 함께 계신다고

들었는데 그 원소와 조 승상과는 지금 적대관계에 있습니다. 그
런데 어떻게 승상께서 장군을 보내셨단 말입니까?"

"내가 승상 밑에 들어가기 전에 약속된 일이었소."

"그렇다고 하더라도 황하의 건널목에는 하후돈의 부장인 진기
(秦琪)가 지키고 있으니 장군을 얌전히 보내지는 않을 것입니다."

이 말에 관우가 유연에게 부탁의 말을 했다.

"그러면 태수께서 배를 좀 빌려주실 수 없겠습니까?"

"배는 있지만 그 청을 들어줄 수는 없소이다."

"지난번에 제가 안량과 문추를 죽여 공을 위험에서 구해드렸사
온대 고작 배 한 척 제게 빌려주는 것이 아까워서 이러시는 것
입니까?"

"아닙니다. 배 한 척이 문제가 아니라 장군의 요구를 들어주면
하후돈이 나를 가만 놔두지 않고 책임 추궁을 해댈 것이기 때문
입니다."

관우는 유연이라는 인물이 미덥지 못한 자라고 판단하고 황하
의 건널목 포구에 이르렀다. 그러자 진기가 부하들을 거느리고
나타나 관우 일행을 보고 따져 물었다.

"너는 웬놈이냐?"

"나는 한의 수정후 관우 장군이오."

"어디로 가시는 길이시오?"

"하북에 있는 나의 형님 유비 공을 만나러 가는 길이니 이곳을
건너가게 해주시오."

"그럼 승상의 증명서를 지니고 있소?"

"내가 승상의 부하가 아니거늘, 승상의 증명서 따위를 가지고
다니겠소?"

"나는 하후돈 장군의 명에 따라 이곳의 수비를 맡고 있으니 장
군께서 설령 날개가 있다고 하더라도 승상의 증명서 없이는 절

대로 통과하지 못하니 단념해주시기 바라오.”

“내가 도중에 거쳐온 관문에서 길을 방해한 장수들을 어떻게 했는지 듣지 못했나 보군.”

“그 손에 죽은 자들은 변변치 못한 졸장부였는데 그들을 나와 비교하다니!”

“아니, 그러면 네가 안량이나 문추보다 낫다고 자만하고 있는 거냐?”

진기는 더 이상 대꾸하지 않고 칼을 들고 말을 달려 관우에게 덤벼들었다. 그러나 진기 역시 앞서 다섯 명의 장수와 마찬가지로 관우의 청룡도에 목이 떨어져나갔다.

관우가 진기의 목을 베고 나서 도망치기에 바쁜 군사들에게 일렀다.

“방해자들은 모두 처치했으니 여러 군사들은 당황하지 말고 즉시 배를 준비하여 우리가 건널 수 있도록 하라.”

관우의 명을 받들어 군사들은 배를 기슭으로 저어 왔다. 그러자 관우는 먼저 두 형수를 태우고 이어 종복들을 태운 후에 황하를 건너갔다. 이 황하만 건너면 원소의 세력권인 대안(對岸) 땅이다. 이리하여 관우는 다섯 관문을 통과하며 여섯 장수의 목을 베었다.

그러나 관우는 우울한 심정이 되어 혼잣말로 중얼거렸다.

‘여기까지 오면서 많은 장수들의 목을 벨 생각은 없었으나 결과가 이렇게 되고 말았구나. 이 일을 조조가 알게 되면 나를 배은망덕한 사람이라고 할 것이니 답답할 뿐이다.’

그가 그런 심정으로 가고 있는데 북쪽으로부터 흙먼지를 일으키며 한 사람이 달려오는 것이 보였다.

“잠깐만 기다리십시오.”

이렇게 부르는 이는 다름 아닌 손건이었다. 관우가 반기며 물었다.

"여남(汝南)에서 헤어진 뒤로 어떻게 지내셨소?"

"유벽(劉辟)과 공도(龔都)는 장군이 철수하신 뒤에 다시 여남 땅으로 돌아가 그곳을 빼앗고 저에게 '하북 땅으로 가서 원소를 만나 유비와 더불어 조조를 타도하고 싶다'라고 전하라고 했습니다. 그래서 제가 하북 땅으로 와보니 장수들은 서로 시기하고 헐뜯기에 정신이 없었습니다. 이에 전풍은 아직도 감옥에 갇혀 있고, 저수는 상대해주지도 못하는 처지에 있으며, 심배와 곽도는 서로 권력 다툼으로 정신이 없습니다. 게다가 원소는 의심이 많아 단안을 내리지 못하고 있는지라 저는 유 황숙을 만나 그곳을 빠져나가라고 권했습니다. 그리하여 유 황숙께서는 여남 땅의 유벽에게 가 계십니다. 그런데 장군께서 그런 줄도 모르고 곧바로 원소의 진영으로 찾아드셨다가 어떤 곤경에 빠질지 몰라서 이렇게 알려드리려고 부랴부랴 달려왔는데 이곳에서 만나게 되어 천만다행입니다. 장군께서는 즉시 여남에 계시는 유 황숙을 찾아뵙기를 바랍니다."

자초지종을 들은 관우는 손건을 두 형수 앞으로 데리고 가서 인사를 올리게 하였고 손건이 다시 그간의 근황을 알렸다.

"원소는 두 번이나 황숙께 위해를 가하려 하였사오나 그때마다 다행히 위기를 모면하시어 지금은 별 탈 없이 여남 땅에 계십니다. 그러니 그곳에 가시면 유 황숙을 만나실 수 있을 것입니다."

이 말에 두 부인은 손으로 얼굴을 가리고 기쁨의 눈물을 흘렸다.

관우는 일행에게 하북행의 중단을 알리고 길을 바꾸어 여남 쪽을 향해 가도록 명하였다. 그런데 그렇게 얼마쯤 가기도 전에 등뒤에서 흙먼지를 일으키며 한 떼의 무리가 달려왔다.

"관우는 거기서 기다려라!"

이들의 선봉에 선 장수는 하후돈으로 이렇게 목청 높여 관우를 불러댔다.

여섯 장수가 관문에서 관우를 막으려다 목숨을 잃고, 지금은 한 떼의 군사가 길을 가로막아 관우의 앞길을 방해하니 과연 관우는 이 장애물을 어떻게 뛰어넘을 것인가?

제 28 회 다시 만난 삼형제

참 채 양 형 제 석 의   회 고 성 주 신 취 의
斬蔡陽兄弟釋疑   會古城主臣聚義

채양을 베어 형제의 의심이 풀리고
고성 고을에 군신이 한데 모이다

관우를 보낸 조조

관우는 하후돈이 이곳까지 뒤따라올 줄은 꿈에도 생각하지 못했다. 관우는 손건에게 두 형수님의 수레를 호위하여 먼저 길을 재촉하라고 이르고 자신은 혼자 남아 대도를 손에 움켜쥐고 하후돈을 향해 물었다.

"그대가 내 뒤를 쫓음은 곧 승상의 분부를 어기는 것이니 그대도 그것을 모를 리가 없지 않은가?"

그러나 하후돈이 서슬이 퍼렇게 선 채로 대꾸하였다.

"승상의 증명서도 없이 너는 관문을 통과하면서 그때마다 장수들을 죽이고 내가 아끼던 부장도 죽였으니 너무나 무례한 짓을 하지 않았느냐? 그러니 이제 네 놈을 결박하여 허도로 데리고 가서 승상께서 재판하시도록 할 작정이다."

이렇게 말을 내뱉은 하후돈은 공격 자세를 취하였으나 관우는 말 고삐를 잡고 꼼짝하지 않았다.

이때 한 병사가 급히 말을 몰고 달려와 아뢰었다.

"장군께서는 관우 장군과의 싸움을 중지하십시오!"

그렇게 말한 병사는 품속에서 공문을 꺼내 하후돈에게 건네주며 말하였다.

"승상께서는 관우 장군의 충의에 크게 탄복하시어, 관 장군이 관문을 통과하는 동안 저지하는 자가 없도록 하기 위해서 이 공문서를 여러 곳에 전하여 관 장군을 막지 말라 하셨습니다."

그러나 하후돈은 이 말에 수긍하지 않았다.

"관우는 관문을 통과하면서 여섯 장수를 죽였는데 그것은 아마 승상께서도 모르고 계실 것이다."

"그것은 아마도 모르고 계실 것입니다."

"그렇다면 내가 저놈을 사로잡아 승상께 데리고 갈 것이니 그때 가서 살리시든 죽이시든 승상의 뜻에 따르겠다."

그러자 장승처럼 버티고 서 있던 관우가 하후돈의 이 말에 버럭 성을 내며 소리쳤다.

"너 따위 녀석을 내가 두려워할 줄 아느냐?"

관우가 청룡도를 뽑아들고 덤벼들자 하후돈이 창으로 응전하였다. 두 사람 모두 만만치 않은 호웅(豪雄)이라 쉽게 결판이 나지 않아 한참 동안 혈전이 벌어졌다.

그때 또다시 한 전령이 말을 몰아 달려오면서 소리쳤다.

"두 장군께서는 싸움을 멈추십시오!"

그러자 하후돈이 창을 거두며 전령에게 물었다.

"승상께서 관우를 잡으라고 명하시더냐?"

"아니, 그렇지 않습니다. 승상께서는 관문의 대장들이 관 장군을 막을까 염려하시어 저를 보내셨습니다."

하후돈이 다시 발끈하여 말했다.

"승상께서는 관우가 대장들을 죽인 사실을 알고 계시느냐?"

"아직 듣지 못하셨을 것입니다."

"그것 봐라! 아직 그 소식을 못 듣고 내리신 명이라면 이대로 관우를 보낼 수는 없다."

마침내 하후돈은 군병들로 하여금 관우를 포위하라고 명하였다. 관우는 사태가 악화되는 것을 보자 화가 나서 대도를 휘두르며 하후돈에게 덤벼들었다. 하후돈도 그에 맞서 두 맹장의 칼과 창이 불꽃을 튀는 찰나 저 멀리서 말을 타고 달려오는 장수 하나가 우렁찬 소리로 외쳤다.

"관 장군과 하후 장군은 싸움을 멈추시오!"

그는 다름 아닌 바로 장료였다. 이에 두 사람은 싸움을 중지하고 장료가 다가와 말하는 것을 들었다.

"승상의 분부로 달려왔소이다. 승상께서는 관 장군이 관문을 지키는 장수들의 목을 벤 사실을 보고받으시고 도중에 그것이 불씨가 되어 불상사가 일어나서는 안 된다고 말씀하시며, 저에게 각 관문을 돌아 관 장군을 방해하는 일이 없도록 전하라고 지시하셨소이다."

하후돈이 즉시 이의를 제기하였다.

"진기는 채양의 조카가 되는 몸이오. 채양이 일부러 진기를 이쪽으로 보내어 나에게 부탁한 것인데 그런 진기를 관우가 죽였으니 이를 어찌 방관할 수 있단 말이오?"

장료가 하후돈을 설득하였다.

"채 장군께는 제가 사리를 잘 분간해서 말씀드리겠소. 어쨌거나 승상의 명이 내렸으니 이를 거역해서는 안 될 것이오. 그러니 관 장군을 보내드리도록 하시오."

결국 하후돈은 군사를 이끌고 철수할 수밖에 없었다.

장료가 관우에게 물었다.

"이제 어디로 가시겠습니까?"

"우리 형님이 원소 진영에 안 계시다는 소문이 들리니 천하를 돌아다녀서라도 형님을 찾아내는 수밖에 없지요."

"그러시다면 차라리 승상께로 돌아가시는 것이 어떻겠습니까?"

이 말에 관우가 껄껄 웃고 나서 말하였다.

"가당치도 않은 말씀이시오. 장군께서 돌아가시거든 나를 대신하여 승상께 꼭 사과드려주시기 바라오."

관우는 장료에게 이렇게 부탁하고 헤어졌다. 장료와 하후돈도 별수 없이 군사를 이끌고 철수했다.

곽 노인의 아들

관우는 말을 급히 달려 수레를 이끌고 가는 손건 일행을 따라잡았다. 그리고 지금까지의 경위를 손건에게 낱낱이 들려주고는 말머리를 나란히 하여 앞으로 전진했다.

일행은 며칠 간의 행군 동안 큰 폭우를 만나 옷이고 여장이고 할 것 없이 모두 빗물에 젖어 고생이 이만저만이 아니었다. 그렇게 가다가 멀리 보이는 언덕에 호농의 저택이 눈에 들어왔다. 관우가 일행을 이끌고 그곳에서 하룻밤 신세를 져야겠다고 생각하고 수레를 앞세워 다가가니 늙은 노인이 나와서 일행을 맞이하였다.

관우가 그곳에 찾아온 용건을 자세히 설명하니 노인도 자신의 신분을 밝혔다.

"나는 조상 대대로 이 고장에 사는 몸으로 이름은 곽상(郭常)이라고 하오. 내 장군의 존함은 진작부터 들어 알고 있었소이다. 자, 어서 안으로 들어오시지요."

곽상은 양을 잡아 요리를 하고 술을 데워 관우 일행을 후하게 대접하였다.

두 부인은 안채에서 쉬도록 하고 곽상 자신은 관우와 손건을 대접하기 위해 연회를 베푸는 한편, 모닥불을 피워 일행의 젖은 옷을 말리도록 하고 말에게도 먹이를 챙겨주는 배려도 잊지 않았다.

해질녘이 되자 젊은이 하나가 너더댓 명의 무리를 이끌고 집 안으로 들어오더니 관우 앞에 섰다.

곽상이 그 젊은이에게 타일렀다.

"장군께 인사드려야지."

곽상이 관우에게 자기의 자식이라고 소개하니 관우가 아들에게 어디 갔다오는 길이냐고 물었다.

"사냥하러 갔다온 모양입니다."

곽상이 아들 대신 대답하니 아들은 꾸벅 목례만 하고는 다시 물러났다. 그 모습을 지켜본 곽상은 한숨을 짓고 나서 관우에게 말하였다.

"저희는 오직 농사를 지으며 틈틈이 학문을 닦아온 집안으로 자식이라고는 저 아이 하나뿐이오. 그런데 집안 대대로 내려온 본업은 팽개치고 사냥에만 정신이 팔려 저렇게 떼지어 몰려다니니 장차 우리 집안이 어찌 될 것인지 답답하기만 하오."

관우가 곽상을 위로하였다.

"이런 난세에는 저런 무예도 잘만 하면 쓸모가 있는 법이니 그리 불행하다고만 할 수도 없습니다."

그래도 곽상은 걱정스러운 듯이 말하였다.

"무예를 제대로 익힌다면야 무슨 걱정이 있겠습니까마는 저 아이는 방탕한 짓만 일삼고 돌아다니니 여간 걱정스러운 일이 아니오."

관우는 이렇게까지 말하는 노인을 위로해줄 말이 더 이상 없었다.

어느덧 밤이 깊어 관우와 손건이 잠자리에 들려 하는데 갑자기 뒤뜰에서 적토마가 울부짖는 소리와 함께 사람들의 웅성거리는 소리가 들려왔다. 관우가 종복을 불렀으나 대답이 없자 손건과 함께 검을 들고 뒤뜰로 달려가보았다.

그곳에서는 한바탕 난리가 벌어진 상태였는데 곽상의 아들이 땅바닥에서 뒹굴며 괴로워하고 있었고, 한쪽에서는 관우의 종복들이 곽상의 일꾼들과 맞붙어 싸움을 벌이고 있었다.

관우가 어찌된 까닭이냐고 묻자 종복 하나가 흥분하여 아뢰었다.

"이 젊은 녀석이 장군님의 적토마를 훔쳐가려고 하다가 말의 뒷발에 채였고 놀란 말이 비명을 질러대기에 저희들이 급히 달려나왔더니 도리어 이 집 일꾼들이 덤벼들며 저희들을 때리지 뭡니까? 그래서 이렇게 싸움판이 벌어진 것입니다."

관우가 버럭 성을 내면서 곽상의 아들을 향해 소리쳤다.

"내 말이 네 놈 따위의 손에 그렇게 쉽게 잡힐 것 같더냐?"

관우가 이들을 혼내주려고 할 때 곽상이 허둥지둥 뛰어나와 애원하였다.

"어이구, 제 아들이 몹쓸 짓을 저질렀으니 죽여도 시원찮겠지만 저에게는 오직 하나밖에 없는 자식이오니 제발 관대하게 용서하여 주십시오."

노인의 애원을 귀담아 들은 관우가 칼을 거두고 말하였다.

"과연 아까 말씀하신 대로 딱한 아들을 두셨군요. '자식을 보고
서는 그 아버지를 알아볼 수 없다'고 하더니 과연 그 말대로군요.
어쨌거나 어른의 얼굴을 보아 이번 일은 없었던 것으로 하겠습
니다."

관우는 종복들에게 말을 잘 감시하라고 이르고 싸움판의 일꾼
들을 모두 쫓아버리고는 손건과 함께 숙소로 돌아와 쉬었다.

이튿날 아침 곽상 부부가 관우의 방문 앞에 와서 간밤의 일에
대해서 감사의 예를 갖추었다.

이에 관우가 부드럽게 말하였다.

"자제분을 이곳으로 불러주십시오. 제가 알아듣도록 타일러보
겠습니다."

그러자 곽상은 서글픈 표정으로 답하였다.

"그 아이는 이미 새벽녘에 어울려 다니던 무리들과 같이 어디
론가 사라져버렸습니다."

관우는 더 이상 말을 잇지 못하고 그들에게 작별을 고하고는
두 형수를 태운 수레 뒤에 손건과 함께 말머리를 나란히 하고
다시 길을 떠났다.

황건적의 잔당 배원소와 주창

일행이 산길로 접어들어 채 삼십 리도 가기 전에 산기슭에서
한 무리의 산적떼에게 습격을 받았다. 그들은 대략 일백여 명 정
도 되었는데 그 선두에는 두 명의 우두머리만 말을 타고 버티고
있었다. 그 중 한 명은 머리에 황건을 두르고 몸에는 전포를 걸
친 차림새를 하고 있었으며, 바로 뒤의 한 명은 어이없게도 간밤
에 소동을 일으키고 사라졌던 곽상의 아들이었다.

황건을 두른 사나이가 입을 열었다.

"나는 천공장군 장각의 부대장이다. 이 길을 통과하고 싶거든 그 말을 내놓고 가거라."

관우가 껄껄 웃고 나서 호통을 쳤다.

"이 무지한 녀석아! 장각의 밑에 있었다면서 유비·관우·장비 삼형제의 이름도 듣지 못했느냐?"

이에 황건을 두른 사나이가 다시 대꾸하였다.

"붉은 얼굴에 긴 수염을 지닌 자가 관우라고 하던데, 나는 아직 그런 자를 본 적이 없다. 그건 그렇고 그런 말을 하는 네 놈은 대체 어떤 놈이냐?"

관우는 선 채로 수염을 감쌌던 비단 주머니를 풀어 긴 수염을 늘어뜨려 보였다. 그러자 황건을 두른 그 우두머리는 관우의 수염을 보자마자 얼른 말에서 내려 곽상의 아들을 끌어 그의 멱살을 잡은 채로 관우 앞에 꿇어앉혔다.

그리고 자신도 그 옆에 한 무릎을 구부리고 낮은 자세를 취하더니 아뢰었다.

"저의 이름은 배원소(裴元紹)라고 하옵니다. 장각이 죽은 후로 섬길 주인도 마땅치 않아 산적이 되어 이곳에 숨어 약탈을 일삼고 있었사온데, 오늘 아침에 이녀석이 달려와 나그네가 천리마를 타고 와서 자기의 집에 하루 묵었으니 그 말을 약탈하자고 꼬시지 뭡니까? 그래서 저는 그 말을 듣고 여기 숨어 있다가 이런 무례한 일을 저질렀습니다. 만약 제가 천리마를 타고 온 장군이 관우 장군이라는 것을 알았다면 이런 일은 생각하지도 않았을 것입니다."

곽상의 아들은 땅에 엎드려 목숨만은 살려달라고 울며 애원하였다. 관우가 곰곰이 생각한 끝에 이렇게 말하였다.

"네 부친 생각을 해서 목숨만은 살려주겠다."

곽상의 아들은 몇 번씩이나 머리를 조아리고 나서 슬금슬금

물러갔다. 관우가 배원소를 향해 물었다.

"자네는 나를 전에 본 적도 없다면서 내 이름은 어찌 알았는가?"

"여기서 이십 리쯤 떨어진 곳에 와우산(臥牛山)이 하나 있는데 그곳에 관서 지방 출신의 주창(周倉)이라는 자가 살고 있습니다. 그는 의리가 있고 의협심이 강한 자로 두 손으로 천 근이나 나가는 무게를 들 수 있을 뿐만 아니라 생김새도 희한하게 생겨 철판 같은 갈비뼈에, 곱슬곱슬하게 난 수염을 지녔습니다. 그는 본래 황건적의 우두머리였던 장보의 부하로 장보가 죽은 뒤에 지금까지 계속 산적 노릇을 하며 지내왔습니다. 저는 그때 주창 밑으로 들어가게 되었는데 그 주창의 입을 통해 장군의 존함을 수십 차례 들었습니다. 그래서 늘 마음속으로 장군을 흠모해 오며 꼭 만나뵈옵고 싶어하던 참이었습니다."

관우가 배원소를 타이르듯이 말하였다.

"산적은 사내대장부가 할 짓이 아니니 자네는 금후로 이와 같은 부끄럽고 옳지 못한 태도를 버리고 바른 사람이 되도록 하라."

배원소가 관우의 타이름에 감사해하며 절을 하는데 멀리 말발굽 소리가 들리며 한 떼의 산적이 달려왔다. 이를 본 원소가 관우에게 알렸다.

"틀림없이 주창이 무리를 이끌고 오는 것일 겁니다."

잠시 후에 과연 키가 크고 낯빛이 거무스름한 자가 창을 들고 무리를 이끌며 다가와 관우를 보고 말하였다.

"아니, 관우 장군이 아니십니까?"

그는 매우 기뻐하며 말에서 뛰어내려 길에 납작하게 엎드려 아뢰었다.

"저는 주창이라고 하옵니다."

"장군은 어디서 나를 보았기에 아는 척을 하시오?"

“전에 장보 밑에 있을 때에 존안(尊顔)을 뵈온 일이 있었습니다. 그러다가 그 뒤로 산적 신세가 되어 장군을 모시고 싶어도 기회가 없었는데 오늘 이렇게 뵙게 되었으니 더 바랄 것이 없습니다. 부디 일개 병졸도 좋으니 밤낮으로 곁에서 장군을 모실 수만 있다면 죽어도 여한이 없을 것이옵니다.”

관우는 그의 충성심에 감복하여 말하였다.

“자네가 나를 따른다면 자네의 부하들은 어찌 할 것인가?”

“따라오고 싶은 자만 따라오게 하고 싫다는 자들은 그대로 놓아주겠습니다.”

그러자 부하들이 일제히 따라나서겠다고 말하였다. 관우는 말에서 내려 수레로 다가가 두 형수님의 의향을 들어보고자 다가가 물으니 먼저 감 부인이 입을 열었다.

“장군은 허도를 떠나 여기까지 오는 동안 여러 번의 곤란을 겪으셨으면서도 한 번도 군사들을 수용하지 않으셨습니다. 그리하여 지난번에 요화가 투항을 원하였을 때도 거절하며 받지 않으시더니 이번에는 어쩐 일로 주창의 무리를 받아들이려 하시는지 아녀자의 몸으로 잘 이해가 되지는 않지만 장군께서 알아서 처리하도록 하십시오.”

“형수님의 말씀은 잘 알아들었습니다.”

관우는 수레에서 물러나와 주창에게로 가서 말하였다.

“내 생각으로는 두 형수님께서 찬성하지 않는 눈치시니 일단 산으로 돌아가 있도록 하게. 내가 우리 형님 유비 공을 찾으면 그때 가서 반드시 부르러 오겠네.”

그러나 주창은 막무가내로 따라갈 결심을 버리지 않았다.

“저는 한낱 망나니 같은 놈으로 산적이 되어 약탈을 일삼으며 지내온 몸이옵니다. 그런데 오늘 장군을 뵙게 되니 다시 새로 태어난 심정이옵니다. 이제 다시 산적 노릇은 할 수 없사오니 부하들이 마음에 걸리신다면 우선 모두 배원소에게 맡기겠습니다. 저 혼자서라도 맨발로 뛰어 만리 길인들 장군의 뒤를 못 따라가겠습니까? 부디 따라가 모실 수 있도록 허락해주십시오.”

관우가 다시 두 형수에게로 가서 주창의 애원을 전하니 감 부인이 생각을 바꾸었다.

“한두 사람쯤이야 어떻겠습니까? 그렇게 하도록 하십시오.”

관우는 주창에게 명하여 부하들을 배원소에게 맡기도록 하자 자기도 관우를 따라나서겠다고 고집을 부렸다. 이에 주창이 배원소를 말리며 말하였다.

“자네마저 장군을 따라나서면 부하들이 모두 흩어져버리니 일단 여기 남아서 부하들을 돌보도록 하게. 내가 가서 자리가 잡혀 거처가 분명해지면 반드시 자네를 데리러 오겠네.”

배원소는 기꺼이 주창의 말을 따르기로 하였다.

분노한 장비

이리하여 주창은 관우를 따라 여남으로 향하였다. 그렇게 몇 날인가를 가는데 앞산 위에 성곽이 보여 관우가 그 고장 사람에게 물었다.

“이곳은 어디요?”

“이곳은 고성(古城)이라는 고을인데 몇 달 전에 장비라는 맹랑한 장수가 오륙십 명의 군사들을 이끌고 이곳으로 와서 벼슬아치들을 내쫓아버리고 성을 점거해버렸습니다. 그러고 나서 그 장수는 군사들을 모으고 말을 구하고 군량미와 마초까지 닥치는 대로 모아댔으니 이제는 아마 사오천의 병력으로 컸을 것입니다. 그러니 이 주변의 어느 누구도 감히 그 장수에게 대적하지 못하지요.”

관우는 그 사람의 말에 크게 기뻐하며 소리쳤다.

"서주에서 패해 아우와 헤어지고 소식이 끊겨 걱정이 태산 같았는데 이곳에 있을 줄은 꿈에도 생각 못 했구나."

관우는 즉시 손건을 고성으로 보내어 두 형수님을 맞이하러 나오도록 일렀다. 사실 장비는 서주에서 패한 뒤 망탕산으로 숨어들어가 그곳에서 한 달 가량을 지낸 뒤에 유비의 소식을 알아보고자 산을 내려와 수소문하기 시작하였다. 그러던 중에 이곳 고성을 지나게 되었는데 현령을 찾아가 식량을 꾸어달라고 요청하였지만 일언지하에 거절당하였다. 이에 장비는 그 현령을 괘씸히 여겨 쫓아내고 아예 관인을 빼앗아 산성을 점거하여 머물고 있었던 것이다. 손건은 즉시 고성으로 달려가 입성하여 장비를 만나 예를 갖춰 인사를 올린 후 알렸다.

"지금 유 황숙께서는 여남에 계십니다. 그리고 관우 장군은 이번에 허도에서 빠져나와 두 형수님을 모시고 지금 여기까지 와 계십니다. 그러니 어서 나가시어 두 형수님을 맞이하십시오."

손건이 이렇게 자신이 찾아온 뜻을 전하였지만 어찌된 영문인지 장비는 입을 열지 않은 채 험악한 표정이 되었다. 그러더니 갑옷을 입고 모(矛:쌍날 칼을 꽂은 창 비슷한 무기)를 집어들자마자 말 위에 껑충 올라서 부하 일천 명을 거느리고 북문 밖으로 치달렸다. 손건은 어안이 벙벙하여 아무 말도 하지 못하고 그 뒤를 따라갈 뿐이었다. 장비가 달려오는 모습이 눈에 띄자 관우는 얼굴에 희색이 만면해져서 대도를 주창에게 맡기고 부랴부랴 말을 몰아 맞이하러 나갔다. 그러나 장비는 커다란 눈을 부릅뜨고 관우를 노려보더니 호랑이 같은 수염을 곤두세우고 우레와 같이 노호하며 모를 휘둘러대며 덤벼들었다. 관우는 장비의 그 같은 태도에 깜짝 놀라 순간적으로 몸을 피하며 소리쳤다.

"이게 무슨 짓인가? 자네는 지난날의 도원결의(桃園結義)를 잊어버렸는가?”

그러자 장비가 도리어 관우를 향해 소리쳤다.

“의리도 없는 놈이 뻔뻔스럽게 여기가 어디라고 나타나는 게냐?”

“내가 의리가 없다니 그게 무슨 말이냐?”

“우리 큰형님을 배반하고 조조에게 가서 고개를 숙이고 그 대가로 큰 벼슬을 얻고 후(侯)가 되었는데도 나를 속이고 나타나서 본색을 숨기다니! 그러고도 도원결의 운운하는 거냐? 자 여기서 내가 죽든지 네가 죽든지 결판을 내도록 하자!”

장비는 분을 가라앉히지 못하는 듯이 고래고래 소리를 질러댔다. 관우는 비로소 앞뒤 사정이 짐작가는 듯이 침착하게 장비에게 말을 건넸다.

“지금 아우는 사정을 제대로 알지도 못하고 성급히 판단하는 것이니 두 형수님을 만나 직접 여쭈어 보도록 하게.”

이에 두 부인이 수레의 발을 걷어올리고 장비에게 말을 건넸다.

“장비 장군께서는 어찌 그런 말씀을 하시오?”

“가만히 계십시오. 이 의리도 모르는 놈을 먼저 처치하고 제가 성 안으로 편히 모시겠습니다.”

그러자 감 부인이 장비를 타이르며 설명하였다.

“관 장군은 황숙의 행방을 알 수 없어서 잠시 동안만 조조 군영에 몸을 맡기신 것입니다. 그러다가 황숙께서 여남 땅에 계시다는 소식을 듣고 그 길로 모든 것을 버리고 허도를 떠나 도중에 온갖 고생과 위난을 무릅쓰고 우리 두 사람을 지켜주며 예까지 오셨습니다. 그러니 부디 오해 없으시기 바랍니다.”

미 부인도 말을 거들었다.

“둘째 아주버님께서 허도로 가신 것은 부득이해서입니다.”

그래도 장비는 미심쩍어했다.

"두 형수님께서 속으셔서는 안 됩니다. 충신은 죽어도 적에게 항복하는 법이 없다고 합니다. 만약 진짜 대장부라면 어찌 두 주인을 섬기는 일을 저지르겠습니까?"

"아우는 실없는 소리 하지 말아라!"

관우도 언성을 높여 장비를 꾸짖었다. 손건도 곁에서 보기 민망스러워하며 말을 거들었다.

"관우 장군은 장군을 만나기 위해 애써 여기까지 찾아오신 것입니다."

"애써 나를 찾아왔다고? 거짓말하지 말아라. 나를 사로잡아서 조조에게 바치려고 온 것이다."

관우가 어이없어하는 표정으로 말하였다.

"내가 자네를 잡으러 왔다면 군사들을 거느리고 왔지 이렇게 홀몸으로 왔겠나?"

이에 장비가 어느 한 곳을 가리키며 소리쳤다.

"저기 봐라! 저렇게 군사들이 오는데도 발뺌을 할 셈이냐?"

관우가 놀라 뒤돌아보니 과연 한 떼의 군사가 흙먼지를 일으키며 달려오고 있었는데 바람에 나부끼는 기치를 보니 조조의 군사들이 틀림없었다. 장비가 더욱 흥분하여 크게 소리를 질렀다.

"이러고도 시치미를 떼느냐?"

장비는 일 장(一杖) 팔 척(八尺)이나 되는 사모(蛇矛)를 들어 관우를 찌르려는 자세를 취하였다. 그러나 관우는 침착하게 말하였다.

"잠깐만 기다리게. 내가 저 무리의 대장 목을 베어서 내 진심을 증명해 보겠네."

"본심에서 하는 말이라면 어디 한 번 나서서 내가 북을 세 번 울리는 동안 적장의 목을 베어 오도록 해봐라."

　장비가 주문을 다는 조건으로 관우의 말에 응하자 관우도 쾌히 승낙하였다. 그러는 동안 조조의 군사가 가까이 다가왔는데 그들의 대장은 채양이었다. 그는 칼을 뽑아 머리 위에서 휘둘러 대며 말을 치달려왔다.

　"관우는 게 섰거라! 내 조카 진기를 죽인 놈이 여기 있을 줄이야. 나는 승상의 명을 받고 네 놈을 생포하려고 왔다."

　관우는 채양의 소리에 대꾸하지 않고 그저 청룡도를 들고 맞서나갔다. 장비는 몸소 첫 번째 북소리를 울렸다. 그리고 두 번째, 세 번째 북소리를 울리려 하는 순간, 관우의 칼이 공중에 솟구쳤다가 내리치는가 싶더니 채양의 목이 몸에서 떨어져 바닥에 뒹굴었다. 이에 채양이 이끌고 온 군사들은 놀라서 뿔뿔이 흩어져버렸다. 관우가 달아나는 그들 가운데서 기수 하나를 사로잡아 문초하니 그가 이실직고하였다.

　"채 장군은 관우 장군 손에 조카 진기가 죽었다는 소식을 듣고 하북으로 가서 반드시 관 장군을 죽여 조카의 원수를 갚겠다고 했습니다. 그러나 승상이 이를 허락하지 않고 대신 여남에 있는 유벽을 공격하라고 채양 장군을 보내신 것입니다. 그런데 여기서 관 장군을 만나게 될 줄은 꿈에도 생각지 못하였습니다."

　관우는 이 기수를 장비 앞으로 데리고 가서 자초지종을 설명하도록 하였다. 장비는 관우가 허도에 머무르는 동안 그의 행동에 대해 자세하게 캐물으니 그 기수는 처음부터 끝까지 한 치의 거짓도 없이 모두 보고하였다. 이로써 비로소 장비의 의심은 풀렸다.

　이때 성 안에 남아 있던 군졸 하나가 달려와 장비에게 급보를 전하였다.

　"남문 밖에서 지금 십여 기의 인마가 달려오고 있는데 도대체 누구인지 알 수가 없습니다."

장비가 고개를 갸웃거리며 남문으로 달려가보니 과연 활을 든 기병 수십 명이 달려오고 있었다. 그들은 장비 앞에 이르러 말에서 내려 절을 하였는데 이들은 미축과 미방이었다.

이에 장비도 말에서 내려 그들을 반기니 미축이 먼저 입을 열었다.

"서주에서 패하여 흩어진 후에 우리 형제는 고향으로 돌아가서 이곳저곳에 사람을 보내 탐문해보았습니다. 그리하여 관 장군께서는 조조에게 투항하였고, 황숙께서는 하북에 계시다는 사실을 알게 되었습니다. 그리고 간옹(簡雍)이 하북에 있다는 사실도 알게 되었지만 장 장군이 여기 계실 줄은 꿈에도 몰랐습니다. 그러던 중에 어제 한 떼의 무리들이 지나가면서 떠드는 말을 들었는데 그들의 말에 의하면, 장 뭐라는 이름에 커다란 풍채를 지닌 장군이 고성에 계시다고 하더군요. 그래서 우리는 틀림없이 장 장군이라고 짐작하여 이렇게 부랴부랴 달려온 것입니다. 아무튼 이렇게 무사하시니 다행입니다."

장비도 기뻐하며 말하였다.

"관우 형님도 손건과 함께 두 형수님을 안전하게 모시고 여기에 왔고, 큰형님의 소식도 알게 되었다네."

미축과 미방 형제는 기쁨에 겨워하며 관우를 만나본 뒤에 두 부인도 뵈었다. 장비가 두 형수님을 성 안으로 정중히 모시고 가서 관저로 안내하니 두 형수님들은 그간에 겪은 고생담을 늘어놓았다. 이야기를 들은 장비는 목을 놓아 소리내어 울고는 관우 앞에 엎드려 사죄하였고, 미축 형제들도 이에 감읍하였다. 일동이 어느 정도 재회의 기쁨을 나누고 나자 잔치를 베풀어 그 동안의 회포를 풀었다.

유비와 관우의 재회

이튿날이 되어 장비가 관우를 따라 여남으로 가겠다고 주장하니 관우가 이를 말리며 말하였다.

"아우는 여기서 두 형수님을 보살피고 있게. 내가 손건과 함께 큰형님을 만나 소식을 전하도록 할 테니까."

이리하여 관우는 손건과 함께 여남으로 가서 유벽과 공도를 만났고 그들도 반갑게 맞이하였다. 관우가 물었다.

"황숙은 어디 계시오?"

"이곳에 며칠 머무시다가 이곳 군사가 많이 모자라는 것을 보시고 다시 하북으로 가서 원소와 상의하겠다며 떠나셨습니다."

관우는 크게 낙심하였다. 손건이 그런 관우를 위로하였다.

"낙담해서는 안 됩니다. 이왕 고생하는 길이니 지금 하북으로 가서 황숙을 만나 함께 고성으로 돌아가도록 합시다."

일단 관우는 고성으로 돌아와 장비에게 사정을 설명해주었다. 그러자 장비는 이번에는 자기도 하북으로 가겠다고 했으나 관우가 다시 이를 말렸다.

"이 고성을 확보해놓으면 우리에게는 이곳이 근거지가 되는 것이니 섣불리 이곳을 포기할 수는 없지 않느냐? 그러니 아우는 당분간 여기서 머물러 있도록 하게. 내가 손건과 함께 원소 진영을 찾아가 형님을 만난 후 이곳으로 모시고 오도록 하겠네."

장비는 걱정스러운 표정이 되어 말했다.

"형님은 안량과 문추를 해치운 일이 있으니 그곳에 가셨다가는 위험해질지도 모릅니다."

"아니, 걱정할 것 없네. 내게도 생각이 있으니까."

관우는 주창을 불러들여 물었다.

"와우산의 배원소 휘하의 부하들이 얼마나 되는가?"

"약 사오백 명은 될 것입니다."

"그러면 내가 지름길로 황숙을 찾아갈 테니 자네는 와우산으로 가서 부하들을 이끌고 나와서 큰길에서 만나도록 하지."

주창은 관우의 명을 받고 달려나갔다.

관우는 손건과 함께 이십여 명의 기병을 거느리고 하북으로 향하였다. 하북의 경계에 이르자 손건이 관우에게 말하였다.

"일단 장군께서는 여기서 기다리십시오. 제가 먼저 들어가 황숙을 찾아뵙고 의논드리겠습니다."

관우는 손건만을 하북으로 보내고 자신은 남은 기병을 거느리고 머물 곳을 찾다가 어느 저택 앞에 이르렀다. 관우는 그곳에 묵기로 하고 주인을 부르니 안에서 한 노인이 지팡이를 짚고 나왔다.

이에 관우는 사정을 이야기하고 하룻밤 묵기를 청하였더니 노인은 친절하게 말하였다.

"이 늙은이도 장군과 같은 성씨를 가진 관정(關定)이라고 하오. 장군의 명성은 오래 전부터 들어서 잘 알고 있었소이다. 누추한 곳까지 잘 오셨습니다."

노인은 두 자식을 불러 인사를 드리게 하고 성대한 연회를 베푸는 등 아주 극진한 대접을 하였다.

손건은 혼자서 기주에 들어가 유비를 만나 그간의 사정을 낱낱이 아뢰고 의견을 물어보았다.

"마침 간옹(簡雍)이 여기 와 있으니 그를 불러 조용히 의논해 보도록 하세."

잠시 후 간옹이 도착하여 세 사람은 이곳을 빠져나가기 위한 대책을 협의하였다. 먼저 간옹이 제의하였다.

"주공께서는 내일 원소를 만나 형주에 있는 유표를 만나서 조조를 칠 계획을 세우겠다고 말씀해보십시오. 아마 원소가 쉽게 허락할 것이니 그때 고성에 가는 기회를 잡도록 하시는 것이 어떻겠습니까?”

“좋은 생각이네만 그렇게 되면 자네가 나와 같이 갈 수 있겠는가?”

“저에게는 제 나름대로의 계획이 있사오니 걱정하지 마십시오.”

이렇게 합의가 이루어졌고, 이튿날 유비는 원소를 찾아가 아뢰었다.

“유표는 지금 형주 양양 일대의 아홉 군을 지키고 있는데 군사들도 잘 훈련되어 있고 군량미도 넉넉히 있으니 그와 상의하여 조조를 타도하고 싶습니다.”

“그런데 유표에게는 사실 한 번 사자를 보낸 일이 있는데 이쪽 제의에 응하지 않았소.”

“그러니 제가 가서 제의하면 싫다고는 할 수 없을 것입니다.”

“유표가 진정으로 우리 편이 되어준다면 유벽보다 훨씬 유리하고 든든할 것이오.”

원소는 결국 유비를 유표에게 보내기로 결심하였다. 유비가 명을 받고 물러나려 할 때 원소가 한 마디 덧붙였다.

“들자하니 관우가 조조의 곁을 떠나 이곳으로 온다는 소문이 들리오. 관우가 이곳에 오기만 하면 안량과 문추의 복수를 해주겠소.”

이 말을 듣고 유비가 말하였다.

“공께서 전에 관우를 기용하고자 하셨기에 이몸이 애써 불러온 것인데 지금 와서 복수를 하시겠다니요? 안량과 문추가 두 마리의 사슴이라면 관우는 호랑이입니다. 그런즉 두 마리의 사슴을 잃었다 해도 호랑이를 얻었으니 손해볼 것이 없는 일입니다.”

원소는 유비의 말에 껄껄 웃으며 대답하였다.

"내가 한 말은 농담일세. 실은 관우가 마음에 든다네. 그러니 누군가를 보내어 어서 관우를 불러오게나."

"그러시다면 손건을 보내어 관우를 불러오도록 하겠습니다."

유비의 말에 원소가 기꺼이 동의하자 유비가 인사를 올리고 물러갔다. 이에 간옹이 원소를 찾아와 아뢰었다.

"유공은 이번에 형주로 간다면서 돌아오지 않을지도 모릅니다. 그러니 제가 따라가서 유표를 설득하는 한편 유비를 놓치지 않도록 감시하겠습니다."

원소는 간옹의 생각이 옳다고 판단하고 그렇게 하도록 하였다. 그러자 간옹이 물러가고 곽도(郭圖)가 나서서 만류하였다.

"유비는 전에 유표를 설득하러 갔다가 실패하고 돌아온 사람입니다. 그런데 이번에 다시 간옹과 함께 형주로 가게 되면 반드시 돌아오지 않을 것입니다."

원소는 곽도를 나무랐다.

"그렇게 사람을 의심하지 말게. 간옹은 머리가 비상한 자이니 알아서 잘 처리할 것이다."

곽도는 크게 실망하여 물러나왔다.

유비는 관우와 연락하기 위해 한 걸음 먼저 손건을 떠나보내고 자신은 간옹과 함께 원소에게 작별을 고하고 성을 나섰다. 이윽고 하북의 경계선 가까이에서 손건이 먼저 나와 유비 일행을 맞이하고는 이 고장의 토호(土豪) 관정의 저택으로 향했다. 그곳에 머물고 있던 관우가 유비를 보자 그의 손을 잡고 하염없이 눈물을 흘렸다.

오랜만에 회포를 푼 두 사람이 안으로 들어서자 관정이 두 자식을 데리고 나와 인사를 드리니 관우가 옆에서 설명하였다.

"이 사람은 이 집 주인으로 저와는 같은 성씨이옵니다. 그리고 옆의 두 사람은 자제분이온데 장자인 관녕(關寧)은 학문에 뜻을

두어 공부하고 있으며, 아우인 관평(關平)은 무예가 뛰어나다고
합니다.”

관정이 유비에게 아뢰었다.

“저의 작은애 관평을 관 장군을 따르게 하고 싶은데 허락해주
실 수 있겠습니까?”

“나이가 얼마나 되었소?”

“열여덟 살이옵니다.”

“노인의 호의가 가상하오. 사실 우리 의제에게는 자식이 없으
니 그 아이를 우리 의제의 자식으로 삼는 것이 어떠시겠소?”

관정은 뛸 듯이 기뻐하며 그 자리에서 관평으로 하여금 관우
를 ‘아버지’라 부르고 유비를 ‘백부’로 부르도록 하였다. 그러는
동안 유비는 원소가 병사들을 보내 추격해오지는 않을까 하는
염려가 들어 서둘러 고성으로 출발하였다. 관정은 떠나는 아들
관평의 뒷모습을 보며 멀리까지 배웅해주었다.

삼형제의 재회와 조운

관우는 먼저 일행을 와우산으로 인도하였다. 그렇게 한참을 가
는데 눈앞에 몸에 상처를 입고 힘없이 걸어오는 주창의 모습이
보였다. 그의 뒤로는 수십 명의 부하들이 뒤따라오고 있었는데
그들 역시 상처를 입고 있었다. 관우가 유비에게 주창을 소개하
니 주창은 예를 갖추어 인사를 올렸다.

유비가 왜 상처가 났느냐고 묻자 주창이 자세히 아뢰었다.

“제가 관우 장군의 명에 따라 와우산으로 가는 도중에 소식을
듣게 되었습니다. 그 소식인즉, 말을 타고 지나가던 웬 장수 하나
가 배원소를 단칼에 찔러 죽이고는 나머지 병사들을 모두 항복
시키고 그대로 산채에 눌러 앉아 두목 노릇을 하고 있다는 것이

었습니다. 그래서 제가 그곳에 가서 옛 부하들에게 내려오라고
소리쳤지만 여기 따라온 이자들 빼고 나머지는 모두 겁을 집어
먹고 꼼짝도 하지 않았습니다. 너무 화가 난 제가 그와 맞서 싸
웠으나 도저히 그를 당해낼 수가 없었습니다. 어찌나 무예가 뛰
어나고 힘이 센지 저는 몸을 세 번이나 찔려 부상을 입고 우선
급한 김에 이 사정을 알리고자 부랴부랴 빠져나온 것입니다.”

유비가 물었다.

“그래, 그 무장은 어떻게 생겼고 이름은 무엇이라고 하던가?”

“아주 크고 우람하게 생겼으며 이름은 알아내지 못했습니다.”

관우는 그냥 있을 수 없다는 듯이 말을 달려 와우산으로 향하
자 유비도 그 뒤를 따랐다. 일행이 와우산 중턱 기슭에 이르자
주창이 산 위를 향해 욕설을 퍼부었더니 과연 갑옷 차림의 무장
하나가 부하들을 거느리고 창을 집어들고 말 위에 올라탄 채 나
타났다. 주창의 말대로 위풍당당하고 늠름한 모습이었다.

유비가 한참을 눈여겨보더니 채찍을 휘두르며 말을 몰아 달려
나가 물었다.

“아니, 자네는 조운이 아닌가?”

그러자 그 장수도 유비임을 알아보고는 말에서 미끄러지듯이
내려 땅바닥에 엎드려 고개를 숙였다. 과연 그는 조운(趙雲:자는
자룡)이었다. 유비와 관우도 말에서 내려 예를 나누고 그 동안의
안부를 물었다.

이에 조운이 경과를 보고하였다.

“주공과 헤어지고 난 후에 공손찬에게로 갔으나 그는 저의 충
고를 듣지 않더니 결국 원소의 공격을 받고 스스로 목숨을 끊어
버렸습니다. 그러자 원소가 몇 번이나 저를 불렀으나 사람을 쓸
줄 아는 인물 같지 않아서 도저히 따라갈 생각이 나지 않았습니
다. 그 뒤에 주공께서 서주에 계시다는 소문을 듣고 그곳으로 찾

아가려고 하는데 조조가 그 성을 함락했다는 것을 알았습니다. 결국 관 장군은 조조 진영에 계시고 유공께서는 원소 진영에 계시다는 사실을 알고 저는 몇 번씩이나 하북으로 가려고 하였지만 그렇게 되면 원소가 이상하게 생각할까봐 이러지도 저러지도 못하고 떠돌이 신세가 되었습니다. 그래서 하릴없이 헤매다가 이 고장을 지나게 되었는데 배원소라는 놈이 산에서 내려와 막무가내로 내 말을 빼앗으려 하기에 그자를 죽이고 이곳을 점거해서 근거지로 삼게 되었습니다. 최근에 들려오는 소문에 장비가 고성에 있다고 하기에 찾아가고 싶었지만 이 또한 사실인지 아닌지 확인할 길이 없어서 차일피일 미루고 있던 차에 이렇게 오늘 황숙을 우연히 만나게 되었으니 정말 다행이지 뭡니까?”

유비는 조운을 만나게 된 것을 기뻐하며 그 동안의 이야기를 꺼내고 관우도 자신의 체험을 이야기해주었다. 유비가 조운에게 말하였다.

“내가 처음 자네를 만났을 때부터 마음에 들었는데 오늘 이렇게 다시 만나게 되었으니 참으로 기쁘고 다행스런 일이오.”

“저 역시 떠돌아다니는 생활에서 여러 사람을 모셔왔으나 공과 같은 분은 아직 만나지 못했습니다. 그러니 앞으로 공을 평생 동안 모시게 된다면 그것이야말로 저의 소원대로 되는 것입니다. 비록 몸이 가루가 될지라도 한은 없습니다.”

조운도 이렇게 답례하고는 그날 안으로 산채를 불질러버리고 부하들을 데리고 유비 일행과 함께 고성을 향해 떠났다. 고성에 도착하니 장비를 비롯하여 미축 형제가 나와 유비 일행을 반가이 맞이하며 서로 인사를 하고 그간의 이야기를 나누었다. 감 부인과 미 부인이 유비에게 번갈아가며 관우가 자신들을 돌보며 관문을 돌파한 이야기를 해주자 유비는 관우에 대한 고마움을 금치 못하고 크게 칭찬하였다. 유비는 소와 말을 잡아 천지신명께 감사의 제사를 지내고 군사들의 노고를 위무해주었다.

유비는 도원결의로 맹세한 형제들을 무사히 다시 만났고 수족처럼 여기는 군사들도 다치지 않았으며 듬직한 조운을 얻었고, 관우를 통하여 관평과 주창을 얻은 사실 등을 생각하고 무한한 감격의 기쁨을 맛보았다.

당시 유비·관우·장비·조운·손건·간옹·미축·미방·관평·주창 등이 거느리던 군사들은 모두 사오천 명에 이르고 있었지만 유비는 이 병력에 만족하지 않고 군사를 불려 여남 쪽으로 옮겨가고 싶어하였다. 마침 그럴 때, 그 소원을 들어주려는 듯이 유벽과 공도가 사자를 보내어 여남으로 와달라고 청해왔다. 이리하여 여남은 유비 일행의 새로운 근거지가 되었다. 군사를 모으고 군마를 구입하며, 천하를 통솔할 날을 기다리게 된 것이다.

그러는 한편, 원소는 유비가 돌아올 생각이 없음을 알고 크게 노하여 당장 토벌하기로 하였으나 곽도가 이를 말렸다.

"유비보다는 지금 조조가 더 문제이니 먼저 그놈을 제거하셔야 합니다. 유표는 형주에 있지만 아직 우리를 상대할 세력이 못 되니 강동에 있는 손책을 만나십시오. 그는 세 강을 차지하고 여섯 군을 다스리며 위력을 떨치고 있으니 조조를 치려면 먼저 손책과 손을 잡는 것이 현명한 일입니다."

원소는 곽도의 제안을 받아들여 진진(陳震)에게 서신을 주어 강동의 손책에게 전하도록 하였다.

이는 유비가 영웅들을 데리고 하북을 떠나니 호걸 손책을 강동에서 끌어내는 형세였다. 과연 상황이 앞으로 어떻게 진전될 것인가?

제 29 회 강동의 주인이 된 손권

소 패 왕 노 참 우 길　　벽 안 아 좌 령 강 동
小霸王怒斬于吉　　碧眼兒坐領江東

소패왕(손책)은 노하여 우길을 베고
아우 손권은 강동의 주인 자리에 앉다

부상당한 손책

손책은 강동 땅에 무용과 위엄을 떨친 뒤로 훌륭한 군대를 거느리고 있었으며, 양곡도 풍부하였다. 건안 4년에는 여강(盧江)을 기습하여 태수 유훈(劉勳)을 몰아내고 그곳을 차지한 후 우번(虞翻)으로 하여금 격문(檄文)을 지참케 해서 여장(予章)으로 보내어 태수 화흠(華歆)을 항복시켰다. 이는 참으로 아침 해가 하늘에 떠오르는 듯한 기세였다. 그 기세를 몰아 손책은 장굉(張紘)을 허도로 보내어 자신의 공을 황제에게 상주하기까지 하였다. 조조는 이같은 손책의 동태를 관찰하고 맹수와 싸움을 피하는 것이 상책이라고 판단하여 조카 조인의 딸과 손책의 어린 아우 손광(孫匡)을 정략 결혼시키고, 사신으로 온 장굉을 그대로 낙양에 머물러 있도록 붙잡아두었다. 이때 손책이 대사마(大司馬:참모총장)가 되고 싶다고 하였으나 조조는 이것만은 받아들여주지 않았다. 이에 손책은 앙심을 품고 호시탐탐 허도를 칠 생각을 갖게 되었다. 그럴 때 이를 눈치챈 오군(吳郡)의 태수 허공(許貢)이 허도로 밀사를 보내 조조에게 비밀을 알렸는데 그 내용은 이러하였다.

　　손책은 항우와 흡사한 용장입니다. 그러니 조정에서는 겉으로 그에게 벼슬을 내리겠다고 한 후 그를 도성으로 불러들여 발을 묶어두는 것이 상책인 줄 아룁니다. 손책을 강동에서 자기 하고 싶은 대로 하도록 내버려두었다가는 틀림없이 큰 화근이 생길 것입니다.

　그러나 사자가 이 밀서를 가지고 장강(長江:양자강)을 건너려다가 경비병의 손에 잡혀 손책 앞으로 압송되었다. 화가 난 손책은 그 사자를 베어 죽이고 회의를 핑계대어 허공을 불러들였다.
　이에 허공이 무심히 출두하자 손책이 그 편지를 앞에 내밀며 질책하였다.
　"네가 나를 사지(死地)로 몰아넣으려 하는 것이냐?"
　그러고는 그의 목을 베어 버리자 허공의 가족들은 사방으로 모두 흩어져버렸는데 그 중 세 사람만이 달아나지 않고 허공을 위한 복수를 협의하였으나 도무지 그런 기회가 오지 않았다. 그러던 어느 날 손책이 군병을 데리고 단도(丹徒)의 서산(西山)으로 사냥을 하러 나갔는데 사슴 한 마리가 뛰어나오자 손책이 말을 달려 산 위로 쫓아 올라갔다. 손책이 사슴을 쫓아 정신없이 치달려가는데 숲속에서 세 사나이가 창과 활을 들고 서 있었다.

"웬 놈들이냐?"

손책이 놀라 말을 멈추며 물었더니 그 중 한 사람이 대답하였다.

"우리는 한당(韓當)의 부하들로 이곳에서 사슴사냥을 하고 있었습니다."

한당은 부친인 손견 때부터 일해온 고참 무장이었으므로 손책은 안심하고 별 의심 없이 말을 몰아 다시 사슴을 뒤쫓으려 하였다. 그 순간 창을 든 사람이 갑자기 달려들어 손책의 허벅지를 창으로 찔렀다. 이에 손책이 놀라 그자를 베려고 허리에서 검을 뽑아들었으나 칼날은 빠져버리고 자루만 쥐어졌다. 이때 또 한 사람이 활을 쏘아 손책의 얼굴에 명중시켰다. 이에 손책은 그 화살을 뽑아들어 자기 활 시위에 메겨 그자를 향해 쏘았더니 그 사나이는 화살을 맞고 쓰러졌다.

나머지 두 사람이 창을 들고 손책을 공격하면서 소리쳤다.

"우리는 허공의 가객들이다. 그래서 그 원수를 갚으려고 이렇게 기다리고 있었던 것이다."

손책은 달리 무기가 없었으므로 손에 든 활로 방어를 하면서 달아났고 두 사람은 필사적으로 덤벼들며 좀처럼 물러서지 않았다. 손책은 여러 군데 부상을 입었고 타고 있던 말도 상처를 입어 이제 끝장이라고 생각할 무렵 정보가 부하 서너 명을 이끌고 나타났다.

"저 역적 놈들을 당장 죽여라!"

손책이 온힘을 다해 소리치자 정보가 순식간에 덤벼들어 그 두 사람을 베어 버렸다. 손책은 얼굴이 피투성이가 되었고, 여러 곳에 상처를 입어 중태였다. 정보는 옷을 찢어 헝겊으로 상처가 난 곳에 묶어주고는 오회(吳會)라는 마을까지 조심스럽게 운반해

가서 치료를 받게 해주었다.

간신히 강동으로 돌아온 손책은 명의로 이름이 나 있는 화타 (華陀)를 불러오도록 사람을 보냈으나 그는 지금 장강 건너 중원 (中原) 땅에 가 있다고 알려왔다.

할 수 없이 그의 집에 있던 제자가 달려와 진찰을 하고는 손책에게 아뢰었다.

"화살 촉에 묻은 독이 뼈까지 스며들어가 있습니다. 앞으로 일백여 일 동안 정양하시며 경과를 봐야 하는데 그 사이에 성을 내시면 상처가 재발하여 위험하게 될 것입니다."

그러나 손책은 대단히 성미가 급한 인물이었으므로 하루하루 보내는 것을 지겹게 생각하고 있었다. 그렇게 스무 날을 보내는 동안 허도로 보냈던 장굉이 사자를 보내왔다.

손책이 그 사자를 불러 그간의 소식을 물었더니 그가 사실대로 아뢰었다.

"조조는 주공을 두려워하고 있으며 모사들 또한 모두 주공을 두려워하고 있는데 유독 곽가(郭嘉)만은 예외입니다."

"곽가가 뭐라고 하더냐?"

사자는 곽가가 한 말을 차마 말할 수 없다는 듯이 입을 다물자 손책이 다그쳐댔으므로 하는 수 없이 대답하였다.

"곽가는 전에 조조에게 '손책은 그리 대단한 인물이 아닙니다. 그는 경솔하고 어딘가 모자라는 데가 있으며 성미가 급하고 머리 회전이 둔합니다. 즉 용은 용이로되 필부의 용에 지나지 않는 자이니 언젠가는 소인배와 같은 무리의 손에 횡사할 것입니다'라고 말했다고 합니다."

손책은 이 말을 듣고 크게 분개하여 고래고래 소리쳤다.

"제까짓 놈이 나를 그렇게 보다니! 내 기필코 허도를 우리 것으로 차지하고 말 테다.”

손책은 아직 상처가 아물지도 않았는데 모사들을 모아놓고 출병 계획을 의논하였다. 이에 장소(張昭)가 간하였다.

“의사가 일백여 일의 정양을 권했사온데 일시적인 분격에 못 이겨 소중하신 몸을 어찌 그리 가볍게 다루시는 것입니까?”

도인 우길

그때 마침 원소의 진영으로부터 진진이 도착했다는 전갈이 와서 손책은 그를 불러 어찌 되었느냐고 물었다.

“원소가 손공과 손을 잡고 조조를 치고 싶어하십니다.”

진진이 이렇게 뜻을 전하자 손책은 매우 기뻐하였다. 그날로 손책은 성의 누각에서 여러 장수들을 모아놓고 진진을 위한 환영연을 베풀었다. 술잔이 몇 순배 오가는 동안 몇몇 장수들이 누각 아래로 내려가는 것을 눈치챈 손책이 무슨 일이냐고 물었더니 시신들이 아뢰었다.

“지금 이 성곽 아래로 우(于)씨 성을 가진 신선이 지나가신다기에 여러 장수들이 절을 하려고 내려갔습니다.”

손책은 궁금히 여겨 난간에 기대어 아래를 내려다보았다. 과연 한 도인이 학의 날개로 지은 옷을 걸치고 명아줏대로 만든 지팡이를 짚은 자세로 한길을 걷고 있었다. 길거리 좌우에는 많은 사람들이 향을 피우며 그 자리에 꿇어앉아 절을 하고 있었다.

이를 지켜본 손책이 버럭 성을 내었다.

“빨리 저 사기꾼 같은 놈을 잡아오너라!”

시신들이 이를 말리며 아뢰었다.

“저 도인은 성이 우(于)이며 이름은 길(吉)이라 하는데, 동방 어딘가에 사시면서 가끔씩 이 고장에 나타나 병자들에게 부적과 생명수를 나눠주어 많은 병을 고쳤습니다. 그 부적과 생명수는 영험이 깃들어 있는 것이 분명한지라 모든 이들이 '우 신선님'이라고 하며 받들어 모시고 있으니 함부로 대하시면 안 됩니다."

이 말을 들은 손책은 더욱 불쾌해져서 소리를 높였다.

"당장 그자를 잡아오지 않으면 모두 참해버리겠다!"

시신들이 하는 수 없이 누각에서 내려가 우길을 잡아왔다. 손책이 그를 꾸짖었다.

"미치광이 같은 도사놈이 백성들을 속여 민심을 어지럽게 만드는구나."

이에 우길이 항변하였다.

"나는 낭야궁(瑯琊宮)에 사는 도사이외다. 순제(順帝) 폐하 시대에 산 속에 들어가 약초를 캐는 도중 양곡(陽曲)의 샘터 가에서 《태평청령도(太平靑領道)》라는 일백 권 남짓 되는 신서를 입수하였소. 그 책에는 온갖 질병의 치료법이 집대성되어 있었는데 나는 그 신서의 가르침에 바탕을 두고 하늘을 갈음하여 사람들을 살리는 일을 천직으로 여겨 단 한 푼도 받지 않고 지금까지 많은 이들을 구하였는데 사람들을 속이고 민심을 어지럽힌다니 무슨 가당치도 않은 말씀이오?"

그러나 손책은 막무가내로 우겨댔다.

"거짓말하지 말아라! 백성의 돈을 받지 않고 어찌 네가 의식주를 해결해왔겠느냐? 요컨대 네 놈은 황건적의 장각과 같은 놈이니 지금 너를 처치하지 않으면 뒤탈이 따를 것이 분명하다."

손책이 이렇게 꾸짖고 나서 우길을 참하려고 하자 장소가 부랴부랴 나서서 만류하였다.

"우 도인은 수십 년 동안이나 이 강동 땅에 계시면서 조금도 죄를 범하지 않으셨는데 그런 분을 참하시다니요! 그것은 안 됩니다."

"내가 저놈을 죽이는 것은 개나 돼지를 잡는 것과 조금도 다를 바가 없다."

손책은 자신의 생각을 조금도 굽히지 않았다. 여러 관리들을 비롯하여 진진도 간언하였지만 손책은 분노를 풀지 않은 채 일단 우길을 감옥에 가둬두었다. 이에 사람들이 물러가고 진진도 숙사로 물러가고 나니 손책도 관사로 돌아왔다. 그런데 그가 도착하기 전에 하인들이 그날 손책과 우길 사이에 있었던 일을 오 태부인에게 일러 바쳤다.

오 태부인이 손책을 불러 타일렀다.

"우 도인을 투옥하였다는 것이 정말이냐? 그는 백성들의 병을 고쳐주어 두터운 존경과 신임을 받고 있는 몸이니 죽여서는 안 된다."

"아닙니다. 그자는 요술을 부리면서 사람들을 속이는 요인(妖人)이니 어찌 처벌하지 않을 수 있겠습니까?"

이러면서 손책은 어머니 오 태부인을 설득하려 하였으나 태부인은 꿈쩍도 하지 않았다.

"남들이 이러저러 하는 말에는 귀 기울이실 것이 없사옵니다. 제가 알아서 처리하겠으니 그냥 모른 척하십시오."

손책은 옥리(獄吏)들에게 명하여 우길을 감옥에서 끌어내오도록 하였다. 그런데 옥리들도 모두 우길을 따르고 존경하고 있었으므로 감옥 안에서도 수갑과 족쇄를 모두 풀어주고 있다가 손책이 부르는 바람에 허겁지겁 다시 족쇄를 채운 것이었다. 이를 눈치챈 손책은 옥리를 크게 꾸짖고 우길을 단단히 묶어 하옥시키라고 명하였다.

장소(張昭)를 비롯한 수십 명이 우길을 살려달라는 내용의 탄원서를 손책에게 상소하였으나 손책은 오히려 화를 내며 말하였다.

"그대들은 학문을 연구하는 몸인데 어찌하여 이렇게 사리에 밝지 못한 소리를 하는 것인가? 예전에 교주(交州)의 자사였던 장진(張津)이 사교에 빠져들어 온종일 거문고를 타고 향을 피워대고 붉은 수건을 동여매고 다니면서 신의 도움으로 군이 위세를 떨친다고 떠들어대더니, 결국에는 적의 손에 처참하게 죽지 않았더냐? 이는 모두 미신에 지나지 않는 것인데 왜 그대들은 그것을 모르느냐? 내가 우길을 참하려는 것은 그런 미신을 금하기 위해서이다!"

여범(呂範)이 아뢰었다.

"우 도인은 기도를 올려 바람이 불게 하고 비도 내리게 할 수 있다고 합니다. 마침 지금은 오랫동안의 가뭄으로 몹시 비를 기다리고 있으니 그로 하여금 기도를 올려 비를 내리게 하면 용서해주는 것이 어떻겠습니까?"

"좋다, 어디 한번 시험해보자."

손책은 우길을 감옥에서 끌어내도록 하여 족쇄를 풀어준 뒤에 기우단에 올라가 비를 내리게 해보라고 명하였다. 손책의 명을 받은 우길은 목욕재계하고 깨끗한 옷으로 갈아입은 후에 밧줄로 자기 스스로 몸을 결박한 후에 뜨거운 햇빛 아래 섰다.

모여든 백성들이 우길의 이러한 행동을 보고 의아해하는데 우길은 아무런 망설임 없이 백성들을 향해 단호히 말하였다.

"내가 비를 내리게 하여 가뭄을 해갈시켜 여러분을 구제할 것이지만 나는 죽음을 면치 못할 것이다."

그러자 백성 가운데 하나가 나와서 소리쳤다.

"기도에 영험이 있으면 도인의 목숨도 살릴 수 있을 것 아닙니까?"

그러나 우길은 장엄한 표정으로 말하였다.

"아닐세. 운명이란 피할 수 없는 법이네."

이윽고 손책이 기우단 앞으로 다가와 그에게 알렸다.

"만일 정오까지 비가 내리지 않으면 너를 화형에 처하겠다."

그리고 부하들을 시켜 기우단 주위에 장작을 산더미처럼 쌓아 올리게 하였다. 우길은 전혀 동요하지 않고 단 위에 단정히 앉아서 기도를 올렸다. 이윽고 한낮 가까이 되자 갑자기 일진광풍이 불며 이 일대를 휩쓸고는 그 바람이 지나가자마자 주위가 온통 먹구름으로 뒤덮였다.

이를 본 손책이 소리쳤다.

"이제 정오가 다 되어가는데 하늘에는 먹구름만 가득할 뿐 비가 내리지 않으니 이는 우길이 백성들을 속이는 자임을 증명하는 것이다."

손책은 부하들에게 명하여 우길을 장작더미 위에 뉘이고 불을 지피라고 하였다. 이에 사방에서 일제히 불을 지르니 불길이 솟구치며 열풍이 휘몰아치고 검은 연기가 하늘 끝까지 뒤덮였다. 그러자 여기저기서 천둥 소리가 나고 번개가 치면서 비가 쏟아지기 시작하였다. 비는 삽시간에 쏟아져내려 온 대지를 적셨는데 며칠 동안이나 계속되어 물바다를 이루었다. 이때 장작더미 위에 뉘인 채로 묶여 있던 우길이 큰소리로 뭐라고 소리치니 구름이 걷히고 비가 그치더니 곧바로 붉게 빛나는 해가 나타났다. 관리들과 백성들이 힘을 합쳐 우길을 내려놓고 몸에 감겨 있던 밧줄을 풀어주고는 그 앞에 재배를 하며 비를 내리게 한 공덕을 찬양하였다.

손책은 그들이 물바다 속에 옷이 젖는 것도 마다하지 않고 한결같이 모두 무릎을 꿇고 절을 하는 모습을 보고는 더욱 화가 나서 분통이 터져 크게 소리쳤다.

"비가 그치고 날이 개이는 것은 모두 천지의 정한 이치이다.

이 사기꾼은 그 현상을 이용하여 어리석은 백성들을 속이는 것인데 너희들이 무얼 안다고 그런 방자한 행동을 하느냐?”

손책은 검을 손에 들고 당장 우길의 목을 베라고 하였으나 관리들은 그의 명에 따르지 않고 머뭇거렸다. 그러자 손책은 하늘 끝까지 노하여 더욱 크게 소리쳤다.

“네 놈들도 우길 편에 서서 반역할 작정이냐?”

관리들은 손책이 날뛰는 것을 보고 겁이 나서 더 이상 간언하지 못하였다. 손책의 엄명을 받은 망나니가 우길의 목을 내리쳤다. 그 순간 한 줄기의 푸른 서기(瑞氣)가 동북쪽으로 스러져가는 것이 보였다. 손책은 요사스러운 자의 죄를 다스렸다고 하면서 우길의 주검을 시장 네거리에 효시하도록 명하였다.

우길의 망령으로 죽은 손책

우길이 죽던 날은 밤새도록 비바람이 그치지 않고 불어댔다. 날이 밝자 네 거리에 효시했던 우길의 시신이 온데간데 없어졌다는 사실이 보고되었다. 손책은 성이 나서 파수를 보던 그 군사를 죽이려고 하였다. 그런데 그 순간에 방 앞을 향해 소리없이 걸어오는 사람의 모습이 눈에 띄었다. 그는 분명히 어제 참형을 당한 우길이었다. 손책은 크게 노하여 검을 빼어들고 그를 내리치는 순간 어찌된 일인지 손책 자신이 그 자리에서 기절하고 말았다. 손책이 다시 정신이 들어 깨어난 것은 침상으로 옮겨진 뒤에도 한참이 지나서였다.

오 태부인이 그를 문병하러 와서 말했다.

“네가 죄없는 우 도인을 죽였기 때문에 벌을 받는 것이다.”

손책이 냉소하며 답하였다.

“저는 어려서부터 선친을 따라 자주 싸움터에 나가 풀을 베듯

이 사람들을 죽여 왔습니다. 그런데도 아무 일이 없었습니다. 제가 요망한 자를 죽인 것은 세상의 크나큰 재앙을 제거하기 위함이었는데 어찌 제가 화를 당하고 벌을 받겠습니까?”

“너에게는 신심(信心)이 없어서 이런 일이 벌어진 것이다. 그러니 지금부터는 신에게 빌어서 불제(祓除:신에게 빌어서 죄와 부정을 없애고 몸을 깨끗이 함)를 해보지 않겠느냐?”

“괜찮습니다. 인명은 재천이라 하였습니다. 어찌 저의 목숨이 그와 같은 요인의 뜻에 좌지우지되겠습니까? 그리고 불제라니요? 그런 것은 어리석은 자들이나 하는 것이옵니다.”

태부인은 손책이 도저히 자기의 말을 들으려 하지 않았으므로 시신들을 시켜 남모르게 불제의 의식을 준비하도록 명하였다. 그날 밤 손책이 안사랑에서 잠을 자고 있었는데 갑자기 서늘한 바람이 불더니 등잔불이 꺼질 듯이 사그라들다가 다시 살아나 밝아졌다. 바로 그때 손책은 눈앞에 우길이 서 있는 것을 보았다.

놀라서 일어난 손책이 신음하는 듯한 소리로 야단을 쳤다.

“나는 사도(邪道)를 뿌리뽑아 천하를 정화하려고 다짐한 몸인데 너는 어찌하여 죽어서도 요사스럽게 행동하며 돌아다니는 것이냐?”

이렇게 소리 친 손책이 베개 밑에 있던 검을 뽑아 들었으나 어느새 우길의 모습은 자취를 감추고 말았다. 이런 소식을 전해 들은 오 태부인은 걱정이 되어 쓰러지고 말았다.

이에 손책이 모친을 안심시켜 드리고자 억지로 병상에서 일어나 찾아뵈었더니 모친이 손책을 크게 나무랐다.

“너는 옛 성인이 ‘귀신이 덕을 베푸는 것은 크다’라든가 ‘빌 때에는 하늘과 땅의 신기(神祇:천신과 지기)를 위해 비는 것도 빼놓지 말아야 한다’라는 말을 듣지 못했느냐? 귀신을 무시할 수는 없는 법이다. 너는 아무 죄도 없는 우 도인을 죽였으니 당연히

그에 따르는 응보가 있을 것이다. 그래서 내가 이 고장의 도교사
원인 옥청관(玉淸觀)에 사람을 보내어 귀신을 쫓는 기도를 드리라
고 명하였으니 네가 친히 가서 기도하고 빌면 네 병도 자연히
낫게 될 것이고 보익이 되는 바도 클 것이다.”
  손책은 모친의 명에 거역할 수가 없었으므로 마지못해 가마를
타고 옥청관으로 갔다. 이에 도사가 접대하러 나와서 손책에게
분향하라고 권하니 손책은 향을 사르고는 고개를 숙여 절은 하
지 않았다.
  그때였다. 향로 속에 사른 향에서 모락모락 올라가던 연기가
허공으로 사라지지 않고 그대로 엉겨서 화어당(花御堂:꽃으로 장식
한 조그마한 사당으로 석가탄신일에 그 위에 석가상을 모신다)의 형상
을 이루었는데 그 위에 우길이 단정히 앉아 있는 것이 아닌가!
손책이 울화가 치밀어 그에게 욕설을 퍼붓고는 부리나케 본당을
나섰더니 이번에는 우길이 본당 어귀에 서서 서슬이 퍼렇게 살
아 있는 듯한 눈길로 손책을 노려보았다.
  손책이 주위 사람들에게 물었다.
  “너희들 눈에도 저 우길의 망령이 보이느냐?”
  그러나 그들은 한결같이 보이지 않는다고 답하였다. 손책은 더
욱 울화가 치밀어 패검을 뽑아들어 우길을 향해 힘껏 던졌고, 누
군가가 쓰러졌다. 모두 놀라서 쓰러진 자를 살펴보니 그는 우길
의 목을 벤 무사였다. 그는 손책이 던진 칼에 두개골이 갈라지고
눈·코·입에서 피를 내뿜으며 죽어 있었다. 손책은 그 무사의
주검을 치우라고 명하고 기도할 생각도 하지 않고 서둘러서 옥
청관을 빠져나가려고 하였다. 그런데 또다시 우길이 정문으로 들
어오는 것이 보였다.
  “이놈의 집이 요사한 귀신들이 들끓는 곳이로구나!”
  손책은 따라온 오백 명의 군사들에게 옥청관을 헐어버리라고

명하였다.

그런데 알 수 없는 일이 벌어졌다. 손책의 명에 따라 병사들이 지붕에 올라가 기와를 벗겨내려고 하였더니 우길도 그 지붕에 올라앉아 기왓장을 벗겨서 던지고 있는 모습이 손책의 눈에 띄었다. 손책은 더 이상 참을 수가 없어서 옥청관 안의 도사들을 몰아내고 본당에 불을 질렀다. 삽시간에 불길이 번졌는데 그 불길 속에도 역시 우길이 서 있었다. 손책은 견디지 못하고 집으로 돌아왔는데 다시 그 문 앞에 우길이 서 있었다. 손책은 안으로 들어가지 않고 군사들을 동원시켜 성 밖에 진을 치게 하고 장수들을 모두 소집하고는 그 자리에서 원소와 결탁하여 조조를 협공하겠다고 선언하였다.

그랬더니 모인 장수들이 하나 같이 걱정스러운 얼굴로 아뢰었다.

"공의 건강이 여의치 않사오니 지금 출병하는 것은 아무래도 무리일 것 같습니다. 먼저 요양을 충분히 하시고 나서 생각하십시오."

손책은 할 수 없이 출병을 뒤로 미루고 다시 진중에 묵어 요양을 하기로 하였다. 그런데 여전히 우길이 헝클어진 머리를 하고 손책의 눈앞에 나타났다. 이에 밤새도록 손책이 성을 내며 우길에게 욕설을 퍼붓는 소리가 진중에 울려퍼졌다.

이튿날 오 태부인이 손책을 다시 집으로 불러들였는데, 초췌해진 아들의 몰골을 보고 놀라서 말하였다.

"네가 이 지경이 되다니!"

손책도 놀라서 거울을 들여다보니 과연 두 번 다시 보고 싶지 않을 정도로 초췌한 몰골이었다. 스스로도 깜짝 놀라서 측근들에게 말했다.

"내 몰골이 왜 이리 되었는가?"

그런데 손책의 말이 끝나기도 전에 또다시 손에 든 거울 속에 우길의 모습이 생생하게 나타났다. 손책이 거울을 내던지며 소리 높여 울부짖으니 온몸의 상처가 한꺼번에 터지고 찢어져 그 자리에서 기절하였다.

태부인이 그를 부축하여 침상으로 옮겼는데, 얼마 뒤에 정신을 차린 손책이 힘겹게 숨을 헐떡거리며 중얼거렸다.

"내 명이 이제 다했나 보구나."

손책은 장소와 그 밖의 모사들과 장수들을 부르고 아우 손권도 불러들여 당부의 말을 꺼냈다.

"지금 천하는 어지러운 상태이지만 우리 오·월(吳越)은 많은 군사력과 세 강의 지세에 의지한다면 어떤 일이든지 이룰 수 있을 것이다. 그러니 여러 장수들은 부디 내 아우 손권(孫權)을 받들어 내가 이루지 못한 뜻을 이루어주도록 하게."

이렇게 말한 손책은 손권에게 후사의 표시인 인수(印綬)를 넘겨주며 다시 당부의 말을 잊지 않았다.

"네가 강동의 군사들을 이끌고 전선에 나가 조조와 유비를 대적하여 싸우는 것은 힘에 부치겠지만 재능있는 인재들을 잘 활용하여 강동 땅을 지켜나간다면 천하를 얻을 수도 있을 것이다. 너는 여기 있는 개국공신들과 장수들의 뜻을 잘 파악하여 선친과 내가 창업을 위해 치른 온갖 어려움을 잊지 말고 기억하여 모든 일을 잘 도모하도록 해라."

손권이 울음을 터뜨리며 인수를 받아들었다. 손책은 그의 모친 오 태부인에게도 인사를 올렸다.

"불행한 자식이 먼저 떠나는 것을 용서해주십시오. 저의 뒤는 아우에게 물려주었으니 어머님께서는 부디 조석으로 그를 가르치고 꾸짖어서 아버님 때부터 섬겨온 가신들을 잘 섬기도록 해 주십시오."

태부인이 통곡하며 말하였다.

"네 아우는 아직 나이가 어리니 막상 일이 벌어졌을 때는 어찌하면 좋겠느냐?"

손책이 숨을 몰아쉬며 천천히 대답하였다.

"비록 아우는 나이가 어리지만 저보다 열 곱은 뛰어난 재능을 타고 났으니 충분히 과업을 이룰 수 있을 것입니다. 하지만 그러고도 만약 영내에서 문제가 생겼을 때는 장소와 의논하도록 일러주시고 영외에서 문제가 발생하였을 때는 주유(周瑜)에게 물어 해결하도록 말하십시오. 하필 이곳에 주유가 없어서 제가 직접 부탁하지 못하는 것이 유감입니다."

손책은 그 밖의 아우들에게 당부했다.

"내가 죽은 후에 너희들은 모두 뜻을 하나로 합쳐 작은 형님을 돕도록 하고, 혹시 일족 가운데 딴마음을 품는 자가 있거든 너희들이 합심하여 토벌하도록 하라. 혈연 관계에 있는 한 집안 사람으로 배반하는 자는 우리 집안의 선산에 묻힐 자격이 없다는 것을 명심하도록 해라."

아우들은 눈물을 흘리며 이 유언을 귀담아 들었다. 손책은 마지막으로 아내인 교(喬) 부인을 불러 말했다.

"이것이 이승에서의 마지막 자리구려. 부디 내가 죽더라도 어머님께 효양(孝養)을 다해주시오. 그리고 주유에게 시집 간 처제가 돌아오면 서로들 힘을 합해 아우 손권을 받들어 나의 뜻에 위배되는 일이 없도록 주의를 주고, 주유에게는 평소에 벗처럼 나를 도와준 것같이 내 아우를 잘 보살펴 우정에 위배되는 일이 없도록 해달라는 말을 부인이 전해주시오."

손책은 이 말을 마치자 눈을 감았다. 그때 그의 나이는 향년 스물다섯 살이었다.

손책이 죽으니 손권이 그의 시체를 붙잡고 통곡을 하였다. 이를 본 장소가 진언하였다.

"이렇게 눈물을 흘리고 계실 때가 아니옵니다. 먼저 성대하게 장례를 치르시고 모든 국사를 돌보셔야 하옵니다."

장소의 진언에 손권은 눈물을 거두었다. 장소는 장례의 모든 절차를 손정(孫靜)에게 전임시키고 손권을 진중 밖으로 모시고 나가서 문무백관들의 축하에 답례하도록 하였다.

손권은 외양이 남달랐는데 태어날 때부터 턱이 모지고 엄청나게 큰 입을 가지고 있었다. 또한 눈은 푸른색에 가까웠으며 수염은 자줏빛을 띠고 있었다. 언젠가 오래 전에 한나라 조정으로부터 동오(東吳:손씨 일족이 모여 사는 고장)에 유완(劉琬)이라는 자가 사신으로 내려온 일이 있었는데 그가 그때 손씨 형제들을 관찰하고 사람들에게 한 말이 있었다.

"저마다 훌륭한 인물들이기는 하지만 모두가 천명대로 살기는 어려울 것 같구나. 다만 형제 가운에 손권은 참으로 특이한 생김새로 보통 범인의 얼굴이 아니니 수명은 길 것이고 귀하게 될 것이오. 여느 형제들은 모두 손권에 미치지 못하오."

주유와 노숙

손권이 손책의 뒤를 이은 지 얼마 지나지 않아 주유가 군을 이끌고 파구(巴丘)를 떠나 오군으로 돌아온다는 기별이 있었다. 손권은 주유를 기다리며 중얼거렸다.

"주유가 이곳으로 온다니, 이제 마음이 놓이는구나."

그때까지 주유는 파구 방면에 주둔하고 있었는데 손책이 독화살을 맞아 위독하다는 소식을 듣고 문병하러 길을 떠나오는 중에 손책이 죽고 손권이 그 뒤를 이었다는 소식을 들은 것이다.

주유가 도착하자마자 부랴부랴 손책의 영구 앞에 나가 엎드려 통곡하니 오 태부인이 손책의 유촉(遺囑:죽은 뒤의 일을 부탁함)을 전하였다.

이에 주유는 땅에 엎드린 채 아뢰었다.

"신이 감히 재주는 없사오나 그 말씀을 따르겠나이다."

이때 손권이 들어오자 주유가 자리에서 일어나 예를 갖추어 인사를 올렸다. 손권이 주유에게 일렀다.

"망형이 임종 때에 남기신 말을 잊지 마오."

주유가 머리를 조아린 채 대답하였다.

"분골쇄신하는 한이 있더라도 손책 공께서 베풀어주신 '지기(知己)'*의 은혜에 보답할 것이옵니다."

손권이 다시 물었다.

"부형(父兄)의 유업을 계승한 제가 우선 취해야 할 방책은 무엇이오?"

"예부터 '사람을 얻어 쓰는 자는 홍하고 사람을 잃는 자는 망한다'는 말이 있습니다. 신이 생각하건대, 식견 높은 인물을 두루 찾아 보좌역으로 선임하십시오. 이것이 강동 땅을 수비하는 첫째 조건인 줄로 아옵니다."

"돌아가신 형님께서 내게 말씀하시길, 영내의 문제는 장소와 의논하고 영외의 문제는 그대에게 자문을 구하라고 당부하셨소."

"장소 공은 두말 할 것도 없는 적임자이나 소신은 분에 넘치는 명을 입었으니 제가 여기서 한 사람을 천거하여 장군을 돕도록 하는 것이 어떻겠습니까?"

"그게 누군가?"

---

* 지기(知己):지기지우(知己之友)를 줄인 말로, 남남끼리 자기의 속마음을 지극하고 참되게 알아준다는 뜻.

"예, 성은 노(魯)요, 명은 숙(肅)이요, 자를 자경(子敬)이라 하고 임회(臨淮)의 동천(東川)출신입니다. 그는 모략의 천재이며 사려가 깊은 인물로 어려서 부친을 잃고 노모를 모시고 있는데 그 효성 또한 지극합니다. 또한 집안의 풍족한 재물을 꺼내 빈민들을 도와 구제하는 일에 앞장서고 있습니다. 일찍이 소신이 거소(居巢)에서 장관으로 있을 때 수백 명의 병력을 거느리고 임회를 지나가는데 군량이 떨어져 애를 먹고 있었습니다. 그때 노숙의 집에 마침 삼천 석의 쌀창고가 둘이나 있다는 말을 듣고 도움을 청하러 가니 그 자리에서 쾌히 쌀 창고 하나를 열어 희사하였습니다. 아무튼 그는 이런 성품을 지니고 있는데다가 칼쓰기와 말을 타고 달리며 활쏘기를 즐겨합니다. 그의 집은 원래 곡아(曲阿)에 있었습니다만 지금은 조모상을 당하여 동성(東城)에 가 있습니다. 그래서 그의 벗인 유자양(劉子揚)이 노숙에게 소호에 있는 정보(鄭寶)를 찾아가라고 권했습니다만 망설이며 가지 않고 있다고 합니다. 그러니 장군께서는 지금 속히 그를 불러들이십시오."

손권이 크게 기뻐하며 기꺼이 주유를 사자로 보냈다. 주유가 노숙을 만나 예를 갖춰 인사를 올리고 찾아온 뜻을 전하니 노숙이 말하였다.

"나는 지금 유자양의 권유에 따라 소호로 갈 작정입니다."

이에 주유가 노숙을 설득하였다.

"옛날에 후한의 장군 마원(馬援)은 광무제에게 '요즘 세상에는 군주가 신하를 고를 뿐만 아니라 신하도 또한 군주를 고를 수 있어야 한다'라고 주장한 일이 있었습니다. 손권 장군은 인재를 가까이 대해 아끼는데 특히 선비를 예로써 대하며 그 재주를 소중히 여기는 인물로 세상에 소문이 나 있는 분이옵니다. 그러니 그대는 더 이상 망설일 필요도 없이 나와 더불어 동오로 가도록 합시다."

　노숙은 주유의 간절한 권고에 따라 동오로 가서 손권 앞으로 나아갔다. 손권은 노숙을 대면하자마자 흡족해하며 종일토록 담소를 나누었다. 어느 날 관리들이 퇴정한 후에 손권이 노숙과 술을 마시다가 그날 밤을 같이 자게 되었다.

　한밤중에 손권이 물었다.

　"이제 한나라는 기울어 망하려고 하오. 나는 이 기회에 부형의 유업을 받들어 뜻을 이루고 싶소. 일찍이 전국시대에 수많은 군주처럼 나도 그들에게 뒤지지 않는 군주가 되고 싶으니 부디 가르침을 주시오."

　이에 노숙이 아뢰었다.

　"옛날에 한나라 고조는 초나라의 국주 의제(義帝)를 끝까지 섬기려 한 반면, 항우는 의제를 해쳤습니다. 오늘날의 조조는 당시의 항우와 비교할 수 있는 인물로 좀처럼 주공의 희망대로 이루어지지 않을 것입니다. 또 소신이 지켜보건대, 한나라 황실의 운명은 이제 다해서 다시 부흥하기 어렵고 그렇다고 조조도 쉽게 제거할 수 있는 인물이 아닙니다. 그러니 주공께서는 먼저 강동 땅을 든든히 구축하시고 이곳에서 세력을 확장하시어 천하를 지켜보시는 것이 지금으로서는 유일한 길인 줄 아옵니다. 마침 북쪽이 시끄러우니 우선 황조(黃祖)를 치시고 유표를 쳐서 장강 유역까지 제압하신 후에 그때 가서 새로 국호를 세워 황제의 자리에 앉아 온 천하를 장악하시는 것이 곧 고조의 창업과 같은 방식인 줄 아옵니다."

　손권이 자리에서 일어나 옷깃을 여미며 노숙에게 감사를 표했다.

노숙이 천거한 제갈근

이튿날 손권은 노숙에게 후한 상을 내리고 그의 모친에게도 의복과 휘장 등의 선물을 선사하였다. 노숙은 또 한 사람을 천거하였다.

"제가 천거하는 사람은 박학하고 다재다능하며 모친에게 효행이 지극한 인물로 성은 제갈(諸葛)이고 이름이 근(瑾)이라 하며 자는 자유(子瑜)로, 지금 낭야 땅 남양 사람입니다."

손권이 바로 제갈근을 불러 만나니 그가 손권에게 권하였다.

"원소와는 손을 잡지 마시고 조조와는 견제하지 마시고 잘 보이시다가 서서히 일을 도모하십시오."

이에 손권은 원소의 사자 진진을 통해 하북과 동맹을 끊겠다고 전하도록 하였다.

한편 조조는 손책이 병사했다는 소식을 듣고 곧바로 군사를 일으켜 장강의 남쪽인 강남으로 출병하려 하였으나 시어사(侍御史) 장굉이 그를 말렸다.

"남의 불행을 기화로 침략하는 것은 바람직하지 않은 일이옵니다. 이는 만일 이기지 못하면 원수를 만드는 결과가 될 뿐이오니 차라리 이런 기회에 선심을 써보시는 것이 어떻겠습니까?"

조조는 장굉의 건의를 받아들여 황제께 주상하여 손권을 장군으로 봉하고 회계 땅의 태수로 임명하는가 하면 장굉을 회계의 도위(都尉)로 임명하여 강동으로 돌려보내고 그 편에 손권에게는 장군의 관인을 보내주었다. 손권은 크게 기뻐하여 돌아온 장굉과 더불어 정사를 의논하였다.

이때 장굉은 고옹(顧雍)이라는 인물을 천거했는데 그의 자는 원탄(元歎)이라 하였다. 그는 일찍이 동탁의 죽음을 애도한 끝에 옥중에서 죽은 채옹의 문하생으로 말수가 적고 술을 못 하며 정의감이 투철한 경골한(硬骨漢)이었다. 손권은 즉시 고옹을 승(丞: 서무과장)으로 임명하여 태수의 일을 대리케 하였다. 이 뒤로부터 손권은 강동 땅에 위세를 떨치며 백성들의 두터운 민심도 얻기 시작했다.

한편 진진은 하북으로 돌아가 손권의 뜻을 고하였다.

"손책이 병사한 뒤에 손권이 그 뒤를 이었는데 조조가 그를 장군으로 봉하여 자기 편으로 만들어버리고 손권은 우리와 손을 끊겠다고 통보했습니다."

원소는 분노를 이기지 못해 기주·청주·유주·병주의 대군 칠십여 만 병력을 동원하여 허도를 공격하기로 하였다.

이는 남쪽에서는 평화를 구축하고 북쪽에서는 전쟁이 벌어지는 서막이 시작되는 국면이니 과연 앞으로의 승패는 어찌될 것인가?

한 무 희 박사

성균관대학교 중어중문학과 및 동대학원 졸업
성신여자대학교 한문학 박사
성대·이대·연대·고대·숙대 강사 역임
현재·· 단국대학교 중어중문학과 교수
　　　 단국대학교 퇴계 기념 중앙도서관장
　　　 한국 중어중문학 회장, 중국 현대문학 연구회 회장
저서·· 《고문진보》, 《당송팔대가 문선》, 《노신문집》, 《노신 평전》, 《손자병법4》,
　　　 《중국문학사》, 《중국사상의 근원》, 《중국역대산문선》, 《중국예술정신》,
　　　 《신편 기초 중국어》
논문·· <시경의 형성고찰과 문학적 가치>, <한·중 저항문학의 양상>,
　　　 <노신의 문학관>, <굴원의 사상과 예술>, <중국문학 혁명운동의 연구>,
　　　 <삼국지의 형성고찰과 문학적 가치>, <중국 현대산문의 형성배경과 그 특징>,
　　　 <장자 산문의 연구>

우 주 형

<여성 생활>지·주간 춘추·삼중당 소설계 편집장, 자유문학사 초대 편집주간 역임
시사 일본어 연구 편집위원, 동서문화사 백과사전 팀장, 도서출판 예지사 주간
사단법인 대한체육회 편수 (기관지·출판물 전담), 황해도민 월남 50년 편집위원
역서·· 《게으름뱅이 정신분석 (上·下)》(깊은샘), 우신사 문고판 다수 번역
　　　 이외 약 50여 권 번역

三國志 2

발　행··1998년 1월 10일
저　자··나　　관　　중
교　열··한　　무　　희
편　역··우　　주　　형
발행자··남　　　　용
발행소··일신서적출판사

주　소··서울 마포구 신수동 177-3(121-110)
등　록··1969.12. NO.10-70
전　화··영업부 703-3001~5　FAX 703-3009
　　　　편집부 703-3006~8　FAX 703-3008
　　　　대체구좌 012245-31-2133577

값 8,000원